# 美亏美亏

周德东 写的

作家出版社

# 目录

CONTENTS

# 序：一个孩子的童话童年

感谢你阅读此书。

现在，我不是一个作家，而是一个父亲。

或许，我们住在同一个小区，傍晚，我们带孩子出来玩的时候遇见了，两个孩子一台戏，让他们嬉戏去吧，我们坐在长椅上聊起了孩子；或许，我女儿和你的孩子在同一个班，下午，我们去接他们，离放学还有一点时间，我们就在树荫下聊起了孩子；或许，我们是网友，夜深人静，宝贝熟睡了，我们在某个爸爸妈妈的论坛里聊起了孩子……

我对你讲起了我女儿周美爷的故事，可笑的，可爱的，可气的，可恼的，可喜的，可叹的……我想，你会喜欢上她。

实际上，这是美爷0-10岁的成长日记，也是我耗时最长的一部书。它是幽默的，也是悲伤的；是教育的，也是反教育的；是纪实的，也是童话的……

很多报刊，比如《中国教育报》、《华夏时报》、《意林》、《格言》、《演讲与口才》、《智慧少年》、《幸福》、《花生文摘》等等，都登过美爷的故事，大部分跟她老爸无关。我在网上也断断续续给大家写过一些，累计起来，不知有多少人读过美爷的故事了，很多人为这些故事哭过、笑过。

身为父母，都希望自己的孩子快乐成长。可是，太多太多太多的人，把现实的沉重提前压在了孩子稚嫩的双肩上，剥夺了他们很多美好的东西。

孩子需要一个童话童年，家长需要一个没有风险的未来。于是，家长和孩子一直在拔河。由于力量悬殊，造成了极大的不公平。

送给孩子一个童话童年，不需要家长是富翁，或者是教育专家，撒开手就对了。在快乐指数上，一个穷孩子和小王子、小公主是一样的。

拥有童话童年的孩子，必定身心健康，情感丰富，智力超群，道德高尚，性格宽容，做人大气，能融入任何群体，能适应各种环境，富有幽默细胞和艺术灵感。拥有这样的素质和品格，未来必定大有作为。那时候，我们所担忧的一切也就随之落花流水了，幸福将陪伴他们一直到老。

在本书中，对于如何培养孩子这个问题，我没有提出任何建议，只是在讲述我和女儿的一些生活趣事。不过，其中隐含着我为她建构那个现实的童话世界的过程。我不是最好的工程师，我只是提供了一张个人化的建筑图纸，正确也罢，错误也罢，希望能给你做个参考。

有一点可以肯定：美夕的童年是幸福的。十年之后，二十年之后，三十年之后，四十年之后……我每隔十年都会写一本书，记述她的童话人生。

我希望你的孩子也幸福。（即使你现在还没有孩子，终究有一天你也要做父亲做母亲。）在宁静的夜里，在温馨的灯下，如果美夕的故事能给你和你的孩子带来一些纯美的快乐，一些亲情的感动，一些人生的共鸣，这本书就算有了价值。

愿天下每个孩子都幸福！

周德东 2008年圣诞节

# 虎

## 洁白的玉兰花

西安唐都医院，宽敞而安静。

小凯挺着大肚子，被送进了手术室。我在病房里等待，又紧张又激动，坐也不是，站也不是，躺也不是，走也不是……

九个月来，由于担心对胎儿有不良影响，小凯生病时没有吃过一粒药；并且，天天坚持步行上班，总共要爬上爬下四十层楼的台阶；我也是鞍前马后，成了她的专职厨师——她闻油烟味恶心，我就把煤气罐和炊具搬到了楼下空场，每次做好饭再端回家……

为了便于医生观察胎儿的动态，小凯提前就住进了医院。病房是单间，有孕妇床、陪护床、备用新生儿床，有冰箱和彩电……价格等同于三星级宾馆。后来一个新来的护士这样跟我和小凯搭讪："你们就是住了一个月院还没生的那家人吧？"

小东西，你还没出生就狠狠"宰"了老爸一刀。接着，又切了老妈一刀——剖腹产。

一个钟头的手术又短暂又漫长。

中午十二点多，蓝衣大夫推着一张轮床，轻轻走进了9号单间病房。小凯身边多了一个花布包，里面包裹着一个崭新的小生命。

是个女孩儿。

她的大姐姐们——窗外那一树树的玉兰花，冰清玉洁，静静开放。树枝上有一对小鸟，它们穿着褐色的毛衣，扎着白色小围脖儿，"唧唧喳喳"

地看热闹。

她好像是一个跟我约了亿万年的人，这辈子，我们终于见了第一面。我陡然变得极不自然，甚至有点手足无措，竟然不敢看她。

大夫鼓励我："来，看看你的花骨朵吧！"

我鼓足勇气，朝花布包里瞟了一眼，就迅速把眼睛移开了。虽然是惊鸿一瞥，却终生难忘——那张皱巴巴的小脸蛋，非常熟悉，就像哪个轮回中走散的另一个我；又无比陌生，就像哪个轮回中与我素不相识的小凯……

接下来，我设宴感谢那些医护人员。那天，我喝了很多酒。在此之前，这个世界上所有的石头都压在了我的心上，现在，它们统统被抖落，变成了熠熠闪光的金子，因为，我的爱人、我的女儿都平安！

新生活从1998年3月13日开始了！


那两只小鸟一边观察着室内的小生命，一边小声聊天——

鸟宝宝："妈妈，这个小孩儿是从哪儿来的？"

鸟妈妈："是从那个大人的肚子里来的。"

鸟宝宝："那个大人是谁呢？"

鸟妈妈："是小孩儿的妈妈呀！"

鸟宝宝："你说，我是从一个蛋里爬出来的，可是你为什么是我的妈妈呢？"


## 美得很

小凯的伤口剧痛，压了一个沙袋，不能动弹，只能在床上大小便。

平时，她晕血，在指尖上抽血都会晕厥。手术时流了那么多血，现在，她却笑靥如花……

女儿不了解妈妈的痛苦，出生十几分钟，她就吃力地挺起小脑袋，朝妈妈怀里拱，找奶吃。

吃饱喝足，她的左眼先睁开了，右眼闭着，只用一只左眼滴溜溜地看，或者说"贼溜溜"地看。这个男人是谁呀？这个女人是谁呀？

几天之后，她的右眼也睁开了，世界终于立体起来，她真真切切地看到了窗外蓝盈盈的天，还有大朵大朵的玉兰花。

她脑袋右侧的头发粘在了一起，好像在母腹里专门做了发型；左眼皮上有几个小红点，好像对这个发型很不满意似的——从出生到满月，她一直带着这些滑稽的特征。

那些日子，我不停地从家里往9号病房搬运东西，锅碗瓢盆，薄厚衣物，零七八碎的生活用品……简直就像搬家。

她妈妈不结实，产后的体质更虚弱了。她却十分健康——3.8公斤，哭声响亮。医务人员用陕西话说："这娃的身体美得很！"

这世界，这人生，统统美得很！

9号病房楼下的墙缝里，住着一只雄蟋蟀，号称唐都医院的"歌王"。

这天晚上，一只雌蟋蟀从门诊楼那片草坪跑过来，找雄蟋蟀签名，半路听到9号病房里的哭声，一下被震撼了。它改变决定，攀上二楼，从窗缝钻进去，跳到新生儿的床头，举着手中的草叶，红着脸说："偶像，你的歌声太迷人了！能给我签个名吗？"

偶像一边蹬腿一边继续放声"歌唱"，根本不理睬它。

床上的女人欠了欠身子，对这只雌蟋蟀说："实在抱歉……"

雌蟋蟀说："你是她的经纪人吗？对我们这些粉丝，她不该耍大牌！"

那个女人笑了笑，说："她不是不想给你签名，问题是她现在还没有名字，签什么呢？"


## 历尽沧桑

三天之后，医生给女儿做体检的时候，发现她有点发热，建议她住进小儿科。

就这样，她由二楼的妇产科转到了三楼的小儿科。（嘿嘿，那时候，要说她小儿科就是抬举她了，她的智商和表情，十分妇产科！）

她的住院单是这样填写的：

姓名：小凯之女。年龄：三天。性别：女。婚否：无。工作单位：无……

小儿科住院部里，有十几个婴儿，她的脑袋最大，个头最大，哭声最大。护士还是用陕西话说："你这娃的身体美得很！"

她扯开嗓门哭，哭得傲气十足，哭得旁若无人，哭得理直气壮，哭得六亲不认。

那几天，爸爸时刻想念你，万分心疼你，天天跑上三楼去看你。护士不允许家长进入，爸爸就给人家送杂志（我主编的《文友》），拉关系……

夜里，住院的婴儿统一喝奶粉。爸爸和妈妈不情愿，于是，妈妈就挤出一瓶奶，让爸爸带着，悄悄来到三楼，向护士求情，给你喝母乳。

你在小儿科的最后一晚，爸爸实在忍不住了，跟护士好说歹说，软磨硬泡，终于把你抱回了爸爸妈妈身边。

你在小儿科天天都打头皮针，前额的头发被剃掉了几块，变得又脏又丑，虽然仅仅几天时间，却是一副"历尽沧桑"的样子……

那只雌蟋蟀四处打探偶像的去向，终于知道她生病了。于是，它衔着世上最小的无根萍，冒险爬到三楼小儿科的窗外，去给偶像献花。

玉兰树和三楼一般高，鸟妈妈正在给鸟宝宝准备晚餐，它瞧见了雌蟋蟀，一下就扑过来。雌蟋蟀慌乱中从三楼摔了下去，正巧掉进墙缝里，一抬头就看到了"歌王"。

雄蟋蟀对它的突然造访很不满意："你预约了吗？"

雌蟋蟀气喘吁吁地说："抱歉，一只鸟在追我……"

雄蟋蟀好像一点都不畏惧，"腾"一下就钻了出去，两分钟之后，它安然无恙地回来了，笑呵呵地说："它儿子是我的粉丝，它家鸟巢里现在还挂着我的海报呢！我说你是我的女朋友，它就飞走了。"

从此，雌蟋蟀真的做了雄蟋蟀的女朋友。


## 回　家

五天之后，我们回家了。

编辑部派了一辆依维柯，拉回了满满一车生活用品。

想起来真神奇：去医院的时候人数是一对，回来的时候却变成了三个——凭空多了一个小小人儿。

那时候，我家住在西安南郊的青龙小区里，不远就是青龙寺。

家里的空调提前就打开了，房间里暖洋洋的。爸爸是个懒人，那天却把家里收拾得一尘不染，十分温馨。这是你第一次见到自己的家，要给你留个好印象呢。

那幢楼没有电梯，小凯无法行走，不能爬楼，背又背不成，怕挤压伤口。最后，我弟弟大攀提出了一个机智的建议——让小凯坐在一把椅子上，我和大攀像抬轿一样把她抬上了四楼的家。

我抱着你，把每个房间都看了一遍。

你躺在花布包里，好奇地东张西望。

"宝贝，这是咱家的客厅，你将在这里会见你的第一位朋友，不过，眼下他可能还没出生呢。"

"宝贝，这是咱家的厨房，以后，你的早餐午餐晚餐都是从这里制作出来的。当然，现在你还没有牙，喝奶就行啦。"

"宝贝，这是咱家的卧室，你就在这里睡香觉、做美梦。"

"宝贝，这是卫生间，等你长大一点，要在这里便便……"

刚说完，我就感到怀中一热——你尿啦。

家里养了两条小金鱼。一条浅紫色，脑袋上长个大包，叫包头；一条橙黄色，拖着雪白的连衣裙，叫小公主。

包头见你进了屋，立即大叫起来："嗨嗨嗨！小公主，咱家来了一个陌生的客人！"

小公主说："你不要一张嘴就咱家咱家的，其实，我们才是客人呢，人家是正宗的小公主！"它一边说一边沉到水底，变得有些忧郁，"以后，你不要再叫我小公主了……"

包头挤了挤小公主，认真地说："哪天我做一个花布包，把你包起来，你不就是正宗的小公主了吗？"


## 万穗儿

半年前，我写过一篇文章，希望自己有一个女儿，我想亲眼看看一朵花慢慢长大的过程……

现在，她如约而至。

四、五、六三个月，一直给孩子办户口。

我和小凯的户口都在肇州，为了不再让孩子做"外乡人"，我们花掉两个人半年的工资，把小凯的户口迁到了西安，这样等于把母女俩的户口都解决了。

落户之前，我给孩子起名叫"万穗儿"——她外婆姓万。为什么孩子非得姓周呢？

"万"笔画少，"穗"笔画多，后缀一个"儿"，非常新鲜。叫出来，三个字两个音，朗朗上口。"穗"乃禾本植物的花和果实，比如麦穗、稻穗、谷穗……让人联想到金黄的田野。又是"万岁"的谐音，很调皮。

结果，亲戚们一致把这个名字否决了。

后来，她外婆给她起了个名：周美兮。

金鱼缸里掉进了一根火柴。

包头把它当成了一杆枪，叨在嘴里，威风地游来游去，含混不清地对小公主说："现在，我就是金枪鱼了！"

## 婴儿的语言

我在单位上班，经常接到家里的电话，接起来，没人说话，等一会儿，里面传来这样的声音："咦、哎、呜、喔、噢、啊……"

这是两个月的美兮在学话。她自说自话，煞有介事。

是小凯给她拨通的。

我一边听一边笑得合不拢嘴。

那张小嘴几乎舔到了话筒上，声音娇滴滴、水嫩嫩、脆生生，惹人疼爱。如同一股泉水，从雪山蜿蜒而来，中途不曾被任何人啜饮过，至洁至纯，微微有点甜，涓涓流上我的心头，把那些接踵而来的现实烦恼，乌七八糟的红尘欢愉，冲洗得一干二净。我巴不得水流更大一些，它却始终那么细，撩得人痒痒的。

其实呢，婴儿有婴儿的语言，只是我们听不懂罢了。就像小鸟有小鸟的语言，金鱼有金鱼的语言。

把这段婴儿语翻译一下，也许是这样的意思："喂！你是那个长着黑黑眉毛的人吗？你怎么没来呀？我很想你呢！"

爸爸也说过婴儿语，可是三十年过去了，早已经忘得一干二净。因此，我在电话那头只是傻乎乎地笑。

不过，通过努力回忆，爸爸终于想起了一句："嘘嘘"是撒尿的意思。

于是，我们终于有了沟通——你出生之后的第七十一天，我双手端着你，嘴里轻轻说："嘘……嘘……"你果然"哗哗"地尿了，像个机灵的小宠物。

万万没想到，婴儿语和金鱼语的"撒尿"一词是相同的。一次，我端着美兮"嘘嘘"的时候，小公主以为在说它，立即一动不动，在水中尿了。尿完之后，它才意识到我不是在说它，一下羞红了脸。

## 喜 兴

我下班回到家，你见了我就笑，小腿还一蹬一蹬的。你认识爸爸了？

你的小嘴儿冒出各种音节："啊、噢、喔、呜、哎、咦……"

翻译过来，也许是这样的意思："我认识你呀！你就是总趴在我的脸上，笑眯眯地看着我的那个人！你叫……妈妈，不对，你叫爸爸！"

你有一张天蓝色的小床，床头挂着几个彩色小动物，一拨拉就滴溜溜地转，它们一转，你就嘻嘻地笑；你还有一只动物音乐盒，鸭子、喜鹊、蜜蜂、黄牛、绵羊、花狗，只要它们一唱歌，你就嘻嘻地笑；你有满世界的清风、阳光、鸟语、花香，一把你抱出去，你就嘻嘻地笑……

你总是笑，很喜兴。

希望你总是这样喜兴，没有一丝忧虑。爸爸的一只手用来奋斗，为你开创幸福的生活；另一只手永远空着，那是留给你的，在你孤独的时候、害怕的时候、想玩的时候，随时都可以握住我。

青龙小区旁边就是刘家村。午后，太阳好极了，爸爸用小车推着美兮出来看世界，带出了那只动物音乐盒，传出鸭子的歌声。一群蚂蚁立即围住了在村头觅食的一只麻鸭子，鼓起掌来。到了河边，爸爸停下来，把动物音乐盒关掉了，想让美兮听听大自然的声音。天地间一下就安静下来，那些盲目崇拜的蚂蚁愣了愣，纷纷走开，一边走一边抱怨道："哼！原来是假唱！"

## "她像个男的！"

一般说来，小公主都很美丽，还有好多好多的漂亮衣服。

你理着一个小光头，实在跟美丽不沾边。不过，我们不灰心，因为你有好多好多的漂亮衣服，至少有一项我们达标啦！

这些衣服，有的是妈妈提前给你买的，有的是亲戚朋友送的，还有一些是我的读者从各地寄来的。

我最喜欢外婆给你买的一条黑趟绒背带灯笼裤，你穿上它，肥肥的，笨笨的，无比可爱。

这一天，爸爸妈妈借助这些漂亮的包装，把你打扮成了一个娇滴滴的小花骨朵，然后，抱着你来到武警医院看朋友。没想到，一个三四岁的小哥哥见了你却说："她像个男的！"

你依然笑嘻嘻地看着这个小哥哥，慢声慢语地反驳道："哇、呵、喂、哒、呐……"

翻译过来，也许意思是这样的：这叫另类，小哥哥你懂吗！

老梧桐树下，一只漂亮的七星瓢虫慢腾腾地朝前走，遇到一只黑色甲壳虫。甲壳虫主动上前，嬉皮笑脸地打招呼："小女生，我们可以交个朋友吗？"

七星瓢虫闷声闷气地说："看清楚了，我是男的！"

甲壳虫愣了一下，说："可是……你为什么穿这么一件漂亮的花衣服呢？"

七星瓢虫走过去，头也不回地说："老爸老妈这么打扮我，我有啥办法！"


## 回笼觉

暮春三月。

爸爸最爱睡懒觉了，雷打不动，可是你偏偏醒得早。

湿漉漉的太阳刚刚升起来，半夜喂你奶，把你尿——折腾得很累很累的爸爸妈妈睡得正香，你却在自己的小床上醒了，"咿咿呀呀噢噢喔喔"地说着只有你自己懂的话。

爸爸忍着笑，心甘情愿地爬起来，站在小床边看你。

你看见了我，眼睛就一眯一眯地笑，嘴里继续"呜哩哇啦"地说着各种各样的音节，似乎在跟我交流。你的心情总是那么好，双眼亮莹莹的，没有一点哭闹的意思。

你肯定是不睡懒觉的，从两个月时就养成了早早醒来的习惯。你急着要看看这个新奇的世界。看来，爸爸今后也要改变起居习惯了。为了你，爸爸愿意改变一切。

我上班走的时候，妈妈已经把你抱上大床。妈妈睡着了，你侧身躺在妈妈身旁，小小小小的，也睡着了，回笼觉，那么甜美那么宁静，像一片雪花。

我舍不得走了，贴在你的小脸儿上仔仔细细地看，好像要看清这片六角雪花的每一粒冰晶。我甚至不敢大口喘气，怕你融化了。

小东西，你就是父精母血的结合物吗？

爸爸也有爸爸妈妈，妈妈也有爸爸妈妈，爸爸妈妈的爸爸妈妈也有他们的爸爸妈妈……排上去，出现一个巨大的扇形，而你就是一个珍贵的扇坠儿。

前辈那浩繁的人员中，如果有一个人早夭，或者有一桩婚姻发生变化，那么还会有你吗？

生命真偶然，生命真奇妙。

爸爸永远爱你。


刘家村的公鸡在睡梦中被一个声音惊醒——晚了晚了！

它抖了抖翅膀，赶紧打鸣，所有的生灵都醒过来了。

惊醒公鸡的是蚂蚱，其实蚂蚱说的是——完了完了！公鸡迷迷糊糊听错了。

蚂蚱是在传壁虎的话。刚才，蚂蚱正在草丛里做美梦，一只壁虎从天而降，正巧砸在它的身上。壁虎抱着尾巴连声大叫，似乎有什么灾难来临了。

其实壁虎说的是——弯了弯了！

刚才，壁虎正在美兮家的窗台上睡大觉，被一个声音弄醒了，睁开眼，它看见美兮正躺在小床里自说自话——哇呜哇呜！它想换个地方继续睡，不小心从窗台上掉下来，把尾巴摔弯了……

总之呢，美兮的一句婴儿语，提前了一个早晨。

## 美兮改变了一句俗语

不管美兮怎么哭，只要小凯给她喂奶，她肯定一下就不哭了。

七月的一天，我和小凯出去请朋友玩保龄球，把美兮托付给了门卫刘师傅的儿媳，她从农村来探亲，正在哺乳期。

后来我们听说，美兮睡醒之后，大哭，刘家儿媳立即给她喂奶。美兮停止了哭闹，迷迷瞪瞪伸嘴去吃，可是，她只含了一下那个母亲的奶头，立刻推开，哭得更厉害了……

这孩子多灵敏，多有"气节"！

她才四个月大，却改变了一句俗语——有奶便是娘。她觉得味道不对，马上意识到此人是假冒的妈妈，于是断然拒绝吃奶。

她一直饿着，等我们回来。

传达室的狗刚刚生下三只狗崽儿，同为母亲，它实在看不下去了，跑出去找小凯。它东闻闻西嗅嗅，好不容易找到了保龄球馆，可是，要进去必须换鞋子，保龄球馆实在找不到它能穿的款式，最后，它只好垂头丧气地离开了……

晚上，我和小凯回到家，美兮立即像小猪一样朝小凯的怀里拱去，表情又委屈又急切。

哈哈，"开饭"了！美兮"咕咚咕咚"地吞，差不多吃了平时两倍的量！人家要把落下的那一顿补回来呀。

……不敢想，假如她真的失去妈妈会怎么样。

那是她熟悉的气味，那是她依赖的面孔，那是她生命的源头。

愿每个孩子都有自己的妈妈，哪怕贫穷，哪怕寒冷，统统微不足道，只要在一起。

## 猜　测

这一天，我和小凯讨论起了美兮的牙齿问题。

她快长牙了，可是，先长一颗吗？不可能，一颗牙，不管是长在上面还是长在下面，都太难看了，跟小妖怪差不多。肯定是两颗一齐长。那么，最初的两颗牙是在上面冒出来，还是在下面冒出来呢？

我说：不可能是上面，跟兔子似的！

小凯说：在下面就好看吗？呵呵，跟个小吸血鬼似的。

我说：总不会从两侧长出来吧？那就成大象了！

美兮张着水汪汪的小嘴，一个人在床上咿咿呀呀地说唱，就是不告诉我们谜底。真吊胃口。


唐都医院。

那只追星的雌蟋蟀仰起脑袋，问树上的鸟妈妈："你的宝宝先长哪颗牙啊？"

鸟妈妈怒目而视。

雄蟋蟀踢了踢雌蟋蟀，小声说："鸟类没有牙！哪壶不开提哪壶！"


## 贴烧饼

美兮七个月的时候，学会了"贴烧饼"——

在床上，大人让她靠墙站立，然后把手松开。她站得直直的，小手平举，满脸笑嘻嘻。只要大人伸出手，她马上就会扑过来紧紧抓住。我把手放在离她一尺远的地方，她不敢扑过来，又很想摆脱危险的"贴烧饼"状态，小屁股粘着墙，努力够我的手，身子颤巍巍地一点点朝前倾斜……终于，她双眼一闭扑倒在床上。

美兮好动。

这似乎是天性，我却觉得跟小凯的"胎教"有关——怀孕期间，小凯一直没有停止运动。

"贴烧饼"这个动作，是美兮继翻身、爬行、坐着之后，十分重大的转折。很快，她就会在这个世界上站立起来，然后行走、奔跑，去追逐她美好的未来。


九年前，我在锡林郭勒放羊。

一只大腹便便的母羊慢下来，远远地落在了羊群的后边。最后，它卧在了戈壁草原上，沉重地喘息。我走过去，蹲下来观察它。它抬头用那双浅黄色的眼眸望了我一眼，痛苦地叫起来。天寒地冻，羊羔生下来肯定被冻死。我推它，它极不情愿地站起来，扭扭搭搭继续朝前走了。

走了一段路，母羊又趴下了，梗着脖子凄惨地叫。这里离羊圈还远呢。我使劲推它，它再也不起来了。它全身上下都在拼命使劲，圆滚滚的肚子不停地痉挛，四周的枯草都跟着瑟瑟地抖了。

肚子里的小东西并不知道母亲正经受着怎样的折磨，它躲在那个柔软、黑暗、温暖的小世界里，迟迟不肯出来。风越刮越大，围绕着母羊窜来窜去，随时准备着给那个新生命迎头痛击。

过了很久很久，羊羔终于露出头来。

它在热乎乎的鲜血中艰难地挤出了身子，掉在了冰冷的戈壁草原上，"咩咩"地叫，就像婴儿喊妈妈。

母羊如释重负地长舒一口气，安详地回过身，一点点把羊羔身上黏糊的胎衣舔光，羊羔全身湿漉漉的毛很快就干了。它打了个冷战，然后，脆弱的前腿屈着膝，分别转向东南西北……

拜完用贫瘠的水草养育母亲和自己的天地四方，羊羔就生出了一股力量，颤巍巍地立起了弱小的身躯。一阵凛冽的寒风吹过来，几根坚硬的长草伏在了地上。羊羔歪了歪，并没有倒下去。好了，它站起来了！它的四肢很快就会健壮起来，在无疆的荒原上奔跑如飞。


## 第一次上镜

十一月，陕西电视台给我录制了一个专题片。

这天，编导、摄像、主持人一帮人来到我家，拍一些我创作的镜头。他们在房间里架起了机器，支起了大大小小的灯，场面很"隆重"。

你感到很新奇，笑眯眯地看看这个看看那个，眼睛都不够使了。

编导说："周老师，能不能给您的女儿拍几个镜头？"

我说："好啊。"

编导说："她不怯场吧？"

我说："没问题。"

我抱起八个月大的你，说："周美夯，对着那个摄像机，跟观众朋友们打个招呼！"

你马上兴奋起来，在我怀里不停地朝上蹿，还对着摄像机一下下使劲眯眼笑。

拍摄完毕，一直不敢出声的编导大呼："天！这娃的表情太灵动了！"

两条小金鱼观望着这一切，又聊起来。

小公主羡慕地说："这家的小公主要上电视了？出名可真容易呀！"

包头不同意小公主的说法，它"哼"了一声，说："台上一分钟，台下十年功！平时，人家天天眯眼笑，从出生就开始练，容易吗！"

结果，我的那个专题片，风头都被你抢了——做后期的时候，剪辑的小姑娘反反复复只看你那几个镜头，一边看一边笑个不停。

那几天，我担心剪辑人员不会选择，剪掉你最灿烂的笑容，专门跑到电视台去，找出你的那些素材，指导剪辑人员取哪些、舍哪些。

没有一个采访对象如此"多事"。为了给你留下几个宝贵的镜头，爸爸的脸皮变厚了……

节目播出那天，一家人都坐在电视前认真看，你却扶着沙发、电视柜、墙壁到处走，"嗖嗖嗖"，速度快极了。

我说："周美兮，快看！电视上有你哎！"

你毫不关心，从电视机下笑嘻嘻地走过去，这时候，另一个你正在屏幕上朝着镜头一下下眯眼笑着。

# 兔

## 人生第一步

时光像蜜一样，缓缓流淌。

美兮快十二个月了，我和小凯带她去湖南出差。

你第一次坐火车，一路上很省事，见了谁都笑嘻嘻地打招呼。你还不会走，扶着墙壁，像小螃蟹一样横着走出软包厢，在过道里"噌噌噌"地移动，一双小腿儿特别快，一会儿就跑远了，去找另一个软包厢里的小孩玩儿。那是两个三岁的小男孩，他们嫌你比他们还小，不屑搭理你。我一次次把你抱回来，你又一次次笑嘻嘻地跑过去……

次日早晨四点多钟，我们到了长沙。

下车时，外面在下雨，很冷。我把你叫醒了，穿上衣服，你很快就欢实起来，在过道里扶着墙乱跑，还兴奋地"呀呀"叫。

到了宾馆，天还黑着，万籁俱寂。那是一家刚刚开业的宾馆，我们三口是第一次入住的客人，被褥和床单都是崭新的，真舒服。你不肯再睡觉了，在漂亮的地毯上爬到这儿爬到那儿，抓都抓不住。

第二天，彭见明（著名作家，代表作《那山那人那狗》）在平和堂商场的一家餐厅请我们吃饭。大人说话的时候，你在地板上爬来爬去。小鸟飞，小鱼游，而你最熟练的行走方式就是爬。

有一对情侣，在一个偏僻的角落静静地聊天。你扶着长椅，很快就爬过去，从一个空当露出脑袋，朝人家又眯眼又挤眼，逗人家。那对情侣只好暂停谈情说爱，哈哈大笑。

这些日子，你见人总是抛媚眼（眼一眯），朝餐厅服务员，朝街上卖槟榔的妇女，朝商场售货员……逗得人家只好也对你眯眼。我发现，你喜欢漂亮的女孩，也许是她们赏心悦目吧。

你从来不怯场。我想，回到西安之后，你更不会怯场了，因为你已经是"去过长沙的人"啦！

就是在长沙这些天，你学会走路了！在平和堂商场，你第一次什么都不扶，朝前走了七八步！你的两条小腿歪歪斜斜地朝前走，保持着十足的警惕，小胳膊一直伸着找平衡（还有个作用就是摔倒的时候支地）。爸爸妈妈在背后盯着你，激动坏了！

一个筷子那么高的机器人正在柜台上一圈圈地行走，那是售货员在招揽顾客。它看了看不远处的你，不屑一顾地说："那算什么，我生来就会走！"货架上一只芭比娃娃说："可是，你会停下来吗？"机器人一边继续走一边"哇"地一声哭起来。

等你长大之后，爸爸一定要专门带你来到这家商场，观瞻那一段光滑的地板。我甚至能为你画出当年你那一个个翘翘翘翘的脚印来。

## 尝尝这个世界

几天之后，爸爸妈妈带你去了岳阳，入住"岳阳宾馆"。

宾馆没空调，你感冒了，很快就好了。

这一天，爸爸妈妈带你去了岳阳楼。楼下立着两只锈迹斑斑的鼎，爸爸给你录像的时候，你慢慢爬过去，扶着它站了起来。这时候，它把你挡住了，我不放心，立即跑了过去，看见你伸出水嫩嫩的小舌头，正在有滋有味地舔那只鼎呢！我一下就把你抱了起来，叫道："周美兮！它不是吃的！"

晚上，一个媒体的朋友带着全家在酒店设宴，为你庆祝一周岁生日。

吹完蜡烛，八岁的小哥哥有些羞赧地给你献了一束鲜花。你不羞赧，拿起鲜花就咬，把"多情"的小哥哥看得一愣一愣的。

那个包厢有卡拉OK，叔叔把麦克风递给你，笑着说："周美兮，给大家唱首歌吧。"

你拿起麦克风端详了一下，张开水汪汪的小嘴就要啃，我赶紧抢下来。

你虽然没有唱歌，不过你说话了，只有两个嫩嫩的音节，通过麦克风在包厢里"轰隆隆"地回响："爸！爸！……"

次日，我们去了君山岛。这是你第一次坐船。

八百里洞庭湖，一望无际。一群水鸟前来迎接你，红嘴巴，白肚子，黑脊背，十分漂亮。它们在水面上翩翩飞舞，一声声欢呼着你的名字"兮"，只不过它们把这个文言助词给翻译过来了："啊——啊——"

一条弯弯曲曲的石头小路，缝隙冒出长长短短的野草。妈妈跟当地一个警察朋友去参观湘妃庙、柳毅井、飞来钟了，岛上十分安静。你还没有完全醒过神，坐在草丛中，对着一朵小花儿发呆。

爸爸又抱着你来到草甸子上。绿色浩浩荡荡，大风浩浩荡荡，阳光浩浩荡荡。

宝贝，空天旷地，只有我和你。

我把你放在草上坐着，然后跑到远处去录像。太阳很晒，你皱起小眉头，静静地端详着身下的草，似乎在琢磨什么。

终于，你慢慢拿起一块小东西，笨拙地朝小嘴里放，想吃。我大喊一声："周美兮，NO！NO！NO！"然后扔下摄像机，冲过去一把夺下来——天哪，那是一小块牛粪！

长大之后，你肯定不承认，不过，嘿嘿，老爸的录像可是铁证如山。


## 你们问过我需要什么吗？

返回的时候，路旁有一大片金黄色，那是油菜花，我立即让车停下来。

我和妈妈把你抱进去，让你站在里面，然后迅速退出来，打算拍几个"小美兮悠闲赏花"的镜头。

你仍然皱着小眉头，一声不响，倦倦地站在油菜花中，左看看，右看看……

我和妈妈拿起录像机和照相机，"咔嚓咔嚓"正在拍，你"扑通"一下坐在油菜花上，大哭起来——这幅摄影作品，标题本来叫《小美兮悠闲赏花》，影像却是一张脏兮兮的小哭脸儿。

哭也是婴儿语，音调不同，含义也不同：

"哇……哇……"意思可能是："我不喜欢！"

"哇——呜呜——哇——"意思可能是："你们总是丢下我，抱着那两个奇怪的机器，你们把它们当女儿好了！"

"呜……哇哇……呜……"意思也许是："总是拍拍拍，留什么纪念，那是你们大人的想法！你们问过我需要什么吗！"

"呜哇哇……呜哇哇……"意思也许是："我只喜欢吃！"

天上有两只小鸟飞过，鸟妈妈送鸟宝宝去"蓝天幼儿园"。

美兮旁边的油菜花里，有两只蜥蜴经过，蜥蜴爸爸送蜥蜴儿子去"黄土地幼儿园"。

土路上有两只青蛙，它们牵着手去"海洋幼儿园"——"海洋幼儿园"其实就是不远处的那个池塘。

鸟妈妈的眼光被美兮的哭声吸引过来："这孩子怎么了？"

鸟宝宝不屑一顾地说："等她上幼儿园以后就不会哭了！"


## 地　铺

长沙宾馆，标准间。

你和爸爸睡一张床，床和墙之间有一尺宽的空隙。爸爸妈妈怕你睡着之后摔到地上，在那个空隙里塞了一些毛毯和褥子。

半夜我醒来，看见你穿着小衬衣小衬裤，蜷着小身子侧躺在那个空隙里，睡得正香。

第二天夜里，我被你哭醒了，一下坐起来，打开灯，看见你又躺在了那个空隙里，哇哇大哭……

第三天我睡不踏实了，半夜醒来，伸手摸了摸你，没摸着，急忙去摸那个空隙，胖乎乎的你正在里面睡着。你侧着身，躺在爸爸妈妈铺好的棉物上，脑袋使劲昂着，上边的一条腿高高地提起来，那姿势舒服极了。

你为什么总睡在那个空隙里呢？呵呵，我想不明白。

你从小睡觉就不老实，总是朝上拱，直到被床头挡住，身子就一点点横过来。而且，你的小脑袋总是喜欢钻进乱糟糟的地方才睡得香。

如果睡姿跟性格有关，这预示着什么？


## 第一次坐飞机

回西安的时候，你第一次坐飞机。

开始，我和妈妈只买了两张机票，因为你才一岁零几天。检票的时候，工作人员接过我们的机票看了看，说："你们是三位啊！"

爸爸妈妈这才知道，你也算一位。

最后，爸爸妈妈花了71块钱，给你补了一张票，你才被放行。

补票耽误了时间，我们登机的时候，飞机正趴在宽阔的停机坪上，等着我们一家三口呢。飞机下站着几个乘务员，她们在黄昏的大风中使劲朝我们招手。爸爸抱着你，牵着妈妈，朝飞机跑过去。

我们的机票在第一排，和乘务员相对而坐。你占了一个大人座。

吃饭时，我们为你打开小餐桌，你又吃又喝，毫不关注飞机的上升和下降，对于你来说，它只是一座移动的大房子。

背包中有一只毛绒熊，看到美兮补了票，赶紧拉着另一只毛绒熊藏到了背包最下面。

"怎么了怎么了？"

"算年龄，我们比美兮还大三天呢！"

## "幼考"落榜

爸爸妈妈都上班，必须把你送进幼儿园。

普通幼儿园嫌你太小，都不肯收。经过多方打听，爸爸妈妈带你来到了电视塔旁的一家贵族幼儿园，希望他们收下你。

这时候，你一岁零十二天，还处于学步的初级阶段，走出十几步就算超常发挥了，而且每次都以摔倒收场。另外，你还不太知道高低落差，更不会上厕所。

爸爸妈妈带着你，忐忑不安地走进了园长办公室。

园长笑着问："这么小，会走吗？"

我赶紧说："会，会的！"

园长就让你走一走，她要看看，算是"考试"。

考这个，小意思！你兴致勃勃、旁若无人地开始表演你的"走"。

我很紧张，心想：周美兮，考试啦！你一定要给爸爸妈妈争气啊！

你在妈妈和一个奶奶之间走过来走过去，正笑嘻嘻地展示你的实力，突然园长盯住了你的开裆裤，立即就摇头了："还穿纸尿裤呢，不行不行！进入幼儿园，至少两岁半到三岁。"

是啊，你差不多刚从襁褓里抱出来，就送到人家老师这里了，人家肯定无法接收。

"幼考"落榜，你又笑嘻嘻地被爸爸妈妈抱回来了。

一只小螃蟹出现在美兮家中，据说它来自大连。作为一名家庭教师，它的身份跟包头和小公主完全不同，因此，态度有些傲慢。它的办公室是一只宽敞的玻璃箱，它的职责是教美兮数数。包头对小公主说："别急，超过8

个数，它就该下岗了。"

## 魅力百分百的小女生

1999年3月26日，美兮观看了出生后第一场电影：《玻璃樽》。

开演之前，我和小凯在世纪金花商场给她买了一顶红色的小花布帽，后边有两根带子，系个结，很"摇滚"。一路上，谁见她谁笑。

电影开演之前，后排几个女中学生纷纷逗美兮玩儿，还送给她一个果冻布丁……美兮不眼生，左转右转追着几个姐姐嬉闹。我小声对小凯说："咱的孩子用不着花什么钱，人家靠自己的魅力就可以混来吃的……"这时候的美兮，戴着调皮的小花布帽，真像一个"小混混"。

后半场她闹起来，我抱着她在入口处出出进进，电影看得断断续续。

一次，美兮戴着这顶小花布帽，又出现在西安兴庆公园里。这时候，她会走了，不过技术还不稳定。她歪歪斜斜地行走在蜿蜒的甬道上，两旁花团锦簇，蝴蝶翻飞。一对外地情侣正举着照相机寻找景色，他们的目光被美兮吸引过来，一边看一边笑。过了一会儿，他们走过来，对我和小凯说："我们可以给这个小孩儿拍几张照片吗？带回去做个纪念！"我挥挥手，说："拍吧拍吧！"

还有一次，在西安繁华的东大街，我和小凯抱着美兮闲逛，有一个中年女人横穿街道走过来，她笑眯眯地看着美兮，说："我走过来只是想对你们说——这娃长得真可爱！"然后就走开了。

时光流逝，我可能忘了那天的天气，可能忘了那个女人的长相，但是我永远不会忘记这件美好的事情。

在街上，大家互不相识，我们远远看到一个小孩儿，觉得很可爱，可能多看几眼，很难专门跑到人家父母跟前，拦住对方，表达自己的喜爱。可是，那个女人却为美兮"冲动"了一次。

无论她现在在哪里，我想，她肯定也不会忘记，曾经在东大街上见过一个小孩儿，五官玲珑，表情灵动，一下就吸住了她的眼睛……

不知道她能不能看到这本书，我想告诉她：那个"娃"现在很幸福，祝愿你也幸福！

实际上，每个孩子都是可爱的——丑的，俊的，流鼻涕的，不流鼻涕的，高的、矮的、胖的、瘦的、老实的、淘气的……我们应该赞美每一个孩子，赞美孩子就是赞美我们的未来。

## 丢 失

美兮依然习惯扶墙走，"嗖嗖嗖"，走得很快。

一次，小凯感冒了，我们一家三口去了医院。

医院里的人太多了，一片嘈杂。

小凯在诊室里跟医生交谈，我抱着美兮在门外等候。过了一会儿，我把美兮放在地上，想跟小凯说句话。我对我的敏捷有十足的把握，在一句话的时间里，即使美兮走也走不出几步，肯定在我视线的掌控中。就这样，我跨进诊室一步，飞快地跟小凯说了句话，立即转身出来，脑袋"轰隆"一声——美兮不见了！

我说过这样的话：有两种人必须时刻在你的视野里，一个是你的敌人，一个是你的孩子。

我跑进邻近的几个诊室，分别看了看，都不见她笑嘻嘻的小脸儿。我冲出走廊，来到外面的大厅，患者密密麻麻，熙来攘往，根本不见她的踪影！

完了。

我全身一软，差点瘫在地上。那份恐惧，那份绝望，那份悔恨，那份难过——无法描述，我剧烈地哆嗦起来。

我像疯了一样又返回来，不知道该朝哪里冲了。

我的脑海里浮现出一个情景：一个人贩子，他的身手比我还敏捷，在我跨进诊室的一瞬间，他抱起美兮，转眼就冲出走廊，钻进了大厅的人群中，甩掉我之后，他迅速走上大街，消失在茫茫人海中……

就在这时，传来了美兮的哭声！

——原来，她趁我一转身，飞快地走进了隔壁的诊室，从几个患者的大腿间钻过去，站在了大夫身后的旮旯里，左顾右盼，半天不见我出现，终于大哭起来。这时候，大夫才回头发现她："咦！这娃是从哪里来的！"

那次是真的把爸爸吓着了。

美兮，从那天起，我暗暗下决心，永远不会再撒开你的手！

是的，从那天起，爸爸再没有撒开过你的手。只要一离开家门，我必须抓住你的手，哪怕是妈妈领着你，我都要夺过来。不管你长到多大，宝贝，你的手将永远紧紧抓在爸爸的手中。

时间久了，我渐渐养成了习惯，不管跟谁一起走在马路上，我都会不自觉地走在对方的左侧。过马路时，我总想抓住对方的手。一次，有个女记者从外地来采访我，我到公交车站接她，回家时要经过一个十字路口。人家是个大女孩，我不可能牵着她过马路。面对车水马龙，我双手空空，紧张到了极点，一边看车一边大声指挥："走！……停！……快！……慢！……"走过十字路口之后，对方脸色苍白，不停地拍胸口："周老师，这是我从小到大过马路最紧张的一次……"

## 书包里装着什么

终于，我和小凯把美兮送进了陕西省委幼儿园。

第一天我送她去上学，她头戴那顶"摇滚"小花布帽，穿着开裆裤，斜背一只漂亮的小挎包。哈，从今天起，美兮就要开始集体生活了。

进了幼儿园，我把她放在地上，她歪歪斜斜地朝前走，新奇地看看这个，看看那个，急了就趴在地上，快速朝前爬。我在后面给她录像。

不知道谁养的一条小花狗跑过来，嗅了嗅美兮，以为这个爬行的小东西是同类，就友好地说："你好，能跟我一起玩吗？"

美兮太小，还不知道害怕，她看了看对方，就继续朝前爬了。

——别不信，我都录下来了。不过，在录像里小花狗的声音是这样的："汪汪，汪汪汪汪汪汪汪？"

另外，不了解情况的人看了录像，一定以为美兮的小挎包里装着书本、铅笔、橡皮吧？嘿嘿，其实里面只有一管治婴儿湿疹的小药膏。

美兮被分到最小一个班。大班小朋友像黄豆粒，小班小朋友像高粱粒，美兮像小米粒。老师姓郑，很年轻。还有个老师姓郭，五十多岁，听力不太好。

老师的职责是看管小朋友，不能擅自串班。但是，园长给了美兮的老师一项特殊政策——谁抱美兮谁就可以在园里自由溜达。

这是美兮第一次真正意义上离开我们。

她还不太懂事，我把她交到老师的怀里之后，她没有哭，我赶紧悄悄离开了。实际上，我一直在幼儿园门口站着，直到人家关门。

想起小凯写过的一篇文章，大意是：我们总是贪恋柔软的亲情，祈望千里凉棚宴席不散，可是终究要分离。求学、工作、结婚，一次次与父母分离。有一天，父母还要去往另一个世界，那是永远的分离。最后，我们甚至要和自己分离……

就在我多愁善感的时候，美兮正在班里兴致勃勃地玩积木呢。

## 你们是爸爸妈妈吗？

一次，爸爸妈妈去长沙出差，把你寄托在郑老师家。

我们不在你身边，你变得更乖，也不哭也不闹。走还走不稳呢，却不停地给郑老师的父亲拿香烟……你从小就很有眼色。

十几天后，爸爸妈妈回来，急切地赶去接你。

那是黄昏，夕阳又大又红，像剪纸一样楚楚动人。偏僻的小街十分安静，没有一个行人。

当时，你在郑老师怀里，愣眉愣眼地看着爸爸妈妈，半天没有认出来——分别的时间太长了。我们把你抱过来，过了一会儿，我们的相貌、声音、气味，终于让你回想起来——面前这两个人正是曾经天天陪伴你的那两个最亲的人！回过神之后，你一下就搂紧了妈妈的脖子。

宝贝，太阳怎么不见了呀？它去追赶女儿了。它虽然光芒万丈，威力无比，却无论怎样都追不上女儿，女儿也时时刻刻在追赶着父亲——瞧，她出现了，那么皎洁。


## "小名"最多的人

美兮的小名最多了。

她出生的时候，窗外开满了玉兰花，于是给她取了个小名：朵朵。

由于小凯有四分之一的满族血统，于是又给美兮取了个小名：格格（满语公主的意思）。后来电视剧《还珠格格》一播放，这名字就变味了。

我不希望美兮活得太深刻，太沉重，于是又给她取了个小名：浅浅。

美兮戴着小花布帽，像个可爱的"卜"字，于是又给她取了一个小名：卜卜。

陕西农村有个词，米得儿。就是迷迷瞪瞪不聪明的意思。按照老百姓的说法，名字跟命运相反，我希望美兮越来越聪明，于是又给她取了个小名：米得儿……

爱不够，觉得哪个小名都代表不了这个独特的小东西，于是反复地换来换去，没有一个小名能一直叫下去。爸爸妈妈都和文字打交道，在给你取名的这件事上，却显得很无能。

美兮长大之后，必定要填写简历。那就难为她了，为什么？"曾用名"一栏太小，写不下呀。

## 趁火打劫

美兮，今天你整整十四个月。

清晨，妈妈悄悄观察晨曦中的你。你每天都醒得早，今天却睡得很香，灿烂的阳光从窗子射进来，晃眼睛，你皱皱眉，双手把小被子一拉就蒙在了脑袋上。

平时，你最不喜欢盖被子，夜里，你在半睡半醒中，总是把身上的被子蹬开。

上午，妈妈抱你去注射疫苗。医院里，大大小小的孩子哭成一片，只有你没哭。你不但没哭，还趁乱笑嘻嘻地顺手抢下了另一个孩子手中的巧克力，麻利地塞进嘴里，吃得小嘴四周黑糊糊的……

晚上，该睡觉了，妈妈把你抱起来，走进卧室，朝床上一放，说："睡觉。"

每天睡前你都要喝奶，今天却落掉了这个环节。窗外，远远地传来刘家村一头奶牛的叫声："哞——"它在提醒妈妈，别忘了给你喝奶，那是它傍晚刚刚挤出来的，新鲜呢。

妈妈还是忘了，转身走出去。

你笑嘻嘻地把小脑袋朝被子上一栽，突然想起了什么，回头伸出小手说："拿拿！"——意思是还有一件事没做：拿奶来！

对于你，吃是最大一件事，你记得一清二楚，谁都甭想蒙混过关。


## 跳　舞

婴儿，像一只透明的玻璃杯。

对于他们来说，音乐是什么？节奏是什么？根本无法解释、无法灌输。他们更不可能知道，音乐的动和身体的动可以结合起来。

这天，电视里响起了音乐，你竟然美美地举起两只小手，一翻一翻，跟随节奏动起来，一边动还一边笑嘻嘻地看大人。

又一天，你在睡觉之前听到了音乐，立即从床上爬起来，困得垂着脑袋，眼睛蔫蔫的，却把两只小胳膊一举一举，小脑袋朝前一探一探，小腿一抖一抖。你的动作和节奏配合得严丝合缝，一点不差！

你十七个月的时候，参加了舅舅的婚礼。那天你感冒了，有点难受。新郎新娘典礼时，你站在最前面，仰着小脑袋，倦倦地望着乐队，两条小腿儿随着节奏一蹲一蹲，惹得宾客哄堂大笑。受你的感染，音箱跳起来，糖果跳起来，小鸟跳起来，全世界都跳起来。

你第一次连贯地跳完一支舞，地点是北京，那时候你两岁左右。我和妈妈带你逛商场，在卖电器的地方，响着震耳欲聋的音乐，小小的你歪歪斜斜地走过去，停在高大的音箱前，一蹦一蹦地舞动起来，跳得那么专注，那么灵巧。会啦！会啦！我欢呼起来。售货员们围观，笑而不语。

（在一个孩子不会行走、不会说话的婴儿时期，最美好的陶冶和享受，无疑是音乐。美兮小时候，音乐没有缺席。我和小凯给她买来舒缓的古筝乐曲等，每天晚上给她听。我相信，那些音乐给了她充足的艺术养分。）

## 在天安门脚下长大

1999年年底，爸爸妈妈经历了事业的大风浪——

爸爸妈妈打算和南方一家杂志社进行股份制合作，为此，爸爸辞掉了《文友》杂志的主编职务，妈妈也辞掉了《医学美学美容》杂志的主任职务。没想到，由于意外原因，合作泡汤，就在一夜之间，爸爸妈妈都失业了。爸爸妈妈已经退掉了单位的房子，把"小公主"和"金枪鱼"也送了人，当天就带你住进了宾馆。

你还不懂事，在地毯上快乐地爬来爬去。爸爸苦笑着对妈妈小声说了一句："我们没有家了……"

几天后，爸爸妈妈决定带你去大连度假，好好歇一歇。

在飞机上，你要撒尿，我端着你来到卫生间，里面却有人。等了一会儿，你憋不住了，"哗"一下尿出来。我手足无措地一转身，正好射到一个叔叔的衣服上，可怜那个叔叔雪白的T恤，雪白的短裤，雪白的袜子，雪白的运动鞋……他一边紧急躲避一边说："宝贝！不要随身大小便哎！"

我们一家三口在海边痛痛快快地玩了半个月。

外公在当地的一个朋友，专门为我们提供了一辆轿车，并且，一日三餐请我们吃海鲜。你最爱吃虾，一顿吃一大盘！

在海边，你穿着全世界最小号的泳衣，看上去可爱极了，就是不敢下水。爸爸妈妈把你放在一个充气船中，推进了大海，你吓得大哭起来。一只螃蟹跳出海面，惊喜地说："嗨！你是不是早就掌握比8大的数了？"

这个家庭教师被辞退之后，一直没有跟我们联络，它不知怎么回到了故乡的大海中……

那段时间，爸爸一直在思考去向。宝贝，为了你的未来，爸爸决定进京。

在爸爸心中，始终装着乡下人特有的地域等级观念——村、镇、县、市、省、京。爸爸想让你在天安门脚下长大。

不久，爸爸妈妈就像当年一无所有双双从东北闯到西北一样，毫无目标地闯进了北京城……

## 不靠谱的外出装

爸爸妈妈在北京四处找工作，只能先把你放在东北肇州的外公外婆家。

妈妈实在想你，就坐飞机跑到肇州去了。爸爸不知道她回去，早上她出门去谈工作，晚上给爸爸打来电话，说她已经在冰天雪地的肇州了。

你见到妈妈，特别高兴，可是你又想念起爸爸来。晚上睡觉之前，你非要妈妈带你回北京找爸爸。在你心里，可能北京就在楼下。

你一困就爱闹人，妈妈没办法，就说："好好好，你穿衣服去吧……"

你费了九牛二虎之力，终于穿上了小棉袄、小棉鞋，还拿起一顶小棉帽，歪歪地扣在了脑袋上，拽起妈妈的手就要走。

妈妈一下笑出来：你虽然裹上了小棉袄，穿上了小棉鞋，戴上了小棉帽，可是你没有穿裤子，光着屁股哪！

我在一个笔记本上记录美兮的故事，每一天的文字颜色都不同，新新旧旧，深深浅浅。手写体是温暖的。我不想用电脑，电脑字冷冰冰的，缺乏情感，代表不了我对美兮的爱。

2005年，我在网上给大家讲美兮的故事。我一边翻阅那本发黄的日记，一边在电脑上打字，打到《不靠谱的外出装》时，美兮来到了我的背后。我了解她，别看只有七岁，反应极快，一目十行。果然，她只瞄了一眼就说话了："得加个'还'字。"我以为她不会同意把这个故事发到网上，正紧张呢，听了她的话，马上回头问："哪里加个'还'字？"她有点不好意思，声音一下小了："应该是'还光着屁股哪'……"

# 龙

## 骨连肉

爸爸先在一家小报担任主编，辞了；后在一家大报担任总编辑助理，辞了；现在，爸爸担任一本娱乐杂志的主编。

妈妈成功地进入了《时尚》杂志社工作。

我们租的房子，位于"芍药居"——全北京最美的地名。

你在肇州待了几个月。

一次，外婆带你在小区里晒太阳，大门外走进来一个女人，你立即朝她走过去，中间还摔了几跤。你在离那个女人十几步的地方陡然停下来，"哇哇"地大哭。

外婆仔细看了看那个女人，忽然意识到，她的体态有点像小凯。

你太想爸爸妈妈了，外婆只好把你送回北京来。

我去机场接你，以为你不会认识我了，没想到，你跟外婆从机场里走出来，远远看到了我，一下就扑过来，抱住我的脖子，紧紧贴住了我。

上了机场大巴，我下车去提行李，你以为我要走，一下就哭起来："爸爸！爸爸！"两只小手死死抓住我，不放开。

我说："周美兮，爸爸去给你拿大虾！拿大虾！"

你最喜欢吃大虾了，可是这时候大虾已经不管用，你哭得更厉害了。

我只能掰开你的小手，在你激烈的哭声中，冲下车去，把行李提上来，然后一下把你抱在了怀里。

在路上，你一边比画一边给我讲故事。你还不太会说话，我仔细辨别你发出的每一个音节，终于听懂了，你讲的是《武松打虎》。整理成大人的语言，是这样的：武松的头上戴着帽帽，肩上背着包包，手里提着棒棒，来到景阳冈，走进一家酒馆，放下手里的棒棒，取下肩上的包包，摘下头上的帽帽，一拍桌子，大声喊："店家，拿——酒来！"……

讲到武松打虎的时候，你动用了你非凡的表演天才，举起小拳头，一下下朝下打：打死你！打死你！

你太兴奋了，整整讲了一路，嗓子都哑了。

那段日子，大巴上的收音机每天中午都播讲评书《武松打虎》，听到你可爱的演讲，它立刻把自己关掉了，变成了"听音机"。

由于爸爸妈妈工作太忙了，外公外婆又日夜想念你，后来又把你送到了肇州。

第二次你从肇州回到北京的时候，爸爸正在外面跟人吃饭，接到电话，马上匆匆赶回了家。当时，天刚刚黑下来，你在床上睡着了。我爬到你的身边，贪婪地嗅了嗅你的小味道——几个月不见，你的味道变得陌生了，有一股淡淡的馨香。

不知道是爸爸震动了床，还是你在梦中感应到我回来了，你醒了。尽管你不是自然醒来，却没有哭闹。见到我，你太兴奋了，睡眼惺忪地下了地，很快就清醒过来，开始给我跳舞……

（现在我写日记的笔就是美兮去儿童间给我拿来的。嘿嘿，会做事了。）


## 惊人的想法

美兮六个月的时候拉肚子，很严重。

我和小凯跑遍了西安，寻医问药，还是治不好。最后，我们听从了一个医生不知道正不正确的建议——给她断了奶。

现在，美兮一岁多了，这一天，小凯逗她玩儿，解开衣衫让她吃奶。她观察了一下，不自然地笑了，然后试探着去吸吮，动作已经变得很生疏。吸了半天什么都没有吸出来，她就说："妈妈，你往里倒一点，我再喝。"

把妈妈当成奶瓶了！


## 第一次开锁

一次，小凯上班去了，家里只剩下我和美兮。

午后，她在床上迷迷糊糊快睡着了，不再找我。我想趁机偷偷跑到楼下，买一个急需的什么东西，然后再飞快地跑回来。出门时，我不小心把防盗门锁上了，却没带钥匙！

这时候美兮还不到两岁，根本不会开门。而且，防盗门的锁头很重，就算她会开，也没有那么大的劲儿。

我急了。

那是四楼啊，不懂事的美兮一个人在屋里，万一她找不到我，爬到窗户前……

我只能把希望寄托在屋里的这个小东西身上了，于是我用力拍门，大声喊道："周美兮，你下床，给爸爸开门来！"

过了一会儿，我听到里面有声音——小美兮成功地爬下了床，走到门口来了！

我万分紧张，继续朝里面喊："周美兮，你帮爸爸把门打开，好吗？试一试！"

美兮还不能完全听懂大人的话，可是，我却听到了她搬弄门锁的声音："啪啦，啪啦，啪啦。"

我的心提到了嗓子眼，激动地喊道："抓住那个棕色的小拉手，用力朝卧室方向拽！"

漫长的一分钟过去了，防盗门竟然"哐当"一声开了，我看见美兮光着一双小脚站在门里，静静地抬脸看着我……

我蹲下，一下抱住了她。

宝贝，你总能给爸爸带来惊喜。现在你知道了，有时候你遇到的某些困难或者危险，连爸爸妈妈都无法帮助你，只能靠自己解决。

你还要记住，假如有一扇门，爸爸在门外，你在门里，若是里面有危险，你一定要打开它，因为你的爸爸在外面；若是外面有危险，你一定不要打开它，因为爸爸的心在里面。


## 父母一定会后悔的事……

一天，你和我在家，忘了因为什么，你哭起来。那段时间你一哭就坐在地上，怎么说都不起来。

我一边训斥你一边拽你起来，你哭得更厉害了，使劲往地上挣。我怒气冲冲地打了你屁股几巴掌，打得很重。

你吓得一边抽抽搭搭地望着我，一边乖乖地站起来。

爸爸紧紧抱住你，心如刀绞。

男人不该打女人，大人不该打孩子，你是"女人"，又是孩子，可是，最爱你的爸爸竟然动手打了你！

因为暴躁。

这时候，大脑里只有一个愤怒的问题：你为什么不像大人一样通情达理地站起来呢？那么，反过来问：大人你为什么不会像孩子一样坐在地上呢？

大人和孩子是两种思维方式，我没有理解，没有包容，没有找到解决的方法。

实际上，我们完全可以用一个钟头来解决这个问题，不行就用一天，再不行就用一周，再不行就用一年——我们的时光还有海枯石烂那么多呢，用也用不完。可是，爸爸非要挤压到几分钟之内解决。

我应该在你旁边耐心地坐下来，拿出爱心，变出一个个神奇的魔术，慢慢把你逗笑，最后你主动就站起来了……

宝贝，对不起！


## 第二家幼儿园

爸爸妈妈终于把你送进了安贞里幼儿园。

大清早，爸爸骑着自行车送你。那是冬天，非常冷，你穿得圆滚滚的，像个小熊，乖乖骑在后座上。我一手抓车把，一手在后面牢牢揪住你的衣襟。

你很机灵，只要我对你预告过危险后果，叮嘱过动作要领，你绝不会出现闪失。尽管如此，我还是要紧紧抓住你，这样心里才踏实。

朝阳很大，空气凛冽而新鲜。

我偶尔回头看看你——红扑扑的胖脸蛋，两个嘴角上翘，两个眼角下弯，中间是小矮鼻子，安安静静地望着爸爸……那个神态深深刻在爸爸的脑海里，至今历历在目。

后来，我给你的脑袋围上了一条大毛巾，防冻。你娇小如花蕾，一条大毛巾就把你的小脸蛋围得严严实实了。

记得有一天，爸爸接你出来，天黑了，满世界的鹅毛雪，满世界的霓虹灯。

我抱着你，朝前扬了扬下巴，说："周美兮，快看，妈妈！"

你马上朝前看去，只有一棵树，银装素裹。

我说："对不起，爸爸看错了……"

你就"咯咯咯咯"地笑。

那棵树上有两只松鼠，它们从树洞里探出脑袋，一边吃风干的蘑菇一边聊天。

灰色松鼠说："你见过她的妈妈吗？"

褐色松鼠说："没有。不过，我想她妈妈的嘴一定很大，像树洞似的，不然，她爸爸怎么会看错呢？"

美兮和爸爸走过这棵树，美兮喊道："嘟嘟叨叨叭叭！"

爸爸说："叭叭叨叨嘟嘟！"

两只松鼠立即缩回脑袋来，灰色松鼠担忧地说："他们肯定听见你说的坏话啦！"

褐色松鼠说："他们听不懂我们的话！他们在现实世界里，我们在童话世界里！"

灰色松鼠说："可是，我们生活在同一个世界里呀！"

针对这个问题，两只松鼠争论起来。这时候，美兮和爸爸已经坐上公交车走了。

松鼠也听不懂人类的语言，其实美兮和爸爸的对话是这样的：

"嘟嘟叨叨叭叭！"（爸爸，松鼠！）

"叭叭叨叨嘟嘟！"（真的！嘘，别惊扰它们……）


## 第一句完整的话

美兮二十六个月了。

早晨，小凯起床做饭，听见美兮在卧室说："妈妈，电话！"

她赶紧走过去，发现电话根本没有响，美兮还在睡着。原来，小家伙在说梦话呢。

上午，我和小凯带她在经贸大学东门一带买东西。

很多老人在遛鸟。树上的鸟和笼中的鸟交流起各自的生存状况来，叽叽喳喳，热闹极了，笼中的鸟羡慕树上的鸟不用坐班，树上的鸟羡慕笼中的鸟未来有养老金……

在一家裁缝店门口，有个四五岁的小男孩突然冲过来，无比生猛，把我和小凯都吓了一跳，四只脚蓦地生了根。小不点儿的美兮猫腰就跑，姿势虽然滑稽，却灵敏地躲过了一次冲撞。她跑出很远才停下来，惊魂未定地说："jiè è éi ji kě dēn xiōng y！"（这个儿子可真凶呀！）

这是她第一次独立、完整地把内心想法表达出来了。

这段时间，她以为所有的男孩都叫"儿子"。

## 没必要的更正

美兮把"儿子"说成"éi ji"。

一天，我逗她："儿子，这样说对吗？"

她说："对。"

我说："éi ji，这样说对吗？"

她笑了，说："不对。"

看来，她的耳朵是准确的，只是舌头不听使唤。

我再接再厉："你说——儿子。"

她说："éi 子！"

对了一半。

（美兮小的时候，我和小凯总希望她摆脱"婴儿"音，把话说标准。一转眼她就长大了，变得伶牙俐齿了，作为父母，又开始怀念她那稚嫩的"婴儿"音了……不过，那些日子永不再来。）

## 外婆的一天

美兮早早就起床了，她穿着妈妈的高跟鞋，"啪嗒啪嗒"走到客厅里，大声说："大家们，起床啦！"

不能叫"大家们"，纠正过她多次，她却屡教不改，总是这样说。

我和小凯上班走了后，美兮就拉起外婆的手，要求上课了。

外婆正忙着手中的活儿，就说："外婆请会儿假好吗？"

美兮严肃地说："现在你是万老师，不是外婆啦！"

老师跟学生请假，这事儿确实有点说不通。于是，不管多重要的事儿，外婆都要放下，老师和学生双双立正敬礼——

"万老师好！"

"周同学好！"

"请坐。"

"谢谢。"

一般是语文课。外婆拿起一张识字卡片，问："这个字念什么呢？"

那是一个"鸡"字，外婆忘了捂住文字下面的提示图案，卡片上的那只大公鸡赶紧朝美兮挤眉弄眼。

美兮没有回答，她从盒子中又抽出一张识字卡片，用小手遮住下半部，递给外婆："你问我这张吧！"

治学精神很严谨呢。

外婆道了歉，然后捂住提示图案，问："这个字念什么呢？"

美兮朗声答道："熊！"

下课的时候，师生互道再见。

然后通常是美术课，美兮最喜欢了。

外婆问："周美兮，你知道什么叫颜色吗？"

"颜色就是颜色呗！"她总是用概念解释概念。

"你知道什么叫油画吗？"

"油画就是油画呗！"

"你知道什么叫艺术吗？"

"艺术就是艺术的意思！"

回答完全正确，谁都挑不出毛病来。

接着，外婆先做示范，画了一个人，美兮看了看说："不是这样的，身子太大了，脑袋太小了！"

外婆解释说："这是正确的，人体的高度约等于七个头长。"

美兮不同意这个观点，她摸了摸自己的脑袋和身体，说："那我就不同意了！应该是这样的！"然后夺过笔，自己画起来。

这段时间，她经常这样说"那我就同意了"或者"那我就不同意了"。

家里刚买了一条玩具蛇，一提线就"噜噜噜"四处爬行。它说话了："实际上，你们的分歧在于，一个是成年人的身体比例，一个是小孩的身体比例。量量我，十二颗脑袋也不及身子长呢！"

忙了一天，疲惫的外婆躺下了，美兮又让她讲故事——嘴巴不能闲着。外婆就讲起了《猩猩偷香蕉》的故事。

美兮听故事总是很认真，安安静静，在朦胧的夜色中，眼睛像星星一样亮晶晶，一闪一闪的。

实际上，不是她一个人在听，天上的星星也在听。其中一颗星星问邻近的一颗星星：我第一次听说，我们的同伴中还有人喜欢吃香蕉？

它没有得到回答，它的声音传到另一颗星星那里，不知需要多少光年呢。


## 没面子

美兮亲临百盛商场，随行人员有外婆、小凯、我。

在一家商铺里，美兮"噼里啪啦"地说来说去。售货员夸美兮："你的小嘴儿真能说，长得也漂亮。"

美兮指了指自己的眉毛，说："爸爸就是直眉。爸爸喜欢直眉，我就长了直眉。"

又来到服装区，美兮很兴奋，张开两只小手，尽可能把更多的衣服都揽在怀里，说："这些都是我的！"

小凯说："你太小了，穿不了这些衣服呢。"

美兮紧紧抱住那些衣服，说："我长大了这些都是我的！"

外婆说："好吧，等你长大之后，这些衣服都归你！"

美兮大概以为外婆是百盛商场的董事长，事情已经谈定，没想到，小凯却把一件漂亮的衣服穿在了身上！看见妈妈从试衣间里走出来，美兮有些不满地说："妈妈，这些衣服都是我的呀！"

小凯说："周美兮！这是商场的衣服，不是你的，别胡闹！"

几个售货员都笑起来，看美兮。美兮被妈妈呵斥之后，自尊心受到了打击，转向墙壁，用两只小手紧紧捂住了脸，特别难堪。

我和小凯走开的时候，并没有注意到美兮的表情。这一切被外婆看在了眼里，她走到美兮跟前，轻声说："周美兮，走吧。"

美兮在小手后面低声说："没面子，我没法走了。"

一副女士墨镜在架子上悄声说："我可以帮你解决这个问题，你把我买下来吧！"


## 歌谣壮行

我领美兮去宽街买东西。

刮着大风。

蚂蚁们躲在洞穴里，享受着秋天储存的食物。一只很小的蚂蚁探头探脑想出去，被父亲捆了一巴掌，哇哇大哭。

我裹紧外衣，说："周美兮，风大吗？"

美兮抬起头，喊道："大！"

我说："你怕吗？"

她喊道："不怕！风吹雨打都不怕，团结起来力量大！一！二！三！"

我从来没听她说过这些话，估计是从幼儿园学的。

然后，我们举起手掌轻轻一击——"耶！"

## 心太软

从宽街回来，风停了。

它逃到城市之外，停在最高的树梢上，灰心丧气：它和雨在一起都斗不过人家，更别提它自己了。况且，雨这个家伙又不团结，独自乘白云航班去旅游了。

我把美兮扛在脖颈上，正是一个"尖"字。我一边走一边随口哼起任贤齐的歌："你总是心太软……"

她在我脖颈上笑嘻嘻地唱："爸爸，你总是心太软，心太软，把所有问题都 jì（自）己扛！"

我哈哈大笑，她也笑。

爸爸，你总是心太软，心太软，把所有问题都 jì（自）己扛——可不是！说这话的人正骑在我的脖颈上，她就是我的问题之一。

## 跟狗狗的一场斗争

小凯去采访一位艺术家。

采访一个人，我们去了仨——我、小凯、美兮。

艺术家住在郊外，一座高大的房子，像庙堂。他养了一条狗狗，很小，它打量了我们一下，觉得两个大人都不好惹，只有美兮小，跟它差不多一般高，于是就朝美兮狂吠起来："你为啥来我家？你要来，也得问问我的牙齿答不答应！我一看你那小花布帽就不顺眼！"一边叫一边朝前扑。

美兮吓坏了，转身就跑。

狗狗更威风了，乘胜追击。

美兮惊恐地大叫起来："妈妈妈妈！"

我一下就把她抱起来，说："周美兮，你越软弱它越凶。你别跑，迎着它朝前走，假装要打它，它肯定就逃之夭夭了。"

经过我反复鼓励，美兮被放下后，没有再后退，还大声呵斥那条狗狗。

狗狗停在那里，还在叫，却显得外强中干了。

美兮试探着朝它逼近了一步，瞪大了眼睛，狗狗开始一步步后退，终于跑掉了。

## 语文教师和"小公主"

今天，美兮把她的小床单从头上披下来，走出儿童间，迈着小步款款向外婆走来，头也不歪一下。

美兮说："我是公主啊，你可以问我点什么。"

外婆就说："啊，原来是公主，你从哪里来呢？"

美兮答："从这里来。"

外婆又问："你到哪里去呢？"

美兮答："到那里去。"

外婆语塞。

美兮小声提示："你说请我坐一会儿。"

外婆就说："我能请你坐一会儿吗？"

美兮很斯文地坐下来，说："可以。"

外婆是个教师，她从来没跟公主打过交道，又不知该说什么了。

美兮端端正正地坐了一会儿，见外婆不说话，再次小声提醒："你说，哟，这姑娘长大啦。"

外婆有了台词，马上说："哟，这姑娘长大啦。"

美兮就露出了娇羞的神态。


儿童间的小床上，被子激动地问褥子："听说，床单被选进皇宫了？"

褥子说："人家运气好啊。本来，那个小公主选中了我，顶了几次，热得满头大汗，最后就换成了床单……唉！"


## 有一个秘密

七月，我们搬进了新家——爸爸妈妈终于给你买了属于自己的房子！

昌平区，梅花观，三室一厅，全是深红色的纯木地板，宽阔、光滑、平展。客厅简直可以踢足球。

担心你磕碰，买的门锁都是圆的。

你在各个房间跑来跑去，有些不相信地说："这真是咱们的家吗？"

儿童间涂成了苹果绿色，墙上有一行粉红色的小脚印。不经大人指点，你就知道哪个是你的房间。

外面有个精致的小院子，铺着方方正正的地砖，两个墙角立着草坪灯。有一个大秋千，随风荡来荡去。

书房的书虽然不多，却珍贵。有爸爸写的书，有采访爸爸的报纸，有妈妈编辑的杂志，有发表你"玉照"的儿童刊物……

这个书架镶嵌在墙壁上，登着梯子才能看见最顶端。左侧有个深深的空隙，三条胳膊接在一起都够不到底——那里面是一个秘密所在。

孩子在成长过程中，会产生很多有纪念意义的东西，不过时间一长，很难保证不遗失。我把美兮的一些东西装进小塑料袋，封闭好，投进书架上的那个深洞，它们就丢不了了。这些东西包括：美兮掉的第一颗乳牙，她写的第一个字，她画的第一幅画……

我记得，那颗牙在美兮嘴里的时候还好看，一掉下来就特别难看；她的第一个字简直跟甲骨文一样，世上没人看得懂；她的第一幅画，乱七八糟，根本看不出是什么，绝对印象派。我通过请教她才知道那是什么，马上用文字标出来：此作品为美兮画的人物肖像。箭头——眼睛（一个点，独眼），箭头——鼻子（看上去像一根草），箭头——嘴（一个不规则的三角），箭头——头发（头发长到脚下了）……

书架上的这个秘密所在，我一直没有告诉美兮。

我想等到她三十岁的时候，带她走进这间书房，当着她的面，拆除这个书架，拿出那些东西，一件件给她看。

三十年的"埋伏"，就为了看看她那一刻的表情。嘿嘿。


面粉年幼时，长得一点都不白，它天天在太阳底下玩儿，被晒得全身金黄。那时候，农夫就把有关它的一些珍贵记忆一粒粒保存起来，埋在了地下。当面粉变成面粉的时候，这些记忆冒出头来，原来是一大片麦子。


## 爱的轮回

我在网上讲美兮的故事，一个叫追忆似水年华的读者这样留言：

有人说，女儿是父亲前世的情人。有了女儿之后，我曾经追问老公，你是不是有这样的感觉呢？老公拒不承认。可是，在您的这些文字里，我倒真的看出了一点端倪……

我回道：

朋友写过这样一段文字——某日，他离家远行，走出一条街之后，总觉得背后牵扯着什么东西，回过头，看见瘦小的母亲还站在雨雪中，默默望着他。他的心一疼，忽然意识到：那个微小的身影就是他前世的婴孩儿啊。

也许，亲情、爱情的关系是永恒轮回的，前生为父女、今生为夫妻，来生为母子……不知哪一辈子，两个人便合成了一个人。

## 三件小事

卫生间安了一个淋浴房。

这天，小凯在里面冲凉。美兮不知道淋浴房的用途，她看到里面水汽蒙蒙，哗啦啦作响，就跑去问外婆："妈妈干什么呢？"

外婆说："冲凉呢。"

美兮说："我要去看看！"

外婆说："不礼貌。"

美兮说："那我不放心呀！"

外婆说："我保证，妈妈在那里很安全。"

美兮想了想，说："那我就同意了。"


早上，我和美兮躺在床上。

美兮柔和地说："孩子要喝水啦。"

我在半梦半醒中答应了一声："嗯。"却没有动。

美兮的声音高了些："孩子要喝水啦！"

我翻了个身，又睡过去了。

她一字一顿地叫道："孩，子，要，喝，水！"同时，用小手揪住我的耳朵，使劲往上提，脸上已露出愠色。

我赶紧跳下床去。


小凯躺在沙发上看电视。

美兮纠缠她玩儿。过了一会儿，她穿上妈妈的大拖鞋，"啪嗒啪嗒"走进卫生间，拿出小便盆，回来之后，用小手在小凯身前量了量距离，然后把小便盆放在了小凯头顶一尺远的地方，端端正正地坐下来。

小凯说："周美兮，把你的小便盆挪远点好吗？"

美兮说："我量过了，我坐在这里，妈妈才可以摸到我。"


这天的家里，还发生了三件互相不搭界的小事：

我家墙壁上有一只小猪的脸谱，它笑眯眯的，叼着一支粗大的雪茄，脖子上挂着一个牌子，上面写着：NoSmoking。一只淘气的插头，半夜睡迷糊了，爬到睡熟的小猪的脸上，把它的鼻孔当成了家。幸亏小猪及时冒出了一个鼻涕泡，插头这才发现认错门了。

美兮把一瓶可乐放在了厨房里。夜里，酱油把它当成了酱油，以为是自己的男朋友。两只瓶子亲了嘴之后，酱油和可乐就混合到了一起，那滋味乱套了。

半夜时，爸爸拿着一支微型手电筒，去给美兮掖被子。被面上印的一只凤凰飞出来，顺着手电筒的光束飞到夜空中，不见了。第二天，美兮并没有发现这件事。


## 假如大灰狼来了

睡觉前，你经常问一句："妈妈，要是大灰狼来了，你怎么办？"

妈妈就说："打它！"或者："踹它！"

这一问一答已经成了固定模式。

每次妈妈回答完毕，你就感觉长了威风，有了保障，睡觉也踏实了。

这天中午，妈妈哄你睡觉，你怎么都不睡。你总是这样逆反，让你做什么你偏不做，不让你做什么你肯定要做。妈妈实在弄不睡你，有点泄气，渐渐睡眼惺忪了。你突然掀开妈妈的被子，很仗势欺人、很自信地问妈妈："妈妈，要是大灰狼来了，你怎么办？"问得声音洪亮，铿锵有力，因为接下来的回答必然是："打它！"或"踹它！"

可是这一次妈妈没有顺着说，她闭着眼睛，懒懒地答道："给它吃银翘片。"

你一下就笑了，笑得极聪明，马上添油加醋地说："再给它喝啤酒！"

想想，一条大灰狼走进了咱家，坐在餐桌前的椅子上，跷着二郎腿，桌上摆着一碗银翘片，一瓶啤酒，它一边大把大把地吃，一边"咕咚咕咚"地喝……那情景，多滑稽啊。


## 先斩后奏

美兮爱画画，外婆家和芍药居那个家的墙壁上，一米以下到处可见她的涂鸦痕迹。

小凯了解她这个"爱好"，于是指着新家的墙壁，叮嘱她："不可以乱写乱画。"

这一天，美兮悄悄走进书房，从抽屉里取出彩笔，站在雪白的墙壁前，几次跃跃欲试，可能考虑到了后果严重，几次又把彩笔放下来……

可是，技痒难耐，最终她还是找了一个不太惹人注意的角落，用红黄蓝三种颜色，画了一只找不到眼睛的羊。

画完之后，她觉得不妥，犹豫再三，终于跑到客厅，清清脆脆地对小凯说："妈妈，我错了！我再也不在墙上乱画了！"

小凯走过去看了看，无可奈何地说："好吧，下次别画了。"

她见妈妈没生气，就笑嘻嘻地说："洗一洗就干净了，用香皂！"

夜里，这面墙对另外三面墙说："以后，你们继续唱白脸，我改唱花脸了。"


## 提前报仇

小凯从超市回来，买回了一大堆东西。

美兮一一过目，最后，她选了一盒精致的痱子粉，到小走廊玩去了。

不一会儿，她突然跑过来，一边使劲捶打我的大腿，一边"哇哇"大哭："我打你，我打你！"

我虽然不曾除暴安良，却也一直安分守己，就问她："周美兮，你为什么打我呢？"

美兮说："因为你骂我！"

我说："我没有骂你啊！"

美兮说："过一会儿你就会骂了！"

我更疑惑了："我为什么会骂你呢？"

她这才停下手，朝小走廊指了指，怯怯地说："因为我把痱子粉弄撒了……"

我抬头看了看，满地都是白花花的痱子粉。


## 第三家幼儿园

你转入了亚运村中心幼儿园。

这时候，爸爸辞掉了那本娱乐杂志的主编职务，无业，一个人在恐怖文学领域拓荒，很艰难。

早晨，天刚蒙蒙亮的时候，我就抱着你出发了。我们等来一辆公交车，坐将近一个钟头，到北沙滩换乘另一辆公交车，再坐半个多钟头，到北辰下来，这时候，天已经大亮，你骑在爸爸的脖颈上，我们再走很远一段路，才到幼儿园。

然后，爸爸坐那两趟公交车返回。

下午，爸爸重复早晨的车，赶到幼儿园把你接出来，我们再一起坐那两趟公交车回家……

算一下，爸爸每天要换八次车。

爸爸每天都利用漫长的乘车时间给你讲故事，变废为宝。

爸爸为你编过无数个故事，可笑的、悲伤的、哲理的、感人的、奇幻的、现实的……通过这些故事，给你最基本的道德熏陶，懂得人间正道是沧桑，要做一个美好的人——这是最重要的人生第一课；给你最基础的文学训练，知道怎样编故事，怎样讲故事，做一个有趣的人——无趣是对一个人最低的评价；给你最美妙的享受，生活在高于生活的虚构中……

多少个天色未明的清早，多少个夜色降临的傍晚，我们在路上。

在马路边的站牌下，在拥挤的公交车里，我抱着你，给你绘声绘色地讲故事，父女两个人笑啊笑啊笑个不停。

偶尔不知道怎么惹了你，你哭了。偶尔爸爸的一个话题、一个表情，又把小小的你逗得笑疼了肚子……

这里是巨大无边、人流匆匆、车水马龙、五光十色的北京，渺小的爸爸和花骨朵一样的女儿，相依相靠。我们无人关注，却是那样欢乐和幸福……

终于有一天，奔波了一辈子的爸爸会老去，再也站不起来。那时候，爸爸静静地躺下了，世界一片安静。已经长大的美丽的你，坐在我的身边，轻轻地说："爸爸，你再给我讲个故事吧。"

爸爸会用今生最后一丝力气，给你讲："从前，有一只可爱的兔子……"

从前有一只可爱的兔子，它长着长着就老了。

大兔子病了，二兔子瞧，三兔子买药，四兔子熬，五兔子死了，六兔子抬，七兔子挖坑，八兔子埋。九兔子坐在地上哭起来，十兔子问它为什么哭？九兔子说，五兔子走了再也回不来。


## 终于升班了

这天，我到幼儿园接你。你从门口的家长空隙中看到了我的影子，立即幸福地扑上来，激动地喊："爸爸爸爸爸爸！"

回来，在北沙滩转车，你教我跳舞。

你说："爸爸，你是小四班的，我是小三班的，好吗？"

（你那时在幼儿园最小的班——小四班。）

## 被抓回来的逃兵

一天，我们回到家的时候，天黑下来。

你在路灯下给我唱歌："掀起了你的盖头来，让我看看你的脸，你的脸蛋儿红又圆，就像那天上的苹果到秋天……"不知道为什么多了三个字："天上的"。

过了两天，你学会了一首歌谣："小兔子走路蹦蹦蹦蹦跳，小鸭子走路呱呱呱呱呱，小乌龟走路慢吞吞，小花猫走路静悄悄。"唱小兔子的时候，你把两根食指竖在头上，笨拙地蹦三下；唱小鸭子的时候，你的身体左歪一下右歪一下；唱小乌龟的时候，你缩手缩脚，好像慢镜头；唱小花猫的时候，你高高抬起脚，轻轻落下步……

又过了两天，你学会了用手势表达数字，歌谣是："一小柜，爱剪刀，三叉戟，细板儿，五小手，六烟斗，七镊迹，八手枪，九钩儿，十麻发。"

后来我问了问老师才知道，正确的歌谣是：一小棍儿，二剪刀，三叉子，四板子，五小手儿，六烟斗，七镊子，八手枪，九钩子，十麻花儿。

这时候，你大了一点，像所有的小孩儿一样，贪恋父母，不愿意去幼儿园。一次，我们在路上说得好好的，可是在车接近幼儿园之时，你却出尔反尔，闹开了。好不容易把你弄下车，你猫腰就朝远处跑，我奋起直追……

蚂蚁在路边绊了我一脚，被我机灵地躲过了。我几步追上你，把你强行抱了起来。

小东西，嘿嘿，不管你有多少同伙，终究逃不出老爸的掌心！


## 宁静的夜

十月底，小凯要去法国出差，提前奔赴西安办理护照。

晚上，美兮跟我睡。

第一夜很好，半夜我被她捣鼓醒几次，每次都见她爬向我，柔顺地抱住我的脸或者脖子，嘴里嘀咕着"爸爸"，然后安然睡去。

还有比这更幸福的事吗？没有了。

第二天夜里，美兮哭闹起来，可能做噩梦了，小嘴儿里喊着："给我！给我！"

她偶尔在睡梦中哭闹，就像突然变了一个人儿，什么事理都不明白了。

这一天，她一边哭一边还把被子蹬开，怎么都不让盖。

我哄啊哄，怎么都哄不好，她越哭越厉害。我假装生气了，不理她，任她哭闹。经验告诉我，越理越严重。

最后，她一边在月光下抽噎一边仇恨地看着我，说："你敢打我！你这个笨蛋！"（第一次听到她说"笨蛋"一词。）

我就一下搂住了她。

第三天，美兮半夜又反复哭闹多次。实在哄不好，我就继续采取不理她的态度，转过身去闭上眼睛，一言不发。

最后，美兮渐渐停止了哭闹，在我背后　　　　　捣鼓了半天，我终于听见她说："你说你错了，下次再不这样了。"

这是在求和，给自己找台阶。我就说："我错了，下次再不这样了。"（我怎么知道我在她的梦里做了什么坏事！）一边说一边抱住了她，她也紧紧抱住了我。

我喃喃地说："周美兮，别再哭了。"

两岁的她背朝着我，闭着眼睛，点了点头。后来，我又叮嘱了她几句什么，她一直都在重重地点头，很明事理的样子。

梦是一个世界，里面有鬼怪、陷阱、开不走的车、跑不动的路……每个人在梦里都是孤独的，没有任何人能跟你一起走进去，陪你去面对恐怖和危难。爸爸也不能。这就像未来的人生。

第四天，美兮半夜又哭闹了。她应该不是故意的，她处于半梦半醒之间。我估计，是离开了妈妈的缘故。

不管我怎么哄，她都好像听不懂，我只好不理她，不说话，静静地听她哭。

她哭了几分钟，最后爬到我背后，哭着说："求求你了……"

我狠狠心，还是不说话。

她自己躺在一旁，一边哭一边说："大哥，我求求你了。大哥，我求求你了……"

她经常这样，不知道从哪个电视剧上学来的台词，偶尔就从小嘴里冒出来，令人哭笑不得。比如一岁左右的时候，有一天她突然笑嘻嘻地喊：救命。

我转过身，紧紧抱住了她。

宝贝，爸爸和妈妈是两扇贝壳，你就是一颗珍珠。爸爸和妈妈在漆黑的海底互相拥抱彼此温存，过了几世几劫才孕育出你。不论遇到什么危难，我们都会用生命保护你。

## 巧改古诗

晚上，我教美兮背古诗：

红豆生南国，春来发几枝。愿君多采撷，此物最相思。

我说了三遍，然后让美兮站在床上背诵。

她根本没记住，瞄着我的眼睛，支支吾吾地说：红豆……最相思。

厨房里的一袋子绿豆哈哈大笑。

这个小东西，她把两个关键词挑了出来，头尾相衔，直接表达了主题。

绝。

## 一本正经

美兮在叠手绢，说要叠个小兔子。手绢都烦了，满脸皱巴巴，她却不烦，翻来覆去一直在叠。

我在一旁看着她，实在忍不住，凑过去咬了她一口。她把眉毛朝上一挑，严肃地问："咬人，对吗？"

——过去她咬我，我就这样正色质问她。学会了。

## 过耳不忘

我喜欢音乐，没事就唱咧咧的。

一天，我带美兮回家，她在公交车上突然唱出了："小呀么小儿郎，背着书包上学堂，不怕太阳晒，不怕风雨狂，只怕先生骂我懒，没有学问不愿见爹娘。郎哩咯郎哩咯郎哩咯郎……"

我想起来，很久之前我曾经唱过这首歌，最近一直没有唱，她竟然学会了！而且，调子一个音不差，歌词一个字不差！这让我又吃惊又兴奋。

我算是一个幸运的父亲。

鸭爸爸就不同了，它教鸭宝宝一首歌：小鸭子，学走路，摇摇摆摆像跳舞……不知教了多少遍，鸭宝宝唱出来还是：小鸭子，学跳舞，摇摇摆摆像走路……唉。

## 即兴改编

这天，我带美兮乘坐小巴回家。

本来，我从不给美兮唱什么流行歌曲，为了熏陶她，只唱一些经典民歌。可是那时候大街小巷都在唱《一封家书》，我不知不觉就随口唱起来："亲爱的爸爸妈妈，你们好吗？我现在北京挺好的，爸爸妈妈不要太牵挂……"

接着，我跟美兮聊了几句别的话，她突然看着我笑嘻嘻地唱起来："亲爱的爸爸妈妈，你们好吗？"声调平平的，就像在念歌词，那句"你们好吗"，完全是在问话，惹得旁边一个中年妇女憋不住笑出来。没想到，她又来了一句："我现在北京挺好的，已经上幼儿园啦！"完全是在说了。

李春波都笑了。

## 洋娃娃

一天，我随口哼起《不老的爸爸》：

爸爸爸爸爸爸爸爸，亲爱的爸爸！爸爸爸爸爸爸爸爸，慈祥的爸爸！他满口没有一颗牙，满头是白发。他整天嘻嘻又哈哈，活像洋娃娃！他整天忙忙又碌碌，全为我长大！

美兮笑嘻嘻地说："爸爸，这歌儿唱的就是你呀！"

美兮的外婆手巧，用白毛线给美兮做了一只小绵羊，拳头一般大，毛茸茸的，十分可爱。

这天家里没人，小绵羊就唱起来：咩咩咩咩咩咩咩咩，亲爱的咩咩！（小绵羊想唱——亲爱的妈妈，不过它跟美兮一样，发音有点不准，就成了——亲爱的咩咩。）她的奶水香喷喷，满身是白发。她整天咩咩又咩咩，活像羊娃娃！……

后来，美兮不想让小绵羊孤独，又央求外婆用花毛线做了一只小母鸡，放在了小绵羊旁边。她整天喔喔喔喔喔喔，管小绵羊叫哥哥。

## 我当了一回反面老师

一次，我和美兮乘小巴回家。

我抱着她上车之后，摇摇晃晃走向最后一个空座。车一动，我一下跌倒在座位上，随口说了句："我靠！"

美兮立即鹦鹉学舌："我靠。"

她才两岁多！车里的人"哗"地笑起来，都看她。

她的表情又兴奋又新奇，笑眯眯地看着我，那是在察言观色。

我严肃地说："周美兮！小孩儿怎么能说脏话呢？嗯？"

她笑嘻嘻地四下看了看，说："你要是不说脏话，我会学你吗？"

语言组织得这么好！反驳得如此有力！

一股尾气从汽车喇叭里喷出来——连小巴都笑岔气啦。


## 偷梁换柱

早晨，我睁开眼皮，看见小凯和美兮在一旁玩儿。小凯含笑问："周美兮，刚才你把什么东西放在爸爸身上了？"

我马上意识到，在我睡觉的时候，她们娘俩肯定对我做了什么坏事。四下看了看，茶几上的一只香水瓶立即笑嘻嘻地用塞子堵严了自己的嘴巴。

我盯着美兮问："什么东西？"

美兮笑着看小凯。

小凯说："我保护你。"

美兮看了看我，说："那爸爸你也答应保护我！"——竟然要求受害人保护犯罪嫌疑人！

为了查明真相，我说："好吧，我保护你。"

这小家伙极其聪明，必须保证自己绝对安全，她不冒一点险。

得到我的承诺之后，她才含含糊糊地说："……虫虫。"

她偶尔把鼻涕叫虫虫，她不说鼻涕，用虫虫代替，让我觉得可能是真虫虫，也可能是鼻涕，偷梁换柱，虚虚实实。

"什么虫虫？"我问。

"坏虫虫。"她说。


## 摇身变成了儿子

家里雇了一个保姆，东北人，五十多岁，我们叫她刘阿姨。

为了锻炼美兮自立，我们想让她跟刘阿姨睡，以后再慢慢一个人睡。这天晚上，美兮和刘阿姨在儿童间玩儿，我们把卧室的门关上了。

很晚的时候，传来美兮的脚步声。她走到我们的门口，停下来。家里静静的，我和小凯都不出声。终于，她敲门了："咚咚咚！"接着说："爸爸，妈妈，我是你们的 éi ji（儿子）呀！"

什么时候变成我们的儿子了？

小凯给她打开了门。

她抬着小脑袋，又说："我是你们的 éi ji（儿子）呀！"

刘阿姨哄她离开，她哭闹起来："奶奶，你走！你走！"

……没办法，我们只好把她放进来，她如愿以偿，很快就高兴了。

小凯批评她，并把身子转了过去。她一下又哭了："妈妈不喜欢我了……"

小凯又抱住了她。

她不知道，我们比她贪恋我们更贪恋她！亲情是长在一起的血肉，撕开之后两边都疼。


窗外，一棵树使劲摇晃，终于把一枚果子甩到了地上。果子抬起头，落下泪来，它再也回不到母亲的枝头了。它问妈妈，你为什么这样做？妈妈说，孩子，你早晚要离开我的。果子想了想说，那为什么不等到瓜熟蒂落的时候呢？妈妈一下说不出话来。


## 大爱无言

一天，美兮和小凯各在一个房间睡午觉。

"叮铃铃，叮铃铃……"电话响了。美兮闭着眼睛喊："妈妈，电话！电话！"

小凯跑过去，接完电话，想跟美兮亲近一会儿，一看，美兮已经睡着了，睡态憨憨的，十分可爱，她轻轻地说了一句："妈妈真爱你啊。"

没想到已经睡着的美兮竟然轻轻地回了一句："我儿（知）道。"

妈妈觉得好玩儿，忍不住又说了一句："妈妈爱你，妈妈很爱你！"

小小的美兮一骨碌坐起来，睡眼惺忪地大声说："干吗呀，总说总说的！"

哈，急了。


一个大毛线团，一个小毛线团，都是红色的，因此大毛线团是妈妈，小毛线团是儿子。儿子就像得了多动症，一心想出去流浪。妈妈不放心，就从自己身上抽出毛线头，系在了儿子身上，对它说：你迷路的时候，想妈妈了，顺着这根毛线就能找到家。于是儿子乐颠颠地跑了出去。一路上他见识了很多新鲜事物，玩得忘乎所以，根本没有想妈妈，而妈妈一直牵挂着他。儿子走啊走啊，身体变得越来越大。终于有一天他累了，回到家的时候，发现妈妈已经没有了，他这才明白，妈妈的身体化成了自己身体的一部分。

## "女子" 防身术

这段时间，美兮一使劲就歪嘴。

我对她说："周美兮，遇到坏人侵犯你的时候，你要还击！使劲打！"

她一拳捣过来，由于用力太大，小嘴儿就歪到右边去了。

她的右耳立刻竖起来：你想跟我说什么？

## 叠

晚上，美兮一遍遍给我解扣、系扣，接着又去摆弄妈妈束腰的带子，那上面有几十个小钩环，她一个个解，一个个系。

她坐在沙发上，一声不吭，捣鼓了一个多钟头。

她总是这样，只要给她一件衣服，让她解扣系扣，一晚上都不用管。特别是在她困的时候，常常会弄个单子什么的，叠来叠去，没完没了，叠个这样，再叠个那样，似乎越叠越不明白，到底要叠什么、为什么叠，反正就是翻来覆去地叠，那种耐心让人难以理解。

不过，她困倦的时候，若是叫她，她很容易发小脾气。

美兮进入甜美的梦乡后，衣服的第五个扣眼对第一颗扣子说："先生，今天我能跟您拥抱，真是太幸运了。"扣子恼怒地说："可是，你卡住我的脖子，我差点透不过气来！"

## 大脸蛋的刘金雨

有一天美兮回家，对我讲起幼儿园的事情，说有个刘京雨（音）用身体撞她，还有个景迪新（音）拿毛绒骆驼打她。

她大舌头，我不确定她说的名字对不对。

早晨，我送她去幼儿园的时候，好奇地问了问老师，班里有没有叫刘京雨、景迪新的孩子。老师告诉我，有个刘金雨，还有个景志新，是两个很淘气的小家伙。她一边说一边回头看了看："景志新来了，那个就是！"我从门缝朝里看了看，一个全班最高的男孩，正昂着脑袋哇哇大哭。他的打手——那只毛绒骆驼躺在地上，趁机淋了一次雨。

一天放学，我带美兮在幼儿园玩滑梯，一个胖墩墩的小女孩冲过来。美兮边玩边说："她叫刘京雨。"

我仔细看了看那个被美兮称为"刘京雨"的小女孩，她长得太可爱了——大脸蛋红扑扑的，像含了两颗糖球，两边都耷拉下来了。

美兮向我介绍她的时候，丰不专注。"刘京雨"朝我们瞟了一眼，像小老虎一样冲上滑梯去了。两个人各玩各的，好像不认识一样。我想，这个"刘京雨"很可能就是刘金雨。

几天后的早上，我送美兮去幼儿园，在车上，我对她说："周美兮，给外婆打个电话吧！"

美兮就开始"无实物表演"了——她举起右手，放在耳边，煞有介事地说："喂，是外婆吗？"

我又让她给刘金雨打电话，她很生气，说："不！"

我用双手捏着自己的脸，说："周美兮，你回头看，我是刘金雨。"

她回头看了看我，憋不住一下笑出来。笑得意会神通，十分聪慧。

我断定，在滑梯处的那个小女孩肯定就是刘金雨了。


## 第一次登台

年底，幼儿园召开联欢会，家长和孩子互换礼物。

美兮送给小凯一张她自己画的贺卡，小凯送给美兮一只储钱罐。

今天，美兮将首次登台，跟小朋友们一起表演舞蹈。瞧，她换上了表演服——镶金边的红褂子，露出两根白嫩嫩的小胳膊；头上梳着两个冲天鬏，额头一点红……

表演开始了：

我们的祖国是花园，花园的花朵真鲜艳，和暖的阳光照耀着我们，每个人脸上都笑开颜。大姐姐你呀快快来，小弟弟你也莫躲开，手拉着手唱起那歌儿，我们的生活多愉快……

一群三岁的小孩儿，左边招招手，右边摆摆手，动作笨拙，可爱极了。

哪吒从画册里探出脑袋，简直惊呆了——舞台上那些小孩儿的装束跟他一模一样！看了一会儿，他扔掉风火轮和火尖枪，对托塔天王李靖说："爸爸，我不学武了，我要学舞！"

——如果美兮感兴趣，以后我希望她接受一些舞蹈训练，不一定成为专业演员，作为一个女孩儿，我希望她拥有完美的形体气质。


## 被国家队教练看中了

地坛公园。

美兮在一些体育设施上玩耍，她跳来跳去，像一只快乐的小猴子。两只黑白花纹的天牛被吸引过来，落到梅花桩上看热闹，长长的触角摆来摆去。

我和小凯坐在草坪上聊天。

有个装扮朴素的女性，站在不远处，一直在看美兮。过了一会儿，她走过来，掏出工作证给我们看了看，原来是国家体操队的教练。她希望我们把美兮送到国家体操队去培养，她说，一个幼儿，尤其是女孩子，身体协调性这么好很难得，如果不开发就可惜了。

这是一件大事。

我和小凯商量了几天，最终还是回绝了那位敬业的教练。

我们不想在美兮不谙世事的时候，就把她送上一条不能再更改的人生之路。辽阔的未来，她信马由缰，自己选择吧。


## 谨　慎

我们一家三口躺在床上，美兮在中间，她和小凯盖一床被子。我逗美兮："我可以进来吗？"美兮说："可以。"我就钻了进去。

小凯静静看着美兮，没有任何表情。

美兮回头看了看妈妈的眼神，觉得不太对劲儿，又转过身来，犹犹豫豫地把我身上的被子掀开了，然后回头小声问妈妈："这样做对吗？"

（故事里一定要有好人和坏人才有意思，生活中也一样。美兮只适合扮演一个角色——小公主。小凯呢，应该是法官，最次也是书记员。家中总共三个人，那个心如毒蝎狡猾奸诈丑陋无比十恶不赦的家伙就只能是我了。）


## 诧　异

西山大觉寺明慧茶苑邀请我和小凯去欢度世纪之夜。

我们走的时候，美兮正跟刘阿姨在儿童间玩儿。我们蹑手蹑脚地离开之后，美兮从儿童间走出来，看见客厅一转眼就空荡荡了，十分诧异："咦？怎么都不见啦？"说完就呵呵地笑起来。刘阿姨也笑。

（新年到了，你又大了一岁。宝贝，你不要长得太快，也不要长得太慢，像一只苹果变红的速度就好了。你要细细享受每一个季节不同的阳光、不同的温度，不错过大自然赐给你的每一种养分，并且要对这个美好的世界充满感恩之心。）

# 蛇

## 宝贵的时间

元旦。

到了美兮睡觉的时间（晚八点半），可是，她在客厅玩得正欢。尽管她的游戏十分小儿科，墙上的钟却看得津津有味。

小凯从卧室走出来，说："周美兮，你该睡觉了。"

美兮说："妈妈，我再玩一会儿！"

小凯说："不行。"

美兮可怜巴巴地恳求道："妈妈，我再玩十分钟可以吗？就十分钟！"

小凯说："好，就十分钟！一，二，三……"（这时候美兮才醒悟过来：原来数一个数就是一分钟啊！）

她抬起小脸儿，愣愣地看着妈妈的嘴。

小凯继续数着："四，五，六……"

她还在看着妈妈的嘴，表情越来越紧张。

当小凯数到八的时候，她立即拉起刘阿姨的手说："好了，奶奶，我们睡觉去吧！"然后就睡觉去了。

好不容易请示下来的"十分钟"，她根本没玩什么，一直盯着妈妈的嘴了。

墙上的钟愤愤不平地叫起来：计时应该以我为准啊！

这时候，客厅已经没人了。

## 形象思维

美兮把她的毛毛帽朝下拉了拉，一侧拉得长一些，然后，笑笑地对我说："爸爸，我像保安吗？"小区保安戴的帽子就是这种造型。

还有一次，我跟她在卧室玩儿，她在我的头上蒙上一条黄色的枕巾，笑着说："爸爸，你是皇帝。"

## 语言大问题

这一天，美兮坐在沙发上，突然笑着指了指刘阿姨："她是东北人。"

刘阿姨满口东北话。

我逗她："周美兮，东北话怎么说？"

她笑着看我，不敢说。我从来不让她学方言、土话。

我说："你说吧，爸爸不批评你。"

于是，她就模仿刘阿姨，笑嘻嘻地说了几句东北话，太像了。

我憋着笑，说："周美兮，不管是东北话、西北话、还是老北京话，你都不要学，只讲普通话。"

她点了点头，说："我知道，爸爸。"

一个骑兵在作战中被俘。

敌军首领对他说："我在杀你之前，会满足你三个请求。"

骑兵说："我想对我的马说句话。"

首领答应了。于是骑兵走过去，对他的马耳语了一句，马听了后长啸一声，疾驰而去，不一会儿，就给骑兵叼回一个圆饼来。

骑兵吃掉之后，请求再对他的马说句话，首领答应了。于是骑兵又对他的马耳语了一句，马听了后又长啸一声，疾驰而去，不一会儿，又给骑兵叼回一个圆饼来。

骑兵吃掉之后，首领感叹道："你的胃口可真好啊！你最后一个请求是什么呢？"

骑兵想了一下，说："我想和我的马单独谈谈。"

首领就带着随从离开了。骑兵突然揪住马的双耳，暴跳如雷："我叫你带援兵来！不是叫你带圆饼来！"

马叹了口气，说："唉，讲好普通话多重要啊！"

——改编自网上幽默

## 两个孩子

正值"三九"，天寒地冻。

那些经常跟美兮一起玩的燕子，此时已经飞到了南方的南方，它们商计着，今年早一点把春天驮回来。

这一天，我送美兮去幼儿园，一直打不着出租车。

美兮冻哭了。

我一边给她搓脸蛋，一边给她讲笑话。

晚上，我接她的时候，说："回去跟妈妈商量一下，明天不送你来幼儿园了，过了大年再来。"

美兮说："不要商量！"

我说："怎么，你想来幼儿园？"

美兮说："不是，我怕你们吵架……"

这个家里，美兮是孩子，我像孩子，只有一个家长——小凯，她把握着生活的大方向。如果由着美兮和我，肯定乱套了。

又一天，刚刚下过大雪，奇冷。

我送美兮去幼儿园，在北沙滩等到九点钟，始终不见出租车。我恼了，说："周美兮，干脆咱们不去幼儿园了，回家玩吧！"

美兮在我怀里认真地说："不行，妈妈说了，必须去幼儿园！"嘿，一脸严肃，俨然一个小小凯。

回家的路上，我跟美兮聊天。

我说："在北京出行很不方便。坐公交车吧……"

美兮说："太挤。"（一次我送美兮去幼儿园，那辆公交车人太多，下车时根本下不来，我只好先挤下车，让其他乘客把美兮从窗口抱了出来。）

我说："坐小巴吧……"

美兮说："小巴爱吵架。"（那时候，北京的小巴都是私人承包的，经常和乘客发生争执。）

我说："坐出租车吧……"

美兮说："难受。"（她坐轿车晕车。）

接着，我开始畅想未来："等爸爸赚了很多钱，一定给你买很多辆公交车，咱们先在梅花观坐345路，到了北沙滩再换328路，都是咱家的！"

美兮就呵呵呵呵地笑。

## 最狠毒的武器

小凯加班，保姆回家过大年了，家里只剩下我和美兮。

老人说，小孩到了三岁就开始烦人，真是踩着点儿，过了年之后，美兮经常出怪相，不听话。

最头疼的是午睡。

她多日不去幼儿园，中午不习惯睡觉了。正月期间，天天晚起，午睡已经拖到下午三四点钟。

小孩儿要保证睡眠，我严肃地勒令她睡觉。

她一下坐在我的头上，大声说："臭死你！臭死你！"把小屁屁当武器了。

我假装昏了过去。

她站起来，看了我一会儿，大声说："我才不管你呢！"平时，只要我做昏过去状，她一定要来按"人中"救我的。

过了一会儿，她见我眨眼睛，又大声说："你怎么还不死呀？"

我使劲憋着，不让自己笑出来。

晚上，因为睡觉的事，我对她吼起来。她生气了，脸憋得通红，一边朝床上爬一边大声说："我不喜欢你！"

再后来，我强制她躺下，她拗不过，朝床上一躺，恨恨地转过头去，说："我睡觉！我就一个人睡觉！"

平时都是我躺在她旁边，轻轻拍她睡的。

夜深了，大兔子哄小兔子睡觉。天上挂着一轮圆圆的月亮，比美兮窗外那个大多了。小兔子说："妈妈，你爱我有多长呀？"大兔子说："很长很长。"小兔子说："我爱你到房顶那么长！"大兔子说："妈妈爱你到房顶再回来那么长。"小兔子说："我爱你到山上那么长！"大兔子说："妈妈爱你到山上再回来那么长。"小兔子说："我爱你到月亮那么长！"大兔子说："妈妈爱你到月亮再回来那么长……"这时候，小兔子已经"呼呼"地睡着了。父母的爱不管多长，总是要折回来，系到宝贝的身上。


## 审美的形成

平时，美兮只看卡通片，不怎么喜欢看大人的电视剧。

这几天放假，我和小凯天天晚上看《康熙》和《海瑞》，一看就是四五集，到午夜。美兮没法子，只好跟我们一起看，渐渐就看进去了。

有两次我们放纵她，没忍心让她一个人去睡，她跟我们一看就是几个钟头。我扭头看了看她，忍不住笑了——这几天她的脸上又起湿疹了，一片片小红点，看上去脏兮兮的，丑巴巴的。她探着小脑袋，看得极其认真，像个木头人。我在她面前摆了摆手，吸引她的注意力，她的两只小眼珠定定的，根本不分神。

那些鲜艳的卡通人物躲在黑糊糊的幕后，不停地唉声叹气，抱怨两个自私的大人剥夺了他们给美兮演剧的机会。尤其是那只唐老鸭，不停抗议，嗓子更哑了。

屏幕上，一个坏蛋用洋枪瞄准康熙，美兮吓得快哭了，幸好坏蛋的枪走了火！可是镜头一换，那个坏蛋又出现了，在包扎伤口。美兮带着哭腔说："这个坏蛋没死！"

这么小的东西，竟然跟大人一起看古装电视剧，而且一看就看到半夜！

一集结束，是歌，片尾由。一集开始，还是歌，片头曲。

唱歌了。我背起她说："周美兮，结束了，跟爸爸睡觉去！"她急切地说："又来了！"我说："这是结尾的歌！"她说："这是开始的歌！"

鬼机灵。


## 催眠曲变失眠曲

下雪了。

午后，小凯搂着美兮睡觉，嘴里轻轻哼着摇篮曲。她不会唱歌，摇篮曲是她随口编的，不过每次都是相同的调子。

最后，美兮闭着眼睛说："别唱了。"


这可能是最后一场雪了，特别大，小院里、粉墙上，都盖上了松松的厚厚的雪。院里悬挂着一串五颜六色的小灯，闪闪烁烁，很漂亮。

三只花鸽子落在墙头上，蹦蹦跳跳。草坪灯像卫兵一样挺了挺身体，说："美兮睡了，不跟你们玩了！"

一只花鸽子说："这就是梦世界呀！"

话音未落，美兮果然从屋里飞出来，她的一只翅膀是用妈妈的手套改的，另一只翅膀是用爸爸的手套改的，显得有点小，她不停地呼扇，跟三只花鸽子一起说说笑笑地飞走了。

## 和平的使者

这天，我忘了闯了什么祸，惹小凯生气了，她在卧室里不理我，把门锁上了。

我给她打电话，她关了机。

我就让美兮过去，问妈妈，为什么电话打不通？

美兮跑到卧室门口敲了敲门，里面没反应，她就回来玩游戏了。

我对她做了一个打电话的姿势，她马上心领神会，又跑过去，在门外大声说："妈妈，你的电话怎么打不通呀？"

里面还是没反应。

我让她继续去沟通、讲和，她就再次跑到卧室门口，大声说："小凯乖乖，把门打开。快点开开，我要进来。不开不开我不开，德东没回来，谁来也不开！"

小凯终于打开门，瞪了她一眼，笑了。

（夫妻是一件衣服的对襟，孩子就是那排玲珑的纽扣儿。）


## 养一朵花很难

跟一些朋友谈论子女，很多人认为：穷养儿富养女，这句俗话颇有道理。

出身贫寒家境的男孩子，往往善于摸爬滚打，具有极强的适应能力、生存能力。艰苦的环境推动他们去奋斗，相当一部分人最终成就了大事业。

但是，破败和悲壮之美不适合女孩子。如果说男孩子是树，女孩子就是花，优越的成长环境，才利于培养女孩子高雅的气质、尊贵的心态。

……看来，养一朵花太不容易了。

首先，为了女儿之"贵"，穷爸爸要变成富爸爸。更重要的是，"贵"又不能骄横，不能自大，不能奢侈，不能娇弱，不能无知。

还有花容花貌。

为了美兮越长越水灵，我和小凯天天盯着她吃水果。北京干燥，专门给她买了一台加湿器，在她睡觉的时候滋润她。每次她去幼儿园，或者在室外玩耍，必须带上充足的白开水，不停浇灌。（有一段时间，美兮一使劲就歪嘴，谢天谢地，现在没那毛病了。）

南方江浙一带，似乎更适合女孩成长——湿润的气候有利于肌肤，温软的语调有利于气质。我和小凯曾计划带美兮去上海生活三五年，然后再回到北京来。由于工作的原因，这个理想一直没有实现。憾。

2月8日，美兮第一次学会端茶倒水了。她给我倒了一杯，然后说："爸爸，你辛苦了，喝茶吧。"

呵呵，一切辛苦都变成甜蜜了。

一双手捧着一滴水。

太阳热烈，担心这滴水蒸发；天气寒冷，担心这滴水结冰；刮风，担心这滴水被污染了晶莹；下雨，担心这滴水被混淆了唯一；狂欢，担心这滴水变成没有灵魂的酒；孤独，担心这滴水变成伤感的泪。举起，担心这滴水被羽族啜饮；放下，担心这滴水被田野霸占；装进任何一个容器，都担心这滴水不适；明知这是物质世界，却祈祷这滴水不朽……

## 小淑女站着哭

情人节，我接受北京电视台采访，因此接美兮晚了。

出了幼儿园，天已经黑了，美兮说："爸爸，我不喜欢你长时间不接我。整托的小朋友来了，我就哭了。我哭呀哭呀，老师就给我糖吃。"接着，她神态十分认真地说，"我没有躺在地上哭，地上是脏的，我认为。"

洁白的斑马线说："我知道地上是脏的，可是我站得起来吗？"

## 最短的思念

为了让美兮一个人睡儿童间，我和小凯不知道做了多少次"思想工作"，她终于答应了。

这一天，她在儿童间躺下之后，我们把电话的子机放在她的床头，告诉她：另一只母机在爸爸妈妈的卧室里，如果有什么事，你按"互联键"，就可以跟爸爸妈妈通话。

接着，我们关掉儿童间的大灯，打开小夜灯，轻轻退了出去。刚刚走到客厅，就听见美兮"嘤嘤"地哭了，同时按下电话的"互联键"叫我们："爸爸妈妈，我好想你们呀……"一边哭一边对着子机诉说"思念之情"。

我和小凯又气又笑。

还有一天早晨，小凯出去采访，美兮在床上，我悄悄出门送小凯。十几分钟后，我跑回家，看见美兮穿着小衬衣小衬裤坐在沙发上，抱着妈妈的照片，正在假模假样地哭："爸爸妈妈，我好想你们呀！我一个人了……"

（孩子，很多时候我们必须面对孤独，孤独会让你变得坚强。）

## 由　头

美兮的姨妈给她寄来了两只陀螺，一只电动的，一只手动的。

晚上，她在客厅玩陀螺，我和小凯在卧室说话。她哭了（她很少哭，总是笑吟吟的），来到卧室说："眼睛疼。"

我急忙问："是不是碰了？"

她说："陀螺碰的。"

然后，她爬到了我们的床上。

我出去，问刘阿姨怎么回事，刘阿姨说："她刚才说了——我要跟爸爸妈妈睡，今天我眼睛疼。"

我走进卧室，她果然哭着说："妈妈，今天我跟你睡吧，我的眼睛都疼了。"

眼睛疼是真，不过程度被她夸大了，她在博得我们的同情，为了跟我们一起睡。

得到批准之后，她又高兴地回到客厅继续玩陀螺去了。

两个新玩具悄悄交流道：尽管我们是陀螺，却比不上这个小主人的脑瓜转得快。

## 非专业理发师

美兮的妈妈出差不在家，我给美兮剪头发。

我不会，但是我装作很会的样子。于是，取得了美兮的信任。

她很乖，一团小肉肉，坐在沙发上，围着塑料布，像个小大人。不但老老实实让我剪，还跟我聊天。

我深一剪浅一剪，剪得很短。小孩子嘛，管什么丑俊，越丑越可爱，只要短就行，吸收营养少，玩起来也方便。

终于剪完了，确实挺难看。

我抱起她照镜子，她看了看镜子中的自己，朝后缩了缩身子，不好意思地笑起来。

我笑得前仰后合，问："周美兮，好看吗？"

她继续打量镜子中的自己，不太坚定地说："好看。"

到底是小孩子，那么难看都看不出来，还跟我一起笑。

两天后，美兮的妈妈回来了，她看到了美兮的新发型，没有发表任何意见，接着，她把美兮带进了卧室，不知道说了什么，不一会儿，美兮就"噔噔噔"地跑出来，双手捂着脑袋，极其生气地说："爸爸，你给我剪的这个头不好看！"然后就哭了。

嘿嘿，到底是女孩儿，太小，自己分不出好看难看，一旦有人告诉她实情，她就受不了了。

十天之后就是美兮的生日了，确实不该剪，还要拍照呢。幸好，美兮的妈妈给她买了一顶小红帽，小红帽笑着说：让我来遮一遮吧。

## 爸爸成了妖怪

这天，我和美兮两个人在家。

吃完午饭，我把她赶进儿童间，让她去睡觉。她把门反锁了，却没睡，一个人在偷偷地玩儿，我隐隐约约都听见了她在和那只手工小绵羊说话。

我躺在客厅沙发上看电视。

过了一会儿，她悄悄溜出来了。我转过头故意大喊大叫："周美兮，你还没睡吗？"

她笑嘻嘻地说："我去睡。"

说完，她又回到儿童间，反锁上门，玩去了。

十几分钟之后，她以为我睡着了，再次溜出来。我假装很震惊的样子，再次对她大叫："天！你还没睡啊！"

她马上笑嘻嘻地说："我去睡。"

这一次，她回去之后，儿童间不再有动静。我松了一口气，她终于睡了！

没想到，十几分钟之后，她又一次悄悄溜出来！我没有吼她，我假装睡着了。

她轻手轻脚地走到我身边，拿起沙发旁的儿童金箍棒，立即无所畏惧了，主动伸手按了按我的"人中"，然后，后退一步举起金箍棒等着……

"妖怪"不敢睁开眼睛，过了一会儿，真的迷迷糊糊睡着了。

我醒了之后，美兮走过来，用小手轻轻抚摸我的脑袋。她一直在自己玩儿，悄无声息。

我伸了个懒腰，问："谁把电视关了？"

她懂事地说："我，我怕电视吵你。"

## 操之过急

美兮中午总是不爱睡觉。

她有太多的事要做：小院那只破箱子等她去探秘，客厅的小梯子等她去冒险，外婆做的小绵羊和小母鸡等她去过家家……

有几次，我把她按在床上，轻轻哼唱摇篮曲，最后我睡着了，她却悄悄开溜，自己玩去了。

后来，我一叫她睡觉，她倒显得很痛快，肯定这样想：反正很快我就能把你骗睡的！

一次，我和她躺下来，我眯缝着眼睛偷偷观察她，大约过了一分钟的样子，她就笑嘻嘻地爬起来，蹑手蹑脚地跨过我的身体，要溜。

我弄不睡她，本来就窝火，不该笑，可是我实在憋不住，一下笑出来，大声说："周美兮！你也太心急了吧？你以为，刚刚躺下我就能睡着吗？"


## 麦当劳的小红人

美兮经常在家跳舞，没人教，自悟的，小屁屁扭得像模像样，小手也配合得非常好。特别是表情，酷酷的。

"三·八妇女节"这天，美兮在麦当劳吃饭的时候，表演了舞蹈，一位负责人给她赠送了许多礼物——拼图、蜡笔、风车等等，还专门要了她的联系方式，希望她每周去当"领舞"。

美兮没有去"领舞"，她只贪图麦当劳的美味。


音符1、2、3、4、5、6、7，是七个最好的朋友，它们组合在一起，这世界就有了美妙的音乐。它们也是一个封闭的小团体，任何人都无法渗入。

有个家伙叫8，它从阿拉伯数字的家谱上，寻出了一点跟七个音符的远亲关系，它总试图利用这种关系接近七个音符。

这一天，七个音符正在安静的公园里排练，8出现了，它在不远的地方疯狂舞动，身体都扭成了麻花状。

七个音符很感动，它们认为，舞动，是对音乐最深刻的理解。于是，一致通过让8做它们的朋友。

当它们走过去才发现——那是0。它扎了一条腰带，在跳蹦蹦床呢。


## 三餐问题

这天中午，我给美兮炖了白菜和土豆，焖了一条青鱼，蒸了一锅雪花馒头，熬了一盆酸辣汤……

电视开着，正在播放一所厨师学校的广告。美兮回头看到屏幕里有一群学员，她认识那身厨师的装束，就问："爸爸，做饭也要上学吗？"

我想了想，很做作地说："如果你用爱当作料，就无须上学，做出来的饭菜肯定是全世界最香的。"

又一天吃饭的时候，美兮说："等爸爸妈妈老了，我干活儿，给你们找食物，做饭。"

（宝贝，只要爸爸还有一丝力气，就会去赚钱，哪怕只是给你的童话生活增添一朵廉价的小花。我绝不会拖累你，当我感到自己快动不了的时候，会制造一个竹排，躺在上面，顺流而去，直到无影无踪。）

## 许　愿

美兮三岁生日。

我和小凯为她买了一个大蛋糕，还有一只音乐盒，一点火就开花了，一圈蜡烛同时亮起来，为美兮合唱：祝你生日快乐……

美兮的舅舅正在路上，还没有赶到。美兮一直坐在餐桌前，望着蛋糕，垂涎三尺。我说："周美兮，等一等！"

美兮猴急，说："吃嘛！吃嘛！别等舅舅啦！"

终于，人到齐了，美兮冲上去就要吃蛋糕。小凯赶紧说："周美兮，先吹蜡烛！吹之前，你还要许个愿呢！"

美兮指着蛋糕小声说："我的愿望就是吃它……"

## 第一次接受培训

愚人节，我和小凯接到一家英语培训公司的邀请函，带美兮去听讲座。

晚六点，我们到了泰山饭店之后，一个工作人员把美兮接管过去，做临时培训。另一个工作人员把我和小凯引到礼堂，听公司发言人演讲。

美兮很少离开我们，我的心里有些忐忑。

半个钟头之后，一个男英语老师把二十几个孩子带到舞台上，开始表演。那个老师没说一句汉语，全是英语，又喊又叫。在他的口令下，孩子们排排队上台，一齐坐下。

美兮是所有孩子中最小的，视觉上比别人矮一截。

老师大声喊："Stand up! Sit down!"等等，美兮就稀里糊涂跟着大孩子起立、坐下。她一直不看老师，只看旁边那个大男孩，他怎么做，美兮就怎么做。

老师又指着画片大声喊："Dog！Banana！"等等，孩子们跟着喊。美兮一边盯着旁边那个大男孩的嘴，一边照葫芦画瓢地跟着说。

大孩子的发音和动作基本整齐，只有最小的美兮每次都慢半拍。大家的声音落下后，总是剩下一个孤单的娇嫩嫩的小女声。

她有点困了，她一困就蔫巴。有一次，大家都站起来了，只有她一个人坐在小凳子上，静静地朝台下看，那是在找爸妈妈。整个礼堂都被她逗笑了。

最后，孩子们排成一队，被老师带到了幕后，美兮走在最后。

又过了几分钟，工作人员把她送到了我们的手上。

*想起一个故事：1968年，美国内华达州，三岁的小女孩伊迪丝告诉妈妈，她认识礼品盒上"OPEN"的第一个字母"O"，妈妈非常吃惊，问她怎么认识的。伊迪丝说："是薇拉小姐教的。"这位母亲表扬了女儿之后，一纸诉状把薇拉小姐所在的劳拉三世幼儿园告上了法庭，理由是她的女儿在认识"O"之前，可以把"O"说成苹果、太阳、足球、鸟蛋，然而该幼儿园剥夺了伊迪丝的想象力。案件以幼儿园败诉终结，这位母亲获得了巨额赔偿。*

## 三个进步

美好的四月，美兮有了三个进步：

前一段时间，她骑儿童自行车还够不着车蹬子，现在已经骑得很麻利了，速度非常快，还会突然刹车。

还有，她学会双腿朝前蹦了！前不久，她在地板上一下下蹦，我趴在地板上看，发现她的两只小脚离开地面了！虽然只是一点点，我却兴奋了半天。而现在，她双腿朝前蹦，能蹦一尺多远啦！

还有还有，一天我和小凯带美兮回家，下了八达岭高速公路之后，天已经黑了，我们说找不着家了，美兮马上说："我领你们！"然后，她蹦蹦跳跳地走在前面，真的把我们领回了家！

小马也识途！

一只绿色金龟子从草丛中爬上美兮的窗台，美兮把它捉住了，举着它吹嘘道：今天是我把爸爸妈妈领回家的！你要是迷路了，能找到家吗？

金龟子闷声闷气地说：只要你放我离开你的家，到处都是我的家，我迷什么路！

## 滑稽的掩饰

美兮跟小凯一起玩游戏：

美兮站在小凯面前，说："妈妈，我不笑。"

小凯就做怪脸逗她，还蜻蜓点水地摸她的脖子。她站得直直的，下巴紧紧压在脖子上，真的不笑。小衣领都急了，想帮助美兮，可是跳了几下却不够高。小凯的"骚扰"越来越升级，使劲挠她的胳肢窝。美兮斜着眼看妈妈，小嘴使劲抿着，压制自己的笑，可是，不争气的笑声还是冲出了嗓子眼，有点类似于"哼"的音，为了掩饰，她顺着这个音哼起了歌："哼——哼——哼——"拖着长长的腔调，可爱又可笑。

## 好为人师

西安的朱老师和杨老师两口子来我家做客。

一来客人美兮就兴奋，她跑到朱老师和杨老师面前，举起一支红铅笔一支蓝铅笔，然后藏在背后，大声说："现在，我来当老师！你们说，哪只手是红的，哪只手是蓝的？"

朱老师和杨老师一边笑吟吟地回答她，一边跟我们说话。

她一遍遍地问，没完没了，把我干扰得差点把客人叫成红老师、蓝老师。

小凯大声说："周美兮！不许胡闹了！"

"周老师"看了看妈妈，把两支铅笔放在茶几上，自己给自己找台阶，对朱同学和杨同学说："唉，下课吧！"

## 隔行如隔山

我发现，幼儿园的小朋友都在玩赛车，于是也想给美兮买一辆。

到了商场我才知道，这种赛车没有整体的，都是一盒盒零件，需要自己组装。

麻雀虽小，五脏俱全，这种赛车的结构跟真车基本相同。我这个人只对文字有灵感，天生对机械之类的东西不亲近，基本是一窍不通。

不过，为了让美兮像其他的孩子一样玩上赛车，我下决心要把它组装出来。

回到家，我把赛车的零件都摆在了茶几上，按照图纸，开始潜心研究，然后小心地尝试组装。一直捣鼓到午夜，眼睛都累花了，一辆赛车终于成型。我安上电池，紧张地拨动了开关，它的四只轮子飞速地转动起来。

成功啦！

就这样，一个作家变成了一个机械工程师。

赛车在客厅里奔驰，两旁围满了观众。一块圆饼干喊道：需要换轮胎吗？一根吸管喊道：需要加油吗？一颗螺丝喊道：需要检修吗？半瓶矿泉水喊道：需要洗车吗？一截蜡烛喊道：需要打蜡吗？一段保险丝喊道：上保险了吗？地板喊道：交养路费了吗？打孔钳喊道：年检了吗？（呵呵，这家里可够乱的。）赛车不顾任何规矩，风驰电掣。它的起点是爸爸，终点是美兮，中间只用了一颗心贴到另一颗心上那么长时间。

## 八角游乐园

我带美兮来到了八角游乐园。

我们玩卡丁车，美兮把握方向，忽左忽右，把土路两旁的昆虫吓得四处逃窜，一边跑一边大喊大叫："这个司机是酒后驾驶！"

又玩弹力绳。美兮把两根特殊的绳子系在身上，弹跳力立即增强，一次次跳到数米高的半空中。有一次，她差点撞到一只燕子，这只燕子正在执行飞行任务，赶紧转变航向，在最近的一个机场紧急迫降了。燕子在事故报告中写道：人类正在试图不借助任何飞行器征服太空，他们已经迈出了可喜的第一步！

有一个高架水滑梯，很长很长，游客坐在垫子上冲下来。在我的鼓励下，美兮终于上阵了。工作人员带着她爬到顶部的时候，她变得很小很小。我在下面大声喊："周美兮，不怕！爸爸在这里等你！"她根本听不见。她歪歪扭扭地滑下来，中途差点翻个儿。一只水黾在不远处的水面上舞动着六根细长的腿，哈哈大笑。

又坐矿车，在黑糊糊的坑道中穿行，轰隆隆山响。我和美兮坐在第一排，她并不怎么害怕。矿车钻出矿山之后，一下投进了万丈阳光的怀抱，一只从卡丁车场逃出来的昆虫正巧路过此地，它抬起头来，望着美兮，担忧地说："难道这个不靠谱的司机又改行开矿车了吗？"

还有一个项目：游客在矿山顶坐在吊椅上，从一根钢丝上滑下去，长度大约一百米。美兮太小，不可能单独玩这个项目，我想抱着她一起滑下去，她却认为那个吊椅承受不了两个人的重量，说什么都不同意……

很晚的时候，我和美兮才离开，八角游乐园里就剩下我们父女两个人了。路边生长着美人蕉，在黄昏的微风中寂寞地红着。


## 带病看外公

美兮的外公生病，我带她去哈尔滨探望。

这几天，美兮的小嘴溃烂了，一口东西都吃不下，小脸蜡黄。上车之前，我带她在地坛附近吃肯德基，平时她最喜欢吃汉堡包了，这次她却一口都没有吃进去。

我说："周美兮，你现在生病了，爸爸不该带你出门。但是外公病得更重，我们必须去，你懂吗？"

她蔫蔫地点了点头。

我买了一盒奶，带她上了火车。

火车离开北京，看到了辽阔的田野，还有一片片杨树林。我指着窗外给她讲，我小时候，如何在树林里用土块"打仗"，如何在土路上挖"陷阱"，埋"地雷"……

听到这些，美兮精神了一点。可是，过了一会儿她就说："爸爸，我想睡一会儿……"

晚上，我给她喝奶，她喝了一口，小嘴疼得无法忍受，摇了摇头，不喝了。

火车心生怜悯，背着小美兮跑得更快了。

次日一早，我们到了哈尔滨，火车站人山人海。我内急，必须去厕所。可是，我牵着美兮，毫无办法。我痛苦地四处张望，觉得每个人都鬼头鬼脑，行迹可疑，于是把美兮抓得更紧了。

实在没办法，我就来到咨询台，把美兮托付给了一个铁路工作人员，我让美兮紧紧拽着那个女孩的制服，然后撒腿就朝厕所跑去。

匆匆出来，我跑到咨询台，看到那个女孩正在忙，美兮蹲在她背后，紧紧抓着她……

我们出来，上了公交车。美兮连续几顿没吃东西了，无精打采。公交车摇摇晃晃地走，她终于"哇"一口吐出来，全是清水。

我的心疼得一阵阵抽动。

到家之后，美兮的外婆精心给她做了一碗八宝粥，热乎乎的，她终于进食了。

## 松花江畔的小故事

舅舅家住在松花江南岸，旁边就是顾乡公园，数公里长的河堤，八十多种树木。

我几乎天天带美兮去公园玩儿。比如，两个人分头寻找最小的树叶，然后比谁的更小。

美兮人小，专门善于找小东西。我比不过她，就开始"出老千"：我随便摘下一枚树叶，用手撕掉大部分，精心制作成完整的小树叶模样。

我得意洋洋地拿出这枚赝品，跟美兮比试，没想到美兮一下就叫起来："哈哈，爸爸，你耍赖！"

我只好夹紧尾巴好好做人，踏踏实实去找小树叶。

美兮正在一心一意搜寻，突然惊叫一声！我冲过去一看，在密密麻麻的树叶中，趴着一只胖乎乎的大虫子，晃动着两根长长的触角，身体跟树叶的颜色基本一样。

我说："哈，周美兮，大虫子在抗议，我们毁坏了它的家！"

美兮说："那我们别玩了，回家吧！"

在我们离去之后，那只大虫子嘀咕了一句："嘿嘿，其实我跟你们一样，也是来串门的！我家在松花江北岸呢！"


## 眼光长远点

过去，美兮小，我经常抱着她，扛着她。

这天，我和她从舅舅家出来，她耍赖说："爸爸，我累了，你抱我。"

我摇摇头说："自己走。"

她不情愿地走了一段路，又说话了："爸爸，很快我就会长大的，那时候，我成了一个大姑娘，你想抱也抱不动了，肯定会后悔的——她小的时候，我怎么不多抱抱她呢？"

我被她的游说能力逗笑了，一下把她抱起来。


*森林中，动物们正在评选谁年龄最大，谁年龄最小——巨大的象被误以为只有两颗牙，当选年龄最小的动物；小巧的白头翁被误以为白了头，当选年龄最大的动物。评选大会结束之后，白头翁对大象和蔼地说：宝贝，来，让爷爷抱一抱！*

## 互相欣赏

回到了北京。

在床上，美兮趴着，双手支腮，突然笑笑地对妈妈说："我是一个漂亮女人。"

妈妈问："你为什么要睡在妈妈这里呢？"

美兮依然笑笑地说："因为你也漂亮。"

古人这样形容女子美貌——沉鱼落雁。在娘俩对话的时候，鱼在水里游得更欢了，大雁在天上飞得更高了。

## 不希望你敏感

一次，因为什么事，美兮真的生气了，她一边困困地朝前走一边哭着回头看我："我才不管你呢！我走了！你可真讨厌！"

这里面关键的一句话是：我才不管你呢！意思是——我走了，你会很孤独，很难过，不过我不会可怜你，真的不会可怜你！

一边说一边回头，说明她不想让我孤独，不想让我难受，她在观察我的表情，看看我可怜到什么程度，心里还是放不下。

细腻的孩子。

多情是一种疼，敏感是一种累，痴心是一种毁，善良是一种罪。

一个没心没肺的人，在情感上是安全的，这一生却缺少很多体验——爱的，恨的。因此，我的孩子，爸爸希望你的未来多情但不受伤，敏感但不悲观，痴心但不执迷，善良却不愚蠢。

## 每一个幼儿都有书包情结

王府井一家店铺前，站着一位迎宾小姐，美兮笑笑地问："爸爸，她是真人假人？是模特吗？"

她第一次说出模特一词。

逛东方新天地商场的时候，美兮看到了书包。

前两天，我和小凯给她买了一堆果冻，包装是一只透明的塑料双背包，我们对她说："爸爸妈妈给你买了一个书包。"

现在，她见到了真正的书包，立即一指说："爸爸，我要书包！家里那个是装果冻的，果冻书包，这个才是真书包！"

美兮的一只本子被装在"书包"里，十分不满：我在你的怀里闻不到一丝书香气，却有一股果冻味！你到底是谁？

身份暴露之后，"书包"十分尴尬，自己把自己扔进了垃圾桶里。

## 出了大事儿!

在商场里，我和美兮经过大人服装区，她好奇地站在一个塑料模特前，摸了摸它的手。没想到，戏剧性的一幕出现了，那只手竟然掉了下来！大家的眼睛（我、售货员、一个顾客）都转向了事发现场。

美兮举着那只手，惊惶地看了看我，又看了看售货员，愣住了。她怎么都想不到，这半条胳膊竟然和衣袖里那半条胳膊断了联系，落在了她的小手里！

我说："周美兮，这下可坏了！"

售货员也说："你走不了了，留在这里给我们当模特吧！"

她"哇"地一声哭起来，手里还举着那只倒霉的手。

我赶紧哄她："没事儿没事儿，逗你玩儿呢！"

她一边委屈地哭一边气愤地推开我："你走开！"

哄了一会儿，她好了。这孩子每次哭闹，只要大人哄两句就没事了，从来不会没完没了。

售货员笑眯眯地捣鼓了一阵子，"残疾人"就变成了"健康人"。我们走开之后，美兮抬起哭得脏兮兮的小脸儿，说："爸爸，他们要是留下我当模特，那衣服也太大了呀！"

嘿嘿，还惦记着售货员的那句话呢。

商场天棚的阴暗处，落着一只蚊子，它瘪着肚子，被空调冻得哆哆嗦嗦。它把一切都看在眼里，对美兮喊道："宝贝，那个人是假的！"接着，它的声音小了下去，"上次我去吸它血，差点把嘴巴挫断……"

## 难忘的对话

带美兮乘地铁时，我套用《人鬼情未了》主题曲的旋律，对她唱道："亲爸爸一个嘴儿，搂爸爸一下脖儿……"听起来很滑稽。

她就笑。

出了地铁，我又唱。她笑吟吟地说："又来这套啦！"

我让美兮骑在我的脖颈上，扛着她走出一家商场。外面稀稀拉拉下起了雪。

我说："周美兮，把帽子戴上。"

她的两只小手一直在上面抓着我的脑袋，就说："戴不上。"

我说："周美兮是大笨蛋。"急忙又说，"周美兮不是大笨蛋。"

她探着脑袋，认真地问我："那我是小笨蛋呀？"

一天晚上，我跟她坐在出租车上，对她说，北京是首都，是一座伟大的城市。

她接下来说："北京、上海、天津、重庆、广州、南京、杭州、长沙、武汉、合肥、福州、海口、济南、郑州、太原、西安、昆明、南宁、贵阳、南昌、拉萨、西宁、兰州、银川、乌鲁木齐、呼和浩特、成都、哈尔滨、长春、沈阳、石家庄、香港、台北……"

我傻了："周美兮，你怎么知道这么多地名！太厉害了！"

她笑嘻嘻地提示我："天气预报……"

家里的手偶老虎正在播报：今天夜间到明天，晴。北风，开窗3级，关窗零级。最高气温，开空调26度，关空调30度。噪音指数：美兮不在家，零分贝；美兮在家，100分贝。

## 领导的领导

周六，小凯加班，我和美兮去找她。

小凯的单位在长安街上，楼里很安静，只有"滴答滴答"的水声。

上次美兮来，小凯吓唬过她，说："周美兮，在妈妈的单位不能大声喧哗，领导会骂的。"

在家里妈妈就是领导，领导的领导——官就更大啦！因此，她小声对我说："爸爸，别说话呀，妈妈的领导没走，在洗澡呢！嗯！"

她把"嗯"字拖得长长的，模仿领导训人时的语气，还挺像。办公室里的两只椅子正面对面聊天，听到美兮的那声"嗯"，赶紧都转向了各自的电脑桌，做出了正在工作的样子。

不知道她为什么说"领导"在洗澡，估计是根据水声判断的。

## 高度不够

宜家家居商场。

入口处，有个供儿童嬉戏的地方，叫"蹦蹦跳跳"——五颜六色的大气垫，满地海洋球，好像童话世界。很多孩子在里面玩儿，美兮也要去。

我抱着她爬上一层买了票，下来的时候，在"蹦蹦跳跳"的背后遇到一个工作人员，她说："不行，她太小。"

我说："她可以的。周美兮，快给阿姨跳几下看看！"

美兮立即笨拙地跳了几下。那个人笑了，说："去吧，入口在那边。"

我领她来到入口处，好不容易等到上一拨孩子出来了，入口处的工作人员却十分坚决地说："这个宝宝不行，太小了，大孩子会撞到她。"

我又故技重演："周美兮，快给阿姨跳几下看看！"

美兮一边眼巴巴地看着人家，一边一下下使劲跳，人家还是笑着说："不行不行，太小。"

我只好抱着她离开，去退票。美兮哭了。

这个地方，太伤我们美兮的自尊啦！我们很会跳呀！哼哼哼！

（现在，人家因为你太小了不让进。如果有一天，人家因为你太大了不让进，爸爸的心里是甜是酸呢？）


## 第一次爱国主义教育

美兮唱："国旗国旗多美丽，天天升起在上下里。小朋友们爱国旗，向着国旗敬个礼！"

开始接受爱国主义教育啦！

不过，我怎么都不明白"上下里"是什么意思。一次，我问了老师才知道，那是——"朝霞里"。


## 忍痛割爱

最近，让美兮睡儿童间有一个过渡办法，或者叫折中办法——晚上，我在儿童间搂着她睡，等她睡实之后，我再悄悄离开。

我多愿意搂着她那胖嘟嘟的小肉肉啊。小内衣，小内裤，有一股她独特的小味道。两条小胳膊紧紧搂住我的脖子，只要我轻轻一移开，她在半睡半醒中一下就会勾紧我。每次她搂着我睡，小脸蛋上就会呈现出十分满足的神态……

爸爸明知道这样的日子并不多，却只能忍痛割爱。不过，我的宝贝，你不用担心，我们只隔一堵墙，就算未来你远走高飞，与爸爸妈妈相隔千山万水，只要你轻轻呼唤一声，我们就会出现在你的面前。哪怕我们很老很老了，嗅觉已经失灵，却依然会牢牢记着你的小味道——那是上帝因为我们创造一个奇妙生命而回馈给我们的绝世馨香。


## 第一次劳动

我出去谈合作，回到家，四点多，见书房的画册撒了一地，就让美兮收拾。

美兮开始劳动了，这是她第一次真正意义上的劳动，很卖劲儿。十几分钟之后，她喊我，说她干完了。我进去一看，那些画册歪歪地摞在墙边，还不错，打90分！

美兮的爸爸刚一离开，最上面的一本书就掉了下来，鼻青脸肿地说：我身体的一半都悬空着，坚持到检查结束，容易吗？


## 三十六计走为上

一天，我和美兮在家，三楼的墩墩来找美兮玩儿。

他们打开大衣柜，把衣服统统扔出来，爬上了二层挡板上，在里面过上了家家。那个小家家倒是整整齐齐，像模像样，这个大家家却天翻地覆，乱七八糟。

我一个人写东西，由着他们撒野。小孩子嘛！兔子在草地上撒欢儿，绝不会考虑会不会把草坪搞乱。

下午，墩墩回家了。小凯外出回来，看到房间里就像刚刚搬家一样，很生气，质问我为什么不管孩子。她是个爱整洁的人。我好汉做事一人当，梗着脖子，大义凛然，一言不发。

美兮见妈妈真生气了，马上不见了踪影。

后来，小凯来到客厅，看到美兮钻进了两个沙发之间的空当里，小屁股却露出来。她在那里至少隐藏半个钟头了。小凯的气一下就烟消云散了。

说不定，美兮那时候在想：爸爸你真笨，还有个空当呢，你为什么不钻进来呀！挨骂活该！

从那以后，每次美兮去动物园，鸵鸟见了她都格外亲热地打招呼。

## 自学成材

今天，美兮在电视上学会了走模特步。她笑眉笑眼，扭来扭去走一字步，走几步停一下，回头摆个造型，笑着看大人。

后来，亚运村幼儿园演出的时候，美兮那个班就表演了"幼儿模特"。十几个孩子，美兮走在最前面，首席演员呢！

两年前，美兮在长沙平和堂商场蹒跚学步的时候，旁边有个机器人曾经说过风凉话。后来，这个机器人被一个奶奶买下来，送给了北京的孙子。它一到小主人的手上就被摔坏了。直到今天早晨，小主人才把它翻出来，敲一敲竟然敲好了。现在，小主人抱着它，正在台下看演出。它一眼就认出了美兮，感慨道：我刚睡了一觉，这个小丫头就走得这么好了，真是不可思议呀！

## 自 卫

这天，小凯出去参加一个晚宴。

我要给美兮掏耳朵——有一粒很大的耳垢堵在里面。

我用掏耳勺拨弄不出来，很不甘心，又气势汹汹地找来小凯夹睫毛的一把美容镊子。美兮已经有点痛了，见我换了一个大家伙，说什么都不让我掏了。我追她，她四处逃窜，誓死不掏。

在卧室门口，美兮的一只小拖鞋跑掉了，它停在地板上，为另一只继续奔跑的小拖鞋鼓劲儿："加油！加油！变成一个球！甩掉坏老头！"

谁是老头啊？不带人身攻击的啊。

……第二天，美兮妈妈看见我把她的镊子拿出来了，就问我怎么回事。我把昨天的事情原原本本地说了。她把美兮搂在怀里，母女俩一致警惕地看着我，美兮妈妈一字一顿地说："周德东！你用这么大的镊子给孩子掏耳朵？天哪！幸亏我女儿防范意识强，妈妈不在家，她自己保护了自己！"

父亲低着头，两只手捏着衣角，一言不发。

## 装一回大人

平时，美兮小解的时候，我端着她。大解的时候，她把小便盆拿出来，端端正正地坐在上面，便完大人给她擦屁屁。

这一天，小凯和美兮两个人在家。小凯去开卫生间的门，发现锁上了。

她敲了敲，问："周美兮，你在干吗？"

美兮说："我在拉便便，不能看！"——平时，大人在卫生间里，美兮去敲门，大人就会说：大人上厕所，不能看！

小凯说："谁给你擦屁屁啊？"

美兮说："拉完了再说。"

## 秋千上的对话

墩墩很憨厚。

他来我家，跟美兮在小院里玩儿。

我在阳台上晾衣服，听到了他们的谈话。当时，美兮坐在秋千上，墩墩在跟她商量："周美兮，我可以上去吗？"

美兮转头看了他一眼，说："可以。"

墩墩把一条腿放上去之后，又指了指另外一条腿，问："这条腿也可以上去吗？"

小院外，一条千足虫第一天去上学，第九百九十九条腿刚刚跨进门，放学的铃声就响了。回到家，爸爸问它：你在学校学到了什么呀？它自豪地说：进门。

## 小食神

我家有个简易沙发，折叠的。我经常把美兮夹在中间，就像汉堡包一样，一次次放倒，一次次立起。美兮身不由己，前倒，后倒，左倒，右倒，非常开心。

这一天，我让墩墩也试了试——胖墩墩把我累得满头大汗。

中午，我去做饭，墩墩和美兮继续玩那个沙发。

我正在厨房里煎炒烹炸，墩墩过来了，乖乖地说："叔叔，我可以在你家吃饭吗？"这小子闻到了香味儿。

我说："哈，当然可以！马上就好，去等着！"

不一会儿，三盘菜端上了桌，还有一盆小米粥，一锅雪白的馒头。

大家在餐桌前坐好，我对墩墩说："墩墩，你别客气，使劲吃啊，在周美兮家就像在你自己家一样。"

墩墩憨憨地点了点头，就开始吃了。

这孩子最大的特点就是能吃，一点不挑食。我的眼珠追随着他上下飞舞的筷子，都傻了。墙上那只小猪脸谱也不笑了，涎水"哗哗"流下来，淹灭了雪茄，果然"NoSmoking"了。

一转眼，三盘菜就要见底了，我和美兮还没吃呢！

我赶紧拦住了这位小食神："停停停！"然后，我挂上一丝干笑，说，"墩墩啊，我把这些菜分成三份，咱们每人一份，好不好？"


## 原创游戏

美兮最喜欢玩四个游戏：

"冲浪"：我从背后拦腰抱起她，一圈圈抡起来，呈波浪形，最高超过了我的头部，动作很猛烈。

（孩子都喜欢惊险。爸爸要在绝对安全的前提下，给你制造最刺激的体验。多年之后你都会记起，曾经，你在爸爸海洋般的怀抱中乘风破浪。）

"直升机"：她跟我相对站立，我拽住她的两只小手，一圈圈转起来，直到她的身体全部离地，就像直升机的螺旋桨，渐渐盘旋升空。

（爸爸要拨动这个静止的世界，让它为你天旋地转。）

"倒"：她背对我站在草坪上，朝后倒下来，我在她背后扶住她。分三级，高中低，以及"超超超低"——到"超超超低"这个级别时，她的身体已经快挨着草坪了我才接住她。很吓人呢。

（这个游戏会让你变得勇敢，并且学会信任——信任爱你的人，信任这世上一切美好的事物，信任人性中的善良，信任你自己的每一个梦想。）

"蜻蜓飞飞"：她平趴在我的两条胳膊上，我侧着身子快速移动，上下起伏，她感觉就像在飞。渐渐演变成：她把两条腿盘在我的腰上，我用双手托起她的肚子，朝前奔跑起来之后，她昂起头，张开双臂，迎着呼呼作响的风，真像一只快乐的小鸟。

（在梦里，你可以用爸爸妈妈的手套改成一对翅膀，飞上天空，实际上人类是不可能飞起来的。爸爸一直在想，如何让你梦想成真。当然，目前这个办法有点滑稽，不过，只要你的身体全部离开了地面，哪怕仅仅一尺高，那就叫飞。至于你的梦想与现实之间的那个空当，爸爸用身体来支撑。）

——后来，小区里的孩子都缠着我要玩这些游戏，苦不堪言。

## 露馅啦

小凯给美兮买了一袋巧克力，但不许她多吃。

这天，美兮在儿童间待了很长时间，出来之后，小嘴油光光的。她双手支在玻璃茶几上，笑嘻嘻地看着我。

我说："周美兮，你偷吃巧克力了！"

她立即不笑了，小嘴一撇一撇，差点就哭出来。

美兮的姑姑的小叔子媳妇的表哥的姑姑的小叔子媳妇的表哥，住在遥远的大山里，他家正发生一件类似的事：小耗子，上灯台，偷油吃，下不来台……

## 安全第一

美兮的安全意识很强，从小管出来的。

比如，雷雨天不能开电视，不能打电话。

比如，尽量不要踩踏各种管道的盖子。

比如，尽量不要摸马路两旁的金属栏杆（有个惨案：一家临街店铺私接电线，垂到了铁栏杆上。一个男孩子在上学的路上被电击致死。）

比如，不能走在鼓出来的墙壁下。

比如，遇到建筑的大吊车，尽量不要从下面经过。

比如，尽量不要在高压电线下停留。

比如，在公共场所，必须要了解逃生路线、安全出口。

比如，乘车时不能把手伸到窗外。

比如，不能手持尖利的东西奔跑。

比如，不能玩火，不能动煤气，远离暖水瓶。

比如，不能碰墙壁上任何一个孔（担心是插头），不能摸任何不明来历的线（担心是电线）……

她听话。

有一次，她还是忍不住．自己偷偷去弄插头。她观察大人弄过很多次了，很自信，想背着大人试一试。我对她的巧手和智慧十分信任，应该没问题的，不过，我发现之后，还是批评了她。

这天，小凯终于同意她试一次——给手机充电。小凯给她详细讲了动作要领，然后在一旁监督。美兮很兴奋，"噔噔噔"地跑到插座前，一下就拔下了原来那个插头，然后把手机充电器插上去了。对于一个不到三岁的孩子来说，她的动作显得过于麻利。

我怀疑她暗中捣鼓过不止一次两次三次了。

美兮一岁半的时候，有这样一件事：在肇州，小凯跟美兮的外婆在厨房做饭，外婆打开了油烟机，声音很大："嗡——"美兮像小兔子受到了惊吓，转身猫腰就跑，跑出很远才想起妈妈以及妈妈的妈妈还在里面，赶紧回头喊："出yái（来）！出yái（来）！吓银（人）！吓银（人）！"

由于我和小凯过于小心，美兮可能有点"贪生怕死"，唉，一个女孩儿，胆子小点就小点吧，同样是可爱的。世界太坚硬，人生太叵测，我们不愿意让她冒冒失失去碰撞。只希望她安全、健康、长命百岁。


## 吞下了口香糖

一天，我在写作，美兮一边嚼口香糖一边看电视。

突然，她跑到我的面前，低声说："爸爸，我把口香糖咽进去啦！"

口香糖第一次坐圆筒滑梯，一下就滑了下去，还开心地大叫："胃！你好吗？"

我吓坏了："周美兮，口香糖不能吃啊！"

她说："我嚼着嚼着忘了……"

我赶紧上网查询，并且给几家医院打电话，咨询医生，大家都说不出该怎么办。

就这样忐忑不安地过了一天，两天，三天……总算没事了。


## 误　差

天一点点黑下来。

我和美兮在亚运村邮局一起等小凯。

美兮用手指在椅子上不停地画道道。我问她在干什么，她说在画刺猬。我点点头，继续观摩学习。最后她说："爸爸，我成了一个画家！"（这是她第一次说出"画家"一词。）

达·芬奇从小画鸡蛋，人家是从"0"做起；美兮从小画刺猬，是从"11111111"做起。

椅子背后是绿色的芭蕉，美兮说："爸爸，那个，那个像蜡烛……"

我不知道她在说什么，就问："什么？"

她说："熊猫最爱吃什么？"

我说："哦，是竹子。"我明白了，她是想不起竹子了，她想说那芭蕉像竹子。

芭蕉嘀咕道：这位画家的语文也太不好了吧？把竹子说成蜡烛，差十万八千九百九十九里呢。

## 情不自禁

一次，我和小凯带美兮从北辰商场出来，她要去麦当劳，我们不同意，她委屈地哭了。

我和小凯把她严肃地批评了一顿。最后，她说："我下次再不这样了。以后，你们带我去就去，不带我去就不去，原谅我好吗？"

美兮挺乖的，但不是那种特"面"的孩子，她有她的个性和想法，不过她听话，准确地说，她是听大人正确的话。

我和她在亚运村邮局等小凯的这一天，麦当劳叔叔又在不远处轻轻呼唤她了，不想让我听见，只喊出美兮的第一个声母就停住了："M……"

美兮听到了，又恳求我带她去，我没有答应。

她生气了，转过身去背对我，小小的，一动不动。我想，她的眼睛一定是白眼仁儿多黑眼仁儿少。

我没有哄劝她，我在她背后和她对峙。

邮局响着音乐，节奏感很强，时间久了，我悄悄看见，她的小腿儿随着节奏在下面情不自禁地一下下动起来，上身不动，依然保持生气的状态。

我说："哈！周美兮还跳舞呢！"

她一下意识到了，转过身，又想笑又想哭地扑上来推我的大腿……

## 恩威并施

大清早，美兮爬上我的床，揪住我的两只耳朵，使劲拽，叫我起床吃饭，那感觉又难受又幸福。

拔萝卜，拔萝卜！哎哟哎哟拔不动，哎哟哎哟拔不动！小黄狗，快快来，快来帮我拔萝卜！

我走出卧室之后，小凯吃惊地问："周美兮，你是怎么把爸爸弄起来的？"对于她来说，这是一个重大难题。

美兮说："我有两个办法，一个是给他拿裤子，一个是揪耳朵。"

瞧，美兮为什么成功，人家讲究方法——恩威并施。


## 疼　人

我领着美兮，从幼儿园回家。

太阳在蓝天的怀里伸个懒腰，感慨道：舒服啊。

于是美兮就说："爸爸，你抱我。"

我说："你不怕我累吗？"

她说："抱累了就背，背累了就扛，扛累了再领呗。"

虽然不太讲道理，不过，说得很有顺序，也很全面。

抱了一段路，我说："爸爸累了。"

她说："那你背我。"

我说："爸爸肩膀扭了，贴着膏药，背不了你了。"

她说："那你就扛呗！"

我生气地说："周美兮，你不心疼爸爸！好吧，我扛你……"

她马上说："我自己走吧。"然后就牵着我朝前走了。只要我一说"你不心疼爸爸"，她马上就听话了。

还有一天，我抱美兮走在路上，她亲了一下我的脸。

我得了便宜又卖乖地问："为什么亲我？"

她给了便宜又卖乖地说："不是为了让爸爸高兴吗！"


## 孩子间的友谊

在小区附近，我和美兮遇到一个大人领个小孩，我问："那是你的同学吗？"

美兮说："是，她叫文轩。"

那个大人一边走一边给小孩整理衣服，小孩看了美兮一眼，并不搭话，好像不认识似的。美兮却兴奋地说："我把文轩当朋友，还有王中林，我把王中林也当朋友。我在幼儿园把两个人当朋友。"

既然是朋友，见面怎么连个招呼都不打呢？

小世界的事，大世界不懂。

一棵小草在接受采访时说："我太孤独啦！"

照相机正在给它拍特写，不解地问："为什么会这样呢？"

小草说："我交朋友的要求太高了——它不能太矮，像花生，也不能太高，像杨树，那样的话我们就无法对话；它不能太好动，像蚂蚱，我根本追不上它；它不能没有生命，像石子，我们没有共同语言；它不能太漂亮，像鲜花，我会嫉妒；也不能像雪花，我们不在同一座城市；它不能太热情，否则我会枯萎；也不能太冷酷，否则我会冻死……"

照相机后退一百步，视野里出现了一片辽阔的草地。它嘟囔道："你的朋友满天下啊！"

## 难忘的童言

小凯催美兮睡觉，美兮说不困。

小凯说："这么晚了，你不可能不困！"

美兮就说："我这个眼睛困了，那个眼睛没困！"

还有她总把"我跟你说件事儿"说成"爸爸爸爸，我跟你说句事儿"。

## 撒尿也摇滚

这天，美兮一边撒尿一边用崔健《假行僧》的曲调哼唱："嘘嘘嘘嘘嘘嘘嘘，嘘嘘嘘嘘嘘嘘嘘……"

她妈妈很喜欢地说："讨厌！"

## 民意调查

美兮一直是短发，酷酷的，像个男孩儿。

我和她走在大街上，我说："周美兮，咱们随便找十个人，问问他们，你是男孩儿还是女孩儿，我打赌，至少有八个人会认为你是个男孩儿。"

她说："我不信。"

我就开始了调查：

"小姐，您看这个小孩儿是男孩儿还是女孩儿？"

"先生，您看这个小孩儿是男孩儿还是女孩儿？"

被调查者总是先一愣，然后就笑着打量美兮，最后试探地问："是……男孩儿吧？"

问到九个人的时候，有七个人认为她是男孩儿，两个人认为她是女孩儿。于是，最后一个人就变得非常重要了，决定输赢。

我说："周美兮，你已经输了。"

她大声问："为什么？"

我说："第十个被调查的人是我自己，我也觉得你是个男孩儿。"

美兮大声说："你赖皮！"

如果以貌取人，那么天空就是蛋清儿，太阳就是蛋黄儿。


## 宽　容

我和美兮在门口拍皮球。

邻居郭萌和我们一起玩儿，她六岁。

后来，美兮提出玩一个她设计的游戏，在她讲解这个游戏的规则时，我和郭萌正说着什么，没有认真听。她受了冷落，哭了，走出了一段路，回过头委屈地说："我再也不跟你们玩了！我回家了！"

我追上去把她批评了，告诉她要学会宽容。她接受意见，很快忘掉了这件事，又兴高采烈地玩起来。

后来，郭萌回家了，我和美兮继续玩儿。

一不小心，皮球掉到了草坪里，我跑过去捡，美兮喊道："爸爸，我去！"可是，我已经捡回来了。她接过去，又调皮地扔到了刚才掉的地方，然后跑过去重新捡起来。

我笑，她也笑，笑得极具幽默感。

这只皮球第一次砸在了一只黑色象鼻虫的脑袋上，它不满地嘀咕了一声："天有不测皮球，唉！"第二次美兮扔过去，又砸在了那只象鼻虫的脑袋上，它怒不可遏地叫起来："瞄着我打呢是不是？"

当时是下午三四点钟，楼下很寂静，阳光别提多柔和了。


## 知女莫若父

在家里，我和美兮追着玩儿。

她跑进儿童间之后，迅速爬上旁边的床。我假装跑过头了，一头栽倒在对面的矮柜上。追了三十八次，每次都这样。我喜欢她"噔噔噔"奔跑的样子，一边跑一边极度紧张地笑着回头看我追没追上。

第三十九次，我假装思考了一下，自言自语道："周美兮每次都朝床上跑……嗯！"好像悟出了什么，决定了这一次追赶的方向。一只毛绒熊对另一只毛绒熊耳语道：看来，这个爸爸的大脑终于转弯儿了。

果然，这一次她"噔噔噔"地跑向了矮柜，我就配合她一下摔到了床上……

## 质　疑

有一个电视广告，范晓萱代言的，香皂泡泡上下飞舞，快乐的小鱼游来游去。

美兮有点生气地说："小鱼吃了香皂不会死吗？"

电视中的小鱼欢呼起来：美兮，以后你就为我们代言吧！

## 保　守

我带美兮坐在小巴上，她说脚下有点硌。我把她的鞋脱下来，袜子也脱下来，查找有没有石子。她可能感觉到凉飕飕的，很不适应，把小脚往里缩了缩，紧张地说："让别人看见啦……"

还有一次，在商场里，我怕她热，让她脱下小外衣。她不同意，说："人家该笑话了！"

才三岁，小宝宝呢，除了一群玩具鸭子对你叫个不停，谁注意你啊！

## 巾帼与须眉

这些日子，我日夜写作，几天没刮胡子，有点长。

一天，我抱美兮回家，她说："爸爸，我不喜欢你有胡子，你让胡子别再长了行吗？"

还有一天，美兮用两只小手按住我的眼眉，很坏地笑起来："爸爸，你要是没有眼眉多好看呀。"

古代把"须眉"作为男人的代名词。要依照你的意思，爸爸"须"也没了，"眉"也没了……

## 代替品

美兮很羡慕滑旱冰的孩子，每次我把她从幼儿园接出来，她明明知道回家还有很远的路，却还是要跑到旁边的广场去，看一会儿小朋友们滑旱冰。

这天，她在家里把两本书放在地板上，双脚各踩一本，滑着走，说：

"爸爸，你看我像滑旱冰吗？"

那两本书龇牙咧嘴地叫起来：美兮！我们都是你老爸写出来的，就算他妙笔生花，也写不出两个轱辘来啊！

## 食肉动物

我和美兮坐车的时候，她在我的手上抓一把，然后塞到我的嘴里："给你吃肉。"一边这么做一边笑。我说："谢谢。"她就笑得更厉害了："不客气！"

她最喜欢吃肉，这个属虎的小丫头，简直是肉食动物。

孩子，爸爸属羊，纯粹的草食动物——与人为善，与世无争，绝不会进攻别人，一把草一片水就可以活命。大块大块的时光，都用来多愁善感了。

而肉食动物没时间儿女情长，它们时刻都在追击猎物，在奔跑中越来越强壮，得到的猎物也越来越多。

草食动物型的人，适合做艺术家。肉食动物型的人，适合做政治家。

爸爸希望你是一个肉食动物。

## 沉　重

一天早晨，老师对我说："美兮原来很乖，最近，她跟那些男孩子学得有点皮了……"

我追问："她怎么了？"

老师说："比如，她总往地上坐，还扔椅子什么的。"

晚上我接美兮，很正式地跟她谈了这件事。

接下来，我们一起在路边等公交车。

她的心情有点沉重，说："爸爸，我再也不那样了……"

我说："一支铅笔，如果躺在盒子里，永远都不会写错字。但是，做这样一支铅笔不是很可怜吗？它应该冲出来，乱写乱画，写错了没问题，擦掉重写就好了。怕就怕它一直错下去，成了习惯，那就改不过来了。"

对于大事，我说美兮的时候一定很和蔼，否则会给她造成压力和阴影；对于小事，我的态度却十分严肃，否则她会当成耳旁风，毫不在意。

对于故意的事，哪怕她编造了一个米粒大的谎言，我一定揪住不放，直到下不为例；对于无意的事，哪怕她打碎了价值连城的珍宝，我从来不会责怪她半句。

## 承　诺

幼儿园里，孩子都走光了，只有我和美兮还在大院里玩儿。

她为我表演了她新学的"技能"——双手抓住单杠，身子吊起来，悠来悠去，像一只小胖熊；扶着台阶上的扶手，一阶一阶双腿往上跳；像小猴子一样从螺旋滑梯爬上去……

回来的路上，她突然说："爸爸，有两个东西你怎么还没买呀？一个是旱冰鞋，一个是果 dēi（汁）。"

噢，我答应过她的，一直说买买买，却没兑现，今天她忽然想了起来。

第二天，我带她来到一家餐厅，喝了鲜榨果汁；又走进一家超市，买了一双旱冰鞋。

那两本被美兮踩踏过的书，一直封面朝下趴在地上，不敢露脸，听说家里来了真正的旱冰鞋，心里一块石头落了地，这才翻过身来。

美兮三天就学会滑旱冰了。

当时，我以为旱冰鞋都是一样的。直到美兮上学之后，她的同学王粤粤穿着一双专业的旱冰鞋来找她玩儿，我才知道美兮那双旱冰鞋很低档，心里觉得很是对不起她。

美兮八岁的时候，我在哈尔滨出差，忽然想起了这件事，就让朋友开车带我跑遍了所有的体育用品商店，却没见到一款高档的旱冰鞋。回到北京，我大清早一下火车就直奔王府井，坐在外面花坛边，等着人家上班。这一天，我终于给美兮买到了一双国内最牛的旱冰鞋，还配了头盔、护肘、护腕、护膝——心里总算踏实了。

这双鞋可以伸缩，她能一直玩到大。


## 小红鞋

这一天，我去幼儿园接美兮，她说："爸爸，我们班侯一吉说我的鞋漂亮。"我说："侯一吉？"她说："不是，是一吉。"我说："一吉？"她说："不是，是，一，迪！"她费了好大的劲儿，终于说出了一个"吉"与"迪"中间的音。我说："侯一迪？"她说："对啦！"

美兮妈妈刚给她买了一双小红鞋，像巫婆穿的，鞋尖卷翘起来。

晚上，两只小红鞋在聊天。左："有人夸我漂亮呢！"右："明天，你自己跟美兮去上学，看看还有人说你漂亮吗？"

## 请不要拿我开涮

美兮经常说一首歌谣：小猴子，吱吱叫，肚子饿了蹦蹦跳。给香蕉，还不要，你说好笑不好笑！

一天，美兮肚子疼，小凯逗她："小猴子，吱吱叫，肚子疼了蹦蹦跳！你说好笑不好笑！"

美兮歪着小嘴儿很不满意地说："妈妈，肚子疼好笑吗？"

## 改编能力

我给美兮说了一则整人手机短信：

假如您感到头痛，就说明您已经染上了最近流行的感冒病毒。医治方法如下——用头朝坚硬的桌子上狠狠地磕，一到十下，直到看见红色的液体流下来，恭喜您，您的感冒已经好了。

我说到"恭喜您"时，美兮一下就心有灵犀地笑了。

回家后，她笑眉笑眼地对妈妈说："妈妈，要是你的身体不舒服，就使劲掐。当你感到疼的时候，恭喜你，你的病已经好了！"

前不久，我为美兮把一堆零件组装成了一辆赛车。这几天，赛车正巧有点不舒服，它听见了美兮的"偏方"，于是去找钳子帮忙。第二天，赛车又变成了一堆零件。

## 难　办

晚上，小凯加班。

这段时间，我天天写书，跟美兮玩得少了。美兮特别希望跟我玩儿。

坐在餐桌前，我说："周美兮，你好好吃饭，吃完饭，爸爸就跟你玩一会儿。"接着我感慨地说，"爸爸应该抽时间多跟你玩儿，可是爸爸太忙了，天天要打字。"

美兮说："爸爸，你打字吧，我自己玩儿。"

接着，她一边吃饭一边说："这件事可难办了……"

我问："哪件事？"

她说："就是爸爸打字这件事。"又说，"爸爸打完字，就可以跟女儿玩儿；要是没打完字，女儿就自己玩儿。"

这些对话被书房里的套娃听见了，最大的木娃晃了晃身子，对肚子里的儿子说："人类真不容易！瞧，爸爸天天跟你在一起！"

儿子也晃了晃身子，对肚子里的儿子说："人类真不容易！瞧，爸爸天天跟你在一起！"

儿子的儿子也晃了晃身子，对肚子里的儿子说："人类真不容易！瞧，爸爸天天跟你在一起！"

……这句话从外往里一直传到第十二代——最小那个木娃的耳朵里，它大哭起来："我不希望总是被你们装在怀里，我要出去一个人玩儿！"


## 大孩子，小孩子

我给美兮买了一支漂亮的水枪，傍晚，我们来到小区的湖边玩儿。

美兮把水射到树枝上，一开始，鸟们还以为是个真家伙，躲闪不及被射中，吧嗒吧嗒嘴儿，这才知道，美兮在给它们喂水呢。

一个爷爷抱着一个小男孩走过来。

美兮三岁，那个小男孩一岁零四个月。他"咿咿呀呀"地叫着，伸手要那支水枪。

我说："周美兮，把水枪给弟弟玩儿。"

美兮很懂事地把水枪递给了小男孩。

爷爷赶紧说："可不能给他！给他他就不会再给你了！"

美兮说："没事的，小孩子都这样。"


## 面对"200"元钱

美兮在叫卖："卖铅笔了！"

我走过去，问："多少钱？"

她说："200块钱。"

那支铅笔一下就挺直了身板，它第一次知道自己这么值钱！

我掏出两毛钱，塞给美兮，然后拿着铅笔就走了。过去，我跟她玩这类游戏，总是拿一张卡片之类的东西当钱，这是第一次给她真钱。

她拿着这张"巨钞"，既不敢装进口袋，又不敢扔掉，看了半天，终于喊道："爸爸你别走！这200块钱怎么办呀！"

她不认识钱，以为那真是200块钱。

## 人体蛋糕

美兮在我的脑袋上忙活着——两只小手摸摸我的脸，然后，一只手摸头顶，一只手摸下巴。

我问："周美兮，你干吗呢？"

她说："做蛋糕呢。"

接着，她假装拿起了什么东西，往我头上一插，说："插蜡烛！"

双手又在我的头上一拍，说："爸爸，祝你生日快乐！"

最后，她笑嘻嘻地吹了一口气，把"蜡烛"吹灭了，一下下抓我的肉，说："吃蛋糕啦！"

（哦，原来是蛋糕过生日。）

## 智 斗

在公交车上，我和美兮玩"石头、剪子、布"。

出手之前，我故意在脑袋后暴露了"剪子"的手形。她笑吟吟地看了看我那只手，眼睛一眨一眨的，在琢磨，最后她出的是"石头"！

哈，知道对付我了。

几天后，我和她又在家里玩这个游戏。我故技重演，露出了"布"的手形，不过我对她说：我露出这只手，是为了骗你出什么？对，骗你出"剪子"。什么能对付"剪子"？对，"石头"。那我会出什么？

她笑笑地思考，眼睛看别处，小脑瓜在快速转着呢。

最后，她出了一个"布"。

她的"布"纯真，我的"布"狡猾——它出来之后，突然变成了一把阴险的"剪子"。

## 伤

6月1日，美兮的节日，可我这个父亲干了什么？

前一天，我陪一个西安来的老朋友，一夜未归。次日一早，我风忙火急地带美兮去黄寺剧场看《花木兰》。

去的时候，美兮很开心。

那天，她穿着一条天蓝色的小裙子，头发短短的。

散场出来的时候，天很热，美兮困了，她一困就容易闹，闹着要吃冰淇淋。剧场里面很贵，我想到外面给她买，她就哭起来。

我大声训斥她："你再哭！你懂不懂事？看看，这么多孩子谁哭了？就你不懂事！"

旁边有人看过来。小小的美兮一边哭一边瞟了那个人一眼，怕丢人，赶紧朝外走，还抽抽搭搭地哭。

我又吼："你再哭我就丢下你！"说完，转身就走了。

她一边喊着"爸爸"一边紧紧跟着我，哭着看我的眼睛。

几个幼儿园的老师也来看演出了，她们都认得美兮，纷纷问："美兮，你怎么了？"

美兮很爱面子，此时非常难堪，她使劲憋住抽泣声，深深埋下头，跟在我后面走。

我拽着她离开剧场之后，越说越生气，吼声越来越大。她害怕我，一边哭一边愣愣地看着我，连连点头。

后来，她吓得不敢哭了，剧烈抖动着，一下下抽噎。

为了走得快一些，我把她抱起来，一边走一边继续发脾气："今天不买冰淇淋了！回家！以后再也不带你出来了！原来我以为你最懂事，今天跟别的孩子一比，才知道你最不懂事！……"说了很多很多。

美兮在我身上哭着说："爸爸，对不起！"

我说："别跟我说这句话！"

美兮不敢再说话，也不敢再看我，她含泪望着前方，一边听我吼叫一边抽搭。

那次的训斥长达十几分钟，我想，对美兮的伤害太深了。平时，我总夸她懂事，她认为在爸爸心中，她是一个完美的孩子。现在，爸爸突然说：你最不懂事！她没见爸爸这么凶过，心里不知道多难过。

走出了很长一段路，我缓和了一些，说："到前边爸爸给你买冰淇淋，好吗？"

她勉强地眯眼对我笑了笑，眼神的深层藏着怯。

后来，我把她放下来，她在甬道的阴凉里乖乖地朝前走。我在旁边悄悄打量她，她偶尔看看我，有点笑的意思，极力掩饰败坏的心情。

……毕竟是孩子，我消气了，她过了一会儿好像也忘了。在出租车上，她好像很疲惫，差点睡着。我在一旁偷偷观察她，那双眼睛哭成了单眼皮（更单了）。

回到小区，我把她抱起来，轻声说："周美兮，爸爸发脾气不对。你恨爸爸吗？"

她把头别过去，朝前看。

我摇了摇她，追问："周美兮，你怎么了？"

她依然看着前面，小声说："伤心……"

我的心狠狠一疼。

接下来，她又笑吟吟地说："伤心，睡半宿觉；不伤心，睡一宿觉……"刚刚冒出一个成熟的词，就开始说孩子话了。

下午，我跟她玩了一阵子，把她哄睡了，当时是六点钟左右。

十点多钟，她在半梦半醒中大哭起来，怎么都哄不好。她才三岁多，在我训斥她的时候，她这样放声大哭才对，可是她不敢，把委屈统统憋在了心里。现在，她在梦中痛快淋漓地哭起来，双腿一下下使劲蹬，身子一下下往上蹿，十分难过的样子……我暴怒的影像，要丢下她的凶狠表情，肯定在她的梦境中浮现出来。

实在哄不好，我就轻轻说："你再哭，爸爸走了……"

她一边哭一边含混不清地说："爸爸爸爸！"然后紧紧抱住了我，抽咽着说："我听话，我睡觉……"

这天晚上，我哭了。

美兮，今天是你的节日，爸爸不该这样对你。有时候，大人对孩子发脾气，并不是孩子犯了多大的错，那是大人无能的表现，因为他找不到一种更柔和却可以完美解决问题的方式；那是大人自私的表现，因为他不愿意压制自己，只想着痛快发泄。

爸爸错了，爸爸保证只错一次，在未来的漫长岁月里，爸爸时时刻刻都会温柔地对你！

写这本书的时候，你已经十岁，爸爸请求你原谅。

你读这本书的时候，爸爸请求你原谅。

在你十八岁成人的时候，爸爸请求你原谅。

在你步入婚姻殿堂那天，爸爸请求你原谅。

在你有了自己的孩子那天，爸爸请求你原谅。

在爸爸老得只能说出最后一句话的时候，爸爸请求你原谅……

尽管快乐的你会对爸爸亮莹莹地说：爸爸，我早都忘了！

尽管你对爸爸说了无数遍的原谅，爸爸还是要请求你原谅！

爸爸真的错了。

## 爸爸专门吓人的

美兮举着一本骷髅封面的书,从客厅跑进书房来。

书房的窗户上,正落着一只蓝色的蝴蝶,看到那个骷髅,吓得抻长身子,瞪大双眼,就变成了蜻蜓。

美兮问我:"爸爸,你害怕吗?"

我要教会她勇敢,就说:"这个世界上没有鬼神,都是人吓人。爸爸不怕,周美兮也不怕!爸爸就是专门写恐怖故事吓人的,嘿嘿!"

当时我正在电脑前写字,美兮就跑出去了,对保姆刘阿姨说:"奶奶,爸爸写《夜故事》,专门吓人!"

当时我要办一本杂志《夜故事》,"炒"得沸沸扬扬,大人偶尔说起,她竟然记住了,我别提多惊诧了!

那只被吓着的蝴蝶飞跑了,半路遇到一只蜻蜓,它立即凑上去,气喘吁吁地问:"嗨!你也见过那本书了吗?"


## 和平解决

我跟美兮躺在床上互相撕扯、打闹,终于她坚持不下去了,坐起来,眼看就要哭了:"爸爸,咱俩都(说)对不起吧!"

我笑着说:"好,对不起。"

她也乖乖地说:"爸爸,对不起……"


## 美兮体诗歌

晚上,我和小凯带美兮从商场回来,买了一些鲜花。

几只蜜蜂飞过来,上下飞舞,有的把美兮当成了花儿,有的把花儿当成了美兮。

美兮说:"爸爸,我给你说一首诗吧——花呀花呀,请你别走。我很想念,你留下来吧!"

我问:"顾城的?"

她说:"我编的。"

## 中国科技馆

我带美兮来到中国科技馆。

在大门口，我们买了一个艺术体操的彩带，美兮一甩，彩带就在她四周快乐地飞舞起来。

进入儿童馆之后，美兮钻进巨人的大嘴，开始人体旅行，她在里面认识了很多器官。我说："周美兮，这个巨人就像芭蕉公主，你就像孙悟空。"

又进入太空城堡，美兮在一个六米多高的机器人身上爬来爬去，机器人不笑，一脸高科技的威严。

她做陶艺，跟泥土着实亲近了一回，满手满脸满身都是泥巴。做了一个小罐罐，丑巴巴的，我们像对待文物一样带回了家。

在泡泡世界，她用肥皂水拉出各种形状的大泡泡，还把自己罩在了里面。人很多，每次排到美兮，只要有淘气的孩子冲过来，她马上退到一边，从来不争抢。

在森林王国，美兮见识了很多昆虫，一只翠绿色的蜂鸟使劲儿夸美兮的衣服漂亮。

在一片沙滩里，美兮认认真真地寻找剑龙骨头。找到全部的骨头，剑龙就可以复活呢……

美兮玩得很高兴，我感到不安全的时候，对她大喊大叫。她就说："爸爸，你轻一点骂我，我就听了……"

## 小话痨

美兮爱说话。

就像一篇文章描写的那滴活跃的水：站起来，就变成了喷泉。抻长了脖子，就变成了小溪。扩了扩胸，就变成了海。做几个俯卧撑，波涛就澎湃了、汹涌了……

这天家里来了客人，美兮的小嘴儿噼里啪啦，不停地跟人家说这说那。

妈妈觉得她不礼貌，大声对她说："小孩子不要乱插嘴！你去卧室待五分钟！"

美兮见妈妈生气了，立即缄了口，垂着脑袋，扭搭扭搭地走进卧室，关上了门。

客厅里终于安静下来，妈妈继续跟客人说话。过了一会儿，就听美兮在卧室大声问道："妈妈，五分钟到了吗？"

唉，她还惦记着出来继续说话呢。

## 密　码

美兮和外婆两个人在家。

外婆在儿童间看书，发觉房间里寂静好半天了，就出去找美兮。她来到卧室门口，从门缝朝里看，见美兮正在拨弄她的密码箱。

外婆怕吓到她，轻轻地问："周美兮，你干什么呢？"

美兮停下来，回头愣愣地看外婆。这时候，密码箱已经打开了。

外婆感到非常诧异，因为只有她一个人知道密码，就问："你是怎么打开的？"

美兮说："有密码。"

外婆更吃惊了。她怀疑是自己忘了锁，就走过去，重新把箱子锁上了，说："你再试试，还能打开吗？"

美兮用小手抠啊抠啊，很快就对上了密码：852。

外婆大惑不解："你是怎么知道密码的？"

美兮说："有一次你开箱子，我看见了。"

外婆觉得更神奇了！她才三岁半，竟然有"密码"的概念，还能一个个拨对！箱子上的密码特别小，要凑近才能看清楚。对上密码之后，还要使劲朝下按箱子，才能打开它！

美兮竟然操作得准确无误。

每个人都有密码。小时候，密码很简单，一岁一个密码，两岁两个密码，三岁三个密码……爸爸妈妈无须破解，那颗小心灵是透明的。密码增加到十个以上时，孩子的大部分内心世界就上了锁……实际上，密码就藏在孩子从小到大的成长足迹中。

## 长期不懈的拉锯战

这段日子，晚上美兮依然贪恋爸爸妈妈，我们坚持让她跟刘阿姨睡。

天黑了，我们问她怎么睡，她嘴上说"跟奶奶睡"，进了儿童间却哭。

我和小凯坐在客厅里看电视，忍着不理她。

她的哭声越来越大，一边哭一边找刘阿姨的茬儿。那是给我们听的，希望我们改变决定。她在跟我们斗。

过了一会儿，她见我们并不同情她，又哭着说要便便。儿童间的门关着，她要便便的话就必须走出来，她是想让我们看着她哭。刘阿姨只好陪着她出来，她转身把刘阿姨推了回去，并且关上了门，然后就坐在了儿童间门口的小便盆上。

现在，客厅里剩下了三个人，两个人假装继续看电视，一个小人儿坐在便盆上，对着儿童间的门伤心地哭泣，她清楚我们看得见她可怜兮兮的样子……

黑夜板着脸，两耳不闻窗内事；儿童间的门板着脸，像个皇宫卫兵；父母板着脸，谁都不看她——这个缺乏同情心的世界呀。

……又一天，美兮委委屈屈不想跟刘阿姨去儿童间，我严厉地告诉她，那是不可能的。最后，她坐在沙发上，哭着说："爸爸，你别走，跟我再坐一会儿，好吗？"说得人心里酸酸的。

我和风细雨地做工作，直到她躺下之后，仍然委屈着，撇着嘴对我说："爸爸再见，爸爸再见。"眼看就要哭出来了。

一次，美兮跟外婆通电话，小凯在一旁说："周美兮，你跟外婆说，昨天你跟谁睡的。"

美兮马上变得心情沉重了，极不情愿地小声说："跟奶奶睡的……"

小凯说："大声点。"

美兮把电话举给小凯，带着哭腔说："我不愿意打电话了……"


## 游戏与现实

一次，小凯追着美兮玩儿，在游戏中，她是美兮的跟班。

美兮对妈妈威风地大喊大叫，让她怎么怎么样，不让她怎么怎么样。

小凯突然看到，她工作用的一些彩纸被人叠得乱七八糟，就严肃地问："周美兮，这是谁弄的？"

彩纸被叠得天鹅不像天鹅，麻雀不像麻雀，正满肚子委屈呢，马上打小报告：周美兮！

美兮还没有从游戏中回到现实里来，依然凶巴巴大声呵斥妈妈："你不许说话，到那边去！"

小凯又厉声问："我问你，这是谁叠的！"

美兮见妈妈动真格的了，这才意识到自己闯祸了。不过，一下从"老大"的身份变成被训斥的小破孩儿，毕竟太没面子了！她带着哭腔，却延续着凶巴巴的口气，大声命令道："那我说了，你不许打我！"

我作为旁观者，已经笑成一团。

## 老师的圣旨

我送美兮上幼儿园，除了要换车，还要加上乘车前和下车后的行走，每次将近两个钟头。因此，我们总迟到。老师了解我家的特殊情况。

这一天堵车，我们又迟到了。在楼道口，我开玩笑地对美兮说："爸爸都不好意思见你们老师了，我在这里看着你，你自己跑进去，好不好？"

美兮说："好。"

于是，我在楼道口看着她，她朝教室跑去。她穿得厚，圆团团的，一边笨拙地朝前跑一边回头喊："爸爸再见！"

总共回头再见了三次，然后，她才推门走进去。那一幕我永远难忘。

出来时，我对大门口的值班老师说："我没有进教室，让孩子自己跑进去了。"

那个老师认真地说："这样可不行！家长必须要把孩子交到老师手上！"说完，她就进去找班主任重申这件事了。

她们的谈话肯定被美兮听见了，第二天，我又对美兮说："你大了，现在可以自己跑进去了。"

美兮却说："不行，老师都说了，爸爸必须要把孩子送进班里，不能让孩子自己跑进去。"

美兮终于会对话了，会传达了，会表达不同意见了。

从那时起，我就暗暗下决心：等美兮上学之后，为了她的学习，为了她的自尊，我绝不让她迟到一次——尽管我极爱睡懒觉，但是我做到了。每天，我和美兮早早就离开家，一路走一路玩儿，到达学校时，湿漉漉的太阳刚刚擦干脸。


## 角色互换

我躺在小区的长椅上扮婴儿，美兮当妈妈。

她像个小大人，无声地忙来忙去，给我冲奶喝。她两只小手拿着不存在的奶瓶，装进不存在的奶，拧上不存在的盖儿，递给我。

一米七的婴儿喝了一口，"哇"地哭起来："烫！"

她赶紧吹啊吹，又折来折去，再给我。

我吸吮得太急了，奶瓶的奶嘴儿缩进去了，我就说："妈妈，你给我拧一下！"

她接过去拧开盖儿，放进空气，让奶嘴儿鼓出来，又交到我手上。这一次，我大口大口地喝起来。

她演得很逼真，很开心。

我也演得很逼真，很开心。


一架飞碟在天上"嗖"一下划过去。

驾驶飞碟的外星人身高一米七。回到很远很远的一颗星球之后，他对一米高的妈妈说："地球上的人类跟我们一样，靠吞食空气生存；孩子的身高跟我差不多，妈妈的身高跟你差不多。"


## 我在马路边，捡到一毛钱

天还没亮，我就抱美兮出门了。

这一天又是美兮先起床把我叫起来的。

出了楼道门，地上有一毛钱，我捡起来揣进了口袋。

美兮说："爸爸，捡到钱应该还给人家，不能拿走。"接着，她又笨拙地唱起来，"我在马路边捡到一分钱，把它交到警察叔叔手里面……"

我哭笑不得。

所有人都在睡觉，我上哪找失主去？上哪找警察叔叔去？宝贝，你难为爸爸了。

我一边走一边说："这首歌唱得对，我们要拾金不昧。不过它太老了，现在，我们不可能按照它教的做了。你想想，假如爸爸捡到一分钱，把它交给在十字路口指挥交通的警察，警察肯定要收下，他总不能说，才一分钱，你拿着吧！也不能说，才一分钱，你扔了吧！丢弃人民币是违法的。他收下这分钱之后怎么办？这分钱是上交的失物，属于公家的了，他不能揣进自己的口袋，更不能扔了它，警察不能执法犯法。下班之后，他一定要乘车回单位，按照程序交给上级领导。这钱不是行贿，上级领导要做个详细登记，然后把它怎么办呢？不可能装进自己的抽屉，也不可能丢弃……这分钱交公之后产生的成本，已经远远超过了它的价值。"

美兮说："那捡到一分钱怎么办呀？"

我说："我也迷茫啊。"


## 爱你没有为什么

这一天，我出去签合同，到幼儿园接美兮迟到了一个钟头。

天黑透了，美夕被日托班老师送到了整托班。

我来到教室门口，老师看到了我，朝里面喊道："美夕！"

美夕正在用积木搭小桥，一听老师叫她，立即知道我来了，一边朝外跑一边差点哭出来。由于太急切，她把小桥踢倒了，积木忿忿地说："真是过河拆桥！"

在回来的车上，美夕又担心又委屈地说："爸爸别把我整托呀。"

美夕整托了一周，终于改成了日托，今天把她放到整托班，勾起了她"痛苦"的回忆。

我说："你放心吧。"

她就放心了，又说："那个甜甜掰我的手，特别疼。"

我问："甜甜是你们班的还是整托班的？"

她说："她是大班的，整托的。"

我问："她为什么掰你的手呢？"

她想了想说："她认为爸爸不会来接我了。"

她的意思是，那个甜甜认为她不会有爸爸来接了，所以才欺负她。

我说："爸爸怎么会不来接你呢？爸爸最爱你了。"

她问："爸爸，你为什么爱我？"

我说："爸爸爱你没有为什么。"

她很幸福地看了看我，像只小笨熊一样紧紧搂住了我的脖子，把脸贴在了我的脸上："我爱爸爸也没有为什么！"


## 名字很重要

一天晚上，不知道美夕和外婆之间发生了怎样的事情，美夕大哭，说："外婆以后就叫我拖布啦！呜——呜——呜——"

拖布在洗手间里激动地喊道：那么，是不是说我就可以叫美夕啦？

第二天，我给美夕讲故事，我和她都成了故事的主人公：德东爸爸，美夕女儿……

美夕说："这名字不好听，我叫花花女儿。"接着，她又给妈妈起了个名字：狗狗。

小凯知道了此事，"生气"了："你叫狗狗！我叫花花妈妈！"

美夕撇着嘴，几乎要哭了，说："那我还是叫原来的名字吧，你叫花花……"

## 乌龟和兔子的比赛没完没了

我给美兮讲故事：《龟兔赛跑》。

美兮说："爸爸，我听过的。"

我说："这个是爸爸编的。"

接着我就讲起来：乌龟和兔子赛跑，兔子输了，很不服气，一直耿耿于怀，总想再比试一次。这回，比赛开始之后，兔子没有骄傲，一直朝前跑。可是到了终点，它却看见乌龟早就趴在那里了，正在呼呼睡大觉呢……

我问美兮："你知道这是怎么回事吗？"

美兮想了想说："那是另一只乌龟吧？"

我干咳了一声，说："讲故事的人最怕别人猜到结尾了。不讲了！"

故事中的兔子对美兮的爸爸抱怨道：

为什么乌龟有一个双胞胎哥哥，我就没有一个双胞胎妹妹？

## 晕车的故事

在车上，美兮有点难受，我赶紧给她讲故事转移注意力——

有一年，那时候还没有你，河南一家杂志社邀请爸爸去参加笔会。这天，杂志社安排大家去郊外登山。有个女作家晕车，上车之前，她吞下了两片晕车药，准备应对漫长的旅程。没想到，那座山半个钟头就到了。大家登山的时候，女作家肚子里的晕车药才开始发挥药效，她摇摇晃晃地说——我，我，我开始晕车了！

美兮专注地听，开心地笑，不那么晕车了，开始给我编故事，整理出来是这样的——

有一只蚂蚁晕车，去找大夫治。大夫拿起它，含在了嘴里……（她鼓起腮帮子，左右晃脑袋。）几分钟之后，大夫把蚂蚁拿出来，问，你还晕车吗？蚂蚁一边吐一边说，不，不，不晕了！

几天后，又一只蚂蚁来看病，说它晕车。这个大夫有了成功的临床经验，对自己的医术信心十足，这次他变本加厉，把蚂蚁攥在了手心里……（她攥起小拳头，在面前使劲摇晃。）半个钟头之后，大夫把蚂蚁放下来，问，你还晕车吗？蚂蚁一边吐一边说，不，不，不晕了！

几天后，又一只蚂蚁来看病，说它晕车。这个大夫立即用胶水把它粘在电风扇上，开了足足一个小时……（她甩着胳膊，在空中快速画圈。）终于，大夫关掉了电风扇，把蚂蚁拿下来，问，你还晕车吗？蚂蚁一边吐一边说，不，不，不晕了！

……下车之后，我蹲下身来问一只蚂蚁："你晕车吗？"那只蚂蚁仓皇而逃。

## 惊人的巧合

我带美兮去过多少次北京动物园？记不清了。

那些猴子都认得她了，游客把香蕉投给它们，它们把香蕉投给美兮。

有一次，我和美兮从动物园出来，坐进出租车，说去梅花观。那个司机回头看了看我们，笑了："半年前，我拉过你们，也是从动物园去梅花观。"

这么大的北京，总共有多少辆出租车？两次乘坐同一辆出租车，难度就像在大海里两次遇到同一条鱼。

我实在记不起来了，就惊奇地问司机："你怎么记得？"

那个师傅回头笑了笑，说："这个小女孩太能说了，上次一路都在叽里呱啦地说话，给我留下的印象特别深，所以，今天我一眼就认出她了。"

# 马

## 礼 数

要过年了，家家户户挂红灯。

我家贴着两个"福"字，一正一反。正的认为反的贴倒了，反的认为正的贴倒了。

美兮的外公打电话来，说："周美兮，外公给你拜年了！"

美兮的小眼珠转了转，马上说："外公，应该是我给你拜年。"

## 庙 会

小时候逛庙会，是很多成年人的美好回忆。

我每年都带美兮逛庙会：厂甸、地坛、八大处、白云观……

我最喜欢厂甸庙会。它位于和平门琉璃厂一带，一条千米长的街，人挤人，非常热闹。书画珍玩、册页扇面、京味小吃、干鲜特产、空竹陀螺、风车风筝……要什么有什么。

我把小小的美兮扛在脖颈上，她就居高临下了，看万头攒动，看两旁密密匝匝各种新奇玩意儿。我在人丛中穿行，基本就成了一个交通工具。

坐花轿，捏糖人，吃棉花糖，看天桥绝活、杂技、京剧、传统相声、老电影……

每次从庙会回来，美兮不但吃了一肚子平时见不到的零嘴儿，还能得到一大堆平时见不到的新鲜玩具。

美兮在庙会上买回了一只拨浪鼓。大脑袋的棒棒糖凑过来，不解地问：拨浪鼓，你为什么总抽自己嘴巴子呀？

## 成　心

一次，美兮拿着地球仪问我："爸爸，阿富汗在哪儿？"

我指了指阿富汗的位置，说："在这里。"

美兮说："塔利班会不会收拾美国呀？"

我说："肯定会反击。"

美兮说："可是，阿富汗不是投降了吗？"

我说："还有一些极端的人，他们要报复。比如，驾驶飞机撞大楼……"

美兮想了想，认真地提出了她的看法："其实，恐怖分子也不是想撞楼，是那楼太高了，恐怖分子没地方飞，就从大楼穿过去了。"

我笑了，说："周美兮，飞机有它的航线，而且比楼高得多……"

美兮抬着小脸听，说："哦，那就是成心的了。"

这个地球仪不普通，它是真正的地球缩小了。摸一摸，有的地方坑坑洼洼，那是战争的伤痕；有的地方湿漉漉，那是贫穷的眼泪。在一个没有伤没有泪的地方，生长着一朵小花，她的小名叫万穗儿。

## 高手高手高高手

一天，我和美兮两个人在家。

八点半了，我让美兮睡觉。她躺下之后，我把幔帐拉上，留下一盏弱弱的灯，然后轻轻离开了卧室。

我在客厅看了一会儿电视，又走进卧室"视察"。那盏灯已经在昏昏然地打瞌睡了，她却没有睡，还在玩手指。

我说："你怎么还不睡？爸爸生气了！"

她侧身躺着，微微闭上了眼睛。

过了半个小时，我再次蹑手蹑脚地溜进卧室探望，她保持着刚才那个侧身的姿势，已经睡着了。她的两只眼睛微微眯缝着，发出只有睡熟之后才有的均匀的呼吸声。我凑近她的小脸儿，观察她的眼皮——如果是假睡，眼睛留着一条缝儿，眼皮肯定会抖动。而她的眼睑和睫毛安安静静，如同湖中的水草。我甚至还看到，她露在外面的一根小指微微弹了一下……

我就这样静静观察了她足足有三分钟，终于轻轻离开了。

我回到客厅刚刚坐下，美兮竟然无声地跟出来了！她的眼里没有一丝睡意，亮晶晶的，理直气壮地说："爸爸，我喝水！"

我十分吃惊，问她："刚才我看你的时候，难道你在装睡？"

她小声说："我怕你骂我呀！"


## 一语中的

这一天，我给美兮买了巧克力、文具、布娃娃，统统装进包里带回了家。

中午，我和美兮躺在床上讲故事，我说："妈妈回到家，对孩子说——妈妈给你买了个礼物，你猜猜是什么？她一边说一边从背后拿出一个包。孩子猜是巧克力，妈妈说不对。孩子猜是文具，妈妈说不对。孩子猜是布娃娃，妈妈还说不对。后来，孩子打开那个包一看，是空的，就大哭起来……周美兮，你说这位妈妈给孩子买的到底是什么礼物？"

美兮说："就是那个包！"


## 第一次进入公共娱乐场所

某图书公司老总请我们一家去宝贝宝娱乐城。

桑拿时，美兮跟妈妈去了女宾部。

我洗完来到休息室时，美兮已经在那里了。她穿着最小的浴衣，还显得过于宽大，拖到了地上。她一个人躺在一张沙发床上，像个小大人一样，洗得白白净净，很帅气。

她对我做了个鬼脸，说："爸爸，你看我的衣服太大了！"说完，她站起来，张开双臂给我看，像一个可爱的小蝙蝠。我笑起来。

她说："刚才我去桑拿了，特别特别热，开始我还忍着，实在受不了，就出来了。算了吧！"

这是她第一次桑拿。

到了电影厅，我和小凯一不留神她就不见了。她太矮了，一个小凳子就能挡住她。

小凯追出去，看见她穿着小浴衣正在门口转悠呢。

小凯问："周美兮，你在干什么？"

她小声说："我跟阿姨要饮料。"

小凯又问："你想要什么？"

她看了看妈妈，声音更小了，说："可乐……"

后来，她见妈妈没有批评她，就放下心来，大大方方地说："妈妈，你想要什么，跟小姐说一声就行了，不用自己跑的！"

那晚，我们住在了娱乐城，美兮玩得很高兴，两点半才睡。

次日，三口人回到家，我忽然想起忘了带钥匙！我没对她们娘俩说，怕她们着急，一个人绕到院墙下，翻进去，站在窗外抓耳挠腮想办法。那串钥匙就摆在室内的餐桌上，一脸坏笑：这回没有美兮做内应了，你只能撬窗户！下次出去玩儿，还敢不敢不带我了？

……我从里面打开门，美兮看到我之后愣了愣，立即说："哈，你把钥匙落在家里了！"


## 善　良

一天，我和美兮从幼儿园回来，到了小区门口，我讲起了《草帽歌》（日本老电影《人证》插曲）的故事背景。

当我讲到母亲用匕首刺死亲生儿子的时候，唱起了《草帽歌》——妈妈，你可曾记得，你送我的那顶草帽，很久以前，它失落了。唉，妈妈，那顶草帽，它在何方，你可知道？它掉进了浓雾的山谷，就像你的心，我再也得不到……

她愣愣地望着我。

我说："周美兮，你别哭啊。"

她再也忍不住，伤心地趴在我的脸上哭起来。

又一天，我抱着美兮回家，一边走一边给她讲故事。那是个阿拉伯民间故事，我把它改编了。快到家时，我讲到了结尾——

王子一直跟魔鬼作战，终于保住了神灯，带着心上人来到一个遥远的城池——梅花观，过上了幸福的生活。可是，魔鬼又找来了！当时王子正在外面打猎，只有他的妻子在家，她并不知道神灯的秘密。魔鬼摸摸胡子和眉毛，就变成了一个人，他拿着一盏新灯，来到王子家的窗外，高声喊道：新灯换旧灯喽——

聪明的美兮马上意识到接下来会发生什么，她突然转过脑袋来，紧张地盯住了我的嘴。

我又说："他的妻子就想，我家好像有一盏旧灯呢……"

美兮一下捂住我的嘴，说："爸爸，你不要这样讲！"接着，她的眼泪已经流下来。她善良得让人心疼。

我打算改变故事，这样讲：可是，他的妻子又一想，那盏灯虽然旧了，却是我和王子爱情的一个物证，就算有人拿一百盏新灯也不能换啊！……

不过，最后我推翻了这个想法。她需要知道，这个世界并不完全是真诚和友爱，还存在着欺骗与仇恨。

我说："魔鬼太狡诈了，到底把神灯骗到了手，它现出原形，狂笑起来。接着，它想点燃神灯获得金银财宝，可是，却把胡子和眉毛烧掉了——原来，神灯只有善良的人才能点燃！"

宝贝，正是这样，世上一切美好的东西只属于善良的人，比如财富，比如比财富更宝贵的心灵的安宁。


## 单独行动

我从来没有让美兮单独行动过。

但是，她一直很自信，比如到邻楼的小超市买东西，她觉得自己毫无问题，只是保守的老爸不放手而已。

这一天她要喝酸梅汤，我给她拿了钱，说："这次，你自己去买吧。"

她很兴奋，说："爸爸，那我去了，你不要管！"

我说："我不管。"

她出门之后，我还是不放心，悄悄跟随，她"颠儿颠儿"地奔跑，一转眼就没了踪影。可是，小超市没开门，她很快又跑了回来。

三天之后，她还想单飞一次，于是又要喝酸梅汤。有了前一次的成功先例，这次我真的让她自己去了。

她出门之后，一只黄嘴巴麻雀摇头晃脑地笑话她："本少爷出生15天就单独外出觅食了，你都出生1500天了，才敢一个人跑出来，羞不羞啊！"

她不理会，一出门就朝东跑，速度快极了。她太兴奋了，搞错了方向——超市在南面！

我打开窗子喊道："周美兮，错了！"

她没想到我在窗子里盯梢，猛地停住，回过头来，不好意思地笑了，指着南面说："哦，在那面……"

## 难缠的头发

小凯从身上拿下一根长长的头发，顺手递给了美兮，然后就走出卧室，忙别的去了。

美兮一直小心地捏着这根细细的头发，不知该怎么办。

小凯早忘了这件事，她忙了半天，回到卧室，看见美兮还拿着那根头发，正在不知所措。她见妈妈回来了，赶紧试探地说："妈妈，还是把它还给你吧……祝你好运！"

## 国际主义精神

我带美兮坐小巴回家。

车上有三个黑人，和我们面对面坐着。

一个黑人探着身子问美兮："你叫什么名字？"（他们可能是留学生，中国话非常流利。）

美兮答："周美兮。"

黑人又问："你几岁了？"

美兮答："四岁。"

接着，美兮打量了一下他墨黑的脸，眼神颤颤的，开始组织词句："……叔叔，你们是哪个国家的？"

黑人说："我们是中国人。"

美兮想了想，摇着头说："不太像。"又说，"因为你们的脸太黑了。"

乘客都笑起来。

黑人说："那你说我们是哪个国家的？"

美兮说："是非洲人吧？"

三个黑人和其他乘客一起笑起来："非洲人！非洲人！……"

美兮的眼神里流露出几许怜悯，说："叔叔，我可以让你变白的，下次见面，我给你带些牛奶。"

我和小凯经常对她说：多喝牛奶才可以长白白。

下车时，黑人用汉语说："再见！"美兮用英语说："Good-bye！"

几只乌鸦听到了美兮的话，飞到奶牛场，找奶牛商量美容的事。

奶牛听了后，朝一头黑白花的小牛犊扬了扬嘴，说："我的孩子天天吃我的奶，要是像你们说的那样，它的身上就不会有黑毛了。可笑！"

## 第一次管我了

我和美兮路过一家便利店，我要买包烟。

她皱着眉说："天天抽烟抽烟！我都看见了，你牙齿后面已经黑了，我都觉得丢人！"然后使劲拉住我，不让买。

我说："爸爸生气啦！"

她看了看我，委屈地说："人家不是为了你好吗！"说完，转身就走。

我追上她，说："好了好了，不买了！"

她哭着朝回走，说："那你给我买好吃的呀！"

便利店里所有的食物都扭起了屁股。


## 世上最娇嫩的东西

三月初，爸爸妈妈又把你整托了。

这天早上，我送你去幼儿园，你外婆很难过，一直跟随我们走到小区外，还不肯回去。

你并不知道要把你整托，但是你感觉到了此行有些悲壮，多少有点警觉。

我抱着你，你能看见后面。

我问："外婆回去了吗？"

你说："没有。"

我说："你朝外婆摆摆手。"

你就摆摆手，大声喊："外婆再见！"声音颤颤的，已经有些哽咽了。

我们快到高速路了，我又问："外婆回去了吗？"

你说："没有。"

我说："你对她说再见！"

你又朝后摆摆手，大声喊："外婆再见！"说完就哭起来。

你从小就天资聪明，感情细腻。

听说你外婆回去一直哭。

友情是需要时间的，人情是需要交换的，爱情是需要组装的——这世上只有亲情无条件。


## 最怕淋浴

美兮整托了。

除了小时候断断续续有一次，这是她真正的整托。

听说，她没有哭。

周末她回到家，我夸奖她，她诚实地说："老师给我洗澡时，我哭了。淋浴冲到脑袋上，可难受啦！"

美兮最怕水冲到眼睛上。平时，我们一直在浴盆里给她洗澡。洗头的时候，就让她仰躺在一个平台上，脑袋略微垂下来，下面是水盆，一点点沿着她额头的发际线朝下洗，十分小心。

*（2002年8月21日，美兮第一次敢淋浴了。棒棒糖看到美兮如此勇敢，也想试一试，结果它站在水龙头下，很快就变成了一根棒棒。）*

## 没妈的孩子像根草

这一天，我接到了幼儿园的电话，老师说，美兮高烧了，38度。

我知道，这孩子属于情绪性高烧，她太想家了。小时候，她在肇州发起了高烧，怎么都不退，小凯急坏了，丢下手上的工作，坐飞机去了肇州。美兮见到了妈妈，迅速退了烧。

我接美兮回来的时候，一家人都在小区门口等候。

美兮紧紧搂住妈妈的脖子，怎么都亲近不够的样子。回到家，她不烧了，从儿童间拿出了她的玩具——小熊、小兔、小猴，开心地玩起来。

第二天，她又想起了整托的事，就跑到妈妈面前，可怜兮兮地说："妈妈，我不去幼儿园！"

见妈妈不表态，又跑到我面前，推着我的大腿说："爸爸，我不去幼儿园！"

见我也不表态，又跑到外公面前求助："外公，我不去幼儿园！"

见外公也不表态，又跑到外婆面前哀求："外婆，我不去幼儿园！"

外婆叹口气，说："外婆说了不算啊。"

美兮哭咧咧地说："那你去跟爸爸说！"

那天夜里，美兮在梦中还在喃喃自语："我不去幼儿园……"

美兮又整托了。

周五，我把她从幼儿园接回家，夜里她哭醒了，迷迷糊糊地说："爸爸，我不整托……"

我安慰她说："周美兮，你不就是不愿意在幼儿园过夜吗？实际上，你只在那里睡四夜，周五呢，爸爸就把你接回来了，在家里睡三夜，周一送去。"

她算不清楚，还是哭，嗓子都哑了："爸爸，反正我要在那里待很多很多天，见不到爸爸妈妈……"

我说："爸爸送你，回来，接你，再回来，前前后后要折腾八趟车，实在太累了……这样吧，爸爸周三去一次，你放学之后，爸爸接你出来玩儿，到了睡觉的时间，再把你送进去。这样，你在幼儿园睡两夜就能见到爸爸了。再睡两夜，爸爸就把你接回来了……"

她哭着说："爸爸，你等一等，你说周几去跟我玩儿？"

我说："周三啊。"

她无奈地问："周三是第几天呀？"

我说："周一爸爸送你去，过一天，就是周三了！"

她一边流泪一边算日子。她还小，算不出周三是哪一天，但她必须算，因为这似乎是爸爸最后的条件了。终于她哭着说："爸爸，那你早点去，晚点走啊！"

我说："好！"

周六的晚上，她又想起了整托的事，哭起来："爸爸，你接我吧！我原来说同意整托，我改了！"

我说："好吧，爸爸周三接你一次！"

她哭得更厉害了："不，你十天接我！"

她弄不明白时间概念。

周日的晚上，她对我说："爸爸，你记得那首歌吗？没妈的孩子像根草，我整托的时候，没有妈妈，也没有爸爸，更可怜呀。"

不久之后，我和小凯就决定：不让美兮整托了，继续接送。


## 婴儿的记忆

我把美兮婴儿时代的小床安装上了，放在小院子里，擦得干干净净。

我把美兮带到小床前，床头那些彩色小动物都不认得她了，它们还在追忆过去那个小主人——她脑袋右侧的头发粘在了一起，好像在母腹里专门做了发型；左眼皮上有几个小红点，好像对这个发型很不满意……

我问美兮："你还记得这张小床吗？"

她含着笑，不好意思地点了点头。

我把她抱了进去，她的脑袋和脚丫紧紧顶着床的两端，已经躺不下了。她爬出来，说："我记得，小时候床里比现在高……"

原来那里面垫了很多棉褥子，看来她真记得呢。

## 第一次作词作曲

美兮编了一首歌：爸爸生气啦，美兮就改正啦。爸爸高兴啦，美兮也高兴啦。

最近，这个小东西有点"嚣张"，也许是我太惯她了，她把歌词都改了：美兮生气啦，爸爸就改正啦。美兮高兴啦，爸爸也高兴啦。

这天晚上，她又唱：美兮生气啦，妈妈就……唱到这里，一下就停了，不好意思地嘻嘻笑起来。她不敢惹妈妈。

一群小鸟在电线上画出了这首歌的五线谱。个别路人感兴趣，停下来学唱。可是，最后一只小鸟太淘气，飞到天上玩去了，因此，最后一个音没有一个人唱上去。

## 虚　高

小凯躺在床上，美兮在她头顶跳来跳去地玩儿。

小凯说："周美兮，你长得高了。"

美兮认真地说："我站在床上，你才感觉高，我下了地就不高了。"一边说一边跳下床给妈妈看效果。

美兮家对面，一列城铁正疾驰而过。

铁路和列车在交谈："哐当！哐当！哐当！哐当……"

列车说："我最大的愿望就是跑到公路上撒个欢儿，到了十字路口，想朝哪边拐就朝哪边拐！"

铁路说："我最大的愿望就是站起来。"

## 武　器

我和美兮从滑梯回来，她要买饮料，我没给她买，让她多喝水。

她双手叉腰，看着一旁的草冷笑。

我大声说教，严厉批评。

她猛地转过头来，眼里含着泪，颤巍巍地说："你想想亲我的时候！下次，我还会理你吗？"

当武器了。

## 绝妙的比喻

美兮说："我像铅笔装进文具盒一样钻进了被窝。"

铅笔照葫芦画瓢地说：我像美兮钻进被窝一样钻进了文具盒。

## 下有对策

美兮不吃饭。

我说："必须吃。"

一会儿，她跑过来，说："爸爸，我吃完了！你看看去！"

我过去一看，她吃了一些，扒拉到碗外一些，假装不小心掉到地上一些，碗里剩了一些……看起来，也没剩多少了。

哪有掉那么多饭的！围着碗，一圈米粒，像起伏的小山，一看就是故意的！

还有一次，她说吃完了，我一检查，发现她把馒头夹在胳肢窝里了。

从那以后，包子一和馒头捉迷藏，包子的妈妈就对包子说：去美兮的胳肢窝找找！

## 沉重的幸福

太阳当空照，美兮上学校，只是……我抱着她。

有一段正在修路，工人们忙来忙去。

她问我："很大很大的轮子，那是什么？"

我说："压路机。"

接着，我给她讲了一些修路知识。

她忽然想到了什么，笑着说："爸爸，你现在抱着我是不是就像抱个压路机似的？"

## 白字小姐

我和美兮去幼儿园，路过加油站，上写"中国石油"四个大字。

美兮大声念道："中国石头！"

我急忙捂住她的嘴，四下看了看，小声说："丢人哪！你不认识就不认识呗，还喊这么大声！"

一只小老鼠贼溜溜地从垃圾桶旁边跑过去，它听到了美兮的大白字，憋不住笑出来，小声嘀咕道："那个字念'油'！"

垃圾桶旁边，不知谁丢了一盏旧油灯，它瞟了一眼小老鼠，说："别冒充大作家了！我还不知道，你只认得这一个字！"


## 辩　证

我说："周美兮，是人造神，还是神造人？"

她说："人造神。"

我一愣："为什么？"

她说："因为神是神话里的。"

我又问："然后呢？"

她说："神话是人编的。"


哈利·波特骑着扫帚在天上飞。镜头拉远，哈利·波特在电视上。镜头拉远，美兮坐在家里看电视，爸爸妈妈陪在她的身边。镜头拉远，美兮一家三口看电视的情景是一本书的封面，这本书叫《美兮美兮》。镜头拉远，《美兮美兮》拿在一个小朋友的手上，这个小朋友就是你。镜头拉远，你和爸爸妈妈坐在公园的草坪上一起读这本书。镜头拉远，你们一家三口在草坪上读书的画面是一幅亲情广告，印在公交车身上。镜头拉远，公交车奔跑在车水马龙的城市中。镜头拉远，城市是一枚邮票的图案，贴在一封信上。镜头拉远，这封信插在哈利·波特的口袋中，哈利·波特骑着扫帚在天上飞。


## 强　项

美兮提议跟我比强项。

我说："写作。"

她说："跳舞。"

我说："吉他。"

她说："我气质比你好。"

我还真想不起自己哪方面比她强了。她小声提示我："你认字比我多……"

我抓住了一根救命稻草，立即说："对，我认字比你多！"

她马上说："我认识的英文单词比你多！"

我卡壳了——原来在这儿等我呢。

## 不敢对小凯说的话

我和美兮出了幼儿园，她说："爸爸瘦，妈妈胖，我不瘦不胖。"
我说："我可是有名的小喇叭！你说妈妈胖，我告诉妈妈！"
美兮说："不，妈妈是肥。"
我说："好吧，你说妈妈肥！等着瞧吧！"
美兮说："妈妈还是猪那种肥！"一边说一边笑。
我说："周美兮，你完了。"
我带美兮坐在公交车上，美兮说："爸爸，你当白马王子吧。"
我说："谁当白雪公主？妈妈？"
她说："妈妈不行，妈妈要当白雪公主得减肥。"
快到家的时候，我说："万一咱家进来了歹徒，你不能愣神，转身就跑，爸爸跟他们拼……"
她坏笑起来："妈妈胖，还是妈妈跟他们拼吧！"

一位母亲想回到过去，却在时间的海关被挡住了，因为她和来时证件上的照片已经判若两人。母亲叹口气，继续朝未来走去，因为前面有她的孩子，那是她的另一个青春。

## 比爸爸高的永远是女儿

早晨，花红草绿，露重风轻，我抱美兮去幼儿园。
她说："爸爸，往上点。"
我说："不。"
她说："你是不是怕我踩着你的脑袋？"

## 逆向思维

在车上，我给美兮讲了一个故事，大意是：
一个孩子，在海边捡到了一枚钻戒，到处问是谁的。一只坏狐狸来冒领走了。后来，这件事败露了，尽管狐狸百般狡辩，孩子还是把钻戒追了回来，狐狸尴尬极了。不久，这个孩子又在海边捡到了一枚蓝宝石戒指，到处问是谁的。那只坏狐狸又跑来了……
美兮说："这次真是那只狐狸的戒指。"

我的故事是不是这样已经不再重要。我欣赏美兮的思维方式。

## 大脑PK计算机

晚上，我在厨房做饭，美兮在背后藏了一个计算器，跑进厨房来，对我说："爸爸，你问我7加8等于几。"

我就问了，她马上"噔噔噔"地跑到客厅去，偷偷按了按，然后迅速跑过来，兴奋地说："15！"

我说："神童！"

宝贝，你的计算器永远算不出来，爸爸加妈妈等于你，爸爸妈妈加你等于全世界。即使减去一个爸爸，或者减去一个妈妈，依然等于一家人。

## 一个鬼把戏骗了美兮六年

一天，美兮跟小凯在卧室内聊天，我在客厅里看电视。

我忽然想给美兮变个魔术，于是就把客厅的大灯关了，只留下夜灯，暗暗的。

接着，我拿起一张扑克牌，在上面钻了一个很小的洞，穿进一根颜色不明显的细线，系住，再把扑克牌放在茶几上，细线从外端垂下，从下面伸过来，系在了我的大脚趾上。

做完这一切，我对卧室喊："周美兮，你来！"

美兮"噔噔噔"地跑出来。

我假装停止了看电视，对她说："爸爸最近学会了一句咒语，拥有了神奇的力量。"

美兮问："什么神奇的力量呢？"

我指了指茶几上那张孤零零的扑克牌，说："比如，我念动咒语，然后用手一指，让它动它就动。"

美兮最喜欢这样的事了，立即说："我要看！"

我假装念动咒语，然后指着那张扑克牌，说："动！动！动！"

我的脚丫子在下面悄悄移动，扯动那根细线，扑克牌就一点点动了。光线不明亮，美兮根本看不清。

美兮兴奋得又蹦又跳——爸爸竟然学会了咒语！

第二天，我一个人在家的时候，那张扑克牌贼眉鼠眼地跟我索要"封口费"，我就用胶布把它那个针眼大的"口"给封住了，并且取消了它作为魔术道具的资格，换了一张牌。

——后来，美兮在法国跟我通电话的时候，我对她讲了实情，她笑个不停，反复强调："哈哈，爸爸的大脚趾，爸爸的大脚趾……"

## 什么第一重要

在路上。

美兮对我说："爸爸，对于我，生命第一重要，吃第二重要，漂亮第三重要，玩第四重要……"

我说："生命肯定第一重要，包括健康。知识第二重要，和漂亮并列……这是对女孩而言。对于爸爸来说，第一重要的是……"我想说事业，又一想，也应该是生命。

她马上说："对于你，我第一重要。"

## 自圆其说

在此之前，美兮说一些字眼仍然保留着婴儿音，写上面那些故事时，为了便于阅读，我整理成了标准文字，实际上不是这样。比如，她一直把"是"说成"细"。

这天，美兮给我和小凯讲故事——《爱吹牛的小黄狗》，她跟磁带学的。其中有一段："小黄狗见了大老虎，吓了一跳，心里说，哎呀我的妈呀！是一只大老虎……"在那盒磁带里，"妈"字发音不清楚，后来我反复听过，怎么听怎么像"帽儿"。

美兮讲到这一段时，说："小黄狗见了大老虎，吓了一跳，心里说，哎呀我的帽儿呀！是一只大老虎……"说到这里，她也感觉有点不顺畅，敏感地看了看我，解释说，"小黄狗吧，当时戴了一顶帽子，它见了大老虎，非常害怕，头发都竖起来了，它按住帽子，心里说——哎呀我的帽儿呀！是一只大老虎！"

她第二次给我们讲这个故事的时候，我已经听过磁带，立即纠正了她："周美兮，那是——哎呀我的妈呀！"

她不好意思地看着别处，笑了。

讲到大老虎掉下山崖摔死了的时候，她说："小黄狗把大老虎叼了回去，对众多动物说——瞧我！本事多大！打死了大老虎！"

我马上提出了质疑："小黄狗怎么能叼得动大老虎呢？"

她可能也觉得不太对劲儿，就没有反驳，继续讲下去。

次日，她又讲这个故事，讲到大老虎掉下山崖摔死了的时候，小眼睛瞄了瞄我，小心地说："小黄狗把大老虎驮了回去，对众多动物说……"

我说："驮也驮不动！"

……后来我又听了一遍磁带，才知道，原来是小黄狗把白马、山羊、黄牛找来了，参观已经死去的大老虎，小黄狗得意地说："瞧我！本事多大！打死了大老虎！"


## 要一辆康师傅

美兮说："爸爸，我要一辆奥迪。"

我说："买不起。"

美兮说："那我就要一辆康师傅吧。"

我说："错了，是富康！"

一辆胖乎乎的康师傅轿车，走下一位卷发的方便面女郎……


## 女人之间

一天，美兮不在家，小凯问我："我和周美兮，你对谁第一好？"

我说："都好。"

她说："不行，只有一个第一。"

我犹豫了一下，说："……你。"

她当即说："假话！看看你看你女儿的眼神，就什么都清楚了。"

几天之后，小凯外出了，我和美兮在家。美兮在客厅的沙发上爬上爬下，忽然想起了什么，对我说："爸爸，我问你一个问题，你不许跟妈妈说。"

我笑了："你说。"

她的小眼睛四下看了看，确定妈妈真的不在，这才小声说："……我和妈妈，你对谁第一好？"

我说："都好。"

她说："不行，只有一个第一！"

我也鬼头鬼脑地四下看了看，这才小声说："宝贝，肯定是你啊！"

她说："不是吧？"

我说："百分之百！"

于是，美兮心满意足，在沙发上爬得更欢了。

2007年，我接受北京电视台"星夜故事秀"节目采访。

在录制现场，我说到小凯和美兮时这样表白过：两个"女人"就足以把一个男人的口袋掏得空空荡荡了；两个"女人"就足够一个男人满满当当活一辈子了。

说"两个女人"的时候，我的嗓子卡了一下，于是重新说了一遍："两个女人"——想着电视台剪辑的时候，可以把上一句废掉。

主持人是郭德纲，这家伙马上坏坏地接了一句：瞧，这就四个啦。


## 安全问题

美兮总是把保安当成警察，这让我很不放心。

保安都是从社会上招聘来的，并不是百分之百可靠。最可怕的是，保卫你安全的人本身就存在不安全隐患。

为此，我专门给她指认：这个是保安，那个是警察。并且叮嘱她：遇到危险，一定首先找警察。如果附近只有保安，没有警察，情况又万分危急，那么只能先跑到保安身边，寻求保护。另外，不要跟随单个保安离开小区，一定要在他们的办公场所拨打110，尽快见到警察。

一天，我和美兮逛长安大街。在朱红色的宫墙下，出现了一名正在执勤的警察。我和美兮走到警察跟前时，她抬起小脸蛋跟人家打招呼："保安叔叔好！"

警察笑了笑，说："小朋友好。"


## 认标志

我和美兮在加油站见到三个标志：一个是禁止打手机，一个是禁止吸烟，还有个牌子，上面写着"5"，那是限速标志。

美兮看了看，说："不许打手机，不许吸烟，不许5……"

我说："错！"

她马上说："不许写5！"

我说："又错！"

她犹豫了一下，看着我试探地说："是不许……乱写号码？"

那个标志正在执行公务，表情相当严肃。听到美兮这番话之后，一边叫着自己的名字"55555"一边哭起来"呜呜呜呜呜……"

## 三个基本技能

我说："周美兮，有三种技能在未来社会是必须掌握的：第一，你要把英语学得呱呱叫，第二你要把电脑学得呱呱叫，第三……"

美兮坏坏地笑着看我，说："第三我还得学会贴小广告！不然谁知道我英语呱呱叫，电脑呱呱叫呀！"

# 羊

## 宝贵的提醒

五月，非典期间。

小凯坚守在北京的工作岗位上，让我和美兮回东北躲避。

当天晚上，我就带美兮来到了北京火车站。由于火车站人太多，我没有带美兮靠近，我们坐在马路对面的一幢大楼下，一边玩游戏一边等时间。那地方没什么人，很安静。

玩着玩着，美兮问我："爸爸，还有多长时间？"

我远远地看了看火车站的大钟，说："还有两个半小时，早呢。"

过了一会儿，美兮又问我："爸爸，还有多长时间？"

我看了看手机，说："还有两个小时零十五分钟。"

美兮不放心地说："你还是再看看车票吧！"

我说："不用看，发车时间是晚上7点35分。"

美兮说："万一错了呢？"

我只好掏出车票做做样子，这一看不要紧，倒吸一口凉气：发车时间是17点35分！

我一手拖箱子一手抓住她，说："周美兮，快跑！"

我们冲上过街天桥，冲过拥挤的广场，冲进候车大厅……箱子都跑不动了，气喘吁吁地说：慢点慢点慢点！美兮始终紧紧抓着我，跟着我奋力奔跑，没说一句话。

检了票，我们跑进站台，跳上火车，刚刚坐下，火车就徐徐开动了。

我说："周美兮，谢谢你！"

## 亲近土地

为了让美兮亲近土地，在肇州，我带她离开外公外婆家的小区，穿过一条坑坑洼洼的土街，经过一家养牛场，来到了田野上。

东北有点乱，离开城区之前，我在裤带上挂了一把军用匕首，很长。

我和美兮在土路上走啊走，走进了一片杨树林，一起拿土块"打仗"。遍地都是掩体，遍地都是弹药。我把土块掷过去，每次都准确地砸在美兮藏身的杨树上。听土块在耳旁"啪"地摔得粉碎，她的感觉肯定爽极了。

杨树悄悄对美兮耳语说：你拿土块打我，我藏在你爸爸身后。

离开杨树林，我们来到一个池塘边，当时是下午三四点钟，天地一片寂静。微风吹拂，水草茂盛，蛙声此起彼伏，都声称自己是青蛙王子，被狠毒的巫婆施了魔法，希望得到美兮一吻。七嘴八舌，真假难辨……

离开池塘，我和美兮在田埂上看到一只死去的甲虫，就把它埋在了土里，还给它插上了三根火柴棍当墓碑。于是，这只不幸的甲虫换上了一对透明的翅膀，飞上了天堂……

后来，每次我领美兮出去玩儿，都带着那把匕首。想想，一个瘦小的爸爸，腰间挂着一把长长的刀，牵着一个花骨朵似的女儿，走在小城的街道上……那情景有点滑稽。


## 故事迷

天黑了，我在楼下凉亭里给美兮讲故事。

突然一个大女孩（十二三岁）冲过来，把小小的美兮撞翻了，她的后脑勺结结实实地摔在坚硬的水泥地上，"嘭"的一声。她瞪大眼睛，窒息了半天，才"哇"一声哭出来。

我冲过去，扶起她的脑袋，一边揉一边问："周美兮！你怎么样？"

美兮哭着说："爸爸，咱们回家吧！"

我吓坏了，抱着她回家，走出几步，我又不放心地问："你有没有要呕吐的感觉？"

她一边抽咽一边说："刚才你那故事讲到哪里了？"


## 忐 忑

美兮贪玩儿，每天晚上在床上蹦来跳去，要费很大的劲儿才能把她弄睡。

被撞的这天晚上，她却早早躺在了床上，静静闭着眼，似乎很累。

我心如刀割，仔细观察她的反应。

她微微睁开眼，见我还在忧心忡忡地望着她，就轻轻地说："爸爸，对不起，我现在什么都不想做，就想睡觉……"

这一夜，没有一只蟋蟀叫。这一夜，全体花草失眠。


## 月亮姐姐不重要

平时，看电视的时候，经常有明星载歌载舞、名人侃侃而谈。我偶尔会指着电视对美兮说：这个人是爸爸的朋友。

告诉她这些，就是不想让任何人、任何事在她的眼里有光环。我一直这样教育她，不要仰视任何人，也不要俯视任何人，我们平视这个世界。

这天晚上，美兮在院子里跟一群肇州小朋友玩得正来劲儿，我对她喊："周美兮！"

她像一匹正在奔跑的小马突然被勒住了缰绳，回头急急地问："爸爸，什么事？"

我说："中央电视台的月亮姐姐来信啦，请你去参加节目！"

她想了想，说："我知道啦！你把她的地址留下，等我回北京再跟她联系！"然后就奔跑着去玩了。


正巧，一个剧组在小城拍电视剧，讲的是一台电视机的故事。饰演电视机的电视机十分自豪，逢人就说：我上电视啦！另一台电视机很诧异：上电视怎么了？这台电视机说：上电视就有人看我啦！另一台电视机更诧异了：平时大家不是天天都在看你吗？


## 万得菜

这段时间，美兮给我打电话的时候，总叫我："万得菜！"

老实说，我不喜欢这个名字。

后来我才知道这个名字是怎么来的——电话是"万得菜"牌，美兮每次打电话的时候，看着那几个字，就把我叫成"万得菜"了。

好吧，我是周美兮的爸爸，你是万得菜的女儿。

## 章老师

这时候，美兮已经转到了小区里的私立幼儿园——这是她经历的第四家幼儿园。

一天，我让美兮给我讲讲幼儿园的事。美兮哗啦哗啦讲了很多，我从中捕捉到了一件跟章老师有关的事——

章老师三十多岁，她不是班主任，只负责孩子们生活上的一些杂事。

美兮的班里有个女孩儿，比美兮高半头，老师们都夸她漂亮。这一天，章老师把小不点儿的美兮带到没人处，蹲下来悄悄对她说："美兮，在章老师的眼里，你才是全班最懂事、最漂亮的女孩儿！"

章老师肯定很喜欢美兮，当别人都在夸另一个女孩儿的时候，她担心敏感的美兮受冷落，于是，她单独对美兮表白了她的看法，暗中鼓励美兮……

她的这种敏感，这种做法，简直就像美兮的爸爸妈妈。

宝贝啊，当一朵花比另一朵花更美的时候，自傲会让她失落一片花瓣；当另一朵花比她更美的时候，自卑会让她失落一片花瓣。

## 发音不同，意思一样

一次，我去给美兮买磁带，美兮说："爸爸，你可以给我买大一点的故事了。大班故事、大班音乐（lè）都行。"

我疑惑地问："音乐（lè）是什么？"

她认真地说："就是音乐（lè）呀！"

我一下明白过来："周美兮，丢人了吧？那是音乐！"

她连忙说："对，对，音乐（lè）就是音乐的意思。"

一只小羊从幼儿园回到家，扬起脖子叫起来：羊羊！羊羊！羊羊！

大羊感到很纳闷：你的叫声怎么这么奇怪呢？

小羊说：我在书上学的！

大羊想了想，恍然大悟：孩子，那是"咩咩"！你想怎么叫就怎么叫好了，跟书学什么！

## 一张照片

小凯是个很低调的人，她喜欢安静的生活。

有一次，某画报采访我，希望刊发一张全家福。摄影记者来到我家，我说："我跟女儿拍一张就行了。"

接着，我跑到幼儿园找美兮，结果，老师一听我要把美兮带走，连连摆手："不行不行，还有十分钟美兮就要上场演出了！"

那时候，我感觉到了什么叫光杆司令。

我央求老师说："你把周美兮借给我十分钟，就十分钟！"

然后，我几乎是把美兮抢过来的，抱着她一路飞奔，来到拍摄地点，急匆匆拍了几张照片，又赶紧把她送回去了……

现在我还保留着那本画报，都有点发黄了：美兮短发，小鼻子小眼睛，那么精致。白衬衫，棕红色领结，墨绿色小裙子，白凉鞋。她骑在我的脖颈上，静静地望着镜头，我们的背后是2003年的夕阳。


## 捉麻雀

我带美兮捉麻雀。

怎么捉呢？

我们来到小区的树林里，把一只盆子扣在草地上，用一根小木棍支起来，下面撒一些小米。再把一条绳子系在小木棍上，牵着它，远远地趴在一个高岗后面。如果有麻雀到盆子下去吃米，我们一拉绳子，麻雀就被罩在盆子里了。

用竹筐更好一些，可是我们的工具不齐全。

那只曾经笑话过美兮的黄嘴巴麻雀，在树上看到了盆子下的小米，立即问爸爸："我可以下去吃吗？"

麻雀爸爸低头看了一眼，懒洋洋地说了一句："除非盆口朝上，米在盆子里。"

黄嘴巴麻雀跟美兮一样聪明，马上说："明白了。"

不一会儿，来了一个小男孩，他看了看我们的工具，很不信任地说："这个办法靠谱吗？"

的确，那天我们没有任何收获。

又一天，我和美兮在窗外放了一只盆子，把绳子拉进房间来，我们藏在窗台下，静静等待。最后，还是一无所获。

几天后，我和美兮用羽毛球拍在草坪上捉蜻蜓，意外地拍到了一只麻雀——正是那只黄嘴巴的麻雀！它惊惶失措地扑到一棵树干上，又滑落下去，我冲过去，用羽毛球拍一按，就把它压住了。

我把它拿起来，赶紧回家。美兮跑前跑后，又蹦又跳。

在家里，我们跟这只倒霉的俘虏玩了一会儿，就来到小院里把它放飞了。

黄嘴巴麻雀回到鸟巢，它爸爸紧张地问："听说他们把你捉去了？"

黄嘴巴麻雀得意洋洋地说："他们是请我去做客！我参观了他们家的儿童间，吃了一顿丰盛的晚餐。离开的时候，那个小女孩还要送我一只篮球做礼物，不太好带，被我谢绝了。"

## 钢　琴

小凯给美兮报了钢琴班。

我不太希望孩子跟潮流学钢琴，不过她自己喜欢，那就由她去吧。

家里有一架仿钢琴键盘的电子琴，美兮回家用它练习曲子，一边弹一边嘀咕：叨二三四，咪二三四，嗖二三四……

一只毛绒熊问另一只毛绒熊：美兮在学音乐还是在学算术呢？

开始，我也不明白她嘀咕的是什么，后来才明白，原来是数节拍呢。

## 一壶水

7月25日，小凯只身去乌镇旅游了。我带美兮去看皮影戏。

这时候，我刚刚担任《格言》杂志的主编，有一篇稿子让我很震撼，就在路上给美兮讲起来：

几个人遇到海难，坐在一只救生艇上，在大海上漂流，等待救援。他们只有一壶水，由大副保管着，他说必须要等到最后的时刻才能喝它。三天之后，大家渴得快死掉了，大副还是不肯给大家喝，说还没有到最后的时刻。第四天，大家疯狂了，认为大副是想独吞这壶水，于是开始哄抢。大副为了捍卫这壶宝贵的水，掏出手枪把这些人逼退了。第五天，有个人再也无法忍受，吞下一肚子海水，结果死掉了，大副依然不肯让大家喝这壶水，说还没有到最后的时刻。第六天，他们终于等来了救援……

五岁的美兮听到这里，说："那个水壶是空的！"

我当即就笑了："对！"

这是一个关于希望的故事。

## 皮影

我和美兮看皮影戏迟到了十分钟。

只有七八个小观众。

北京皮影剧团的表演很好看。

演完之后,演员还邀请小朋友到后台亲自操作皮影。

角落里有一个皮影人,美兮走过去,想把它捡起来,那个皮影人赶紧摆手说:"宝贝宝贝,不要动我,我得关节炎啦!"

## 爱情啊

一个朋友在西安办演唱会,来北京跟几个歌星签合同。

我去看望他的时候,带上了美兮。美兮对大人的谈话不感兴趣,她站在高高的阳台上朝下看,楼下有充气攀岩,花花绿绿的,她手舞足蹈地要下去,我就带她下去了。

长城、吊桥、滑梯,都是充气的。攀岩区有绳梯,美兮爬上爬下,快乐极了。她还假装摔昏了,躺在那里一动不动,吓我。

她穿着米黄色条绒裤,蓝色牛仔上衣,很多人都以为她是男孩儿。

次早,我领美兮去吃"艾德熊",看大型演出《太空动物园》:

男孩东东和女孩兮兮,一起来到太空动物园游览,这里有两个鼻子的大象,会发光的兔宝宝,球状的猪等等。东东和兮兮在科学家的实验室里捅了大娄子:高能射线失控,同时射中了正在孵化的恐龙蛋和一只小老鼠,产生了一个基因变异的怪物——龙老鼠。龙老鼠把科学家关进了笼子,还想占领地球,统治宇宙。东东和兮兮巧妙地利用龙老鼠无限膨胀的野心,终于将它制伏……

演出结束之后,我和美兮想找东东和兮兮签名,又一想,双方的名字都一样,不签也罢。

中午又吃"艾德熊",然后坐407公交车回家。

乘客中有一对情侣,男孩在擦一个空座,美兮像解说员一样说道:"男孩要抱女孩坐,我以前还没有见过。"

男孩擦完,让女孩坐了,他站在了一旁。

美兮又说:"对,应该让女孩坐……"接着,她用长长的声调感叹道:"爱情啊——"

我笑道:"多嘴多舌!"

## 失败的跟踪

我和小凯买回了两只MOTO对讲机，小巧玲珑，攥在手里就看不见了。

调好频道，对讲机就可以通话了。

我把一只对讲机装进美兮的口袋，试着让她一个人出去玩儿。我知道，我把她抓得太紧了，要放手。不过我告诉她，只能在门口玩儿，不许跑远。

她出门之后，我拿着另一只对讲机，站在窗前观察她，我和她只隔着一层玻璃。

她在草丛前蹲下来，津津有味地看蚂蚁。她并不知道我在看她，时不时地用对讲机向我报告动向：

"喂喂，爸爸，我在看蚂蚁！OVER！"

"喂喂，爸爸，刚才跑过去一个小男孩！OVER！"

"喂喂，爸爸，我喝了三口水！OVER！"

"喂喂，爸爸，我很想念你！OVER！"

我忍着笑，说："周美兮周美兮，请回一下头！OVER！"

她转过身来，看见我在窗里站着，就笑了。接着，她把对讲机掖在了衣领下，像个警察一样歪着小脑袋说："爸爸，我想去滑梯玩儿，可以吗？OVER！"

我说："去吧，随时跟我联系！OVER！"

美兮像脱缰的小马，拐个弯就不见了。滑梯离家挺远的，我的心提起来，举着对讲机等待她的消息。

过了好长时间，对讲机都没响，我只好呼叫她：

"周美兮周美兮！你在哪里？OVER！"

"爸爸，我在假山跟几个小朋友捉迷藏！OVER！"

"换了地方要向爸爸报告！OVER！"

"一会儿我想去哈尔滨玩儿！OVER！"

"那里太冷，去之前要回家换件厚衣服！OVER！"

看看表，美兮已经在外面玩半个钟头了，我越来越不放心。怎样才能既锻炼她自立，又没有任何风险呢？只有一个办法：悄悄跟随她。她看不到我，以为是自己一个人玩儿，遇到什么事自然会独力解决。而我藏在暗处盯着她，她肯定不会丢。

想到这里，我换上了一身平时不怎么穿的衣服，戴上鸭舌帽，又用墨镜遮住眼睛，像个特务一样出门了。

我东躲躲西藏藏，神秘地靠近了假山，果然看到了美兮，她和几个小朋友正玩得热火朝天。我在一棵树后藏起来，监视她的一举一动。

她偶尔朝我的方向看了一眼，立即跑过来："爸爸！爸爸！"

我一下就傻了，不知道该怎么办。

她跑过来，笑盈盈地说："爸爸，你跟我们一起捉迷藏呀？"

我结结巴巴地说："你怎么能……认出爸爸来呢？"

她说："鼻子是爸爸的鼻子，下巴是爸爸的下巴，胡子是爸爸的胡子，不是你是谁呀！"


## 人小鬼大

九月，星空卫视到幼儿园选拔小嘉宾，挑中了美兮。

美兮去《人小鬼大》做了一期节目，很出彩，不久，又接到了《人小鬼大》的邀请。这天，我带美兮来到录制现场，发现我把日期搞错了，美兮的节目是下周。编导见到了美兮，特别高兴，说："美兮，你既然来了就上吧！我们请你还请不到呢！"

就这样，美兮总共在《人小鬼大》做了三期节目。


录制之前，我和美兮在大厅里吃盒饭，很难吃。

美兮感慨道：我现在知道那些明星为什么那么瘦了……


有人问起美兮为什么叫美兮，她总会说：就是美目盼兮的意思。然后就眯起眼睛，做出很妩媚的样子，东飞一眼，西飞一眼。

这天美兮一出场，主持人孙国庆就问她：美兮，你是哪个兮？

美兮说：就是大风起兮的兮。

孙国庆说：为什么叫这个名字呢？

美兮说：我给你做个表情你就知道了。

然后，她眯起眼睛，做出很妩媚的样子，东飞一眼，西飞一眼——小家伙把两个典故搞混了。下面哄堂大笑。

孙国庆：周美兮啊，长得非常可爱，五岁了，长得就跟……五岁一样。

美兮：谢谢。

孙国庆：美兮，你上幼儿园了吗？

美兮：比上幼儿园快乐多了。

她见孙国庆愣了愣，又补充说：我是说在这里。

美兮上台前，我对她说：我把手机塞到你背后的椅子上，拍摄中间，我会拨响电话，你拿起来，挂掉，接着你就表演，好像真在接电话似的，要耍主持人……

美兮说：好。

节目正在进行中，电话响了。美兮高高地举起手，对孙国庆说：孙国庆叔叔，我可以接个电话吗？

孙国庆愣了，怎么有电话？他回头看了看场外的编导，嘟囔道：怎么回事儿？……好好好，美兮，你接吧。

美兮把电话拿出来，转过半个身子去，低声说：喂，你好……哎，我在外面……不是，我在星空卫视录节目，爸爸带我来的……嗯？不知道，好像挺远的……好哇！几点？在哪儿？……那就说定了，大滑梯，不见不散！

全场鸦雀无声，只有美兮在小声通电话，所有人都在静静地听，摄像机在静静地拍。

美兮偶尔停顿，似乎在听对方讲话，半晌不说一句话，很能沉住气，大家根本看不出是假的。

……"挂"掉电话之后，她转过身来，大声对孙国庆说：孙国庆叔叔，你觉得我真的是在打电话吗？

孙国庆挠挠脑袋，不知道葫芦里卖的什么药了。

美兮开心地笑起来，说：我根本没有打电话，骗你玩的！哈哈！

孙国庆：美兮，你爸爸是干什么的？

美兮：我爸爸叫周德东，是个恐怖小说家！

孙国庆：你妈妈呢？

美兮：我妈妈是《时尚》杂志社的记者。

孙国庆：记者是干什么的啊？

美兮：记者就是采访的呗。

孙国庆：什么是采访啊？我还真不知道！

来到这个世界才两千天的周美兮，想了想，突然说：就像你现在这样问我，这就是采访。

孙国庆：爸爸写的恐怖小说你怕不怕？

美兮：不怕。

孙国庆：（对观众嘀咕）你看你是不识字……（又对美兮说）美兮啊，听说你也会讲恐怖故事，你给我们讲一个好不好？

美兮：我讲的是恐怖笑话——有个男人，把一个女人害死了。女人托梦对他说，七天后要变鬼来报复他。男人很害怕，就去找道士请教怎样辟邪。道士对他说，有三点（这样归纳问题，绝对是跟她当过兵的老爸学的）：第一，你要到女人的坟前上三炷香；第二，不要随便出门；第三，你要在第七天午夜十二点之前，把那个女人的血衣洗干净——这样就没事了。第七天夜里，这个男人在家里洗血衣，怎么都洗不干净。到了十二点，那个女人穿着白衣服就来了，对了，她是飘来的（说到这里，她忍不住笑了）。女人说："你知道，你为什么洗不干净吗？"（学鬼声，轻飘飘的）男人说："不知道啊……"女人从背后拿出一个东西，高声说："因为你没有用×牌洗衣粉！"（这一句完全是广告的声调了）

那一期，还有个小嘉宾叫路易斯，是个混血儿，，他妈妈曾经在《西游记》"偷吃人参果"一集中扮演清风，他爸爸是英国人。

孙国庆：你知道外国人长什么样子吗？

美兮：知道！就像那个小弟弟一样。

孙国庆：他是外国人吗？

美兮：不是。

国庆：那他为什么长这个样子呢？

美兮：他的头发是染黄的，眼睛原来就那么大。

孙国庆：我怎么能变成他那样呢？

美兮：你多吃鱼，眼睛就变大了。留点头发，跟那个小弟弟那么长，然后把中间染黄，再把左边染黄，就行了。

孙国庆：皮肤怎么办呢？

美兮：你多喝奶就行了。

孙国庆：他长大之后鼻子会很大……

美兮：鼻子好办……整容呗。

孙国庆又问一个大点的孩子：你知道他为什么长成这样吗？

大点的孩子：那是血缘关系吧？

美兮认真地问：他这么小就得病了？

几个小嘉宾一致认为孙国庆不帅，称他是"黑马王子"。

美兮：我觉得你就是白马王子，

孙国庆：（走到美兮旁边）美兮现在是我最好的朋友了，她能站在一个特别不公正的立场上，说我帅……

美兮：黑马王子也不是你黑呀，是马黑。

126

孙国庆：美兮，妈妈为什么要嫁给爸爸呢？

美兮：我想……那时候爸爸妈妈还没结婚呢，妈妈看爸爸挺年轻的，所以就嫁给他了。

孙国庆：你知不知道，爸爸和妈妈是在什么场合……

美兮：场合是什么意思？

孙国庆：就是什么地方——他们是在什么地方认识的呢？

美兮：（想了想）应该是在他们小时候那一带吧。


星空卫视在美兮的幼儿园还选出了一个男孩儿，名字叫显显，"叽里呱啦"很能说，谁都不在乎。他最喜欢美兮，不管在哪里，见了美兮就追。

这天，显显是穿着红斗篷上台的。

孙国庆：（站在显显旁边）你的斗篷是干什么用的？天冷吗？

显显：这是披风！当披风大侠用的。

孙国庆：披风大侠还是蝙蝠大侠？

显显：（神态非常认真）披风大侠。

孙国庆：披风大侠是干什么的？

显显：我想想……（想着想着就笑了）杀人！哈哈哈哈哈哈！

孙国庆：跟大家介绍一下，你叫什么，几岁了，最喜欢什么？

显显：（发音大舌头）我叫显显，今年马上就五岁了，我很单纯！（说到这里，他又"咯咯"地笑起来。）

孙国庆一直站在显显背后，帮他抖披风，呼呼作响。显显停止了慷慨激昂的演讲，回头看了看，小声说：你不会把我的披风弄坏吧？

孙国庆：不会坏！披风大侠嘛，要是不扇起来，还叫什么披风大侠！那是耗子。

接着，孙国庆问：显显，为什么你是妈妈生的，不是爸爸生的？

显显：女人的小房子里有宝宝的种子。男人没有小房子，也没有种子。（他反问孙国庆）你知道小孩儿是怎么出来的吗？他是慢慢慢慢挤出来的。

孙国庆：是头先出来还是脚先出来？

显显：头先出来！

孙国庆：你能不能现场给我们演示一下？

显显就跳下椅子，指了指地上的大圆圈图案说：就当它是小房子吧。说完，他趴在那个大圆圈里，一点点往出爬。

孙国庆：显显！小房子的门没修好，你被卡住了！爸爸在外面等着你呢——当然妈妈是看不见了。现在怎么办？快呼救啊！

显显：我就是要自己出来！

孙国庆：对了，你不会说话……

显显终于爬出了"小房子"，笑嘻嘻地站起来。

孙国庆：出来之后，你要告诉这个世界你来了啊！

显显马上仰起脑袋，像小老虎一样咆哮起来……

前半场，风头都被显显抢去了。不过，到了下半场，他自己把话题引到了美兮身上——

孙国庆：显显啊，你见到我是不是特别亲切？

显显：嗯。

孙国庆：就像见到了谁一样？

显显笑嘻嘻地探头看了看美兮，说：就像见到了周美兮一样！

全场哄堂大笑。

孙国庆：美兮，他说他喜欢你……哎，显显，这事跟美兮有什么关系啊！

显显：我最喜欢美兮了！嘿嘿嘿！

美兮在一旁把孙国庆的话接了过去：那跟你有什么关系啊？

孙国庆：跟我没关系啊！他说他喜欢你，我只是传个话。算了，我下去休息一会儿，显显，你该怎么表达就怎么表达吧。

显显：拜拜！

他见孙国庆没走，又说：你不是要回去吗？怎么站在那里不动啊！

孙国庆一脸苦相：我走，我回"小房子"去吧！

后来，孙国庆跟美兮聊起来：美兮啊，你跟显显是一个幼儿园的，你比他大一岁，对吧？

美兮：对呀。

孙国庆对观众小声嘀咕：现在流行一种姐弟恋……

美兮：哦，我们不是亲哥俩！

孙国庆：美兮，你对显显有什么看法啊？你喜欢他吗？

美兮：喜欢。

孙国庆：你们最好的时候是什么样？

美兮沉默半晌，终于说：我和他可没有拥抱过噢！

孙国庆："人小鬼大"，就是让孩子重新找回他们的天真……（朝台下竖起耳朵）导演，你说什么？又接到了七百多个观众的电话？天！（又把身子转向小嘉宾）不得了了！看电视的叔叔和阿姨都在说，这两个小朋友太可爱了！应广大观众的要求，你们在现场表达一下感情，好不好？

美兮：我同意。

孙国庆：哈，看这个姐姐！来，一个站在"小房子"左边，一个站在"小房子"右边……

美兮站在大圆圈的左边，显显站在大圆圈的右边，孙国庆站在中间，像裁判一样伸出一只手：整个暑假你们都没有见面，现在开学了，你们在《人小鬼大》见了，怎么表示？我说一二三，你们就冲！（对观众）这哪里是拥抱啊？这是相扑比赛！（又把脸转向美兮和显显）来吧！一，二，三！

两个孩子紧紧拥抱在一起。

孙国庆说完结束语，一个人走下台去。

最后一次，孙国庆问美兮：美兮，你知道什么叫"人小鬼大"吗？

美兮：我知道，就是……人虽然小，但是办法很多。

孙国庆：哈！厉害！比我解释得都准确！


## "小女人"心态

一天，美兮从幼儿园回来，对我说——爸爸，我们班米大奖追着亲我。我说："你亲我干吗？"他说："我要跟你结婚。"上官丝蓼走过来，对他说："你别亲她了！"虽然她没说，但是我知道，她的意思是想让米大奖亲她。


## 第一次学会翻跟斗

美兮在床上学会了翻跟斗。她很兴奋："爸爸，我像孙悟空吗？"

宝贝，孙悟空一个跟头十万八千里，你一个跟头才一千八百毫米。

床单被她折腾得皱巴巴的，嘀咕道：你要是孙悟空，那我就是如来佛的手掌了。


## 在王府井演出

美兮参加了绿天使艺术团。

年底她去石景山排练，半个月之后，她作为绿天使艺术团的演员到王府井大街演出。《我爱我家》的主演关凌主持，中国教育电视台在现场录像。

在新中国儿童用品商店门前的舞台上，美兮跟一群孩子表演舞蹈。

这是美兮第二次跟关凌见面了。半年前，关凌在金五星商厦搞活动，我们在旁边的肯德基遇到了她，她正跟几个人急匆匆朝门外走去。在我的鼓励下，美兮跑上去，在后面轻轻拍了关凌一下。关凌回头摸了摸美兮的小脑袋，就很明星地离开了。

这次，关凌和美兮同台演出，成了"同事"。

美兮在舞台上表演的时候，我来到电视台的摄影师旁边，递上一根烟，然后指了指舞台上的美兮，很讨好地说："师傅，能多给那个小朋友几个镜头吗？谢谢啦！"

十天之后，晚上六点半，那期节目在电视上播出来。

小凯在做饭，美兮在各个房子之间奔跑，只有我和白毛线小绵羊在看——美兮只是远远地出现了两个镜头。

白毛线小绵羊抱怨起来：美兮的镜头太少了！

花毛线小母鸡在书房里笑道：美兮就在家里，让你看个够儿，你去电视里找什么呀？

# 猴

## 大难·后福

美兮去了密云。

她在外公外婆家待了四十天，成了混世小魔王，晚上不到12点不睡觉，次日不到11点不起床。从早到晚看电视，永远锁定少儿频道，大人不许换。只喝饮料，不喝白水……

不过，这段时间，她学会了十个小魔术；每天临摹钢笔字帖，基本掌握了笔顺，还记住了一部分偏旁部首；背下了小九九口诀；完成了几幅不像样的美术作品；跟外婆学了一些简单的英语对话；熟悉了密云的街道、商场、书店，自己能找着家了。

她最爱吃楼下超市的台湾烤肠。并且，她熟悉这家超市的每一个入口，每次带着外公外婆必须从指定入口走进去，因为只有那里有烤肠……

2004年2月5日的晚上，美兮给我打来电话，四周的声音十分嘈杂，她兴奋地说："爸爸，外公外婆带我在密虹公园看灯展呢！可好玩啦！"

第二天天还没亮，就有朋友打来电话，说昨天晚上19时45分，密云密虹公园的桥上发生踩踏事件，死了37人，很多人受伤。

我和小凯当时都蒙了。

在踩踏事件现场，一个壮汉都无法逃命，何况两个老人带着一个六岁的孩子！

美兮很淘气，最喜欢人多的地方，而且，从外公外婆家到灯展，一定要经过那座高高的桥……

小凯颤抖着给密云打电话，外公外婆说：美兮平安。

谢天谢地！

原来，桥上挤满了黑压压的人，美兮闹着要上去，被外公呵斥了。外公是一个十分谨慎的人，尤其对美兮，更是小心加小心。最后，外公外婆牵着美兮从河面走到了对岸。

愿所有人都平安！

## 丢人事儿

密云。

晚上，我和美兮出去看电影，散场已经九点半了。大街上空荡荡的，有点冷。美兮说："爸爸，我要撒尿……"

我赶紧拉着她往家跑。夜风不合时宜地吹起了口哨：嘘嘘，嘘嘘，嘘嘘……刚刚跑过十字路口，她突然站住了。

我说："快跑啊！"她委屈地左右看了看，小声说："已经尿了！"我把她抱起来，说："没事儿，没事儿。"她哭了，一边哭一边紧紧盯着我的表情。我实在憋不住笑，她就打，一边打一边说："都怪你！都怪你！"我说："周美兮，真的没事儿！"她说："我都多大了？我已经不是小孩儿啦！"——是啊，你已经六岁了。我说："走，咱们回家换衣服。"她小声说："我还要吃肯德基呢……"

吃完肯德基，我摸摸她的裤子，已经干了。

## 换衣服

从密云回来的晚上，美兮在儿童间换衣服，对我说："爸爸，你可不要过来噢，我要换衣服！你说，我都45斤了，换衣服还能让你看吗？"

哦，换衣服爸爸能不能看，跟年龄没关系，跟体重有关系。

## 吃饭是一场战争

为了美兮吃饭，我千方百计，"寓吃于乐"。

我挖一勺米饭，举向她，说："周美兮，你的牙齿就是你的部队，你统帅它们。现在，来了一个班的白米兵进攻你，你要消灭它们！"

美兮立即高兴起来，张大嘴巴，把这些"白米兵"吃进嘴里，然后狠狠地嚼。

还剩一个米粒。

我又挖一勺米饭，加上一块肉，说："周美兮，你的牙齿兵太厉害了！刚才那些白米兵，几乎全军覆没，只逃掉了一个白米兵，回营报信。现在，肉排长要带领一个尖刀排，再次发起攻击！"

于是，她又把这些"白米兵"吃进嘴里，狠狠地嚼。

我沮丧地说："完了完了，尖刀排都失败了……"

一边说一边又挖一勺米饭，加上一根青菜（最重要的是青菜），举向她："周美兮，敌人又卷土重来了！这次，来了一个连！出征前，他们开过誓师大会，一定要把你打败！"

美兮鄙夷地哼了一声，一张嘴就把这些"白米兵"吃进了嘴里，看着我，狠狠地嚼……

就这样，从班到排到连到营到团到旅到师到军——每一口都有不同的说法，"战事"越来越激烈，气氛也越来越激动人心。

——直到她吃得肚子滚圆。

比如，还有一计：

她实在不想吃饭的时候，我就装一勺饭菜，举到她嘴巴那么高，说："我要睡一会儿。醒来之后再享受这勺美味。可是……不会有人偷吃它吧？应该不会，睡吧！"

美兮听着这些话，小眼睛开始滴溜溜转。

我闭上眼睛，一会儿，就听到她悄悄爬过来，然后感觉她轻轻把勺子里的食物吞进了嘴里……

我假装醒来了，四下看看，没什么可疑的，于是开始享用我的食物，可是，勺子里已经空了，我大叫起来："谁！谁把我的美味偷吃了？"假装很委屈很痛苦很愤怒。

她就得意了。

又装一勺饭菜，放得很低，自言自语道："这次小偷就偷不去了……"

我闭眼之后，她又悄悄爬过来，很老练地偷吃掉。

我很委屈很痛苦很愤怒。

她又得意了。

又装一勺饭菜，举得很高，自言自语道："这次小偷就偷不去了……"

我闭眼之后，她又悄悄爬过来，很老练地偷吃掉。

我很委屈很痛苦很愤怒。

她更加得意了。

又装一勺饭菜，上下缓缓晃动，自言自语道："看看这次小偷还有什么办法！"

我闭眼之后，她又悄悄爬过来，嘴巴小心地随着勺子上下移动，终于笨拙地把食物吃到了嘴里。

"小狐狸"以为她胜利了，其实是"老狐狸"胜利了。

一次，她正在偷吃的时候，我实在忍不住笑，一下睁开了眼睛，她马上就不嚼了。

我说："我的美味呢！我的美味呢！"然后，我盯住了她的嘴。她十分紧张地闭着嘴，愣愣地看着我。

我突然问："你的嘴里是什么？"

她不说话，只是摇头。

我摸摸她的肚子，哈哈大笑，说："好了，宝贝，游戏结束。"


## 重　播

外婆："周美兮，你干什么呢？"

美兮："在想事儿。"

外婆："你的小脑瓜儿还会想事儿啊？"

美兮："还会重播呢。"

——后来她解释，她在回想看过的动画片。


## 宣传员

我跟几个朋友吃饭，带上了美兮。

在饭店，美兮很少正经吃饭，吃了一点就跑出去玩了。我追出包间，看见她正在跟服务员聊天，于是叮嘱服务员帮忙照看她，就回来继续喝酒了。

过了一会儿，美兮把那个服务员领进了包间，服务员拿着一个笔记本，满脸紧张。美兮大大咧咧地说："爸爸，你给阿姨签个名！"

不知道她是跟人家怎么吹嘘的。

我签完名之后，美兮又举着笔记本，让其他人也一一签了名。这些人有国企老总，有国家干部，有期刊主编，很少经历这样的事，纷纷苦笑着写下了自己的名字。

然后，美兮就昂着小脑袋拉着那个服务员出去了。

一只小花猫蹲在门口，看到美兮，立即凑过来，小声说："老大，能帮我搞到加菲猫的签名吗？"

## 权威的资料

晚上，小凯出去买加湿器了。

我和美兮躺在床上聊天。

我说蜗牛有两对触角。

她说："一对吧？"

我说："两对，我查了资料的。"

我又说蜗牛慢。

她说："也不慢。"

我说："跟兔子比呢？"

她说："过去，我以为蜗牛最慢，但是跟乌龟比，乌龟更慢。"说到这儿，她笑了，补充道，"我查了资料的。"

我也笑："不可能。"

她说："我是说，蜗牛在乌龟背上！"

## 幼儿园——幼儿的乐园

睡前，美兮对我说："爸爸，幼儿园不罚站！幼儿园是幼儿的园……"想了想又说，"是幼儿的乐园，是让我们小孩儿快乐的，怎么能罚小孩儿站呢？"

## 抬　杠

一个广州的杂志社打来电话，要给美兮登一期封面。

回到家，我对她说："周美兮，你要上封面啦！全国人都能看见你呢！"

她坏笑着说："要是有人不买这本杂志呢？"

## 四轮变两轮

2004年4月4日晚上，我推着美兮的四轮自行车来到修车铺，把后面保持平衡的两只轮子卸掉了。美兮从今天起，要学两轮自行车了！这是一个重大转折。

我把车座朝上提升了两寸，打了气，加了润滑油。

自行车哆哆嗦嗦地对美兮说：想想你在湖南第一次站起来走路的情景吧，我和那时候的你一样紧张，你要有耐心啊！

## 第一次由“儿童”变“成人”

我带美兮去看木偶剧《绿野仙踪》。

散场之后，我带她走进附近的一家手工坊，她做了一只软陶小鹿，十分漂亮。（几天后，小鹿的一只耳朵掉了，美兮哭了。我对她说：没关系，爸爸还可以给你粘上。她又笑了。）

从手工坊出来，我带她去了科技馆。过去，她一直在C馆“混”了，今天，我带她第一次去了A馆。

旋转通道，空中自行车，倾斜小屋……

出来后，美兮说：“爸爸，C馆是儿童馆，A馆是成人馆，不大不小的人就应该去B馆了？”

我说：“不是那么回事儿。”


## 大策划

小凯出差了，我带美兮在路旁吃烤羊肉串儿。她不小心被铁签子烫了，小嘴儿旁边留下一条黑印儿，把我心疼得够呛。

在回家的路上，我说我打算出版一套书，小开本，绘图恐怖故事。

美兮说：“爸爸，你的书不是黑色的吗？不要用白字，用橘黄色的字，很好看，读者肯定喜欢。”——这是她第一次说出“读者”一词。

接着，她又提了很多建议，最后她说：“爸爸，这样你就能火。”

火不火不重要，你小嘴儿旁边的那条黑印儿什么时候能消失啊？


## 扔掉一个机会

这一天，美兮有点紧张地对我说：“爸爸，我想跟你说件事，又怕你说我。”

我说：“爸爸不说你，什么事？”

她这才告诉我，有个电影摄制组到幼儿园挑选小演员，选中了她！可是，被她拒绝了。

我的眼睛马上瞪大了，摇着她的肩膀，大声说：“周美兮，下次再有这样的机会，你一定一定不要忘了推荐老爸啊！”


猫在教老虎上树。

猫无奈地说："最近总有剧组找我拍戏，可是，我的档期安排不开，只能推掉了。"

老虎羡慕地说："再有这样的事，千万别忘了推荐我啊！"

一次，猫果然把一个机会让给了老虎，不过，老虎扮演的角色是一只被主人万般宠爱的小猫咪……

一只凶猛的老虎，满房间追赶老鼠，无论怎么说，这场面都不算严肃。老鼠躲在洞里，老虎在洞口急躁地徘徊，老鼠趁机教育儿子：瞧，这就是乱吃零食的后果！


## 钓　鱼

我和美兮在公园钓鱼。

一个四四方方的铁箱子，盛着浅浅的水，游动着密密麻麻的小金鱼。

钓了好久，一条都不上钩，美兮急了，叫道："我抓！"

我说："你别喊啊！"

她看了看老板，笑着说："阿姨都听见了，她不管！"一边说一边伸手抓，一会儿就抓到了十几条……

走的时候，我们都还给了老板。

一周之后，我和美兮来到公园的池塘钓鱼。

老板的规矩是：一个钟头二十块钱，钓上多少带走多少。美兮的悟性极好，这次，她一个钟头钓上六十多条鱼！老板的脸由红变绿，由绿变黄，由黄变紫……

第二天我们再去，老板已经把规矩改了：一个钟头十块钱，钓的鱼不能带走。

不久，一家公司请我去野外钓鱼，我带上了美兮。

在湖边，美兮举着标准的钓鱼竿，专心致志地等鱼上钩。

一个钟头过去了，水下一扑腾，美兮赶紧提起来，一条几斤重的鱼就跳出了水面。我只想让美兮体验一下什么是真正的钓鱼，没想到她真钓到了！

把鱼放进网兜之后，美兮兴奋地向我传授经验："爸爸，只要我把眼睛转到别处去，不看水里，一会儿就能钓到！"

半个钟头过后，"扑愣"一声，她又钓上来一条更大的鱼！

这天，四个大人一无所获，只有小小的美兮钓到了两条大鱼。我们把鱼拿到餐厅烤了，美兮吃得小嘴黑糊糊的，别提多开心了。

这时候，有三只小花猫正坐在美兮刚才钓到鱼的地方，把三根长长的柳条垂到水里，齐刷刷地扭着脑袋看别处。

## 神奇的咒语

傍晚，我和美兮在小区里和几个孩子玩游戏。

我说："周美兮最近学会了一种法术，可以从后脑勺看见东西。"

几个孩子一听法术，马上激动起来，让美兮给演示一下。我让美兮转过身去，然后，掏出一枚硬币，交给一个孩子，让他随便抛。硬币落在地上之后，我说："周美兮，正面还是反面？"

美兮说："正面。"

正确。

几个孩子又把硬币抛到半空，落下来之后，我说："周美兮，反面还是正面？"

美兮说："反面。"

正确。

接下来又玩了很多次，美兮每次回答都正确。连硬币自己都惊呆了！这一次，它落到草丛中立住了，暗暗说：这次我看你怎么猜！

我故意叹了口气，说："周美兮，我不知道该怎么问了……"

美兮想了一会儿，突然说："它立着！"

几个孩子惊奇得不得了，纷纷围住美兮，请求她传授法术。美兮就笑着看我。

我说："法术可不是随便教的，日后再说吧！"

实际上，玩这个游戏之前，我只对美兮耳语了一句："我叫你的名字，接下来的那个词就是答案。"她一点就通。

最后一次我没辙了，她却凭借自己的小智慧蒙对了！

## 入　学

美兮要上学了！

入学考试，考的是算术、认字、跳绳之类，美兮顺利通过，成为一年级五班的新生。（一年级五班为优秀班。学校这个做法并不好，会给孩子们造成等级的压力，其他四个班的孩子就不优秀了吗？）

第一天，我送美兮去上学，来到电子大门外，家长就不能往里送了。小小的美兮穿着肥大的校服，背着沉甸甸的书包，跑进大门，反复回头跟我再见，然后，"噔噔噔"地沿着宽阔的室外楼梯跑上去，到了二楼的入口处，停下来，回头朝我笑了，再次挥手再见。

美兮从小到大，我一直不敢撒开她的手。

现在，她成了一名小学生，必须离开我了。那一瞬间，我感觉好像从心头撕下了一块什么，很疼，那是我的肉。

## 乱七八糟的外语课堂

很多家长给孩子报了课外补习班，英语、奥数、作文等等。

美兮只喜欢一门外语：鸟言兽语。

这个培训班分——

鹰语（同一语系：麻雀、鸽子、天鹅、蝙蝠等）

鹅语（同一语系：鸡、鸭、猪、狗、猫等）

蜻蜓语（同一语系：蝴蝶、蜜蜂、蚂蚁、金龟子等）

马语（同一语系：老虎、猴子、牛、羊、骆驼等）

蛙语（同一语系：鱼、虾、乌贼、水獭等）

美兮说："妈妈，我选鹰语吧！"

美兮妈妈问："为什么？"

美兮说："因为英语是全世界的通用语言，那么鹰语就是动物界的通用语言吧？"

美兮妈妈说："在动物世界里，蜻蜓语为通用语言。蜻蜓小时候在水里度过漫长的童年，因此，它可以跟鱼对话，也可以跟猴子对话，还可以飞上天空跟小鸟对话。"

美兮爸爸补充说："据我所知，动物界只有一种语言比较生僻，那就是蝉语，除了蝉与蝉交流，其他的种族都听不懂。你看，蝉急得整天吱啦吱啦叫个不停。"

美兮说："那我就学蜻蜓语吧！"

周末，美兮爸爸带着她来到了鸟言兽语培训班。老师是一只绿蜻蜓，学费不收钱，每周交三只蚊子就行了。千万不要小瞧这位老师，它的年龄是八个月，已经很老了，是退休之后又被返聘回来的。

学生的成员比较复杂，除了美兮，还有一匹白马，一条小花狗，一只灰鸽子，一只米粒大的黑蜘蛛，一条大眼睛金鱼——金鱼背着一只小小的塑料瓶，嘴上戴着呼吸罩，就像人类的潜水服一样，不过，塑料瓶里装的是水。大家都来学蜻蜓语。

白马坐在第一排，美兮坐在第二排，小花狗坐在第三排，灰鸽子坐在第四排，金鱼坐在第五排，黑蜘蛛坐在第六排——正好一个挡一个。

在蜻蜓老师的安排下，大家把顺序颠倒过来。

黑蜘蛛说："丝丝丝丝！"金鱼说："呼噜呼噜！"灰鸽子说："咕咕咕咕！"小花狗说："汪呜汪呜！"美兮说："蜻蜓老师好！"白马说："咳儿咳儿！"蜻蜓说："撒拉撒拉！"（大家好，现在开始上课！）

第一堂课，趁蜻蜓老师转过身去写字的时候，白马悄悄在后面舔了一下美兮的脖子，小花狗偷偷咬了一下灰鸽子的尾巴，灰鸽子悄悄啄了一下金鱼的裙子，金鱼偷偷朝黑蜘蛛吐了一口水泡。

蜻蜓老师一边写字一边严肃地说："撒撒拉拉撒撒！"（各位，看来我得先给你们上一堂生物课了，让你们知道，我的眼睛是最多的，看得见四面八方！谁要是再捣蛋，我就让它站到前面来听课！你们要向周美兮学习！看看人家，一点都不调皮！）

美兮坐得端端正正，全神贯注——其实，她的小脚在桌子下偷偷抬了起来，踩在了小花狗的尾巴上。小狗忍不住叫起来。

蜻蜓老师大声说："撒拉拉拉拉拉拉拉！"（小花狗，你叫什么？不服气吗？）

这时，黑蜘蛛像蜘蛛侠一样抓着丝绳垂到座位下，又快速爬上来，大叫："丝丝！丝！"（周美兮在踩小花狗的尾巴！）

蜻蜓老师长叹一声，说："拉拉拉拉撒！"（你们给我一万只蚊子我也不教你们了！）然后，从窗户就飞走了。

教室里，各个种类的学生们立即闹成了一团。


## 黑　道

去密云，旅途漫长，我随口给美兮编故事：

有一只红色小蚂蚁，在路上遇到了一只黑色大蚂蚁。这只黑蚂蚁是在道上混的，很凶，它对红蚂蚁勾勾手，说："过来过来！我叫黑老大，这一带没人不知道我！你马上帮我干点活儿！"

红蚂蚁吓得连连点头。

原来，黑蚂蚁让它往家里搬运一大块馒头渣儿！红蚂蚁干到天黑才完工，累得满头大汗，胆怯地说："黑老大，能给我点……小费吗？"

黑蚂蚁喝道："跟我还敢提钱，滚！"

红蚂蚁只好悻悻地离开了。它越想越气，忽然想到了它的朋友七星瓢虫，就去找它做主了。

七星瓢虫听了后，勃然大怒："你是我的兄弟，欺负你就是欺负我！走，我找黑蚂蚁算账去！"

找到了黑蚂蚁，七星瓢虫说："我叫花老大，想必你听说过。怎么，你叫黑老大？"

黑蚂蚁马上一脸乖顺："我叫小黑子，小黑子！"

七星瓢虫说："你是不是欺负我的兄弟了？"

黑蚂蚁赶紧说："不敢不敢！"

七星瓢虫说："给我的兄弟赔个罪，我就饶你不死！"

黑蚂蚁立即对红蚂蚁说："刚才多有冒犯！祝您红得发紫！"

七星瓢虫喝道："滚吧！"

黑蚂蚁快速地滚开之后，越想越气，忽然想到了它的朋友螳螂，就去找它做主了。

螳螂正在练擒拿，它听了这件事，十分生气："你是我的兄弟，欺负你就是欺负我！走，我给你报仇去！"

螳螂带着黑蚂蚁找到了七星瓢虫，喝道："听说你叫花老大？"

七星瓢虫一见螳螂，立即软了，讪笑着说："不敢不敢！其实我叫花小七……"

螳螂说："花小七，赶快给我的兄弟认个错！不然，我把你打得满眼冒金星！"

七星瓢虫赶紧对黑蚂蚁说："黑哥！大人不计小人过，我错了！"

螳螂挥挥手说："滚吧！"

七星瓢虫逃掉之后，越想越气，忽然想到了它的朋友黄雀，就去找它做主了。

黄雀气愤地说："打狗还得看主人哪！螳螂竟然敢欺负我的兄弟！走，我带你找它算账去！"

螳螂给黑蚂蚁出了气之后，黑蚂蚁请螳螂去饭馆喝酒答谢。酒足饭饱，螳螂跷起二郎腿，慢慢剔牙。黑蚂蚁一脸恭维地说："您真厉害！有您罩着，以后我连大象都不怕啦！"

螳螂深沉地说："虽然我武艺高强，天下无敌，但是高人不露相，我轻易不惹事。以后，我将消失在茫茫江湖中，修心养性……"

这时，黄雀撞开门板冲了进来。螳螂一看，马上放下了二郎腿，媚笑着说："是黄老大啊！您好您好！"

黄雀说："别嬉皮笑脸的！我找你算账来了！"

黑蚂蚁大声喝道："你敢对我大哥这样说话？找死吗！"说完，一个飞脚踢过去。黄雀纹丝未动，只是轻轻弹了弹羽毛上的灰。

螳螂恶狠狠地瞪了黑蚂蚁一眼，喝道："你敢踢我黄老大，我撅断你的腿！"

黑蚂蚁这才明白，来者比它崇拜的螳老大还厉害，立即不敢说话了，蹲到角落去，一下下使劲撅自己的脚。

黄雀坐下来，说："螳螂，给我的兄弟按按摩，这事就算了了。"

螳螂说："没问题！我一直在家练推拿呢！"

黑蚂蚁小声说："螳大哥，你练的不是擒拿吗？"

螳螂喝道："胡说！"

然后，螳螂带着黑蚂蚁一起给七星瓢虫按摩。

这次，螳螂丢尽了面子，越想越气，忽然想到了它的朋友老鹰，就去找老鹰哭诉委屈。

老鹰哈哈大笑，说："小小黄雀，竟然如此嚣张，我去修理它！"

老鹰在天空中觅到黄雀的影子，一个俯冲，就把黄雀逮着了。黄雀在鹰爪中挤着笑说："鹰爷啊，瞧您的手指多漂亮！请允许我给您涂点指甲油，好不好？"

老鹰说："再来点唇膏！"

黄雀受尽凌辱，逃离危险之后，越想越气，就去投靠了猎人。

猎人很喜欢黄雀，为了替它报仇，他用罗网把老鹰捉住，关进了笼子。然后，他带着黄雀来到老鹰的面前，说："你为什么欺负我的宠物兄弟？"

老鹰不说话。

猎人说："你叫它三声黄雀大哥！"

老鹰把头一扭，说："不！"

猎人晃了晃手中的刀，说："叫不叫？"

可怜那身材庞大的老鹰，低下头，瞟了小小的黄雀一眼，小声叫道："黄雀大哥！……黄雀大哥！……黄雀大哥！"

猎人又说："接下来，给我的兄弟唱首歌！"

老鹰又把头一扭："不嘛！"

猎人又晃了晃刀。

老鹰没有办法，只好红着脸说："请听歌曲，演唱者，我……"接着就唱起来，"太阳当空照，花儿对我笑，小鸟说，早早早，你为什么是个大草包！"

唱完了，猎人不依不饶，又说："你要边歌边舞！"

老鹰又把头一扭："坚决不！"

猎人再次晃了晃刀。

老鹰只好望着别处，低声说："下一个节目，歌伴舞。演唱者，我；伴舞者，还是我……"

然后，一边扭动身子一边唱自己是个大草包。（我学着老鹰的样子，左一扭右一扭，姿势十分难看，唱歌还跑调儿，美兮笑得弯下腰去。）

老鹰被放出牢笼之后，越想越气，就找到了它的朋友老虎。

这一天，老虎在山上把猎人截住了，猎人吓得两股栗栗，说不出话来。没等老虎发话，他就载歌载舞地开始为老鹰表演了。

事后，猎人越想越气，就找到了他的朋友大象，想出这口恶气。

身长十米、体重十吨的大象带着猎人找到了老虎，老虎仰着脑袋，讨好地说："您这么伟大，走动多不方便啊！有什么事让兄弟来打个招呼就行了，还用亲自跑一趟吗？"

……在大象和老虎商量如何解决这件事的时候，最初那只红色小蚂蚁正好从远处的草丛中走过，它抬头望了望，已经不知道这一切跟它有什么关系了。


## 美兮班里的故事

美兮给我讲了一个班里的故事——

夏日的一天，老师把一个小女孩叫起来，让她朗诵文章，然后就上厕所去了。

小女孩大声念道："春天来了，小草发芽了……"

她的同桌是一个淘气的小男孩，他不满地瞄了小女孩一眼，小声嘀咕道："小草早就发芽啦！"

小女孩瞪了他一眼，继续念道："春天来了，鲜花开了……"

话音刚落，那个小男孩就更正道："鲜花早就开啦！"

小女孩气得都快哭了，但她依然保持着优美的腔调，继续念道："春天来了，大楼盖起来了……"

那个小男孩更不屑一顾了，摇头晃脑地说："大楼早就盖起来啦！"

小女孩终于扔掉课本，放声大哭。

我笑疼了肚子。

## 玄奥的问题

我和美兮走在大街上，我说："周美兮，假如这一刻时间停止了，那多好玩啊！"

美兮显然对这个话题很感兴趣，马上说："那所有的汽车都会停在路上啦。"

我说："所有的人都停止了动作，就像被施了定身法。"

她说："还有飞机！飞机也悬在天上。"

我想了想，接着很愚蠢地说："飞机恐怕得啪啦啪啦掉下来吧？"

她说："不会掉的！"

我说："我想想我想想，为什么它不会掉下来……"

她说："飞机掉下来也需要时间啊。"


## 周班长

我下班回到家，扎上围裙做饭。

美兮在客厅里跑来跑去。

她外婆从书房走出来，笑眯眯地说："周美兮，你怎么不跟爸爸讲讲今天的事啊？"

美兮说："噢！"然后一脚"急刹车"，停在厨房门口，对我讲起了学校竞选的事：

班里要确定一名学习委员，一名文艺委员，一名体育委员，一名生活委员……每次都是老师提名，大家举手表决，七嘴八舌十分热闹。有几个人喊美兮的名字，不过，没什么结果。

最后，到了最激动人心的时刻，老师说：现在，我们要竞选班长了！接下来，老师转过身去，在黑板上写出了一个候选人的名字——张佑诚。

美兮说："当时，我别提多紧张啦。要是什么都选不上，回家怎么向爸爸交代啊？还好，总共有两个班长候选人，还有一个呢。老师写第二个名字的时候，我的心怦怦直跳！第一个字是'周'！我盯着老师的粉笔，心都快跳出来啦！第二个字是'美'！第三个字是'兮'！哈哈，是我！"

最后，美兮获得二十三票，张佑诚（男孩）获得十三票，两个人都被暂定为一年级五班班长。

我停下手中的活儿，面对她，真诚地说："爸爸从没想过，你在一个团体里必须争第一。做一名普通的学生就好了，快乐最重要。爸爸只是不希望你的成绩太差，那样会影响你的自尊。因此，你当不当班长，真的无所谓，我还怕你的气质越来越'干部'呢，渐渐失去一个孩子的纯真。从性别角度讲，一个女孩的美好，往往正是因为她的柔和、娴静和与人无争。不过，你当上了班长，爸爸也很高兴，这证明了你的才能。"

当时，小凯应邀去参加奥运会闭幕式，正在雅典现场，她身边都是世界著名媒体的记者。我用短信向她"汇报"了这件事，她回道：哈，全世界媒体都知道周班长啦！

晚上，美兮甩掉小衬衣小衬裤，只穿一条小裤衩；把头上的两只卡子也摘了下来，散着头发到处跑。她笑着说："爸爸，你看我回到家就现出原形了，谁想到我在学校那么严肃呢！"

## 美人鱼

小时候，美兮不敢淋浴，我带她学游泳也颇费劲儿。仅仅一个动作——憋口气沉到水里，她就克服不了心理障碍。我千言万语，花言巧语，她还是怕……

不过，我坚持让她学游泳。游泳有益心脏，健美体形。我希望她像美人鱼一样柔润。

动物分三种，水陆空。现在，我们还没有发明高科技翅膀，不能随心所欲在空中飞，那么一定要体验在水中畅游的奇妙感觉。

一次，我带她去某酒店游泳。那里的水很深，我又不太会游泳，就带了一条长长的行李带，一头系在她的腰上，一头抓在我的手里。她像小青蛙一样在水里游，我牵着带子在岸上跟着她走……那情景，有点不伦不类。

宝贝，就像前面讲的大毛线团和小毛线团，爸爸就像一个放风筝的人，只有抓住一根系在你身上的绳子，心里才踏实。当你去了万里之遥的法兰西之后，爸爸双手空空，我能抓住的，只有一根电话线了。每次跟你通话的时候，爸爸都紧紧抓着话筒，生怕突然断线……

## 走麦城

前面讲的都是美兮光彩的一面，下面插播一段她"走麦城"的经历：
周班长的各项工作一直都顺顺当当。
一次，我和她聊起另一个班长张佑诚，她说：我和张佑诚不一样，如果哪个学生犯了错，他的做法是告诉老师，我的做法是直接处理。

有一天，却出了一件大事——小凯接美兮放学的时候，老师严肃地说："周美兮把熊大丙的鼻子打出血了！"

熊大丙是个男生，胖胖的，特别老实。

小凯很吃惊。平时，美兮总是很退让，怎么突然变得这么坏了呢？

老师说："不是她打的，是她'教唆'别人打的！"

这还了得！小凯赶紧跟熊大丙的家长道歉，然后开始批评美兮。

通过美兮的讲述，小凯才知道，当时的情形大致是这样的：熊大丙推美兮，美兮的几个"粉丝"见了，立即围上去，推搡熊大丙，结果撞到了桌子上……

为此，美兮丢掉了小小"乌纱帽"。

后来，我和小凯经常叫她：一年级五班前班长。

我写这篇日记的时候，美兮正好从客厅跑过，我转头问了一句："周美兮！你现在在班里有没有当点什么？"

她一溜烟儿地跑过去，丢下一句："学习委员！"

好吧，我们不要再叫她"前班长"了，请叫她"周委员"。

唉，还得再向全世界媒体发一次新闻通报……


昵　称

我叫美兮妈妈的时候，一直叫单字——"凯"。

美兮说："哼，你为什么喊她凯，不喊我兮呀！"


自创游戏

美兮骑她的自行车有点小了，一圈圈蹬的时候，双腿有点伸不展了。

我经常跟她玩"过关"游戏：

我在路上设"关卡"，手臂是闸门，有节奏地举起，放下。举起的时候，她过不来；放下的时候，她必须马上通过。

如同电子游戏，一关更比一关难。接下来，我的手臂像风车一样转动，速度很快。她需要在我的胳臂转到内侧时，赶紧冲过去。

或者，我把大腿当成闸门，一下一下踢，她必须在我的大腿落下时迅速通过……

她控制着自行车的速度，每次都能见缝插针地冲过"关卡"，很机敏。

她不骑自行车的时候，我们还玩一个"幻影"游戏——

我站在离她几米远的地方，她闭上眼睛，迎着我走过来。在她走到我面前的时候，我机灵地移开，没有一点声音。她走过去之后，我立即站回原来的位置，保持原来的姿态。她回过头来，睁开眼，激动得不得了，在她的感觉中，我的身体就像一个幻影，她穿过了我。

接着，她把走变成了跑。这加大了我的难度，我必须在她冲到我身上的一瞬间，迅速移开身体，不让她碰到一个衣角，还不能有任何声音。

后来，我跟她交换了角色，她站在前面，我走过去。我试了几次，确实很好玩儿。不过，她移动的时候我听到了一点衣服的声音。

有一次，我走到她的面前，突然违反游戏规则，睁开了眼睛，看见她正紧张地瞪着眼睛，抿着嘴，蹑手蹑脚地朝旁边躲呢，我笑道："周美兮，你干吗呢？"

她不高兴地大叫起来："你赖皮！"


## 神奇的塔

美兮的课本上有一篇《神奇的塔》，写的是中央广播电视塔。

她学到这篇课文时，我对她说："周美兮，你在北京生活，应该亲眼去看看课文里的这座塔。"

美兮说："好哇！"

到了周末，天气好极了，连勤快的蚂蚁都不劳动了，在草丛里嬉戏。两只蚂蚁正在打闹，一只黑蚂蚁两条腿站立，三条腿跟一只红蚂蚁摔跤，另一条腿高高地挥舞着，叫美兮过去帮忙。美兮没理它，跟老爸来到了坐落于北京市西三环中路旁边的中央广播电视塔。

这座塔高四百多米，重五万吨，是中国第三高塔，世界第六高塔。

我们乘电梯来到露天　望台，在这里可以三百六十度俯瞰整个北京城。

我说："周美兮，你看那些高楼，我们仰望它的时候，多么雄伟，现在却变成积木了，很孩子气。"

美兮说："爸爸，那些汽车就像甲虫，行人就像蚂蚁！"

我说："真正的蚂蚁我们就看不见了。"

她说："蚂蚁抬头能看到我们，它们看我们像蚂蚁一般大。"

后来，我带美兮来到旋转餐厅吃饭，自助的。餐厅缓缓旋转，我们透过玻璃继续看北京。

美兮总想接近玻璃墙，虽然有栏杆，我还是觉得危险，大声命令她回来。她坏起来，一次次伸出小脚，在栏杆外晃荡。她说："爸爸，如果外面是平地，你觉得我这样的动作还有什么危险吗？"

我支吾了一下说："爸爸知道，都是心理在作怪……"

出来时，天已经黑了。仰视电视塔，如同一只大灯笼挂在夜空中。

美兮说："今天，我感觉就像走进了课文中一样神奇。"


## 玩不厌诈

我和美兮在小区里玩儿。

天很蓝，云很白。

一只笨拙的甲虫，从一片草丛爬向另一片草丛，我俩也不管它愿意不愿意，就跟它玩起来——

我把甲虫放在水泥路上的一个小坑里，盖上一片绿叶，当是它的"家"。又在地上扔了一些相似的绿叶，把甲虫的"家"湮没其中，让美兮找。美兮猜中了，甲虫藏在中间的绿叶下。

接下来，我让她站在远处，闭上眼睛，然后，我把甲虫右边的绿叶全部移到了左边，甲虫就位于边缘了。美兮走过来，一直在那些绿叶中间找，翻开很多片，都不见那个小坑和那只甲虫，她迷惑了。最后，我掀开边缘那片绿叶，甲虫露出来，美兮很惊诧。

我又让她站在更远的地方，转过脸去，然后，我迅速把所有的绿叶都朝旁边移了三步远，还保持着刚才散落的形态，只把甲虫的"家"留在了原地，孤零零的，好像从树上不经意掉下的一片绿叶。我本人跟随那些绿叶移动了三步远，像刚才一样蹲下来，叫美兮过来找。

美兮站得远，没有发现我离她远了三步，她跑过来，忽略了那片孤零零的绿叶，把我面前的绿叶统统翻了个遍，却没发现甲虫的影子。

我站起来，走到那片孤零零的绿叶前，掀开，说："周美兮，甲虫搬家啦！"

她发现我在制造骗局，还哭了，小脏手在脸蛋上抹出了两条黑印印。


## 闹腾的父女

这天上午，我带美兮去长安商场买玩具。

在车上，她让我拿起她的胳膊和小手，在半空中摆出各种形态，然后我把手移开，她像个小机器人，保持这个形态，纹丝不变。

有时候，我把她的小手掰成很奇怪的姿势，她也能保持住，这挺难的。

她还用小手按我的眼睛，说："这是睛明穴！"又按我的下巴，说，"这是睛明穴！"又按我的膝盖，说，"这是睛明穴！"又按我的肚子，说，"这是睛明穴！"

车上还有一对母女，默默坐着，一言不发。

美兮看了看她们，小声说："爸爸，咱俩太闹腾了，看看人家多安静……"

一路上，只听见那个女儿小声问了一句什么，那个妈妈小声回答了她，然后就再没说一句话。

在商场的玩具区，美兮用电子琴弹了一段钢琴曲，很熟练呢。我们买了一盒多米诺骨牌，就去吃"永和大王"了。

下午，我带美兮去了王府井大街。在新中国儿童用品商店的地下游乐区，我们看到一门大炮，劲头十足，于是就玩起来："嘭！嘭！嘭……"

在三联书店，我给她买了一本《父与子》，德国漫画大师埃·奥·卜劳恩的作品，没有文字。她看得津津有味。

从书店出来，我们去教堂广场摆多米诺骨牌。东边的风调皮，把它们统统推倒了。西边的风来帮忙，想扶它们起来，力气却不够。

晚上，我们去动物园吃完"比格"，来到北京展览馆广场。美兮跟着一群中老年人跳舞，抢了阿姨和奶奶们的观众。

广场上，放风筝的，滑旱冰的，干什么的都有。

回到家，我们在小区玩滑鼠车，她学会了蹲在车上滑行。


## 爸爸不如妈妈

周末，我带美兮去拍一寸免冠照，钢琴考级用。这是她第一次拍证件照。

在路上，她一下下跳，同时，让我拽住她的两只小胳膊往上提。她很高兴这样玩儿。

回到家，我给她洗头，像每次一样，她哭了，抱怨我洗得多么多么不好，妈妈洗得多么多么好，云云。

我不争气，不小心又把水进到了她的胸上，她的脸憋得通红，哭着竖起大拇指："你真大本领！你真大本领！你都能把水洗到我身上来！我服了你啦！今后，我还要找你这个理发师来服务！你真大本领！"

## 第一次发短信

这一天我在单位，美兮发来短信：爸爸你好。我的手机出故障了，不能发汉字，就回道：nihao！她说：你在哪儿呀？我说：danwei。她回短信：哈哈。我说：wodani。她以牙还牙：我打你！

尽管是拼音，她都看懂了。

接着，她打来电话，高兴地说："爸爸，我会发短信啦！"

美兮家窗外的那只黄嘴巴麻雀，精心制造了一部手机——那其实是一截细小的花茎。它把"手机"举在耳边，大声说："咕咕咕咕，叽叽！"（姑姑姑姑，你好吗？）

它说完之后，旁边一只秃尾巴麻雀立即飞出小区，来到对面城铁旁的一棵树上，对姑姑麻雀说："咕咕咕咕，叽叽！"

姑姑麻雀笑着说："吱吱，喳喳喳！"（侄侄，我很好！）

秃尾巴麻雀再飞回来，对黄嘴巴麻雀说："吱吱，喳喳喳！"

——原来，这只秃尾巴麻雀是黄嘴巴麻雀雇的，每传一次话，黄嘴巴麻雀就给它一粒米。

黄嘴巴麻雀又举着"手机"煞有介事地说："咕咕咕咕，叽叽喳喳！"（姑姑姑姑，我很想你呢！）

秃尾巴麻雀又飞走了，来到城铁旁的那棵树上，对姑姑麻雀说："咕咕咕咕，叽叽喳喳！"

姑姑麻雀也说："吱吱，叽叽喳喳！"（侄侄，我也很想你呀！）

秃尾巴麻雀又飞回来，传给黄嘴巴麻雀："吱吱，叽叽喳喳！"

黄嘴巴麻雀给了秃尾巴麻雀一粒米，然后说："咕咕咕咕，喳喳叽叽！"（姑姑姑姑，再见吧！）

秃尾巴麻雀赶紧飞到姑姑麻雀那里，说："咕咕咕咕，喳喳叽叽！"

姑姑麻雀就说："吱吱，喳喳叽叽！"（侄侄，再见！）

……

这一天，黄嘴巴麻雀又给舅舅打电话："啾啾啾啾！叽叽喳喳！"

可是，电话打了一半小米就用光了，秃尾巴麻雀一看没了报酬，马上就飞到湖畔玩去了。

另一只长尾巴麻雀飞过来，好奇地对黄嘴巴麻雀说："听说，你自己制造了一部手机？为什么不给我打个电话呢？"

黄嘴巴麻雀沮丧地说："欠费停机了。"

## 解　答

岳母在我家，看一个古装戏。

戏里，有个男星，小嘴，圆脸，圆眼，白白净净。他女朋友的名气更大一些，两个人不知道哪里长得还有几分像。

我评论了一下这个男星的长相，随口对岳母说："妈，你说××怎么能看上这样一个男人呢？想不通。"

美兮在电脑上写作业，她一边打字一边抛过来一句话："爸爸，这个问题就像妈妈当年为什么看上你一样。"

此句话越琢磨越复杂。


## 化　蝶

我在北沙滩给美兮买了两只小鸟，叫粉眼儿，也叫小柳串儿。她可高兴啦。

笼子太小，第二天，我又到鸟市买了一只大笼子。回到家，美兮正在给小鸟喂食，小鸟飞了，在阳台上乱撞，一只落在衣架上，一只钻进了箱子空当里。我帮她抓到了，放进了大笼子。

又一天，我和美兮来到世界公园，进了一个特殊的大房子，纱布做的，像个巨大的蚊帐。里面有各种各样的蝴蝶，翩翩飞舞。最大的，翅膀像人的两只手掌；最小的，像黄豆粒。这些蝴蝶五彩缤纷，颜色要多奇妙有多奇妙。

离开的时候，我给美兮买了一只蛹。

回到家，我和美兮按照卖主教的方法，保证适宜的温度和湿度，精心抚育这只蛹。几天后，一只漂亮的蝴蝶露头了，它艰难地从蛹里往外爬。我赶紧叫来美兮，一起观看。这只蝴蝶终于挣脱了蛹壳，飞了起来。它的翅膀太大了，扑扇几下就掉在地上，不动了。可能是我们的抚育方法有问题。

不过，总算让美兮亲眼见到化蛹成蝶的过程了。


## 做爸爸要掌握多少知识？

我带美兮从世界公园回来，天已经黑透了。

在路上，她问我："爸爸，自来水从下水道流到哪里去了？"

我说不明白，就支支吾吾地说："反正……就是流走了。"

她一下就笑起来："爸爸，你的回答也太不负责任了吧！"

在我们聊天的时候，整个城市的污水正流向污水处理厂，经过一系列处理，喜欢大自然的，流向田野去灌溉了；喜欢音乐的，跳进洒水车去给马路洗脸了；喜欢劳动的，跑到工地去参与城市建设了；喜欢流浪的，跟随河流奔向了远方……

## 一袋"偷渡"的果冻

在超市里，我推着购物车，挑拣生活所需——大米、花生油、酱油、米醋、食用盐、鸡精……

美兮在我旁边跑来跑去，她拿起一袋果冻，说："爸爸，我要这个！"

我说："没问题。"

东西购置齐了，我提着满满当当两袋子东西，离开超市，带美兮回家。走出了大约一百米，我忽然看到美兮的怀里抱着一袋果冻，一下就站住了——美兮太小了，收银员根本没注意到她手里的果冻。美兮也不太懂什么结账不结账，懵懵懂懂就跟着我走了出来。这袋果冻没有付钱！

我只好带着美兮再回去。

那个收银员正在忙活着。我很抱歉地对她说，我们结账的时候，漏掉了一袋果冻。没想到她的脸色一下就变了，大声说："肯定是你们的问题，不是我的问题！"一边说一边不安地瞟了瞟旁边一个类似值班经理模样的人。

四周的顾客纷纷看过来。

我掏出钱，放在她面前，小声说："不管怎样，都请你把钱收起来。"

出了超市，我说："周美兮，经常有这样的事，你明明在做好事，却不被对方接受……"

美兮说："爸爸，这不算做好事，这是我们必须做的。"

## 朗诵才能

我观察美兮，她似乎对文艺不太感兴趣（拒绝演电影就是一个例证）。

小时候，她在动画片里看到神奇的化学反应，曾一度想做一个化学家。现在她好像还是想成为一个科研人员，或者是律师，再或者是白衣工作者。

不过，她的文艺天赋不错。

一次，我辅导她写作业，看到课本上有一首《敕勒歌》。为了熏陶她，我说："周美兮，你知道什么叫朗诵吗？你听爸爸的——"然后我就朗诵起来，"敕勒川，阴山下，天似穹庐，笼盖四野。天苍苍，野茫茫，风吹草低见牛羊。"我的音调抑扬顿挫，大起大伏，自认为感情无比充沛。

本来，我是给她做示范，没想到她听完了，竟然小声说："爸爸，你这样也……太做作了吧？"

我一下就愣住了。她的宣美超出了我的预想。

仔细品味一下，她说得也对，我的语调过于夸张了……

"周老师"调整了一下自己的心态，说："那你来啊！"

美兮拿起书，开始朗诵，她的声调平静而悠扬。我没想到，这首苍凉、大气的《敕勒歌》，竟然可以这样朗诵！

她外婆正在书房看书，实在忍不住了，笑眯眯地走出来，说："周美兮，你确实比你爸爸朗诵得好，每一个发音都恰到好处！"

美兮依然平静地说："我就是在讲述一个场景。"

我被镇住了。

不是因为她是我的女儿，她是谁的女儿，我都必须承认——她的朗诵强于我。


那段时间，美兮晚上经常为家人吟咏古诗古词。

她穿着古香古色的马甲，背着小手，在宽敞的客厅里，慢悠悠地走过来走过去，口中诵道：缺月挂疏桐，漏断人初静。时见幽人独往来，缥缈孤鸿影……

那音调，那意境，很感染人，净化了一家人的心灵。

是啊，现实的，功利的，浮躁的，无聊的，金属的，数字的，变态的，异化的……多久多久都没有这种古典的感动了。

偶尔读读古诗词吧，那种愉悦，那种享受，无法描述。

惊起却回头，有恨无人省。拣尽寒枝不肯栖，寂寞沙洲冷……


## 恋爱问题

我带美兮放学回家，美兮说："爸爸，我可不可以不恋爱呀？"

我惊诧地问："为什么？"

她仰起头，笑嘻嘻地说："恋爱就得亲嘴儿、生孩子什么的。我不喜欢亲嘴儿。"

——宝贝，你不喜欢的事儿爸爸都做过，嘿嘿，并不像你想的那么糟。要不然，这个世界上就不会有你啦。

## 人工升温

十一月初，还没来暖气。

晚上，美兮在床上举着温度计说："13度，太冷了。"

然后，她拿起热水袋，把温度计焐了一会儿，看了看，说："这下好了，终于达到30多度啦！"

## 严格管理

我到学校接美兮。

她见我准时来了，高兴地说："爸爸，幸好今天你没晚来一个小时！昨天，外婆接我晚了一个小时，老师把我们放在办公室里了，让两个高年级的大姐姐看着我们，一个小时不让咳嗽！"

我说："大姐姐是几年级的？"

美兮说："三年级。"

我憋不住笑。

在一年级的小学生看来，三年级的小学生就是大姐姐了，不可违抗。那是怎样一个可爱的场景啊——三年级的小东西，看着一年级的小东西，一个小时不让咳嗽！

周美兮啊，我能做到的，只有表示同情了。

## 小马虎的得意

这天放学的时候，美兮兴奋地说："爸爸，明天不用装书包啦。"

我惊诧地问："为什么？"

她不好意思地说："今天早上我把课本装错了——今天是星期二，我以为是星期三呢。"

## 第五大名刊

2004年，我主编的《格言》杂志，每个月的发行量达到三十万册。

年底，我跳槽创办《青年文摘·彩版》。

平时，美兮只爱玩儿，对大人的事一点不关注。这次，不知道怎么了，她突然对我的事关心起来。她说："爸爸，你为什么去《青年文摘》呢？"

我正在卫生间洗脸，随口说："因为《青年文摘》是中国四大名刊之一啊。"

她靠在门框上，很认真地思考了一下，说："我觉得，你应该继续做你的《格言》，你可以把它办成中国第五大名刊呀。"

我擦了一半脸，停下了，看着六岁半的周小姐，满脸湿漉漉的愕然。

# 鸡

## 第一次签名

《青年文摘·彩版》第一期问世，编辑部在西单图书大厦搞签售活动。我是男主持人，我的搭档——女主持人是周美兮。

嘉宾是艺术家艾未未。应叔叔阿姨之邀，美兮和艾未未一起坐在了台子上，为读者签名。

艾未未的签名是大手笔，三个字一笔写下来，看上去像一条略有弯曲的长线；而美兮则十分认真，她一笔一画，就像在学校写作业。

在此，我谨代表《青年文摘·彩版》全体人员，对她的辛劳和敬业表示感谢。

## 粉　丝

办公楼里有两个热情的小丫头，好像是《心理》编辑部的。

一天，我带着几个部下出去吃饭，她们见了我就远远地挥手：嗨——周老师！我们都是你的"fans"呢！

我立即挺直了腰杆，平易近人和蔼可亲地摆了两下手：你们好！

擦肩而过之后，我对部下开玩笑说：瞧，要混就要混成我这个样子，到处都有"fans"！

美兮听我讲过这件事。

这一天，她要出去玩儿，我说，爸爸陪你在家玩儿。

她突然坏坏地笑起来，说：我也有"fans"，他们正在外面等着我呢！

我瞪大眼睛问：你的"fans"是谁啊？

她说：张晴文和墩墩呗！

我憋不住笑出来：这两个孩子每次见到美兮，肯定会远远地冲过来，热烈地呼喊："周——美——兮——"那架势，还真像"fans"！

美兮家的厨房里，筷子、叉子、勺子也有一个偶像，她体态绵软，肤如凝脂，名字叫：粉丝。

## 忘乎所以

小时候，美兮总纠缠我抱她，一晃儿，她大了，我都有点抱不动了。

这天下午，我接她放学回家，在路上，我试探地说："周美兮，我抱你走吧。"

她犹豫了一下，说："万一被我的同学看见了，多没面子呀！"

我说："没事儿，不会遇到你的同学。"

我抱起她之后，她有些紧张，不停地四下张望，后来她就渐渐忘了是在我的怀里了，放松地跟我聊起来。这时，她看见同班一个男孩子跟妈妈走过来，立即兴奋地喊道："谷雨翔！"

那个男孩子顺声望过来。

我赶紧小声说："周美兮！你忘了吧，你还在我怀里呢！"

话音未落，美兮已经从我身上掉下去了。

## 最有意义的周末

周末，我和美兮走在密云水库的大堤上。

一阵风吹过来，在宽阔的水面上写下一道道皱纹。

天地之间，一片安静，这世界只剩下了我和美兮两个人。

美兮说："爸爸，你抱我吧。"

我就弯腰把她抱起来。

走了一段路，她说："往上点。"

我就往上颠了颠她。

又走了一段路，她又说："再往上点。"

我就又往上颠了颠她。

我说："周美兮，回到北京，你要写一篇作文，名字就叫《游密云水库》。内容怎么写呢？这样写——周末，我和爸爸游了密云水库。一路上，爸爸都抱着我。我说，爸爸往上点，爸爸就往上颠了颠我。走着走着我又说，爸爸再往上点，爸爸就又往上颠了颠我……后来，我们就回家了。这个周末过得可真有意义啊！"

美兮听出我是在讽刺她，捶着我的肩，笑道："你讨厌！"


## 爸爸商场

我带美兮去看一场公益演唱会。

坐了很远的车，到了之后，却发现剧院门口冷冷清清，只有两个保安。一问才知道，演出是明天。

美兮有点委屈。我赶紧向她道歉，又带她在附近吃了日本料理，然后打车回家。

在路上，我给她编故事：

有一家商场，叫爸爸商场，里面专门卖各种爸爸……

现实中的美兮补充道：有新款爸爸，有旧款爸爸……

我继续讲：

美兮走进了商场，果然看到了各种各样的男人，有的在摆造型，有的在上网，有的在打扫卫生，有的在喝茶水……美兮问售货员："都有什么类型的爸爸啊？"

售货员告诉她："有巨人型爸爸，袖珍型爸爸，勤劳型爸爸，懒惰型爸爸，诗人型爸爸，暴躁型爸爸，大款型爸爸，细腻型爸爸……"

美兮就说："我先看看巨人型的爸爸吧。"

不一会儿，售货员就把巨人型爸爸从库房里领出来了。他太高了，只能从门爬进来。美兮说："这个爸爸得吃多少饭啊？我们养不起！换一个袖珍型的爸爸吧。"

不一会儿，售货员就一个人回来了——其实不是她一个人，那个袖珍型爸爸在她手里拿着。袖珍型爸爸见了美兮，细声细气地说："你好啊！"

美兮说："这么小？不行不行，睡觉的时候我不把他压死才怪！再换一个……新款型的爸爸吧。"

这次，售货员领来一个染着红头发，穿着漏窟窿牛仔裤的男子。美兮说："这哪儿是爸爸啊，简直就像我的同学！换一个旧款型的爸爸吧。"

售货员又领来一个梳分头、穿长袍的男子，他一来就指着电脑问："这是什么东西？"

美兮说："这个爸爸太落后了，不要不要！再换个大款型的爸爸吧。"

一会儿，售货员就领来了一个头发光光、大腹便便的男人，他操着一口南方话，满不在乎的样子，对美兮说："你想要轿车吗？毛毛雨啦！你想要别墅吗？毛毛雨啦！"

美兮身上直起鸡皮疙瘩，说："太俗了吧？不要不要！换一个诗人型的爸爸吧。"

不一会儿，售货员领来一个诗人型的爸爸，他一出来就仰天吟咏道："天啊，为什么这样蓝！海水啊，为什么也这样蓝……"

美兮牙齿一酸，赶紧说："换一个换一个！换一个勤劳型的爸爸吧。"

售货员就带来了一个夹公文包的男子，他一出现就急匆匆地围着美兮转圈："告诉你啊，我很忙很忙很忙，要上班要签约要出差要社交，没时间陪你玩儿……"

美兮说："我的头都晕了！换一个懒惰型的爸爸吧。"

售货员又带来一个懒惰型的爸爸。他一过来就坐在了躺椅上，慢悠悠地说："我们可要先谈好啊，你上学我不送，你吃饭我不做……"

美兮说："哪有这样的爸爸啊！换一个细腻型的爸爸吧。"

售货员就带来了一个细腻型的爸爸。此人走着模特步，扭扭搭搭，说："宝贝啊，你的头发好乱乱哟，来，我给你轻轻地梳一梳……"

美兮说："这个爸爸跟我姐姐一样！赶紧再换一个！"

售货员说："你等一下。"

一会儿，她带来了一个男子，对美兮说："这是暴躁型的爸爸，最便宜，只卖五块钱。"

那个人冷着脸问美兮："你要不要我这个爸爸？赶快说话！不要？不要拉倒，我还不希罕你呢！我走了！"然后就怒气冲冲地走了。

美兮问："还有什么类型的爸爸啊？"

售货员笑着说："只剩下最后一个了。这个爸爸太贵，一般人买不起。刚才你看到的那些爸爸，平均价格在一千元左右，而剩下的这个爸爸，要一百个亿！"

美兮马上来了好奇心，问："这个爸爸为什么这么贵？"

售货员说："因为，这个爸爸最爱你，他宁可自己饿着也要让你吃饱；他宁可自己痛苦也要让你快乐。而且，他做你的爸爸，不想要你一分钱，因为他的爱不需要一点回报……这个爸爸就叫周德东。"

现实中的美兮听到这里，说："你没说的时候，我就猜到这个最贵的爸爸是你啦。"

我挺得意，随口胡编的故事，竟然编出了这样一个出其不意的结尾。没想到，这还不算结尾，我们到了家门口，美兮有些抱歉地说："爸爸，我……"

"你怎么了？"

"我想……"

"想什么？"

"我还是想要那个大款型的爸爸！"

我打了她一巴掌，笑道："好你个没良心的小东西！"

她一边躲一边笑着说："只要他把口音改一改！"


## 学习第二

美兮要升二年级了。

这一天，我们谈到了学习问题。

她说："爸爸，对于我来说什么最重要？"

我说："快乐第一。"

她说："学习呢？"

我说："学习第二。"

我补充说明："在安全和健康的前提下，幸福和快乐排在第一位，这是全人类共同追求的目标。不过呢，学习是快乐的重要源泉，不学习就会大脑空空，心胸狭窄，地位卑下，处处不顺当，肯定不快乐；只有好好学习，我们才会获得丰富的知识，超然的心态，丰厚的收入，大家的敬重，肯定快乐一生。"

她说："原来你是绕着弯儿让我好好学习呀！"


## 快乐嘉年华

暑假，我带美兮去玩环球嘉年华。

像每次去游乐园一样，她见什么都欢呼雀跃想试一下。

有一个上下起伏、快速旋转的大东西，我不敢坐，又不放心她一个人坐，正在犯愁，看见一对恋人要进去，我急忙拦住他们，对那个女孩说："小姐，麻烦你照顾一下我女儿，好吗？"

那个女孩说："好的。"

然后，美兮就乖乖跟那个女孩进去了。

那个男孩先坐下来，那个女孩坐在了他身边，美兮坐在了那个女孩身边。那个大东西转起来之后，越来越疯狂，那个女孩把头紧紧顶在男孩的肩膀上，眼睛都不敢睁，另一只手紧紧搂着美兮……

三个人出来之后，我笑着对那个女孩说："真难为你了，本来你就是被保护的对象，还要保护我的女儿……"

晚上，我们抱着几个大玩具离开了嘉年华。美兮问我总共花了多少钱，我告诉她了，她说："嘉年华才是真正的高消费呀！"

## 喂 饭

为了美兮多吃青菜，吃饭时，我总是忍不住一口口喂她。

她习惯性地张着小嘴等。

这一天，我说："周美兮，你要自己大口大口吃！等你长大了，谁还喂你啊？"

她问："你是说，我长大后和朋友一起去吃西餐吗？"

我说："是啊。"

她坏笑起来，说："我的朋友喂我呗。"

## 愚公移民

我给美兮讲愚公移山的故事——愚公九十高龄了，却要搬走太行、王屋两座山！而且，说干就干，带着子孙上山，凿石头、挖泥土，再用簸箕运到渤海边，忙得不亦乐乎……

听完之后，美兮表达了她的疑惑：爸爸，愚公为什么不搬家呢？

这句话，让我再次对美兮刮目相看。

用一辈子的时间，再搭上子子孙孙无数人的一辈子，搬走两座方圆七百里的大山，仅仅是为了方便出行，目的是不是太小了？成本是不是太高了？

几千年来，似乎没有人怀疑这项宏伟工程的可行性与正确性。

我一直没想好，如果天帝不出现，命令大力神夸娥氏的两个儿子把两座山背走了，这件事该如何收场。也许，直到现在我们还能看到愚公可怜的后代们在冀州之南、黄河之北移山。

一个人的生命多么宝贵！如今，时代变了，新人类争分夺秒，奋斗奔忙。每个人都在选择最有意义的事情，都在更科学地分配自己的时间，这样才会获得更高的效率，取得更大的成就。

如果现在有人效仿愚公移山，除了在"吉尼斯"上留一笔，这辈子还会收获什么？

否定了愚公移山这个举动，这个故事只剩下了一种精神：不畏困难，乐观向上。

这种精神已渗入我们的血液，使我们常常热血沸腾。而恰恰是这种感性的冲动，导致我们丢失理性，忽略技巧。此时非彼时，现在不拼体力，拼智力。

……后来，我写了一篇《愚公移民》，发表在《青年文摘·彩版》第七期上。


## 眼花了

江西日报社派了一个主编，专门陪我和美兮游庐山。万分感谢。

主编姓刘，带着女儿，两个孩子碰巧同岁。

去庐山的路上，两旁都是水田，白鹭翩翩飞舞。

据说，上庐山的路有三百九十六道弯，转来转去，晕头转向。

在半山腰，我们下了车，步行游览。

山体上渗出"叮叮咚咚"的泉水，积成一个潭。

美兮要涉水，我怕她扎脚，就让她穿鞋进去了。她和那个小伙伴在水中大呼小叫，十分开心。出来的时候，我怕她着凉，干脆把她的鞋脱下来，一路背着她。

到了山顶的牯岭镇，刘主编为我和美兮安排了一个套房。打开窗户就是人家，终日不见人，只有一些晾晒的衣服。

我背着美兮出去买了一双鞋，她穿上之后，立刻跳到地上奔跑起来。

午后，阳光很好。我和美兮离开牯岭镇，沿着山路一边走一边玩儿，突然看到半山腰有个毛茸茸的东西，在浓密的草丛中一晃而过，我大叫："周美兮，野兔！"

美兮想了想，说："不是吧？"

我说："没错儿！"

然后，我举起弹弓就要射。这时，一个比美兮大点的男孩，突然从山坡的石阶上冒出来，严厉地朝我喝道："别打！那是我家的小狗！"

——山下是密匝匝的农舍。

## 三叠泉

我和刘主编带着两个孩子，去看三叠泉。

一千四百多个台阶，几乎是垂直伸向深谷，步步艰险。两个孩子顽强地走到了三叠泉。

下午返回的时候，不可能再让两个孩子攀上一千四百多个台阶，我们给她们雇了一个滑竿。

她们坐在竹椅上，很开心。

我一边爬台阶一边紧紧盯着头上的滑竿。陡峭的山路九转十八弯，滑竿离我们越来越远。两个弱小的孩子，交给了一群陌生的山民，我不可能不担心，于是我对刘主编说："我得追上去！"然后，我丢下她，加速朝上爬。

轿夫都是山里人，步履矫健，而且他们每爬一段山路，就要换两个人。

终于，滑竿在我的视野里消失了。我靠在山路的栏杆上，双腿发抖，汗流浃背，上气不接下气，真正感觉到了什么叫绝望。

我别无选择，只有继续朝上攀爬。

快到山顶的时候，我终于追上了滑竿。那一路，我什么都想不起来了，眼前只有无穷无尽的台阶。

美兮像个小公主一样坐在竹椅上，她看了我一眼，继续跟小伙伴聊天。她以为我一直都跟在滑竿后面呢。

如果没有美兮这根支柱，我早就瘫在半路上了。


## 试试，一定要试试！

我带美兮去游山玩水，回来的时候，一起等缆车。

车站旁有一个高大的广告牌，美兮看到上面落着一只翠绿色的大昆虫，外形像螳螂，却比螳螂的个头大一倍。

她立即说："爸爸，你看！"

我转过头去，也看到了。

美兮说："爸爸，你去抓呀！"

我目测了一下，那个不明种类的昆虫落在大约三米高的地方，我根本够不到，就摇摇头说："太高了。"

美兮说："爸爸，你不试试怎么知道呢？"

我说："我清楚，它的高度超过了我的弹跳极限。想捉到它，除非有梯子。"

美兮说："爸爸，你试试好吗？试试！"

为了证明一下我确实够不着它，我从栏杆上跳了出去。等缆车的游客都听到了我和美兮的对话，纷纷笑着看。我跑到广告牌下，使劲一跳，同时伸手一划拉，没想到竟然真的打到了那只大昆虫，它掉在了草丛里。我一下扑过去，把它捂住了。

我乐颠颠地跑回来，美兮高兴得直跳："爸爸你真棒！"

……下了缆车之后，我们把这只大昆虫放回了大自然。它跳到草丛中，十分郁闷——从原始社会爬到广告时代，路远着呢。


## 乐此不疲

我们在山里见到一个射箭的地方，美兮非常喜欢，跃跃欲试。

我给她买了一百多支箭，她一支支射，累得胳膊都酸了。

后来，大家要去吃午餐了，她虽然恋恋不舍，只能服从团队行动。

我们坐车走了十几分钟，来到了餐厅。吃完饭，大家四处闲逛的时候，美兮又提出要去射箭。我叫刘主编和孩子一起去，她们坐在一个小商贩的摊子前，说什么都玩不动了。

我就带美兮去了。

路上，我们见到了一只色彩斑斓的蝴蝶——这辈子我见过很多蝴蝶，从没见过那么大的！它在路边的花丛里忽上忽下地飞。美兮凑过去，想跟它聊聊天，它却逃掉了，飞出了童话，飞进了现实的景点中。

我们步行来到射箭处，美兮又射了一百多支箭。

靶墙四周歪歪斜斜挂了很多支箭，中间的地方却光秃秃的。

剩下最后一支箭了，我说："周美兮，你朝靶墙外射！"

"啪！"——这次才射到了靶心上。


## 走在白云里

牯岭镇海拔1167米，有"云中山城"的美称。

我不愿意跟导游一起参观，这天，我带着美兮离开牯岭镇，沿着公路一直朝东北方向漫步。听当地居民说，前面有个"小天池"，我们不知道什么样子，想去探探"险"。

走了半个多钟头，看到一个山路入口，我们就爬了上去。这山上，只剩下我和美兮两个人了。路上，不时有形形色色的小昆虫飞过、爬过。这些山里的孩子很少见到陌生人，对我们穷追不舍。

在山的深处，我们看到了一座白色的喇嘛塔。好像没有人，静悄悄的。我们绕过那座塔，来到峰顶，见到一个圆形亭台，掩映在茂密的树木中。我和美兮走进去，我举目远眺美景，她在亭台的边沿上爬来爬去，乐此不疲。

返回牯岭镇的时候，我们正在公路上走着，突然看到了一个令人震撼的景观：一大片白云，沿着公路，翻滚着朝我们飘过来！

我喊了一声："周美兮！云彩来了！"然后，立刻牵起她朝前跑，很快就被大团大团的白云湮没了。

这不是舞台制造出来的烟气，而是真正的天上的白云！凉凉的，湿湿的，缭缭绕绕，像浓雾，那感觉太神奇了！

白云飘过之后，我和美兮都感觉像在做梦。


## 湿漉漉的老镇

返回那天，刘主编的孩子发起了高烧——她跟美兮在水里玩得时间太长，着凉了。

美兮的身体素质好，小腿的肌肉硬邦邦的，没事儿。

我和刘主编都很着急，带着那个孩子来到了牯岭镇医院。她输液的时候，我和美兮在一旁给她读画册上的故事。

黄昏时，我和美兮出去买水果。

我们离开医院，沿着忽高忽低的石板路朝前走，两旁都是青色的老墙老屋。

有一条弯弯曲曲的小巷，朝山上伸延而去，我带美兮拐进去"采风"。一只青蛙在前面蹦蹦跳跳，免费给我们当向导。两旁的石头上，长满了青苔，缝隙里流水淙淙，万年不枯……

买回水果，那个孩子已经输完液，我们一起乘车返回南昌。

一路上，美兮都在唱歌。

到了南昌，天气像蒸笼，我和美兮住进凉爽的宾馆，太舒服了。

美兮不休息，拿起人家的意见簿，用铅笔认真地填写起来。她写的大概意思是：你们的宾馆很漂亮，我十分满意，但是希望你们不要骄傲，继续努力什么的。

第二天，江西日报社派人带我和美兮去婺源特色饭馆吃午餐，然后，把我们送上火车，返回北京。

## 没名字的游戏

暑假，我和小凯上班，把美兮寄托在小区幼儿园里。

她非常喜欢幼儿园的伙食。

下午两点多钟，不管单位有多少事，我都要回家去。这时候，她午睡刚刚醒来，我把她接出幼儿园，在小区里玩游戏。吃晚饭的时候，我把她送回去。吃完，再接回家。

每次，我都会给她带回一些好玩的东西。

有一天，我拿回来两盒崭新的乒乓球，带她来到草地上，把乒乓球统统倒出来，在半空中扔来扔去。

一些更小的孩子被吸引过来，奶声奶气地说："小姐姐，我可以扔一只吗？"

美兮说："随便！"

于是，大大小小的孩子一起扔起来。

草地是绿色的，到处滚动黄色的乒乓球。天空是蓝色的，到处飞舞黄色的乒乓球——看上去漂亮极了。这个游戏叫什么名字？谁知道！

一只雄昆虫对一只雌昆虫说：这么多流星！赶快许个愿吧！


## 摘星星的人

这天，我把美兮接出了幼儿园，树上的蝉叫得正欢。

我朝树上看了看，说："爸爸给你捉一只！"

美兮很高兴，又不放心地说："你千万别摔下来呀！"

我胸有成竹地说："如果树像天那么高，我连星星都能给你摘下来。"

接着，我把口袋里的电话掏出来，放在草丛里，揣上一只纸杯，像笨熊一样朝树上爬去。费了九牛二虎之力，我以为自己爬到树顶了，低头一看，离地不到三尺。美兮伸手拍了拍我的腿，说："爸爸，你下来吧！"

我不听，继续爬。

蝉总是栖息在很高的树干上，那就是专门防备我这种人的。我爬啊爬啊，终于接近它了！我掏出纸杯，朝它身上一扣，它立即挣扎起来，力气真大，撞得纸杯"啪啪"山响。

我一点点爬下来，拉着美兮乐颠颠地朝家跑去。

虽然夏季里蝉的叫声无处不在，美兮却是第一次看清它的长相。

爸爸和美兮一直在玩这只蝉，十分兴奋，很晚了还不睡。突然爸爸想起了什么："我的手机呢？"一边说一边赶紧拿起座机拨打手机号码，竟然通了，里面传来蝉的叫声："吱啦……吱啦……"

手机在草丛里响了，一只蝉从树上扑下来，踩了一脚接听键，对着手机大叫起来："你们把我哥哥绑架到哪里去了？你的手机在我的手里，立即拿我哥哥来换手机！"

爸爸和美兮赶紧跑到那棵树下，放掉了蝉，拿回了手机。

## 矜 持

我带美兮去电影院看《帝企鹅日记》。

进场之前，我们在附近麦当劳吃快餐。远处坐着一个小伙子，美兮说："那个叔叔长得真帅呀！"

我小声说："周美兮，一个女孩儿，不要轻易说别人帅，心里知道就行了。"

她不理解地看了看我，小声说："爸爸，那我不能表达我的意见吗？"

## 催 眠

我和美兮去朝阳公园度周末。

我带了一张吊床，到了草木茂密的小山上，找到两棵树，把吊床悬挂起来。美兮躺上去，悠来荡去，十分惬意。

在安静的午后，我对她讲起了催眠："爸爸最近正在写一部关于催眠的小说，一直在研究它。一个被催眠的人，人家问什么，他就说什么，都是最真实的回答。可以这样说，一个人被催了眠，就等于打开了身上所有的抽屉……"

美兮对此很感兴趣，希望亲自试一试。

我就轻轻地说："现在，我给你催眠。来，我带你，一起进入深深的海底……"

她躺在吊床上，不配合，不停地笑。

我好不容易让她不笑了，继续说："我带你，一起进入深深的海底……多么宁静，多么黑暗，多么温暖，你的意识跟我数到十，就进入了催眠的状态，一，二，三……"

数到十之后，我轻轻问："你小时候的事情都记得吗？"

她歪着脑袋，似乎睡着了，弱弱地说："……记得……"

我问："最近，你在学校有没有被批评过？"

她弱弱地说："……有……"

我问："为什么被批评？"

她没有回答。

我又问："你最爱妈妈还是最爱爸爸？"

她弱弱地说："……都爱……"

我再问："你最爱跟爸爸一起干什么？"

她弱弱地说："……玩儿……"

我说："好了，我数到五，你就跟我一起醒来：一，有一点清醒了。二，有几分清醒了。三，越来越清醒了。四，彻底清醒了。五，睁开眼睛了！"

她的眼睛由迷蒙到明亮，十分配合。

我故作惊奇地说："刚才你真的被我催眠啦！"然后，我把刚才的对话复述了一遍。她假装浑然不知地听我说。

我终于憋不住大笑起来："周美兮，你别跟我玩这套啦！你以为我不知道你是装的啊！哈哈，我要把它写到日记里去！"

这下她在意了，笑着打我："不许写这个！不许写这个！"

黄昏的时候，两棵树像抬花轿一样把美兮抬回了家。


## 第一幅漫画作品

台湾一位漫画家送给美兮一套书，她看了之后，也开始乱画开了。这一天，她画了一幅五格漫画：

第一幅：一个妖怪，扑过来要吃唐僧。妖怪的脑袋是三个包两个坑，身材奇形怪状。唐僧大叫："悟空，救命！"妖怪冷笑："哼！"

第二幅：孙悟空出现了，大喝一声："妖怪吃我一棒！"

第三幅：金箍棒砸下去，却断了！妖怪大笑："哈哈！"

第四幅：孙悟空拿着一把钳子在修理金箍棒，沮丧地说："得等一会儿才能修好！"唐僧绝望地大叫一声："啊！"妖怪大笑："哈哈哈哈！"

第五幅：妖怪坐在桌子前，开始用餐了。桌子上有一只盘子，装着热腾腾的肉。那盘肉说："悟空，你修好了没有啊！"

吻

2005年10月19日，我要去欧洲出差了。

早晨，我送美兮去上学，到了校门口，她要进去了，神秘地对我说："爸爸，你过来！"

我弯下腰去，问："干什么？"

她抬起脚轻轻亲了我的脸一下，然后甜甜地笑了笑，背着大书包转身走进了校门。我愣在了那里。

多么幸福！


## 一句英语走了十个国家

我不敢坐飞机。

我至今也不相信，那么大一个铁疙瘩能在天上飞起来。

好不容易熬过了十个钟头，第一站到了德国。

没有心爱的人同行，再好的地方也索然无味。我无聊地走在异国的大街上，突然灵机一动，想到了玩具店。这个念头就像兴奋剂，一下提起了我的精神——从此，买玩具就成了我在欧洲旅游的全部内容，几乎可以用疯狂来形容。

我不懂英文，更不懂什么法语、荷兰语，只会一句："How much?"

大家都在游览景点，没有人逛玩具店，翻译更不会专门陪我，我只能离队。这样很危险，因为在异国他乡，语言不通，电话不通，离队就等于走失了，我根本找不到我们下榻的旅馆。

不过，我还是见缝插针地钻进一家家玩具店，每次在集合的时间，我都能笑吟吟地出现在大家的视野里，安全归队。我用一句英文走了十个国家，给美兮买回了大大小小几十件玩具。

一个很魔幻的立体画册，可以扭成各种形状，每一种造型都会显现出一个童话故事。

一个貌似很古老的小机器，手工摇动，就会发出动听的音乐。

一个微型海洋馆，有各种水中生物，都是独立的，把它们放在底座上，用手朝上拉，由于磁铁的作用，它们一个吸一个，能够摆很高，却不掉下来……

我背着大包小包回到中国，把那些玩具一件件拿出来，把客厅的地板都覆盖了，美兮目瞪口呆。

哈，有见识的周小姐，爸爸就想让你目瞪口呆。

## 男人这东西

一个不敢坐飞机的人，竟然在天上飞了十个钟头！

为了转移注意力，我就约一个空姐在机尾聊天，在谈话中熬过了一夜。

后来，这个空姐给我发来了一个短信，我正在书房回复，美兮进来了，她跷脚打开灯，眯着眼睛看了看我，问："给谁发短信呢？"

我说："一个朋友。"

她歪了歪脑袋，又问："男的女的？"

我干咳了一声，撒谎了："当然是男的。"

她笨拙地爬到书架上，取下一本书，甩在我的面前，感慨了一句："男人这东西啊！"然后，就大摇大摆地出去了。

那本书，正是渡边淳一写的——《男人这东西》。

## 麦当劳和肯德基

早晨，我送美兮走在上学的路上，她问我："爸爸，你小时候有麦当劳和肯德基吗？"

我说："爸爸小时候生活的那个小镇，很偏僻，很贫穷，没有麦当劳，只有麦子；没有肯德基，只有咯咯叫的母鸡。"

她感慨说："那也很了不起，麦当劳和肯德基的原材料都是你们老家供应的。"

千里之外，我家乡的麦子和母鸡都兴奋起来：麦子欢呼奔涌，母鸡咯哒咯哒互相鼓励……

## 父女之间的争斗

年底，我带美兮来到双安商场，给她买了一对一公斤的哑铃，两只儿童羽毛球拍——我几乎天天都和她打羽毛球。

在玩具区，美兮站在芭比娃娃那里，不走了，静静地看。小凯给她买过几个芭比娃娃，很多套芭比衣服，我实在不想再给她买了。

她只看芭比娃娃，一直不看我。

我就远远地转悠，沉着地等待，不叫她，也不看她。

我们在暗暗争斗。

她看累了，就蹲在那里看。蹲累了，就站起来看。我们一直都不看对方，实际上都用眼睛的余光互相瞄着。

二十分钟之后，她终于走过来，笑了，说："爸爸，我真佩服你。"

我说："肯定的。"

她又说："你太有耐心了。"

我说："肯定的。"

她说："我知道，你一直在等着我放弃这个愿望呢。"

我说："肯定的。"


## 交　通

我送美兮去上学。

在路上，我俩一起畅想，如何不用走路，就可以在家和学校之间来来去去。要实现我们的设想，必须拉墩墩入伙——我家在一楼，美兮的教室在二楼，墩墩家在三楼。在学校和我家之间，拉一根钢丝，放学之后，美兮坐在一只筐里，就可以滑回家了；在墩墩家和学校之间，再拉一根钢丝，早晨，美兮爬到三楼墩墩家坐在一只筐里，就可以滑到学校了……

我说："周美兮，你来来去去方便了，你的老师也方便了。放学之后，老师也坐进一只筐里，'嗖'一下就来到了咱们家，大声问——周美兮，你写作业了吗？"

美兮哈哈大笑。


## 神奇的胳膊

在上学的路上，我和美兮合伙胡编了一个故事：

突然有一天，美兮的一条胳膊可以无限弯曲、无限伸长了。不过，它伸得越长，功能越差，掂不出轻重，摸不出形状。

星期一，美兮去上学，走进教室之后，忽然想起自己忘了背书包！

回家取肯定要迟到，怎么办？

美兮来到窗户前，使劲伸出手去。这条胳膊越伸越长，沿着马路伸到十字路口，拐弯，穿过自由市场，进入小区大门，终于伸进了家里的窗户。

她摸呀摸呀，碰倒了很多东西，终于摸到了一只毛茸茸的小东西，是兔兔！她没养兔兔呀！噢，错了，这是墩墩家！正巧，她摸到了一个记事本，就在上面歪歪扭扭地留了一句言：

美兮走错门了！抱歉！

然后，她把手抽出来，朝下摸，终于摸到了自己家的窗户，伸进去，摸呀摸，摸到了书包，迅速缩回胳膊来，凑到眼前一看，却是厨房里的炒勺！

她摇摇头，把炒勺送回了家，继续摸，这次摸到了书包，迅速缩回胳膊来，凑到眼前一看，却是爸爸的臭鞋子！

她用另一只手捂住鼻子，赶紧把臭鞋子送回了家，继续摸，终于摸到了书包！这时候，上课铃已经响了。美兮提着它赶紧回来，她不知道，其实，她拿到的是妈妈的皮包！这条胳膊正在马路上收缩，被一个小偷看到了，他跳起来，夺下皮包就跑。美兮急了：你可以偷妈妈的皮包，但是绝不可以偷我的书包！胳膊迅速伸长，一把把"书包"夺下来……

老师说：美兮，你在干什么？上课了，快把胳膊收回来！

美兮把妈妈的皮包放在桌子上，站起来，小声说明了事情的原委。

老师很生气：你上学怎么能忘了带书包呢！放学之后，你留下！

……大家都回家了，只有美兮一个人在教室里补课。她一只手写作业，一只手偷偷伸了出去，在天空中摆动，上面写着：SOS。


## 与读者的对话

我在网上讲美兮的故事，读者查令十字街跟了这样一个帖：

不知老大对美兮的学习有什么要求？您是希望美兮和国内其他的小孩子一样，每天沉浸在题海中，还是更崇尚西方的教育方法，加强孩子多方面的能力培养？

我回道：

健康第一。快乐第一。

更多的时间，我带美兮挖泥，捉虫子，奔跑，说外星语：§&Ugrave¤&yen;&brvbar;§&Ugrave;÷&oslash;﹔&#338;&Icirc;*§¤，讲这样的故事：一口锅背着一口锅，去买锅。卖锅的锅说，今天锅没货了……

我天天陪她，至少老了不会后悔。

尽管我对美兮的学习绝不挤压，但是她自己对自己很负责。这是家长的福分。

比如，她写作业的时候，每个词要写十遍，遇到"客"字，我让她写"客人"；遇到"洋"字，我让她写"洋人"；遇到"雪"字，我让她写"雪人"……反正挑笔画最少的。她一直低着头写，当我探头去看时，发现她写的是："客套"，"海洋"，"雪花"。

对于人生，我们的思维定势总是朝后看，未来怎么怎么样，如果现在不吃苦，未来就没有好果子，等等。

如果站在俯瞰的角度看一生呢？最快乐的时光是青少年时代。成年之后，还有多少幸福感？吃什么我们会兴奋？穿什么我们会兴奋？玩什么我们会兴奋？

我放开，让她快乐长大，不浪费这段美好时光。

尽管如此，她长大后也不一定就不成功。

（还有个想法：作为父亲，我会奋斗不息，为她未来打下某些基础。这个理念不能推广。呵呵。）

尽管我对美兮的学习从不强迫，由她去，但在品德方面，我却经常熏陶她：不要要小聪明，不要有小动作，不要打小算盘，不要占小便宜。做人要大气，要宽容，要善良，要高尚。

好人一生平安。


## 读者给我讲的故事

在网上，我给大家讲美兮的故事，读者也讲自己家孩子的一些趣事。

有个母亲说：

星期六，刚上小学的儿子请一帮小同学到我家玩儿。

中午我回来，看到家里就像被洗劫了一样，所有的东西都东倒西歪，儿子正在摇头晃脑地看《大闹天宫》。

我一边四处查看一边说："从哪里来了群野猴子把家里搞得这么乱？"

儿子跟在我身后小声说："不都是外来的，有一只是家里养的……"

有个父亲说：

我儿子非常淘。一次，他又在幼儿园干坏事了，我很生气，晚上罚他在家写字，坚决不许他出去玩儿。这时候，有三个男孩儿在楼下喊他出去踢足球，高一声低一声，没完没了。儿子可怜巴巴地看了我一眼，恳求说："爸爸，你可以让我下去一趟吗？我不玩儿，我只是想下去揍他们一顿！"

天下最幸福的职业就是幼儿园的老师了，天天带着一群孩子，多好啊！高的，矮的，胖的，瘦的，丑的，俊的……每一个孩子都是可爱的。

## 妖魔鬼怪与孙悟空

有时候，美兮说她怕黑夜，怕影子。

我问她，为什么怕黑夜，怕影子呢？刨到根上，她是怕鬼。

我开导她，说："鬼可怕吗？孙悟空金箍棒一抡，它们都跑了！"

美兮说："可是，孙悟空是神话故事，不存在呀。"

我说："那么鬼也不存在。鬼和神是一个体系，有鬼就有孙悟空。或者他不叫孙悟空，叫别的名字。你仔细想想，是不是这么回事儿？"

## 另一种思维

美兮三岁的表弟问他妈妈："妈妈，今天是明天吗？"

我在一旁大怒："你的问题让我实在无法忍受了！"

美兮插嘴说："今天就是昨天的明天呀。"

## 矛　盾

一次，我和美兮从超市出来，一群三轮车夫渴盼地望着我们，希望乘坐他们的车。我和美兮走过去之后，她小声对我说："爸爸，有个事很矛盾——你说，坐这些人的车吧，等于对他们不好，他们多累呀；不坐他们的车吧，他们又赚不到钱……"

## 美兮接受采访

美兮要接受采访啦！

有一家电视台，到美兮的学校跟小朋友谈环保问题，提前选定了她，昨天晚上让她做了准备。因此，今天她穿得很漂亮。

我送她上学的路上，发现她的嘴角上有油渍，就说："周美兮，到了学校你要洗洗嘴，有点脏。今天你还要接受采访呢！"

她毫不在乎地说："没事儿，下午才录像呢。"

哈哈，估计这就是小女孩和大女孩的区别之一吧。

## 都有紧张的时候

前面我曾夸耀过：美兮在《人小鬼大》做节目，表现多么机智；美兮竟然拒绝演电影；还有她接到月亮姐姐的邀约，根本不当回事儿……等等。

没想到，她也有怯场的时候——晚上我接她放学，顺便问她：今天你接受采访了吗？

她小声说："嗯……别提了，面对摄像机，我的心都要跳出来啦！"

……唉，丢人哪，不提了。

## 脸和脚丫子

一天早晨，美兮来到我睡觉的房子，叫我起床。

离开时，她看了看我露在被子外面的脚，又看了看我的脸，说："唉，你的脚丫子长得太难看啦，不过你的脸长得还可以。"

这就叫评头品足。

地下，蚯蚓和蚯蚓在聊天。小蚯蚓："谁是我爸爸呀？"大蚯蚓："我是你爸爸。"小蚯蚓："谁是我妈妈呀？"大蚯蚓："我是你妈妈。"小蚯蚓："为什么我的爸爸妈妈都是你呢？你看看，爸爸妈妈，我的脸和脚丫子哪里更好看？"大蚯蚓："没啥区别。"

## 冤大头

美兮喜欢看杂技和魔术。

我带她来到东城的一家剧场，问售票员："多少钱一张票？"

售票员说："贵宾票120元，普通票30元。"

我说："买两张贵宾票。"

下午两点半的场次。中午，我带美兮吃了点快餐，然后昂着头（甚至都有点朝后仰了），很"VIP"地走进了剧场。

我们坐在第一排。开演之后，回头看看，空荡荡的剧场里，几乎只有我和美兮两个人！

散场的时候，美兮说："爸爸，我们不如买普通票了……"

一只鸽子从魔术毯子下探出头来，笑嘻嘻地说："我们这么多演员，只给你们父女俩表演，你们是真正的贵宾啊！"

# 大　画

　　我和美兮曾经拿着彩色粉笔，在公园的广场上画画。地面平平的，要多大有多大，那感觉太爽了！

　　我们画了一幅巨大的军事地图：我军、敌军、步兵营、坦克师、海军战舰、空军基地、江河、桥梁、碉堡、军火库、狙击手、军旗……

　　一架正在演习的军用直升机飞过上空，驾驶员立即用无线电对讲机向上级报告：07发现可疑情况！我位于公园上空，地面上应该是一个广场，现在我却看到了一幅军事地图！

　　还有一次，我和美兮在小区的水泥甬道上，画了几十头可爱的小猪，排成一队，在甬道的拐弯处，突然画了一头大猪，哦，它是那群小猪的妈妈。

　　还画了一个皇宫，有花，有草，有卫兵，有车马……

　　开始，我不太确定在地面上画画算不算不文明，只想着下雨一冲就什么都没了。一天，我和美兮正在地上画画，几个居民走过来围观，有人说："哈，你们爷俩在为小区美化环境呢！"

　　地面是水泥的，很单调，画上一些可爱的小动物，肯定漂亮啊。

　　甬道旁的草丛里，刚刚从另一个小区搬迁来两只蝈蝈。晚上，它们在草丛中探出脑袋，儿子看了看花花绿绿的水泥甬道，高兴地对父亲说：不是说，我们的新居是毛坯房吗？谁给精装修啦？

# 狗

## 地痞的故事

寒假，我带美兮去密云（我喜欢这个安静的小城）。

在车上，我给她讲故事：

有个小地痞，很凶横，他的胸上纹着"二龙戏珠"。没有两下子，不敢纹这样的图案。

这一天，他到澡堂洗澡，遇到一个大地痞，大地痞把眼睛贴在小地痞的胸上，眯着眼看了半天，问："这是什么啊？"

小地痞高声答道："二龙戏珠！"

大地痞一挥手，来了一群兄弟。大地痞说："给我打！"

噼里啪啦一顿打。

大地痞又问："你胸脯上纹的是什么？"

小地痞知道——这次遇到厉害主了，他鼻青脸肿地小声说："二龙戏珠啊……"

大地痞说："继续打！"

噼里啪啦又一顿打。

大地痞继续问："你再说一遍，你胸脯上纹的是什么？"

小地痞吓傻了，低头看看自己的胸脯，又抬头看看大地痞的眼睛，突然一脸媚笑，大声道："俩虾米玩球儿！"

美兮笑翻了。她兴致来了，说："爸爸，我来讲！"

她讲道：

有个小地痞，他的胸上纹着"猛虎下山"。

这一天，他到澡堂洗澡，遇到一个大地痞，大地痞问他："你胸脯上纹的是什么啊？"

小地痞高声答道："猛虎下山！"

大地痞一挥手，来了一群兄弟。大地痞说："给我打！"

噼里啪啦一顿打。

大地痞又问："你胸脯上纹的是什么？"

小地痞知道——这次遇到厉害主了，他鼻青脸肿地小声说："猛虎下山啊……"

大地痞说："继续打！"

噼里啪啦又一顿打。

大地痞继续问："你再说一遍，你胸脯上纹的是什么？"

小地痞吓傻了，低头看看自己的胸脯，又抬头看看大地痞的眼睛，突然一脸媚笑，大声道："小猫咪坐滑梯！"

这次我笑翻啦！

美兮说：还有呢还有呢！接着她继续讲道：

有个小地痞，他的胸上纹着"蟒蛇盘柱"。

这一天，他到澡堂洗澡，遇到一个大地痞，大地痞问他："你胸脯上纹的是什么啊？"

小地痞高声答道："蟒蛇盘柱！"

大地痞一挥手，来了一群兄弟。大地痞说："给我打！"

噼里啪啦一顿打。

大地痞又问："你胸脯上纹的是什么？"

小地痞知道——这次遇到厉害主了，他鼻青脸肿地小声说："蟒蛇盘柱……"

大地痞说："继续打！"

噼里啪啦又一顿打。

大地痞继续问："你再说一遍，你胸脯上文的是什么？"

小地痞吓傻了，低头看看自己的胸脯，又抬头看看大地痞的眼睛，突然一脸媚笑，大声道："小蚯蚓抱火柴棍儿！"


## 看电影&跳街舞

密云。

美兮最喜欢白河两岸那个长长的公园，可以攀爬，可以奔跑，可以打滚……

我却非带她去看电影：《千里走单骑》。这部片子不做作，很朴素地讲了一个感人的故事。

在影院里，被动而来的美兮，渐渐看进去了，她抬着小脸，满眼泪光，已经被深深感动。（前一天，小凯带她去看《金刚》，她哭了好几回。）

我从侧面观察她，憋不住想笑：人家只想在外面玩儿，可是大人非拽着她来这里接受感动……

走出影院，我说："千里走单骑，这句话真酷。"

美兮说："为什么呢？"

我说："英雄都是孤独的，莽莽大漠，一人一刀……"

我又说："爸爸也在朝着这个境界努力——不联合，不结盟，不开会，不合作，不呼朋引伴，不拉帮结伙……一个人，扛着长枪，挑着酒葫芦，雪夜上梁山，管他什么三碗不过冈！"

男人说男人的事，女孩说女孩的事。

美兮说："爸爸，我又设计了一个舞蹈。"然后，这个小东西就随着路旁"啪啪啦"饰品店的重金属音乐，跳起了街舞。

很快，"啪啪啦"的店员都跑出来了，指指点点地观看她跳舞。饰品店里，一只九个月没卖掉的小毛绒鸭子，实在无聊，乘机偷了一枚戒指，可是它三趾之间有蹼，怎么都戴不上，只好放回原处，又偷了一条项链，挂在了长长的脖子上……

美兮从幼儿园到小学，一直是孩子们的"领操"，形体语言堪称完美。我看着她跳舞，喜上眉梢，忍不住说："周美兮，你不但长得精致，各方面的气质都很美。"

她说："爸爸，是不是因为我是你的女儿，你才这样觉得？"

我说："不，我是站在一个旁观者的角度。"


## 美兮造梦

密云的家中。

我和美兮玩得太累了，一头倒在沙发上，睡着了。

她在地上铺了很多沙发垫，一个人玩儿，也不管我睡得多香，随口就喊："爸爸爸爸！"

我不回答，想继续睡。

她把一个沙发垫盖在了我的脸上，我假装很不舒服，磨着牙，伸手挠，却挠在沙发垫上，然后就"醒"了。她笑眯眯地问："爸爸，你做梦了吗？"

我"睡眼惺忪"地说："做了。我梦见我没有指甲了，脸上很痒，怎么挠都不解痒！"

她非常得意，说："你接着睡吧。"

过了一会儿，她感觉我睡着了，又把两个沙发垫盖在了我的脸上。我就伸手挠沙发垫。

她再次推醒了我："爸爸，你做梦了吗？"

我继续"迷迷糊糊"地说："做了。我梦见我变成了兔子，脸上都是毛毛，怎么挠都不解痒。"

她开心极了，说："你接着睡吧。"

我就继续睡我倒霉的"觉"。

她又把三个沙发垫盖在了我的脸上，我被压得喘不出气来，伸直胳膊才能挠到最上面的沙发垫。

她推醒了我："爸爸，这次你做梦了吗？"

我吧嗒着嘴说："做了。我梦见我变成了孙悟空，被佛祖压在五行山下几百年，不能洗澡，全身痒痒，却挠不着，很难受啊！"

她更开心了，说："你接着睡吧。"

这次，我一闭眼就打起了"呼噜"。她又把四个沙发垫盖在了我的脸上，我怎么都够不着最上面的沙发垫了。

她推醒了我："爸爸爸爸，你做梦了吗？"

我静静地望着远方，说："做了。我梦见我的脸被挂在了山顶上，我怎么挠都够不着，非常痛苦！"

她笑得前仰后合，别提多高兴啦。

这个让我难受的游戏，我们竟然玩了将近一个钟头。我觉得，这就是该和孩子玩的游戏。


## 冰河对话

白河成了冰河。

我和美兮到河上滑冰车，玩陀螺。

小凯给美兮买了一个耳包，戴在她的脑袋上，已经不是御寒的东西了，而是一个时髦的饰物。

我和美兮一边玩冰一边聊天。

我说："我十五六岁的时候，就有女孩子喜欢我了，那时候我还穿着带补丁的裤子，这让我很难堪，当时，我最大的梦想就是买一条新裤子。"

美兮说："现在带补丁的裤子都成时尚了。"

然后，她指了指我的绿挎包，说："爸爸，你得换个包了。"

我说："我这包都背十年了，不是挺好吗？"

她笑着说："是啊，再过五年，你这包也成时尚了。"

多年来，我用的一直是一部老手机，前些天，有人看不过去，专门送给我一款新手机。因此，美兮又说："还有你原先那个手机，要是接着用的话，肯定会升值，因为它成文物啦！"

这种讽刺让"周主编"无地自容，追打她。

玩了一会儿之后，她说："爸爸，我发现，每次你都是为了我才去商场的，而你自己从来不去商场，对不对？"

我说："我一个人逛商场？绝不可能，对爸爸来说，没有比那更痛苦的事了。我的任务是赚钱，然后交给你和妈妈，供你和妈妈逛商场。"

她说："但是，你也得爱爱自己呀。我给你一块黑布，你蒙在眼睛上，就看不见别人了，你的感觉里就只有自己了。"

这主意不错！我说："你给爸爸一块红布吧！"接着，我就唱起了崔健的歌（改了词）："那天是你用一块红布，蒙住我双眼和睫毛。你问我要去何方，我说我到商场买个包儿……"

美兮哈哈大笑。


## 猜话儿

晚上，我和美兮走在路上，她见四周没人，就央求我抱她。

我说："周美兮！你知道我最不愿意听你说哪句话吗？"

她说："不知道。"

我说："你猜！五个字！"

她说："第一个字是什么？"

我说："好……"

父女俩在一起，对话太多了，我认为她不可能猜到，正准备说出第二个字"人"，她已经大笑起来，脱口而出："好人做到底！"

每次，美兮偷偷让我抱她，我都卡住她的两个胳肢窝，无奈地说："跳一下。"

她不配合，只等我旱地拔葱，并且撒娇说："你抱我，还用我跳啊？好人做到底嘛！"

嘿嘿，宝贝，爸爸这个好人一定会做到底的。时时，天天，月月，年年，世世。

（我在天涯写这段故事的时候，美兮看到了，笑嘻嘻地说："爸爸，我给你改一下，应该再加上：分分、秒秒。"）


## 有请周美兮

要过年了。

中国青年出版总社的各个单位都在紧锣密鼓地排练节目。

去年，《青年文摘·彩版》表现突出：主持，歌曲，小品……今年似乎一下找不到能歌善舞的人了。

那就请明星吧！名单列了一大排，最后，大家却把目光锁定在周美兮身上，原因很简单：不需要支付出场费。

我和周美兮的谈判进行得十分顺利。她表示可以出场表演个舞蹈：《掀起你的盖头来》。周美兮一出场，江湖一片灿烂，这下我放心了。

可是，临近演出的时候，周美兮却耍上了大牌："爸爸，告诉你啊，我只演'脸'那一段。"

也就是说，她只跳"掀起了你的盖头来，让我看看你的脸，你的脸儿红又圆呀，就像那苹果到秋天"。

我感到为难了："这样不完整啊！"

她说："反正我只跳那一段。"

我忽然意识到：都商品社会了，《青年文摘·彩版》三番五次请人家周小姐撑场子，连点"表示"都没有，人家肯定给你出难题嘛！于是我就做了个数钱的动作："你的意思是……"

她看了看我的手语，没明白："因为我根据这段歌词配了动作，别的歌词我没配！"

哈，不论什么时代，都有不被铜臭污染的好人啊！


## 只有两个人敬业

联欢会上，我带着编辑部全体人员演唱了一首《送别》。

我用吉他弹起苍凉的旋律，美兮出场，童声朗诵：长亭外，古道边，芳草碧连天。晚风拂柳笛声残，夕阳山外山……

编辑部的人陆续登场，在吉他的伴奏下，开始小合唱：天之涯，海之角，知交半零落。一觚浊酒尽余欢，今宵别梦寒！

美兮接着唱：长亭外，古道边，芳草碧连天。问君此去几时还，来时莫徘徊……

除了美兮，编辑部没一个不跑调儿的，有的跑到海南，有的跑到内蒙古，有的跑到西藏，有的跑到山东，还有个家伙竟然跑到越南去转了一圈儿，由于在那里找不到共同语言，又跑回来了。

表演完毕，我拿着麦克风，沮丧地对黑压压的观众说："可惜我的吉他了，可惜周美兮的歌声了……别鼓掌了，我们下台！"

## 白　发

在肯德基，我和美兮吃午餐，偶尔提起了白发的话题。

我说："周美兮，有一天爸爸也会白发苍苍。我的第一根白发，一定要让你——我的女儿来发现它，并且告诉我。"

美兮说："我不发现。"

我问："什么叫你不发现？"

她说："你不是说，你的第一根白发一定要由我来发现吗？我不发现，别人就不能发现，那样不就好了吗！"

这些话是孩子的思维，我没太明白。不过，我领会她的意思。

很多父母都和孩子有过类似的对话。

有个朋友说，一天睡觉前，她给女儿讲故事，女儿在她身上爬来爬去。

玩着玩着，女儿就问她："妈妈，我什么时候能长大呀？"

她说："很快你就会长大的，那时候妈妈就老了……"

这句话竟然把她自己说哭了，五岁的女儿也哭了……

我们是成年人，我们的灵魂已经被岁月磨砺得粗糙。如果说，衰老和死亡是一块悲凉而丑陋的石头，我们已经能够承受它的重压。但是，任何的亲情都是娇嫩的，它和那块石头撞在一起的时候，就有了疼痛。

尝过这种疼痛的，我想包括每一位母亲，每一位父亲，每一个儿子，每一个女儿——哦，应该是这尘世间所有的人。

## 一言以蔽之

过年了，各地亲戚聚集北京。

美兮拜年，应该这样说：外公外婆过年好，舅舅舅妈过年好，姨妈姨父过年好，爸爸妈妈过年好……

她却出口惊人，一句话就笑嘻嘻地搞定了："领导们过年好！"

我问："什么意思？"

她说："你看呀，周主编、杨主编、仇所长、杨总、杨主任……"

## 危机感

这个不是什么有趣的事，仅仅是生活中的一段对话：

我和美兮在公园里慢慢地走，不知怎么，我提起了就业的话题。我说：我们杂志社招聘编辑，只在一个普通网站发了一次公告，就有一千多名研究生来应聘……我说：北京的高校密密麻麻，每年都有无数毕业生滞留北京，四处找工作……我说：一个人必须要好好学知识，不断增强竞争力……

本来无忧无虑的美兮，在我身旁抬着小脸儿听着听着，神色越来越凝重，似乎对未来也有了强烈的危机感。终于，她恳切地说："爸爸，你现在就给我留个职位吧！"

我一下就笑了。

"现在就给你留个职位，等你十几年？"

"嗯嗯！"美兮使劲地点头。

"周美兮，有些事儿，爸爸是没法帮你的，必须靠你自己。"

"这些我都知道！不过……我还是想让你先给我留个职位……"

我突然意识到，虽然美兮说的都是孩子话，但也说明了一个问题：平时我为她做的事太多了。

宝贝，就算爸爸现在给你珍藏一只世间最红的苹果，等你长大，它也腐烂了；就算爸爸现在给你珍藏一只树林中最可爱的鸟，等你长大，它也老死了；就算爸爸现在给你珍藏一件最漂亮的衣裳，等你长大，它也变小了；就算爸爸现在给你珍藏一句最经典的生存格言，等你长大，它也融不进那个崭新的时代了……

在漫漫人生路上，你只有找到了内心的清高，才能摘到离太阳最近的苹果；你只有保持了灵魂的纯洁，才能得到童话般的友谊；你只有捍卫了美丽的梦想，才能找到最合体的包装；你只有创造出自己的生存格言，才能得到衣食无虞的生活。

## 二声部

奇志和大兵在电视上表演相声，两个人有一段合唱《相约1998》——

来吧，来吧，相约九八！来吧，来吧，相约一九九八！相约在甜美的春风里，相约那永远的青春年华。心相约，心相约，相约一年又一年，无论咫尺天涯……

美兮说："爸爸，这首歌真好听。"

我说："他们是用两个声部合唱的。咱俩也合作一下？"

她说："我们唱那个《半个月亮爬上来》吧，我喜欢这个歌。"

于是，我就用吉他伴奏，跟她合唱《半个月亮爬上来》。她唱：半个月亮爬上来……我用另一种不同的旋律唱和声：半个月亮爬上来……

我不开口的时候，她唱得很准，只要我一开口她就跑调儿，特别灵验。

我说："你别听我的，你唱你自己的！"

她说："好。"

这次，我一边唱一边偷偷观察她，她竟然用两只小手把耳朵堵上了，一个人哼哼呀呀，根本不管我。

我停下来说："你不能堵耳朵！我们要配合，不然就南辕北辙了！"

她忍不住笑出来，说："好吧。"

前奏一响，她就紧张起来，一双小眼睛眨巴眨巴地看着我，等待开始。这次，我把声音缩小了，只是轻轻地哼唱。她听不清我的声音了，一边三心二意地唱，一边紧紧盯着我的嘴，努力想听清我在唱什么……很快又跑调儿了，听起来十分滑稽。

我把吉他一扔，笑得捂住了肚子。

两天过去，我们在吉他的伴奏中，终于可以从容地合唱《半个月亮爬上来》了。半个月亮爬上来，照着美兮的梳妆台，依啦啦，依啦啦。

## 不能再吃啦

这天，小凯给美兮烤了北萨饼（西餐），炖了茄子、土豆（中餐，东北菜）。我盯着美兮吃，吃，吃。美兮说："爸爸，别让我吃了，我的肚子都比地球大啦！"

我低头思考了一下：地球有多大，我当然是知道的……周美兮的肚子已经比地球大了……噢，那就说明，她已经吃饱了！

于是我说："好了，别吃了。"

美兮被解放了，放下碗筷就跑得不见了踪影。

我把桌上的东西收拾下去之后，坐到电脑前写东西。美兮走过来，从背后拿出一个很小的地球仪，得意地说："爸爸，刚才我说我的肚子都比地球大了，说的是这个地球！"

我又低头思考了一下：这个地球仪比乒乓球大不了多少……周美兮说她的肚子已经比这个地球大了……噢，那就说明，我上当了！

## 不靠谱的机器

我和美兮去北海公园玩儿，从北门出来，看到一台自动售货机。

美兮要买可乐。

我朝旁边看了看，说："我们到那家小卖店去买吧。"

美兮说："人家喜欢售货机嘛！"

我就带她来到售货机前，交给她三枚一元的硬币，让她操作。

她把硬币投进去，却不见可乐出来。我伸手拍了拍售货机，它冷冰冰的，毫无反应。就是说，这个吝啬鬼吞掉了我们的钱，却不肯兑现承诺，这算什么事啊！

旁边的垃圾箱里，正巧扔着一根撬杠，它说：需要我动手吗？

美兮笑着朝它摆了摆手。

我围着售货机转了一圈，找到了公用的电话号码，一掏口袋，却没带手机，只能走到那家小卖店，用公共电话打了过去。

公司的工作人员记下了故障售货机的位置，又记下了我的联系方式，真诚道歉。

离开之后，美兮小声说："爸爸对不起……"

我说："很少有人经历这样的事，多新鲜哪！"

半个月之后，我收到一封信，里面装着三张一元的纸币。

## 品　位

2月24日早晨，美兮看见餐桌上有一本杂志，那是小凯主编的一本时尚类刊物，最新一期，挺豪华的。封面上是几个画着脸谱、穿着戏装的京剧人物，古香古色。他们背后的青砖墙上，却有一个很现代的公告："此为消防通道，请勿停车"。

美兮左看右看，觉得这个封面有问题，但是又怕说错了，显得"老土"，就拿着那本杂志，找到妈妈，指着那个公告小声问："妈妈，这个封面是怎么回事呀？……"同时，眼睛偷偷观察着妈妈的反应。在时尚方面，她特崇拜妈妈。

小凯早就看透了她那玲珑的小心眼，笑了，说："这样设计，酷呗。"

美兮茅塞顿开地说："哦……"心里肯定在想：刚才我没说这个封面是错的，真是太聪明啦。

接着，她以和妈妈同等品位的身份，感叹说："要是一个没品位的人，一定还以为这个封面印错了呢！"

小凯看着她的小脸蛋，憋不住笑："你就是没品位的人，刚才你就以为是印错了——你当妈妈没看出来吗？"


## 公众与媒体

一只母蚊子，混得越来越惨。人类有草蚊香、电蚊香、纱窗、蚊帐……它只有喝露水维持生命。

实在饿极了，它就躲在阴暗处，回忆美好的从前：有一天傍晚，它曾偷偷叮过一个叫美兮的小女孩一口，嘿嘿，她的血是全世界最甜的……

这天，母蚊子策划了一场惊天大案——这家伙伪装成公蚊子，又利用一块餐巾纸，伪造了一辆义务献血车，用番茄酱画了一个红十字，打着治病救虫的旗号，骗取昆虫们的鲜血。

接到报料之后，记者蝴蝶赶紧赶到了现场。《蝴蝶报》是昆虫界第一大报，蝴蝶的两片翅膀，就是对开的报纸版面，新闻就写在上面，白翅黑字。蝴蝶四处一飞，所有的昆虫都看到了。

没想到，母蚊子不但不配合采访，还叮了蝴蝶的肚子一口。此事件惊动了昆虫空军总部，派出十八架蜻蜓飞机围捕。

最后，母蚊子被击毙。


送美兮上学的路上，我说起记者的职责和权利："记者采访一个事件，代表的是公众，公众是有知情权的。如果，当事人把记者打了……"

美兮抢先道："那就等于把公众打了。"

## 好消息和坏消息

到了该放学的时间，学校的大门总是迟迟打开，接着，一班班的小学生列队走出来。

美兮那个班走出来的时候，我赶紧抻长脖子，寻觅她笑眯眯的小脸儿。她穿着肥大的校服，背着沉甸甸的书包，在家长中看到我，总是吐一下舌头，然后笑着挥挥手。队伍停下，老师布置完作业，大家一哄而散。她跑过来，拉起我的手，开始"叽里呱啦"地讲班里的故事……

这一天，她跑到我的面前，说："爸爸，我有一个好消息一个坏消息，你想先听哪个？"

我想了想说："先听坏的吧。"

她说："对，苦尽甘来！不过，你不要骂我，只能笑着给我讲道理。"

我说："好的。"然后我调整了一下表情，微笑地问，"你看，这样可以吗？"

她看了看，笑着说："像骗子。"

她讲的坏消息和好消息，都是小破孩儿的琐事，不赘。

后来，我给她讲道："有个人对他的朋友说，我有一个好消息一个坏消息，你先听哪个？朋友说：先听坏的吧。这个人就说：你的八匹马都丢啦！朋友一听立即哭起来。这个人又说，还有个好消息，那就是——这个消息是假的！朋友一听，立即咧嘴笑起来——周美兮，瞧，快乐就是这么简单。"

我们来到超市，美兮又盯上了背背佳。（小凯认为孩子的成长要顺其自然，不同意给她买。因此，我和她说起背背佳的时候，一直用暗语——BBJ。）看着她那恋恋不舍的神情，我动摇了："爸爸告诉你一个好消息一个坏消息，好消息是——爸爸今天决定给你买一个背背佳！坏消息是——我没带那么多钱……"

美兮由笑脸变为哭脸。

最后我还是给她买了，付了400元，人家找了4元。美兮高兴得又蹦又跳，说："爸爸，我是一个魔术师，一下就把400元变成了4元！"

我嘟囔道："你怎么不把4元给我变成400元呢！"


## 签　名

美兮写作业的时候，有点小问题，我给她的班主任写了张条子，夹在了课本里。

美兮说："我们老师很幸运。"

我说："为什么？"

她笑嘻嘻地说："她不用费事儿就能得到你的签名。"

## 系扣儿

美兮小姐太调皮了。

这天晚上，我的衣扣没有系，她就站在我的面前，从下朝上一对一对帮我系。我只能挺着。

最后，她跷起脚，坚持要把最上面的一对衣扣也系上，弄得我脖子痒痒的。模特终于"愤怒"了，用手捏起自己的两只眼睛，假装往一起一碰，叫道："周美兮！你把我的两只眼睛也系上算了！"

美兮一下就松开手，大笑起来，一直笑得弯下腰去……这是她近期笑得最厉害的一次。

## 谁最快

傍晚，我带美兮在小区里玩儿童滑板车。

美兮穿着深粉色的喇叭裤，蓝灰色的细腰风衣，很漂亮。她在环路上滑行，我用秒表计时——48秒，46秒，44秒。我也滑，时间是59秒。

美兮很得意。

后来，来了十二岁的星星，五岁的点点（她们是姐妹），十岁的贺梦瑶。三个孩子都加入进来，一起比赛。

最快的一个是星星——39秒，她高兴地喊起来："我第一！"

我说："谁敢说自己第一？我刚才之所以用了59秒，那是逗周美兮玩哪！现在，我给你们来点真格的！"

然后，我驾着不到一米高的儿童滑板车，用最快的速度冲刺，结果，一圈仅用了31秒……

玩着玩着，楼里走出一对老夫妻，孩子们和爷爷奶奶打过招呼后，那个爷爷笑着问："孩子们，你们在玩什么呀？"

美兮说："我们在比赛！"

爷爷又问："谁最快呀？"

这时候，一个满脸皱纹的男人不好意思地朝前跨了一步，小声说："爷爷，我最快……"

草丛中，一只蜗牛在爬。

它多么慢啊，像皱纹爬行一样慢，像相片褪色一样慢。它多么慢啊，像小溪干涸一样慢，像落日一样慢，像孩子变成老爷爷一样慢。它多么慢啊，像从理论到实践一样慢，像愤怒到来一样慢。它多么慢啊，像自己的爬行一样慢。

——摘自巴音博罗的诗

## 人生不是下棋

周末，我和美兮路过附近一家超市，美兮说："对面那家商场开业以后，这家超市就冷落了。爸爸，我们进去支持它一下吧？"

我说："好！"

于是我们就进去了，人果然很少。我们来到文具区，买了一些东西，其中有一盒"小动物惊险棋"。

出来后，我们去了公园，在阳光下找个长椅，坐下来下棋。

两个人轮流抛色子，谁要是抛出"6"，就得退回医疗室治病，不能继续前进。这一天，美兮的运气很不好，连续四次退回了医疗室。

第一次抛出"6"，她很不情愿地退回了治疗室。

第二次抛出"6"，她看了我一眼，然后怂怂地再次退回医疗室，把棋子摔得"啪啪"响。

第三次抛出色子后，她紧张地盯着它滴溜溜地转，结果又是"6"，她的眼圈一下就红了。

我笑着说："周美兮！愿赌服输，不要哭鼻子！"

她第四次抛出色子，又是"6"！这时候，我已经把她远远地甩在了后面，快到终点了。她终于"哇"一声哭出来。

我告诉自己——别笑别笑别笑！这种时候千万不能笑！越这样想越憋不住，到底爆发出来："哈哈哈！周美兮，这有什么啊，犯得着这样委屈吗！再说，色子不是你自己抛的吗！"

她一边哭一边喊起来："我又没有病，为什么总让我去医疗室啊！哇哇——"

偶尔，我会和美兮玩玩扑克。抓牌的时候，我总会找个理由把她支开，然后用最快的速度把牌摆好，让她每次抓到的都是最好的牌，大王小王都在她手里，1、2、3、4、5、6、7、8、9、1、0、J、Q、K、A，一次即可出完，没一张多余的牌。因此，每次她抓牌的时候，小脸都抑制不住露出得意的笑容。我偷偷地观察她，看她幸福，我也幸福。她怎么说也是个孩子，竟然从来没有怀疑过，次次都抓那么好的牌是不可能的。

就这样，采取一个小小的手段，就给美兮带来了喜悦和快乐，不需花一分钱。

我又担心，总这样的话，以后在她的成长过程中，万一遇到挫折，不那么吉利了，没那么好的运气了，她会不会接受不了？

是的，这个世界又冷又硬，怎么可能每个人都为她把牌摆好呢？想到这里，心里便有了远远的担忧和淡淡的酸楚。

## 人体小广告

一次，我和美兮走在北三环的人行道上，她看到一张新贴的小广告，伸手把它揭了下来，然后四下看了看，附近没有一只垃圾箱。我说，到前面再扔吧！然后，就把小广告拿在了我的手上。

走出一段路，我趁美兮不注意，把小广告贴在了她的背后——高价收购药材：150×××××××××。

那是一张黄纸红字的小广告，非常醒目，很多行人都好奇地看过来。小不点儿的美兮蹦蹦跳跳朝前走，毫不知情。

一只大土蜂飞过来，盘旋在她的头顶，"嗡嗡"地说："我可以入药的！你出什么价？"

瞧，生意来了。

## 厨房里的交易

我在厨房做饭，让美兮把碗筷拿到餐桌上去。

美兮走进来，说："老板，买几个碗。"

我说："好的，给你。"

她说："这里可以刷卡吗？"

我一边颠马勺一边说："您瞧，我这是个小卖店，怎么能刷卡呢？"

美兮冷不丁抽出一张卡，在我的肚子上划了一下就跑了。

过了一会儿，她又进来了，说："老板，我买几双筷子。"

我停下手中的活儿，看了看她，恶狠狠地说："我认识你！"

她双手剪在背后，挺着胸，温文尔雅地笑了笑，说："这一次，我是付现金的。"

我想了想，说："那好吧，老规矩，先验资。"

她就拿出"现金"给我看了看。

我说："可以了，给你筷子吧……"说着，就把筷子递给了她。

她突然又从背后拿出那张卡，在我的肚子上划了一下，说："我还是刷卡的！"然后就跑没影儿了。

"小卖店老板"捂着肚子，痛苦地朝门外喊道："我认得你——"

一会儿，她又出现在厨房，说："老板，这次我买个勺子。您可以先验资。"

"小卖店老板"愣愣地看了她一会儿，说："我，我接受刷卡！"（小卖店竟然可以刷卡！）

她眯着眼，含蓄地笑了笑，说："谢谢。"

我指指橱柜的一条缝儿，说："不过，你要在这里刷。"

她笑着看了看橱柜上的那条缝儿，又看了看我的肚子，说："好的，先生。"

我把勺子给了她，就忙着炒菜了。没想到这位美丽的"小姐"突然又亮出那张卡，在我的肚子上迅速划了一下，又跑啦！

"小卖店老板"喊道："我一定要抓住你——"

一会儿，她又笑吟吟地走进来了："先生，这次我买几个叉子。"

我害怕地看着她，说："小姐，本店不刷你的卡，不收你的现金，我们白送，白送给您，好吗？"

她笑着摇了摇头："那可不行！那样的话，您该报警说我抢劫了，我一定要付钱的。"

我把叉子给了她，然后把肚子挺了挺，绝望地说："好吧，你还是刷卡吧……"

卡的游戏玩够了，后来，美兮果然换了"现金"。

她"买"走餐具，从厨房移到餐桌上，再把她的"现金"从客厅移到厨房来：开心果、棉签儿、蜡台、橘子皮、美容抹儿……

最后，我还得一一收拾！


## 狡 辩

小凯说："周美兮，你吃饭得好好嚼，不然胃不好，身体就不好，长大后小脸儿蜡黄……"

美兮笑着说："妈妈，小脸儿蜡黄就对了呀，我们不是'炎黄子孙'吗！"

## 生日礼物

明天美兮过生日，可是，好像没有人太在意这件事儿，这两天只有她一个人在张罗——拿着蛋糕订货单，挑这个选那个，研究造型、花样、颜色，推翻了一个又一个，终于确定下来，又咨询这个人的意见咨询那个人的意见……忙得可欢啦。

3月13日早晨，我到了单位之后，编务把一个快件送进了我的办公室。那是一个读者寄给美兮的生日礼物。

回到家，美兮兴奋地打开了包裹，是一只小熊！（我在网上写这个故事的时候，美兮在一旁更正道："爸爸，那是小猪！"）

好吧，是小猪，一头肉色小猪。两颗圆溜溜的小钢珠，吸在磁石上，是小猪的两条腿。

还有一个似乎是小配件——加菲猫。（美兮又在一旁更正道："爸爸，那是KITTY猫！"）

好吧，就KITTY猫吧！这只大脑袋KITTY猫是布做的，很精巧，很柔软，同样是嫩嫩的肉色，它包着一只小小的圆镜子。

这组小东西太可爱了，它来自上海，赠送人叫冰糖。冰糖还给美兮写了一张小便笺，颜色鲜艳，字迹整齐。美兮的判断力很强，这次她却犹豫了，看了看我，小心地问："爸爸，冰糖姐姐这字儿……是印上去的吧？"

"见多识广"的我拿过那张小便笺，鉴定了半天，最终发表了权威意见："手写的。"

然后，我们开始研究这头小猪和KITTY猫的关系，一致认为：小镜子应该是镶在小猪脑袋上的，接着我们就开始安装了。

美兮说："我来！"

我说："不行，你会弄坏的！我来！"

她伸手争抢："爸爸，你怎么不相信你的女儿呢？"

我紧紧抓着不放手，说："万一弄坏了呢……"

结果，她还是抢了去，摆弄来摆弄去，小心翼翼，我守在一旁紧张地看着。最终她没敢轻举妄动。

我不甘心地拿过来，摆弄来摆弄去，同样小心翼翼，她也守在一旁紧张地看着。最终我也没敢轻举妄动。

最后，父女俩一致决定：谁也不动了，就这样吧——小猪是小猪，KITTY猫是KITTY猫。

**谢谢冰糖。**

**谢谢所有关注美兮的人。**

## 难以回答

"爸爸，你说，我是小时候漂亮，还是现在漂亮？"

"……现在漂亮。"

"就是说，我小时候不漂亮了？"

"你小时候可爱。"

"就是说，我小时候不漂亮，现在不可爱了？"

这是一个周末，我和美汐坐在公园的长椅上聊天。公园在北京。北京是地球上的一座城，地球是天上的一颗星。

## 冬瓜丝西瓜丝

美汐感冒了，我带她在医院输液。电视上，李宇春走出机场，和一些粉丝握手。

我说："在网上有读者建议，喜欢爸爸的人应该叫冬（东）瓜丝。"

美汐笑了，说："那喜欢我的人，就应该叫西（汐）瓜丝喽？"

## 和小广告斗争到底

前些日子，美汐对我说了这样一件事：

一天，外公接美汐放学，在路上，她看到一个女性侏儒正在人行道上贴小广告，小广告上带着胶，侏儒贴一张踩一脚。

美汐一看对方跟她差不多高，就用眼睛瞪她。美汐的外公并不知情，只管拽着美汐往前走。那个侏儒见美汐一边走一边目不转睛地瞪她，还真有点害怕了，她每踩一脚，都会抬头看美汐一眼……

美汐的表情很丰富，她一边讲这件事，一边学她当时瞪那个侏儒的样子，也学那个侏儒一边贴小广告一边紧张地观望她的样子，活灵活现。

想想，当时应该是下午三点多钟，阳光柔媚。安静的马路上没有几个人，大人都在做着大人的事，没有人关注这一米多高层面的剑拔弩张的对视……

这次对视是漫长的，里面包含着正义和邪恶的较量。

最后，贴小广告的人终于匆匆离开了。

## 摘 花

首先声明：美兮是一个爱护环境的孩子，我是一个爱护环境的大人。

……但事情总有例外。

周六，我和美兮在小区里散步。池塘边，海棠花像指甲一样大，在树上一串串热烈地开放着。

美兮总能创造一些新鲜的玩法：她摘下一朵海棠花，站在池塘边，把海棠花举起来，花蕊朝上，花茎朝下，然后轻轻松开手，海棠花就像风车一样滴溜溜地旋转起来，直到落在翡翠般的水面上，很好看。接着，美兮又摘了几朵，扔下之后，静静观察……

后来，我带美兮出了小区。我们回来的时候，看到几个男孩正在池塘边玩泥。

我说："周美兮，我们再去玩海棠花吧。然后，你要写一篇作文，开头就这样写——春光明媚，我去揪花……"

美兮哈哈大笑。

我和她踩着水中的石头，走过池塘，来到那几个男孩跟前，我大声问："你们摘花了吗？"

几个男孩都直起身来，紧张地看着我，说："我们没摘花！"

我的口气温柔了一些，说："哦，那就对了。作为一名学生，我们能摘花吗？不能！如果我们摘花，就像这样——"我一边说一边把魔掌伸向海棠树，"那么，我们就是在破坏环境！"

说到这儿的时候，我已经摘下了一朵！那些男孩正紧张地听着我莫名其妙的训斥，突然看到我把花儿摘了下来，几乎是同时说："叔叔你摘花！"

我停止了慷慨激昂的演讲，一下变得贼眉鼠眼，转过身去，把海棠花朝水里一扔，对美兮说："周美兮，你快看，它又转了……"


## 爸爸的新闻

美兮还有半个钟头才放学。

我买了一张晚报，蹲在学校门口一边看一边等。每次翻报纸，我都会注意一下有没有关于自己的报道。今天的报纸，恰巧有一则关于我的消息：作为嘉宾，晚上我要参加北京人民广播电台在林业大学搞的一个听众见面会。

美兮放学出来，我对她说："周美兮，今天的报纸上有爸爸的消息！"

美兮扫了一眼，说："我不想看你那些事儿。"然后，就眉飞色舞地向我展示她刚刚叠的一只纸鸟了。鸟的身上，写着两个歪歪扭扭的字：二姑（看来，这只鸟在家族中是二姑的身份）。

回到家，我把报纸扔在沙发上，出去了十几分钟（单位的编务拿了一叠发票，在外面等我签字）。我走时，美兮在低头写作业，回来时，她还在低头写作业。

她一边写一边慢悠悠地说："爸爸，报纸上说，今天晚上最大的亮点是一个播音员，又不是你，你得意什么呀！"——趁我不在的时候，显然她已经看过那张报纸了。

我哑口无言，悄悄躲到一个角落郁闷去了。


## 阳光灿烂的日子

上午十点多钟，我带美兮去池塘玩儿，遇到了壮牛。

壮牛是个男孩，曾经和美兮一个班，据说是班里最帅的。这小子身体壮，性格牛，天天都在踢足球。我很喜欢他，专门给他买过一只足球。

我喊道："壮牛！"

壮牛看了看我们，淡淡地打了个招呼："叔叔好！美兮好！"然后，就继续踢球了。

我说："一会儿王粤粤要来！"

王粤粤是个漂亮的小女孩，在班里数一数二，跟美兮是好朋友。据说王粤粤"喜欢"壮牛——小孩子什么都不懂，跟大人瞎学。

壮牛夸张地说："小色女要来啦？快跑哇！"说完抬腿就跑，很快又返回来，叮嘱我，"叔叔，我藏起来，你不要告诉她呀！"

我说："叔叔是什么人，怎么会出卖你呢！"

壮牛这才放下心来，可是他又担忧地说："我的自行车还在这儿呢，她认识！"

我说："没事儿，她来了我就说你回家吃饭去了。你先在那片草地上踢球，周美兮去广场放哨，只要王粤粤一出现，周美兮就抬起胳膊，我就抬起大腿，像烽火台一样，你看到之后，马上藏好就没事了。"

壮牛说："好！"然后就"噔噔噔"地跑远了。

他离开之后，我挤眉弄眼地跟美兮商量：王粤粤一到，我马上把壮牛的藏身之处指给她。

接着，我和美兮各就各位。

壮牛一边在草地上踢球一边朝我这里张望。

等了很久，王粤粤还没出现。就在我和美兮要换岗的时候，王粤粤驾到了！美兮抬起了胳膊，我马上抬起了大腿，壮牛一见，迅速趴在了一排小树的后面。

王粤粤骑着一辆紫色小自行车，打扮得花枝招展，见到美兮，她下了车，两个人一起朝我走过来。

我弯下腰，悄悄对王粤粤耳语道："壮牛藏在那排小树的后面，快过去逮他！"

王粤粤嫣然一笑，支好小自行车，一步步走了过去。

我提前跑到小树的后面，看见壮牛撅着小屁股，身体伏在草地上，一动不动，喘着粗气。

我蹲下身，轻轻拍了拍他的脑袋，说："对，就这样，想骗过敌人，一定要沉住气……"

我一边说一边抬头看了看：王粤粤正迈着模特步，笑吟吟地穿过草坪走过来。

壮牛的脸憋得通红，轻声问："叔叔，她现在在哪儿？"

我又拍了拍他的脑袋，说："她已经走远了……但是你依然不能动，直到看不见她的时候，你才能起来……"

美兮站在远处，笑着看戏。

草地上一只蚂蚁仰起脑袋看了看壮牛，感慨道：这孩子多有耐心，一直这样纹丝不动地观察我们，以后哇，肯定能成为生物学家！

王粤粤已经站在了壮牛的身后，摆了个"S"身段，居高临下地笑着看壮牛。

壮牛依然一动不动。

我说："壮牛，你隐蔽得好极了，眼看就要成功啦……"

王粤粤抿着嘴，嘲讽地咳嗽了一声。

壮牛哆嗦了一下，猛地回过头，一下瞪大了双眼："叔叔，你……"

我哈哈大笑："壮牛，这回你还跑得了吗！"


## "百花汤"

这段日子，我的家庭遭遇了一场重大变故。

4月24日，我从单位回家看美兮，两个人约定在小区花园碰头。我找到她的时候，天有些黑了，她正在小花园旁边等我。我喊了她一声，她转过身来，眼里闪着点点泪光。刚才她找了我半天，没找到，就哭了。当时她穿着一身校服，有点脏，看起来可怜兮兮。

我说："爸爸不是来了吗？哭什么啊。走，我们玩去！"

很快她就高兴起来，笑容挂上了小脸蛋。

那天，我们走遍了小区，在每一种植物身上都采下一片叶子（花瓣），放进一个塑料袋里，称为"百花汤"。

正如人生百味。

此时，爸爸正在品尝最难以下咽的滋味，你是不是也隐约感受到了一丝苦涩呢？

回家的时候，她小声对我说："爸爸，我永远爱你！"


## 生活到处都是画

美兮穿着一条朝鲜族风格的裙子，配着一双小白鞋。她在小区的木凳子上造了一幅画，吸引了几个孩子过来看——她用树枝摆出了半边框，在里面用绿叶"画"出了一个小女孩，手上举着一朵黄豆大小的花，非常漂亮。

我们刚刚离开，一只蝴蝶就飞进了画中。


## 小蜜蜂

美兮在小区里骑小自行车。

她说："爸爸，昨天我一个人在外面玩儿，有只蜜蜂落在了我的自行车上，它以为自行车上的花是真花呢！我慢慢地停下来，一点点下了车，轻轻地把自行车支好……"

她一边讲一边表演，声情并茂，绘声绘色——下车，支车，她的动作太轻了，几乎没有一点震动，也没有一点声音。她的眼睛一直盯着车把下边，当时蜜蜂就落在那里了……突然，她做出朝后奔跑的动作："然后，我撒腿就跑！"

我哈哈大笑。我以为她要逮住那只蜜蜂呢，原来是逃之夭夭！

蜜蜂望着美兮逃跑的背影，很疑惑。过了一会儿，它回过神来，立即"嗡嗡嗡"地叫起来："我得到了一辆自行车！真正的自行车！下次采蜜，我不用自己飞啦！"

一只小花狗跑过来，撞倒了自行车，蜜蜂一下就飞到了半空中。

小花狗一边跑一边说："你想把它骑回家，先得把它立起来！试试？"

## 为美兮量身定做的恐怖故事

经常有媒体问我：您会不会给美兮讲您写的恐怖故事？

不会。不过，我为她"量身定做"过一篇《鬼乘车》：

午夜，末班公交车，乘客稀稀拉拉。

其中，坐在车门口的那个乘客不是人。

这个鬼跟我一样，是个作家，由于它写的书在阴间销路不畅，它决定改变路线，写一写人间的纪实文章。它想，鬼们远在地下，一定很想知道地上的消息……

现在，它来到人间体验生活。

众所周知，鬼会隐形，但是这个鬼不想那样做，它要体察人间实情，就得实实在在地和人打成一片。

售票员的态度不太好，她走过来，大声对它说："买票！"

鬼说："我不用买吧？"

售票员说："是人就得买票！"

鬼说："我不是人！"

售票员说："你不是人？好吧，就算你不是人，只要占一个人的位置，就得买票！"

鬼说："我可以不占位置。"说完，鬼朝车厢上一贴，就像画一样贴在上面了。

售票员差点被吓昏。

鬼像电视一样对震惊的乘客们说："我是一个鬼作家，最近准备写一本长篇报告文学，在阴间卖，也想在人间销售一部分，届时希望各位踊跃购买。另外，购书还可以参加抽大奖，头等奖是阴间一日游！"

售票员终于镇定下来，她大声喝道："你可以不买票，但是你要付广告费！这车厢里的广告都是收费的！"

鬼一耸身子，跳下来，站到那个售票员的面前，生气地说："你总是钱钱钱的，烦死了！"然后，它指了指脚下的一截烟头，问："它买票吗？"

售票员说："废话，它买什么票！"

鬼一缩，就变成了一截烟头。

售票员愣了愣，突然说："随地扔烟头，罚款50元！"

那截烟头像虫子一样蠕动了几下，变成了一张脏巴巴的钞票，闷闷地说："给你吧。"

## 耳朵和嘴巴

宽阔的马路，两旁的梧桐树枝繁叶茂。

"爸爸，这棵树多……"美兮说了一半就没有下文了。

"你说什么？"

"我说，你看这棵树多……"

"你到底要说什么？"

"你的耳朵是不是……"

我马上配合："天哪，我的耳朵是不是要聋了？怎么断断续续的，只听到你一半话！"

她得意地笑了："你的耳朵肯定……"

我哈哈大笑："周美兮，你说一半就停了，这样不行。你要把一句话说完，只是后面就不出声了，只是嘴巴在动。不然，我就不会怀疑自己的耳朵有问题，只会怀疑你的嘴巴有问题。"

她服气地笑了，果然按照我说的做了。她做得非常好，前半句出声，后半句只是嘴动。

我说："这也不行，想达到你的目的，必须在一个安静的房子里。这个地方车声不断，你不出声了，别的声音还响着。"

她不服气地说："你只对我的声音听不见，也有这种可能啊。"

我也不服气："那不可能！"

父女俩争执了半天，谁也没说服谁。


## 何为完美

人行道上，有一颗丑巴巴的小树果，美兮一踩，就变成了飞絮。

走着走着，我们又发现了一个软绵绵的东西，很鲜艳，长着许多一模一样的刺。

美兮好奇地问："那是什么？"

我说："一看就是人造的，肯定是哪个小孩丢弃的塑料玩物。"停了停我又说，"人造的东西，总不如大自然的产物完美，因为它们往往没有缺点。"

美兮马上说："我看过一个电视剧——几个人谈缺点，有人说，我是骨灰级购物狂！有人说，我贪吃！有人说，我喜欢嫉妒！最后一个人说，我的缺点是没有缺点……"

## 灰姑娘

有个女孩叫张晴文，老家是农村的。她爸爸搞装修发了大财，在小区里买了两套房子，一套住着，一套空着。

张晴文特别胖，红扑扑的脸蛋，梳两根小辫儿，一双眼睛像山泉一样清澈。她有一个姐姐，从来不出屋；还有个小弟弟，全家人都宠爱那个男孩。

张晴文很朴实，很善良，不过，小区里的孩子都不愿意跟她玩儿，嫌她笨，嫌她土气。她总是一个人独来独往，很孤独。

只有美兮对张晴文很友好，每次遇到她，都会把她带上一起玩儿。

张晴文每次见了美兮，远远就会扑过来："美兮——"

一天，阳光灿烂，张晴文对美兮说："美兮，你有很多朋友，我只有你一个朋友。"


## 可笑的蚯蚓

可能是由于小区喷了杀虫剂的缘故，一下雨，小区里经常见到死蚯蚓。因此，美兮从小就不喜欢蚯蚓。

我不希望她害怕这个、讨厌那个，经常对她说，蚯蚓是益虫，为人类松动土壤，庄稼才长得好。我小时候最喜欢蚯蚓了，经常跟它们玩儿……等等，想改变她对蚯蚓的看法，消除她心里的阴影。

这天，太阳好极了。

我和美兮在草坪上挖了一个四四方方的坑，用挖出来的土垒起四四方方的城墙，又在坑里灌了水。接着，我在池塘里找到了两条蚯蚓，把它们弄过来，一条放在了城堡里，一条放在了城堡外。

三个男孩围过来，跟我们一起看热闹。

城堡外的蚯蚓朝里钻，城堡里的蚯蚓朝外钻，藏头露尾，十分可爱。

美兮很开心。

两只蚯蚓在土里相遇了，它们互相看了看，其中一条感叹道："正是——围城里的想出去，围城外的想进来。算了，我们就留在中间吧！"


## 羡　慕

傍晚，我和美兮在小区玩儿，还有王粤粤、阳光、灿烂。阳光和灿烂是姐妹，一个九岁，一个四岁。

我们玩"三个字"——大家手心手背，确定一个人做追逐者，另外的人不能被他摸到，否则就要替换下那个追逐者。快被追上的时候，只要你喊出三个字，比如"周美兮"、"猪八戒"、"喔喔喔"……只要是三个字就OK，等于开启了自我保护，对方就不能再摸你了。不过，你也不能动了，变成木头人立在那里，等同伙来摸一下才能继续跑……

后来，我为了训练美兮算术，把游戏规则改了：追逐者在即将追上一个人的时候，大喊一声："8加13等于几？"或者："15减9等于几？"

对方必须在紧急时刻迅速给出正确答案，才算开启了自我保护。

玩累之后，大家坐在滑梯上聊天，王粤粤说了一句："美兮，我真羡慕你……"

王粤粤的家庭很优越，像个骄傲的小公主，她轻易不会说这样的话。

话题被阳光打断了，美兮追问了一句："粤粤，你羡慕我什么？"

王粤粤说："因为你有这样一个爸爸呀。"

我的心一下装满了蜜。


## 女人为什么爱看天气预报

我带美兮在小区滑旱冰，美兮提起了她妈妈拿着电视遥控器一遍遍翻找天气预报的事儿。

我说："周美兮，你知道女人为什么喜欢看天气预报吗？"

美兮想都没想就说："为了第二天能穿好看的衣服。"

我说："你反应真快。"

美兮又更正道："但是，妈妈看天气预报不是为了她自己，而是为了我第二天穿什么衣服。"


## 本性难移

晚上，美兮聚精会神地制作一个钟表。完成后，她跑去从书包里翻出她的图画本给我看，其中一幅漫画把我逗笑了：

似乎是一个雍容华贵的女人，牵着一条鬈发的宠物狗，那狗朝着一块骨头奔去。女人说："宝贝！快走！难道你也像那些农村狗一样吗？"

文字注解：这时冲过来一群狗……

美兮在旁边画了几条乱七八糟的"流氓"狗，它们纷纷说："汪汪汪，宝贝，我爱你！……"

宠物狗盯着那块骨头说："今儿我要是得不到这块骨头，我就不姓宝！汪汪汪！"

漫画的标题是《本性难移》。

## 和　泥

下了一天的雨。

晚上，雨停之后，我和美兮拿着塑料铲子，装巧克力的铁盒子，来到了户外。小区里水淋淋的，到处都是清清的积水。

美兮用塑料铲子挖土，我用铁盒子装土，捧进积水，和成泥巴，最后用小铲子在草坪边上的一排砖石上"抹墙"。

一晚上我们都在干这件事，把几十米的砖石都抹上了黄泥，看上去很壮观。美兮高兴坏了，干得非常来劲儿。

草丛中那两只蝼蛄又探出头来，父亲对儿子说："瞧，那就是给我们装修的人，他们又来给我们维护墙体了！"

回家的时候，我说："在乡下时，爸爸经常干这样的活儿。"

美兮羡慕地说："生在农村可真幸福呀。"

## 三角债

母亲节了，我带美兮游泳回来，美兮要给妈妈买一束鲜花。

我带她去了一个花卉大厅，她亲自给妈妈搭配了一束花。

看着她像个小大人似的，在那里对卖花姑娘指指点点，我就在一旁笑。卖花姑娘也笑，她男朋友也笑。

美兮选了几朵康乃馨，卖花姑娘又送给她一朵红玫瑰，美兮还要了一些精致的小碎花，围在四周，看起来很漂亮。

她问卖花姑娘："阿姨，您这儿没有白玫瑰吗？"

卖花姑娘说："没有。"

美兮的眼睛一直盯着一种白色的花，那种花很像玫瑰。在卖花姑娘为我们捆扎花束的时候，她终于忍不住，指着那种花说："阿姨，我不要啊，我只是问——那不是白玫瑰吗？"

卖花姑娘再次笑起来，告诉她，那不是白玫瑰，只是一种像玫瑰的花。美兮连连点头："哦……"

我们正在买花，一个读小学高年级的女孩出现了，她和我们住在一个小区里，好像叫飞飞。打过招呼之后，另一个女孩滑着旱冰鞋跑过来，应该是飞飞的朋友或同学，她对飞飞说："飞飞，正好遇到你了！你有钱吗？快借给我！我买花钱不够了……"

飞飞把脑袋转向我，问："叔叔，你有钱吗？"

我说："有，要多少？"

那个女孩说："一块钱。"

我就拿出一块钱，递给了她。

她一边急着去买花一边对飞飞说："哪天见面我就还给你！"

飞飞对我说："叔叔，等她把钱还给我，我遇到你再还给你！"

在回家的路上，说起这一块钱，我一本正经地对美兮说："这中间的关系太曲折了，我感觉这一块钱还到我手里的希望已经十分渺茫……"

美兮就笑。


## 赛　跑

这天晚上，我和美兮在外面玩一块戏剧手绢。墩墩也在，两个小孩不知道说了些什么，墩墩撒腿就跑，美兮起身就追。追上之后，墩墩再跑，美兮再追。

美兮身手敏捷，每次墩墩一跑，她几步就能抓住他。

最后一次，墩墩在前边笨拙地奔跑，美兮追上他之后，却没有抓他，而是笑着超过了他，继续跑。

她沿着环形甬道跑了一圈，到达我面前已经好半天，墩墩才气喘吁吁地跑到了。

我恨铁不成钢地对他说："追赶者早就到了，你这个逃跑者才露面！丢人哪！"


## 师姐和师弟

我陪美兮去健身中心学游泳。

美兮是第三期学员，她学了蛙泳和仰泳，正在学自由泳。我在她的鼓励和胁迫下，也报了游泳班（实际上是陪她），跟一群小孩一起学游泳。在这个班里，周美兮是我"师姐"，我是她"师弟"。

我会一点蛙泳，勉强可以扑腾几下，但是不敢去深水区。要问我游的水平怎么样，用一个同事的话说就是：跟个落水儿童似的。

有一对年轻的恋人，那个小伙子还不如我，都不敢下水。我对他说："过去，我一直对自己的游泳水平很自卑。可是见到你之后，我突然意识到——我就是泳王啊！"

在"师弟"油嘴滑舌的时候，"师姐"正在远处的水域里，认真、规范地一下下练习着自由泳的基本动作。


## 要是没有水……

我给美兮讲水的用途（从网上学来的知识，现学现卖）：

没有水就没有生命。人体里，水的比例是65%；植物内，水的比例是80%。没有水，我们就不能在大海里航行，就不能走遍天下……

美兮并不同意这个说法，她反驳道："没有水我们也可以走遍天下的——从海底走过去呀。"

我愣了一下，卡壳了。


## 第一次住院

"六一"期间，美兮得了肺炎，住进了儿童医院。

住院部是封闭的，出入要经过许可。美兮的隔壁住着几个患糖尿病的孩子。

白天，我和小凯轮流陪她。晚上，她一个人住在那里。

即使是在病房里，美兮也是快乐的，不是跳舞就是唱歌，笑声到处飞扬。

我陪她的时候，跟她一起画画：我家小区的池塘，水中立着几块石头，供行人通过。一个胖墩墩的男孩趴在石头上，正极度小心地往前爬。

这个男孩就是墩墩，他虽然比美兮还大半岁，胆子却小得可爱，大大小小的孩子都在那几块石头上奔跑如飞了，他却不敢。

我和美兮画完画，还合作了一首歌（《阿门阿前一棵葡萄树》的调子）：阿门阿前有个小池塘，一条石路通过它。一个男孩正撅着屁股，哆哆嗦嗦往前爬。阿对阿面一个小女孩，阿嘻阿嘻哈哈在笑他：男子汉呀大丈夫，几步你就跑过来啦！阿美阿兮请你不要笑，等几个钟头我就爬到啦。

## "英雄"所见相同

我在卫城创作小说《门》，写到有一个人死到临头，到山里道观求签。

签上写着：松下问病童，言师买药去。不在此山中，遥遥无归期。

由于冥冥中注定，这个人最终还是完蛋了。为了更确切些，我琢磨来琢磨去，又改成了：松下问病童，言师买药去。不在此山中，归来必定迟。

一天，我和美伢坐在肯德基靠窗的位置上，边吃边聊。

我说："周美伢，爸爸最近写了一部小说，叫《门》。里面有这样一个小故事——有个人，死到临头，到道观求签，签上是这样写的：松下问病童，言师买药去。不在此山中，遥遥无归期。"

我一时没想起来改过之后是什么样子了，只想起了没改之前的，就这样说了，主要让她听一听把"采"字变成"买"字的幽默效果。

美伢想了想，说："爸爸，不如这样写：松下问病童，言师买药去。不在此山中，归来必定迟。这样更好。"

我一下就惊呆了。


## 小型报警器

美伢两岁多的时候，通过观察，我发现她吃东西习惯用左边嚼。担心日久天长，她的面相不周正，于是，总提醒她多用右边嚼。去幼儿园的路上，我说："在幼儿园，爸爸不在你身边，你应该注意什么？"她马上就指了指右边的牙。

如今她八岁，我又在写她咀嚼的事了——就是说，我一直和她"左左右右"地"斗争"了六年！

这几天，我发现她吃东西的时候总用右边嚼，于是提醒她多用左边嚼。

她听话，我一说，她就照做了。

不过，她已经养成了习惯，再吃饭，还是用右边嚼，我不提醒她就想不起来。

一次，她又用右边嚼，我大声说："周美伢，你怎么搞的，这点事儿都记不住？不要总用右边嚼！"

她也大声说："爸爸，我又不是故意的！我就是想不起来，你说怎么办？要不，你就花一万块钱给我买个小型报警器，放在我嘴里，我一用右边嚼东西，它就哇啦哇啦响，那我就不会犯错了！"

我静静地看着她，终于"扑哧"一声笑出来。

（诸位，哪里能买到小型报警器？麻烦告诉我。）


## 梦的公园

美兮来到了卫城。

韩浩月也住在卫城，我给他打电话，约他们夫妻带儿子一起出来玩儿。

这天，我们来到郊外一个地方，叫"梦的公园"。那么大一个园子，只有我们三个大人两个孩子。

最好玩的是，在一片潮湿的小树林中，我们看到了蛤蟆！几乎一棵树下坐一只，大的像碗，小的像盅，很壮观。

美兮说："我要！"

我不太愿意逮蛤蟆，但是，只要是美兮想要，就是毒蛇我也会冲上去。不过……因为旁边有韩浩月，我就暂时按兵没动。嘿嘿。

果然，韩浩月憨憨地说："叔叔给你逮。"

很快，他就捉到了一只，我马上递上我的钥匙带，他把蛤蟆系住了。美兮牵在手里，又看到了另一只："我想要那只大点的……"

我说："周美兮，就这样吧……"

韩浩月头都不抬地说："要那只？没问题！"

他蹲下去，把蛤蟆腿上的带子解开，又逮住那只大的，系住了。

这时候，阳子（韩浩月的儿子）早跑得不见踪影了。哈哈，他害怕蛤蟆。


美兮牵着"蛤蟆宠物"，走在幽静的园子里，十分开心。

远处有一座棕红色的小山，可以攀岩。美兮在放生池里放掉了那只蛤蟆，我们来到了小山下。为了在美兮面前显摆显摆，我爬了上去，挺惊险的，我一边爬一边喊："周美兮，你看爸爸！"

美兮早就顺着小山的台阶跑上去了。

她下来之后，我又"汇报表演"了一次："周美兮，你看爸爸！……"

路过一个很原始的秋千，美兮爬了上去，荡得非常高，却不怕。她玩了很多次，没完没了，一直是韩浩月的太太在旁边耐心地照顾她，我和韩浩月在远处交谈。

后来，我说："周美兮，咱们走吧，还有好玩的呢。"

她还要荡，结果，刚刚爬上去就掉了下来。

我和韩浩月及韩浩月的太太都问："没事吧？"

她爬起来，拍拍身上的土，笑道："没事儿！"

走着走着，看到了陕北窑洞和蒙古包。我经常去陕北，对那里很有感情。我在蒙古放过羊，对毡房、马头琴、烤全羊、奶茶之类更有感情。于是，我千方百计想让美兮领略一下陕北和蒙古风情……

美兮却不太感兴趣，只跟阳子追来追去。她假装手里有虫子，吓得阳子四处逃窜……

阳子读小学一年级。

这小子黑黢黢的，话不多，一双小眼睛很机智。在路上，他给美兮讲了一个故事，把大人都笑翻了——

上课时，阳子悄悄放了一个屁。

后座的同学被熏着了，大叫起来："谁放屁啦？"

没人应声。

这个男生站起来，一只手捂着鼻子，四下看了看，另一只手突然指了指左边的同学："是他！——不可能，他是班长……"

他又指了指右边的同学："是她！——不可能，她是副班长……"

他又指了指阳子："是他！——不可能，他是数学课代表……"

他又指了指后座的同学："是她！——不可能，她是语文课代表……"

最后，这个小家伙只能郁闷地坐下了。

也许，在小孩子的心目中，官儿是不放屁的，只有普通学生才会随便放屁。那么，宝贝，你不是班长，也不是副班长，不是数学课代表，也不是语文课代表，偏偏还处于"案发"中心，这屁只能算是你放的了。要我说，当时你就不该跳起来。

（这个小故事写在博客里，读者"嗨，猪哼哼"有一句精彩留言：不放屁的人的确不普通。）

碧绿的湖水中，远远近近有几百只鸭子。

我跑到园子外的村子买来了一堆吃的，其中有一种油炸食物，我提议美兮和阳子拿它们喂鸭子。两个孩子立即跑到湖边去喂了——"哗啦"一下，冲过来几百只，在水面上跳跃着争抢，那场面极为壮观。两只鸭子还打起来了，一只鸭子说："你不知道排队吗？什么素质！"另一只鸭子也不示弱："我刚才就在你前面了，是你加塞儿！"旁边一只鸭子说："大家都在一个湖里住着，水里不见岸上见，吵什么呀？有话好好说呗。"

美兮一兴奋，我就兴奋，马上跑出去，又买来三大包油炸食物，还向老板要了一根绳子。

回到湖边，我把绳子一分二，美兮和阳子一人一根，我教他们把食物系在绳子上，伸到水里，一下下地朝上提，逗鸭子玩儿。鸭子抢得更激烈了，那绳子可以感觉到鸭子嘴的力度，很有劲！

我们一直在湖边和鸭子玩了几个钟头。

（我写了一篇博客，发了美兮和阳子喂鸭子的照片。注解是：鸭子的心思在食物上。孩子的心思在鸭子身上。大人的心思在孩子身上。）


梦的公园里有一辆马车，高高的，还挺华丽，像皇家马车一样。

就是没有马。

我大声叫喊，终于出来人了。我问了价，然后叫他去牵马。那个小伙子就慢腾腾去找马了。

我很希望美兮能坐一次马车，填补一个空白——后来我才知道，小凯带她在西安还坐过骆驼车呢！

很长很长时间之后，那个小伙子终于从远处露头了，他牵来了一头驴！

美兮说："怎么是驴？"

那头驴闷闷地说："马跳槽了！"

驴就驴吧！

小伙子很不熟练，费了很大劲儿才把驴套好。

我坐在马车前一个高高的坐位上驾车，旁边还有一根金属杆，类似于汽车的手刹。"赶车人"的两端，有两根长长的缰绳……

走着走着，美兮提出要驾车，我就让她和阳子坐在了我的位置上，我跳下去牵驴走。两个孩子非常开心。

天地寂静，驴车"喀哒喀哒"朝前走，两边是花草和庄稼。低调的韩浩月和太太一直安静地坐在车厢里，一边观景一边闲闲地说着什么，根本不像我和美兮——这对父女确实太闹腾了。


黄昏时，我们租了一条船，一张网，去湖中玩儿。

我和韩浩月摇桨都不熟练，船忽左忽右，基本不怎么走，两个人都累出汗了。不过，韩浩月撒网似乎很有经验。这小子是山东人，我怀疑他小时候打过鱼。尽管他的姿势很酷——站在船头，"哗"一下把网撒出去，可是撒了无数次，连一只塑料瓶都没有捞上来。这时候我改变看法了：估计他过去根本不是什么渔民，而是农民。

两个孩子对船和网不太感兴趣，他们穿着救生衣，依然朝水里扔食物喂鸭子。油炸食物已经没了，就开始扔面包、饼干、火腿……

一条船在湖上漂着，尾随一大群鸭子："嘎嘎——嘎嘎——嘎嘎——"

美兮一直觉得外围的一只丑小鸭很可怜，她说："它连一口都没吃到呢！"于是，呼唤韩浩月叔叔帮她解决这个问题。我观察了一下，鸭子太多了，都是"成年鸭子"，十分疯狂，想让那只远远的丑小鸭吃到扔下去的食物，根本不可能。韩浩月却一边摇桨一边憨憨地说："好的，美兮，没问题。"后来，换我摇桨了，不知道韩浩月怎么向美兮交代。

最丢人的是：我们把船摇到了湖中心，怎么都回不去了。没办法，只好朝岸上呼叫老板。很快，一个小伙子划着一条很小的铁船过来了，把我们的船拖了回去。


## 倒霉的人

美兮最喜欢荒诞的故事了。

这天晚上，在卫城，我连编带演地给她讲起来：

一个人走夜路，遇到一个歹徒。歹徒拿着两把刀，小声说："把钱交出来！"

这个人吓坏了，掏了半天口袋，脸色越来越沮丧，说："对不起，我没有钱……"

歹徒喝道："要是行人都没有钱，我这日子怎么过？我都在这里等半宿了，才遇到你一个行人……"歹徒越说越伤心，竟然哭起来。

这个人的脸色突然亮了，一边在衣服里摸一边说："嘿嘿，我怎么忘了，这里还有一个口袋呢！"

歹徒破涕为笑："哈哈，这下好了！先生，快点把钱掏出来吧！刚才我的态度不好，对不起……"

这个人摸着摸着，避开了歹徒的眼睛，低声嘟囔道："这个口袋是空的……"

歹徒又大哭起来："为什么我这么倒霉！呜呜呜！"

这个人赶紧递上一张纸巾，然后继续在口袋里翻找，突然叫道："钱包在这里！"

歹徒擦了擦眼泪，笑了："这次是真的？"

这个人说："我发誓！绝对是真的！"

歹徒马上变得和颜悦色了，笑吟吟地说："嗨，您真是贵人多忘事！来，快把钱给我吧！"

这个人掏出钱包，打开看了看，胆怯地看了看歹徒，欲言又止。歹徒警觉地问："又有什么问题？"

这个人突然坐在地上，号啕大哭："呜呜呜——里面没有钱！"

歹徒被他哭得不耐烦，开始掏自己的口袋："别哭了！我给你点钱吧！"可是，他掏了半天，脸色越来越沮丧，说，"对不起，我也没有钱……"

这个人喝道："要是歹徒都没有钱，我这日子怎么过？我都在路上走半宿了，才遇到你一个歹徒……"说着说着，哭得更厉害了。

歹徒的脸色突然亮了，一边在衣服里摸一边说："嘿嘿，我怎么忘了，这里还有一个口袋呢！"

这个人破涕为笑："哈哈，这下好了！先生，快点把钱掏出来吧！刚才我的态度不好，对不起……"

歹徒摸着摸着，避开了这个人的眼睛，低声嘟囔道："这个口袋是空的……"

这个人又大哭起来："为什么我这么倒霉！呜呜呜！"

歹徒赶紧递上一张纸巾，然后继续在口袋里翻找，突然叫道："钱包在这里！"

这个人擦了擦眼泪，笑了："这次是真的？"

歹徒说："我发誓！绝对是真的！"

这个人马上变得和颜悦色了，笑吟吟地说："嗨，您真是贵人多忘事！来，快把钱给我吧！"

歹徒掏出钱包，打开看了看，胆怯地看了看这个人，欲言又止。这个人警觉地问："又有什么问题？"

歹徒突然坐在地上，号啕大哭："呜呜呜——里面没有钱！"

两个人哭着哭着，终于止住了，开始商量未来——只有一条出路：找个工作，去赚钱。

然后，一人分了一把刀，都去做屠夫了。


## 粗心的爸爸

美兮的眼睛有点肿，我带她去儿研所（首都儿科研究所）看医生。

回来，我带她去吃麦当劳。

正巧过来一辆人力三轮车，打扮得花花绿绿，收拾得干干净净。我拦住它，就带美兮上去了。出发之后，车夫为我们打开了音乐，竟然是爵士乐！震耳欲聋，隔一条街都听得见。

我和美兮高兴坏了。一路上，引来很多好奇的目光，包括很多外国人。

车夫是个老汉，他得意地说："嘿，算你们幸运！我这车，全北京就一辆！"

吃完麦当劳，我和美兮走在大街上，朝家的方向慢慢溜达。

天很热，我从麦当劳给美兮带出了一瓶冰水——她渴了，可以喝；她热了，可以洗脸。

遇到一个亭子，里面有"电脑万事通"。我们钻进去查询了一下全北京的餐饮和演出信息，出来继续走。走出一段路，美兮突然问："那瓶水呢？"

我想了想说："呀，落在那个小亭子里了！"

后来，我们走进一家商场，买了十张正版卡通DVD。出来，走了一段路，她突然问："麦当劳那个玩具呢？"

我想了想说："呀，落在超市存包处了！"

美兮憋不住笑起来，一边走一边声情并茂地朗诵起来："爸爸带美兮去查询演出，却把水（声调达到高潮，停顿一下，沮丧地垂落下去）——落在了那个亭子里！爸爸带美兮去买光盘，却把玩具——落在了超市里！爸爸带美兮去'儿研所'看病，药买回来了，却把美兮——落在了"儿研所"里……"

我笑疼了肚子。

终于，我们走不动了，她要坐地铁，我要打车，一边斗争一边朝前走。走过了无数出租车，走过了很多地铁站……

路上，我们一直在玩这个游戏。

她继续发挥："下班后，爸爸人回来了，可是，他却把鞋子——落在了马路上！（然后很坏地补充）南城一只，北城一只！爸爸去赚钱，抱着大钱包回了家！可是，他却把里面的现金——落在了单位里！爸爸下楼，来到了平地上，可是，他却把两只脚——落在了台阶上！爸爸跟敌人打斗，使用了'二龙戏珠'，敌人逃掉了，可是，他却把两根手指——落在了敌人的眼睛里……"

她一边说一边笑得弯下了腰。

回头看我，我已经不走了，站在挺远的地方，怒目而视。


## 最有效的命令

小凯带美兮去西安，办理出国手续。

小凯打电话来，让我立即去西安签个字。我说，今晚我就坐火车赶过去。小凯说，时间紧迫，你最好坐飞机马上过来。

我不敢坐飞机，于是推三阻四，坚持要坐火车。

小凯挺生气，两个人不欢而散地挂了电话。

过了一会儿，美兮打来了电话（肯定是小凯鼓动的）："爸爸！你都敢写恐怖小说呢，为什么不敢坐飞机？"

我支吾了："两回事……"

美兮又说："你的女儿要出国，这么大的事，难道你就不能克服一下恐惧心理吗？"

我还能说什么？只能说一句："爸爸现在就去机场。"

美兮高兴地说："谢谢爸爸！我和妈妈去接你！"

我怀疑，放下电话之后，美兮就击了一下妈妈的手掌，挤眉弄眼地说："搞定！"


## 故地重游

返回的时候，《华商报》的朋友帮忙买了三张火车票，小凯的票是7月21日的，我和美兮的票是7月22日的。

后来，小凯急着赶回北京，直接坐飞机走了。她的火车票留在我的手上，得退掉。

不好意思再让买票的人去退票，我就带美兮离开宾馆，去了火车站。西安热得跟刚刚打开的暖水瓶一样。

退票的队伍排了很长，基本是买方市场。我退的是软卧车票，很多人都嫌贵。好不容易卖掉了，原价411元，收了400元。

我和美兮高高兴兴地回宾馆了。

第二天早晨，我带她去大雁塔玩儿。在路上，我说："周美兮，你今天不能奢侈，爸爸的口袋里只有五百多块钱。"

她想了想，马上警觉地问："爸爸，也就是说，如果昨天下午卖不掉那张票，那我们现在就只有一百多块钱啦？"

我笑了："没错儿。你没看昨天我卖票的时候，眼神多么急切啊！"

大雁塔广场重新修建了，占地一百余亩，没几个游人。

天热，水就可爱。

我和美兮在一个水管前，变着各种花样，玩了一天水。


一只鸟妈妈带着鸟宝宝飞过来，落在了树上。它们的毛衣是褐色的，都扎着白色小围脖儿。

鸟妈妈："我小时候，在唐都医院见过一个小孩儿，她脑袋右侧的头发粘在了一起，左眼皮上有几个小红点，特别可爱。后来她被爸爸妈妈抱回家了，我飞遍了西安城，一直没有再见过她……"

鸟宝宝："说不定，树下这个女孩就是她呢！"

鸟妈妈摇了摇头："不可能！这个女孩穿得多漂亮，那个小孩儿什么都没穿！"

## 包厢里的故事

我和美兮坐火车，一个上铺一个下铺。正巧，包厢里的另外两个人是一对母女，她们几年前就去加拿大生活了。

两个孩子遇到一起，美兮八岁，那个孩子十岁，天哪，玩疯了。

她们爬到上铺，把被子搭在中间，成了一座桥，一次次手拉手地跨过去；又在上面放一只枕头，当吊床，轮流躺上去；又把玩具熊放上去，当蹦蹦床，她们一下下拉被子，玩具熊就一下下弹起来……

两个上铺终于建交了。

我一边跟那个妈妈说话，一边死死拽住四个被角，以免她们掉下来。

过了一会儿，只听"扑通"一声，一个孩子掉下来了！当时我以为是另一个孩子，虽然美兮小两岁，但是我对她的安全意识和身体敏捷度十分信任。低下头看了看——掉下来的却是周美兮小姐！

我一下把她抱起来："周美兮，你没事吧？"

她愣愣地说："没事儿……"

然后她就站起来，又笨拙地爬上去，和另一个孩子继续折腾了，声音是这样的：嘭！啪！哗……

## 正经的对话

晚上，我带美兮去东区滑旱冰。

那天的天色很不好。不过，有美兮在身边，一切都是灿烂的。

她穿着绿色小T恤，酱色宽腿裤，一双粉红色旱冰鞋，一个粉红色头盔，黑护膝，黑护肘，黑护腕……我在一旁偷偷地打量她，觉得这个小东西很珍品，那一刻，巴不得全世界的人都看到她。

西区到处是草坪灯，很柔和。而东区的路灯高高在上，且有些暗淡，加上昏黑的夜色，让人心情抑郁。

玩着玩着，我们聊起了去法国的事。

她说："爸爸，我去了沄国，就没人跟我玩了。"

我说："我可以通过视频给你讲故事啊，还可以给你搜集好看的故事和漫画E-mail给你啊——总之，你相信爸爸，在一起有在一起的玩法，不在一起爸爸也能开发出很多不在一起的玩法。"

我很少对美兮说一些动情的话，我不希望她多愁善感。这一天，我却吐露了一些肺腑之言："周美兮，你远离了爸爸，日久天长，感情上肯定会淡很多。不过这样也好。作为父母，真实的心态是这样的——你在我心中永远是最重要的，但是我不希望我在你心中是最重要的，否则，你在感情上就会有拖累。我宁可你长大后对爸爸不怎么在意，只管自己活得快快乐乐，爸爸更高兴……"

平时，美兮挺懂礼貌的，这一次，她却粗暴地打断了我："爸爸你别说了！那是不可能的！那是不可能的！"

我的心里就涌上了一阵温暖的酸楚。


担　忧

美兮对于去法国读书有点忧虑，担心语言不通，成绩被落下。

我安慰她说："没什么，很快就好了……"

美兮说："如果有个老师在台上这样讲课——叽里呱啦嚟里啪啦叽里呱啦……一整天都这样说话，你听得懂吗？"

我说："你可以……"

美兮又说："你让旁边的同学解释一下老师讲的是什么，那个同学的翻译是这样的——叽里呱啦嚟里啪啦叽里呱啦……你怎么办！"

我当即就笑出来，说："哈哈，确实是个问题。"


我很是担心这样的人：

只能吃惯家乡饭菜，到了他乡，就皱着眉头没胃口了；只能睡惯家里的床，一换了地方，就翻来覆去失眠了；不管到了哪里，都改不了浓重的家乡口音，听得别人像猜谜一样；偶尔离开家乡，没几天就想家，必须及早赶回去……这样的人，根须太深了。

如果说，读万卷书等于行万里路，那么反过来说，行万里路也就等于读万卷书。可不可以这样计算：一里路等于一卷书？

读万卷书，会把我们耗得老态龙钟；行万里路，用一个青春就够了。如此说来，行路比读书划得来。

宝贝，走出去吧！你将接触到繁华与竞争，从而学会生存的杂技；你将见识到荒凉与辽阔，那会让你的内心充满柔情；你将结识很多读过万卷书的人，得到提炼之后的营养；你将遭遇很多敌人与坏人，让你明白人间正道是沧桑；你将经历很多危险与算计，让你学会如何逃遁；你将撞上很多机会，让你学会如何取舍；你会知道天外有天，渐渐明白，这个井外大世界其实还是一个井底小世界；你会知道人外有人，过去你的某些景仰和崇拜都是可笑的、可耻的；你会知道任何的炫耀都是浅薄的，任何的低调都是尊贵的；你会知道人性都是一样的，世界总是美好的……

一个人若想得到大知识，大视野，大境界，大雄心，大成就，必须不停朝前走。只有流动，一滴水才能从溪到河，从河到江，从江到海。


## 受　挫

美兮要跟妈妈去法国大使馆面试了。

这一天，美兮穿得很漂亮，跃跃欲试的样子。一般说来，大人见了美兮都会很喜欢。在西安办理相关手续的时候，那些工作人员公事公办，满脸严肃，提出这个不行那个不行。在等我的几个钟头里，美兮用她的伶牙俐齿和曼妙舞姿，把那些工作人员"征服"了。我赶到之后，已经是下班的时间，那些工作人员竟然在等我，他们围着美兮这个小尤物，阵阵笑声从办公室里传出来。手续顺利解决……

下午，美兮跟妈妈从法国大使馆回来了，她撅着小嘴儿，表情十分落寞。

小凯说，大使馆的工作人员态度冷硬，言语刻薄，美兮很少受到这种"待遇"，出来就委屈地哭了。

我问她，面试的人和美兮对话了吗？

小凯说，人家根本没看她！只是对我说了两句，恶言恶语的……

这种情况，很可能拒签，我们只能忐忑地等待。


## 两个童年

美兮去法国的前一天，我带她到公园玩儿，先后得到了四把枪。

前两把是买的，打出的"子弹"可以粘在玻璃上的那种"左轮式手枪"。美兮要了银色的，我要了金色的。美兮说："这把银色手枪适合女孩佩带，那把金色手枪适合男人佩带。"

接着，她去打电子枪，动作很麻利，"啪啪啪啪啪啪啪啪啪啪啪啪啪啪啪"，十五枪十五中。接着，又玩了一次，"啪啪啪啪啪啪啪啪啪啪啪啪啪啪啪"，又是十五枪十五中。

为此，她得到两个小奖品，我为她选了两把更小的枪，一发射，塑料轮就转着飞出去，很有趣。

我们拿着大大小小四把枪，开始为所欲为，又想打草丛上的小鸟，又想打半空中飞舞的蜻蜓，又想打树上的知了——结果连挨都没挨上。小鸟、蜻蜓、知了对我们的枪法越来越信任，渐渐围拢过来，差点就钻进枪口，集体研究和讨论什么枪如此不靠谱。

回到小区，我们把靶子立在石头上，四把枪轮番射击。偶尔打中一枪，靶子"啪"一声就翻了，感觉很爽。

从周美兮出生的那一天起，她就把一个叫周德东的人带回了童年。


## 人生第一课

小凯和美兮签证成功。

明天一早，美兮就要飞往欧洲了。

这天晚上，八岁的美兮是笑着去睡的。后来，小凯悄悄告诉我，她在被窝里偷偷哭了半宿。

……美兮，坚强是人生第一课。祝福你！


## 分　离

虽然，我贪恋美兮，但是在她出国这件事上，我的心态是开朗的。

记得我第一次离开黑龙江老家，到山西去当兵，我母亲哭成了泪人儿，她没经历过这么大的事。并且，全镇人都在感慨：太远了……

但是，我执意要走出去。

现在我做了父亲，面对美兮的远离，心态已经和母亲截然不同。一个孩子，从童年时代就离开父亲，跟妈妈去闯荡，从某种角度说，也是一种难得的锻炼，就像幼儿园的整托。我相信美兮以后会变得坚强而大气。

……不过，分别的这一天，我的心还是狠狠地疼了。

对美兮来说，我不但是个男人，还是个父亲，因此，尽管我心如刀绞，表面上却一直大大咧咧地笑着，丝毫不当回事儿。如果我表现出一点点伤感，就会在她的脑海里留下深刻印象，日后将更加思念我。

我笑吟吟地目送她和小凯消失在外交通道之后，慢慢收敛了笑容。

女儿离开爸爸之后，爸爸喝醉了。晚上，他一个人坐在楼下的石凳上，像个流浪汉。

一只蚂蚁跑过来说："你怎么不回家呀？"

爸爸苦笑了一下，说："我没有家了。"

蚂蚁用触角指了指他的家，说："那不是吗！"

爸爸说："那是房子。"


## 短　信

7月29日晚上，美兮和妈妈飞到了浪漫的法国。

小凯发来短信：正在入海关，一切都好。法国人民称赞周美兮同学漂亮而且有修养。

后来，陆续接到美兮的短信：

——爸爸，昨天晚上我睡觉掉到地上了，有地毯，一点都不疼，我还差点在地毯上睡着了。小美兮兮。

——爸爸，我今天起的有点晚，正在吃早饭。我很喜欢吃黄油面包、鲜榨果汁和果泥。一会儿我要出去捉蜗牛。巴黎下雨了，有许多漂亮的蜗牛在草里爬。小美兮兮。

——爸爸，我今天学会用法文说10个数了！小美美兮。

（我忽然想，日后，美兮回国来，跟我说话就变成这样了：叽里呱啦噼里啪啦叽里呱啦……嘿嘿。）


## 动　力

周末，我和美兮通电话。

她说："爸爸，我很想你，你没打喷嚏吗？"

我说："打了打了，原来是你想我想的啊！"

她说："爸爸，我做了一个梦，梦见你把我放在一个地方，上卫生间了。我就一个人在那里等。后来来了一辆车，我就莫名其妙地上车了，车开走之后，我透过玻璃看见你出来了，四处找我——周美兮呢？周美兮呢？我就喊——爸爸，我在这儿！我在这儿！然后就哭，哭得死去活来的……"

天下的亲情都是一样的，做的梦也大同小异：分别，远去，无望，哭泣……

我说："周美兮，等爸爸干成大事业就去法国找你，带你玩儿。"

美兮说："不会用十个月吧？那可太远了。"

我逗她："爸爸聪明啊，不用那么久。"

美兮说："那你做事的时候一定告诉我，我就不跟你通电话了，免得打扰你。"

我说："不，你要给爸爸打电话，你是爸爸唯一的动力，你打电话，爸爸才有动力啊。"

美兮就笑了："现在，我给你打电话，脚蹬在墙上，使劲蹬，我发现我的动力还不小呢！"


## 降到学前班

美兮在电话中告诉我：

巴黎市政府教育部的官员接见了她，通过谈话，对方给她提出建议：加入学前班读书。

周美兮，堂堂中华人民共和国首都二年级学生，竟然要加入学前班……闻听此言，她老爸把脑袋深深埋进了膝盖里，羞愧难当。

后来，我对她说："周美兮，这下你终于可以欺负同学啦！那些小东西，什么亨利，什么保罗，什么玛丽……还不如你肩膀高呢！"

美兮就笑，电话里传来细碎的声音，她好像在摩拳擦掌了！


## 环 境

小凯说，美兮在法国一切都好，比在北京还能吃，身体更好了。最近，她结交了几个法国小朋友，其中两个是黑人，大家都很喜欢她。

美兮很快乐。

小凯问她是否适应环境，她很奇怪，不明白妈妈为什么问这样的问题："妈妈，环境还需要适应吗？"

这话说的，像周德东的女儿！

她老爸从东北到西北，从草原到海边，从乡村到城市……一路爬雪山过草地，千里走单骑。是的，环境还需要适应吗？呵呵。

## 跟市长对话

这一天，美兮跟妈妈去学校报到，巧遇巴黎市长和学监（专门监督各学校事务的负责人）。

学监否定了原来市政府教育部的意见，认为可以有更好的办法。

经过现场论证，市长和学监一致认为，美兮应该转到另外一所学校去读书，因为那所学校除了正常的课程跟全巴黎的其他学校一样，还多了一门针对初到法国的孩子而设立的基础法语课。

接着，学监亲自给那个学校的校长打了电话。

因此，美兮只在原来那个学校上了一天课，就转到新学校了。


## 瞎操心

一次，我在电话中问美兮："你现在上学远不远？"

美兮说："不算很远。"

我立即说："那你一定要记着——走路上学！就像你在北京的时候，每天上学放学，爸爸都带着你步行一样，你看你那小腿儿，多结实！这样有三个好处，第一锻炼身体，第二空气新鲜，第三安全……"

她终于打断了我："爸爸！"

我停止了演说："嗯？"

她说："你的心情我理解，可是，从我家到学校，也就比十个王府井大街短一点，你说，我走得过去吗！"

我一下就笑出来："哦，那是走不过去……"


## 法语进度

一次，我在电话中问美兮："你现在可以用法语和同学们交流了吗？"

美兮说："当然了。"

我说："你才去几个月啊，厉害！"

她得意地坏笑着说："我都能用法语吵架了呢。"


美兮六岁的时候，在中国学习过蜻蜓语，而法国的蜻蜓根本听不懂她的话，它以为这个中国小女孩要伤害它，掉头就飞走了。美兮急了，喊了一声："哎！——"那只蜻蜓竟然停住了，转了一圈，又慢慢飞回来，落在了美兮的肩上。原来，有个字是无须翻译的，不论哪个国家的人与动物都听得懂，这个字就是——爱。

## 对《蒙娜丽莎》的感想

老师带孩子们去卢浮宫上艺术课。

回来之后，美兮对妈妈说："卢浮宫的雕塑真是太美了！男人有很多肌肉，看起来很有力量。女人都有点胖，看起来软乎乎的。"

妈妈随口问："你看到蒙娜丽莎了吗？"

美兮说："看到了……唉，蒙娜丽莎不好看！"

妈妈问："为什么不好看？"

美兮说："她好像被剃掉了眉毛，脸上光秃秃的，表情很古怪，有点像幽灵。而且，她怀孕了啊，你看她把手放在肚子上，很累的样子。"

妈妈大笑。

美兮又说："卢浮宫的辅导员好幽默啊，在参观蒙娜丽莎之前，他让我们准备五个问题——蒙娜丽莎几岁了？她喜欢什么颜色？她今天中午吃的是什么？她在想什么？如果她现在从画上走下来，第一件事会做什么？真是有趣的问题！"

妈妈问："那么，你是怎么回答的呢？"

美兮说："哦，太简单了——她三十岁，因为她看起来很成熟；她喜欢棕色，因为她有点害羞，不太爱说话；她中午吃的是牛排，你看她嘴上油乎乎的；她在想，今天晚上吃什么？因为她怀孕了，特能吃；如果她从画上走下来会大声叫喊，因为在画上待了那么多年，一直不说话，都快憋死了！"

妈妈笑倒。

美兮又说："那个辅导员说我太可爱了，还送给我一幅他画的画呢！"

## 一个人的专职编辑

美兮去法国之后，我经常给她编选一些经典的文章、幽默、漫画，贴到她的博客上去，供她欣赏。

美兮经常看到我给她提供的读物，会觉得我离她很近。另外，我要巩固美兮的中文，提高她的幽默素质。

我给美兮一个人做专职编辑，水平绝对没问题。

举两个例子：

侄子正在兴致勃勃地弹钢琴，叔叔说："你应该上电视！"侄子十分开心。叔叔又说："那样的话，我就可以关掉电视了！"

——改编自网络幽默《叔侄对话》

在我居住的小区里，说起业主们的竞争气氛，那是相当热烈。

在很长一段时间里，他们的竞争只局限于养猫养狗上，最多养一只鹦鹉或者金丝雀。我本人养的是一只可爱的蜘蛛。

某一天，我正在给蜘蛛喂食，一位邻居从我家门口经过，他看了看蜘蛛，又看了看我，眼里透出明显的嫉妒来。第二天，他经过我家门口时，向我展示了他刚买的一只蝎子。我们在走廊里谈论了蜘蛛、蝎子的生活习性和喂养问题，碰巧被对门的一位姑娘听到了，当天下午她老爸就为她抓回了一只螃蟹。

三天之后，我取出全部的存款，买了一只你绝对想不到的东西——气质非凡的美洲豹。在我的美洲豹送到之时，没有一位邻居不对我卑躬屈膝。然而，两天之后，他们的目光就被另一位邻居牵来的美洲虎吸引过去了……

在强大的竞争压力下，邻居们频繁地更换宠物。我得承认，我那只风云一时的美洲豹，如今已是英雄末路了。

在一位邻居买来巨型蜥蜴的那天，我卖掉了电视机、冰箱、家具，连扫帚也顺手卖了，然后用所有的钱，买回了一条稀有的超级大水蟒。

这条大水蟒给我带来的炫耀只有四天，接着，小区里陆续出现了狮子、大猩猩、鳄鱼，甚至还有一头大象！

渐渐的，小区变成了动物园，日夜回荡着各种动物的叫声，令人彻夜难眠。猫科动物、反刍动物、水陆两栖动物的气味混合在一起，空气浑浊得让人无法呼吸。巨型卡车每天拖来成吨的肉食和各种蔬菜……

现在，我正躲在楼顶上写这篇文章，下面的情形十分糟糕：三楼养的那四匹草原狼不时发出哀嚎声，令人不寒而栗；每隔几分钟，我就得到楼里躲一躲，防止五楼养的那头蓝鲸定时喷射的水柱毁了我的稿纸；我的桌子从来没有平稳过，因为七楼养的那只长颈鹿一直在撞墙，乞求主人喂它食物……

忽然，整个楼房晃动起来，我抬头一看，在蓝天的背景中，一只恐龙正低头盯着我……天哪，这是谁家养的宠物！

——改编自《竞争》（费尔南多·索伦蒂诺）

上周，我在电话中问她："周美兮，爸爸给你寄的幽默故事，你都看了吗？"

"看了呀。"

"谈谈感受。"

"很好玩儿。"接着，她迟疑了一下，说，"爸爸，你认为《叔侄对话》那个……有意思吗？"

我马上意识到了什么，心虚地说："确实有点……幼稚哈。你已经离开八个月了，爸爸都不知道现在你对故事能理解到什么程度了……"

她举了一个比较含蓄的例子——《竞争》，然后说："像这样的我都能看懂。"

她又说："爸爸，你在百度上打两个字'幽默'，一搜就都出来啦。"

我憋不住笑："小东西，我还用你指导！"

爱生活，爱美兮。


## 都笑了

有一首歌叫《猪都笑了》，很俏皮，里面包含了地理、历史、天气、社会、民族、习俗等等内容。我稍微改编了一下，寄到法国去，让小凯打印出来给她读——

北京人说他们风沙大，内蒙古人就笑了；内蒙古人说他们面积大，新疆人就笑了；新疆人说他们民族多，云南人就笑了；云南人说他们地势高，西藏人就笑了；西藏人说他们文物多，陕西人就笑了；陕西人说他们革命早，江西人就笑了；江西人说他能吃辣，湖南人就笑了；湖南人说他们美女多，四川人就笑了；四川人说他们经济好，上海人就笑了；上海人说他们民工多，广东人就笑了；广东人说他们大款多，香港人就笑了；香港人说他们很中国，台湾人就笑了。

又编了一首。

先介绍一下：壮牛的旱冰鞋很廉价，但是他见谁跟谁比速度，雄风不倒；张佑诚就是美兮原来那个班的班长，很听话，是老师最喜欢的学生。

墩墩说他跑得快，壮牛就笑了；壮牛说他的旱冰鞋好，周美兮就笑了；周美兮说她在班里是老师最喜欢的学生，张佑诚就笑了；张佑诚说他长得胖，张晴文就笑了；张晴文说她最漂亮，王粤粤就笑了；王粤粤说她个子高，周德东就笑了；周德东说他很时尚，周美兮和妈妈在法国一起都笑了。

# 我们是朋友

偶尔在2007年第4期《演讲与口才》杂志上见到一篇文章，标题叫《我们是朋友》，作者署名王丽娟——

有一个中国女孩，来到法国一所学校读书。刚入学的时候，就有好心的同学叮嘱她，最好离高年级那个叫杜比的男孩远点，因为他是个智障，不仅喜欢搞恶作剧，还经常无缘无故动手打人。

这天，中国女孩正和一群同学在花坛边嬉戏，忽然，一个人影朝他们扑来，天啊，是杜比！

那些同学转眼都跑掉了，身单力薄的她却被杜比捉住，杜比使劲掐住她的脖子，把她推到花坛边上，并大声叫喊着什么。

此时，跑开的同学都停住了脚步，远远地朝这边看过来，却没人敢靠近半步。

望着杜比眼里射出的令人恐怖的怒火，这个中国女孩也特别害怕，可她心里十分清楚，此时此刻只能自己拯救自己。她对杜比说了一句什么，杜比似乎听不懂，依然用恶狠狠的眼神瞪着她。

那些同学有的吓得闭上了眼睛；有的屏住呼吸，紧张地观望着这边的动静；也有机灵的跑去找学校的警卫……而这个中国女孩，不再手足无措，她用平和的眼神迎向杜比的眼睛，重复了一遍刚才说的话。杜比稍微愣了一下，眼中流露出些许困惑，手却不再那么用力了。

中国女孩又用平静的语气重复了一遍那句话，脸上甚至绽开微微的笑容。这次，智障少年终于听懂了，他的眼中不再蓄满怒火和困惑，而是露出了惊喜和感激。他慢慢松开手，轻轻地拍了拍中国女孩的肩膀，在她的耳边用法语嘟囔了一句什么，然后迈步走开了。

围观的同学都松了一口气，大家纷纷跑过来，好奇地追问中国女孩：刚才你对那个"呆霸王"说了什么，竟然轻而易举地让他放过了你？

中国女孩的脸上依然带着微笑，平静地说："我只是对他重复了三遍——我们是朋友！"

这是一个真实的故事。故事里的中国女孩名叫周美芬，来法国不到半年。而杜比最后对她说的那句话竟然是："谢谢！"

一个友善的微笑，一句温暖的话语，都能让智障的人心动，并充满感激。在平时的交友中，我们又应该怎样做呢？

没想到，写的竟然是我女儿的故事。

这件事发生在2006年，她八岁。

## 报什么外语

在电话中，我问美兮："难道你现在只学法语，不学英语了吗？"

美兮说："在这里，法语和英语是基本语言，考大学的时候，外语不可以报英语，可以报西班牙语、荷兰语等等，什么都行。"

我说："哦，原来是这样。"

美兮说："爸爸，你知道我考大学的时候，打算报哪门外语吗？"

我说："不知道。"

美兮坏坏地笑了，说："中文。"

十年之后，美兮报考了一所法国最好的大学。

她报的外语果然是——中文。人家让她写一篇千字左右的记叙文，她洋洋洒洒写了一万字，题目叫《我的爸爸》。交卷之后，十八岁的美兮得意洋洋，认为她那漂亮的字体，优美的文辞，肯定把考官给镇住了。

一周之后，美兮收到了考官的来信，考官赞扬了她的文章，同时也指出了一些不足之处。美兮蔫了，因为这个考官正是刚刚被该大学特聘去的作家老爸。

## 小　强

听说，美兮的学校经常有这样的课：老师带孩子们来到原始森林里，用半天的时间，认识各种植物和昆虫。

我逗美兮说："老师刚说出一个昆虫的名字，你就叫起来——不对！我爸爸告诉我，这种昆虫叫小强！"

## 电话游戏

我天天和功名利禄打交道，甚至忙得都忘了自己的名字。

周末，我拒绝了所有的约见，一个人吃了快餐，然后顺着大街朝前走，也不知要去什么地方。

半路上，我接到了美兮的电话。我们在电话中玩游戏——我用手摸自己的五官，她来猜我摸的是哪儿。

我含混不清地问她："我摸的是哪儿？"

她说："嘴！"

我瓮声瓮气地问她："我摸的是哪儿？"

她说："鼻子！"

我大声问她："我摸的是哪儿？你说什么？我摸的是哪儿？"

她说："耳朵！"

我又问："现在我摸的是哪儿？"同时脚下故意绊了一下。

她说："眼睛！"

父女俩就这样远隔重洋，玩着幼稚的游戏，十分开心。

## 肤色与苹果的关系

美兮五岁的时候，有一天，我和她坐人力三轮车去吃饭，她跟我谈起了维生素的问题。不知为什么，她从维生素想到了黑色素，说："爸爸，我的黑色素太多了。"

我说："为什么？"

她说："长得这么黑！"

近日，我看到了美兮的一段录像——她刚刚放学，在法国某个小站等城铁，笨拙地啃着一个苹果。

小凯在旁边问她："你为什么吃苹果呀？"

她的小嘴里含着苹果，含混不清地说："为了长白。"一边说一边举起手："你看，现在我这根手指都白了，还有九根没白。"

## 自　爱

我在电话中告诉美兮：爸爸胖了点。过去，你出去玩儿，爸爸拎着一瓶水追随在你身后，隔一会儿就朝你的小嘴里灌一口。现在，你去法国了，爸爸每次出门之前，都会给自己带上一瓶水，时不时地拿出来喝一口……

# 猪

## 自　信

美兮：妈妈，你说，漂亮是不是很重要？

妈妈：不难看就好，智慧和教养更重要。

美兮（一筹莫展地）：唉！可是我已经长得"很漂亮"了！

## 小凯的日记

有一段时间，女儿不乖，玩兴太高，根本听不进我的话。我也因诸般原因一直迁就着她。

直到有一天，我发现她连一些最基本的汉字都忘掉了，于是狠狠心，决定教训她一次。

睡觉前，我列举了她的"劣迹"，并且告诉她，我很伤心，如果这样继续下去，我会放弃管教她的。

说得难过，我哭了，女儿也哭了。

我不想就此收兵——小孩子很容易原谅自己的。女儿洗漱完毕，站在卧室门口，怯怯地对我说："妈妈，我要睡觉了……"

我不理她。

她声音弱弱地说："妈妈，Bisou（亲亲我）……"

我说："今天妈妈很伤心，不亲了。"

我不看她，却细心地听着她的动静。她在门口木木地站着，一动不动，很久，我才听到她忧伤的关门声。

我心里有些不忍，想过去……不行，过去的话，她就不会知道这件事很严重。

我煎熬着自己，约莫女儿已经睡熟了，才悄悄走过去。在黑暗中，我轻轻抚摸她的脸，摸到了满手的泪水！枕头都湿透了，她的头发湿漉漉地贴着脸颊，脸很烫……

我的眼泪顿时涌了出来——女儿长这么大，还是第一次哭着睡觉的。

这件事狠狠地教训了女儿，也狠狠地教训了我。

女儿为此乖了一段时间，我也下了决心，改变教导女儿的方式。

小孩子毕竟是小孩子，犯错总是反反复复。

昨天女儿又有些贪玩儿，到了该睡觉的时间，还没写日记。我正在看一个视频，就对她说："别写了，睡觉吧。以后注意点时间。"

女儿应了一声就把门关上了。平时，她一定要我亲了她道了晚安才肯关门睡觉的。我知道，女儿以为我和上次一样生气了。

几分钟过后，我关掉电脑去看女儿。灯关了，她不会这么快就睡着了吧？我走过去亲了亲她，她一把就搂住我，开心地叫起来："妈妈妈妈！"

我俯身抱住了她。

"妈妈，你不来亲我，我就不会做好梦的！"说着，晶莹的泪水就从眼角流出来。

"傻孩子，为什么呢？"我哄她，希望她情绪正常了再睡觉。

"因为，妈妈亲我，我就不寂寞了，我就有安全感了！"

我的女儿，我真的不希望你这么敏感啊！


只有看着你长大的父母，最了解你性格最幼稚和最薄弱处，只有他们才总是不停的劝告你，指导你。而你长大之后的同事、朋友、爱人以及上司、下属、敌人，他们开始与你接触时，你已经是成年人了，他们都认为你是成熟和强大的，因此，他们只是默不做声地与你相处或较量。


## 伤心的剪纸

法国小孩喜欢玩一种游戏：弹球。不过，弹球的大小、游戏的规则和中国完全不同，美兮不适应，输多赢少。在国内的时候，不管玩什么游戏，美兮靠她的心灵手巧，总是赢家。在法国，面对一种陌生的游戏，她碰壁了。记得有一次，她妈妈发短信对我说：今天美兮输掉了她最大的弹球，显得有些失魂落魄。

2007年2月，美兮以这种令她伤心的游戏为题材，创作了一幅剪纸作品：一个小孩手里拿着弹球，小心翼翼地弯下腰，正准备弹出去——颜色单纯，手工简约，形态丑拙，惟妙惟肖。

## 爱自己，就是爱美兮

美兮在电话中对我说："爸爸，我在学校跟那些小孩玩弹球，输了五个，很心疼。开始我输了八个呢，赢回来三个，要不然就更心疼了。"

我说："你在国内时，跟爸爸玩牌，为了让你高兴，爸爸总是有意无意地让着你。现在，你一个人在异国他乡，慢慢就会知道，没有人让着你，处处都是硬碰硬的竞争。"

最后，美兮的口气变得很"大人"，担忧地说："爸爸，我恨那些制造烟的人。你要少抽烟，多吃饭——答应我。"

我说："周美兮，你放心，爸爸记住了。"

多少人劝过，我不听，不过美兮的话我听。果然，从此我每天只抽两三支烟。

每天追名逐利，我太累了，而这些对美兮毫无意义。假如她回国的时候，看到的是一个病恹恹的父亲，尽管他很有名很有钱，她会高兴吗？我忽然意识到，爱自己就是爱美兮。

为了美兮，我要做一个健康的爸爸。

正如蝴蝶效应，宝贝你在遥远的欧洲拍拍手，就会变成爸爸窗外的一股飓风；你流下一滴泪，就会变成爸爸头上的一阵暴雨……嘿嘿。

## 滑 雪

以上讲的都是故事，现在讲的是事故：

美兮对我说：

爸爸，妈妈带我去阿尔卑斯山滑雪了。

我们需要坐缆车到达山顶，然后滑雪下来。那个缆车是循环的。

到了山顶，我一紧张，没有及时跳下来，心想，不能冒险，坐着它下山吧，一会儿它还会转上来，下次我一定要成功地跳下去！

这时候，我听见管理员大喊：STOP！STOP！我更紧张了，简直可以说吓坏了——我怎么停呀！

其实，他是在对其他管理员喊话。结果，为了我全线缆车都停下了，管理员把我从缆车上抱了下来。

妈妈对我哭笑不得。

美兮对我说：

我会滑雪了！但是，我不会刹车，有一次还撞到了一个人身上。撞上去的时候，我在心里说：哎呀，这个人不是妈妈，真糟糕！（妈妈就可以随便撞吗？呵呵！）

美兮对我说：

那座山上的雪很软，滑雪杆戳到雪里，很难拔出来。滑着滑着，我忽然发现，我手里只剩下一根滑雪杆了……


## 周队长

在电话中，我尽量选取生活中一些有趣的片断，讲给美兮听——

植树节这天，我带领编辑部去顺义植树。

在那里，我们还搞了拓展训练。分三个队，每队十二个人。首先，各队要选出一个队长……

（美兮说："你们队的队长是你吧？"）

没错儿。经过我毛遂自荐，大家纷纷举荐，最后我就当上队长啦。我集合了我的队伍——立正！向右看齐！报数！一二三四五六……

然后，要给这个队起个响亮的名字，我们的名字就叫——冲锋队……

（美兮说："太土啦！"）

虽然有点土，但是时间短任务急，能想出这样的名字已经很不错啦。

还要设计一个口号和一个团队动作。因为另外两个队一个叫"飞虎"，一个叫"大熊"，我们的动作就是——左手一抓，右手一刹，口号是——冲锋冲锋，杀虎杀熊！

（美兮说："哈，爸爸，我想得出来，你们的动作一定很丑！"我说："在那种场合，动作越丑越出效果！"）

接着，我们选出了两个秘书。我的小秘书是莎莎姐姐。还给政委——《青年文摘》红版主编吕秀芳阿姨选了一个小秘书，是……韩浩月叔叔。又选了一个正旗手，一个副旗手。

画队旗的时候，我出手了，很快就写出了三个美术字"冲锋队"，还画了一支冲锋枪。我正洋洋得意，一看另外两个队的旗帜，脸一下就红了——

他们的队员中有美术编辑！

第一个任务是过雷区。我们花了十几分钟，终于摸索出来，只有代号"111"的区域没有雷，于是成功地走了出去。

第二个任务是：分成三个小组，一组戴上眼罩，被囚禁在盲人岛；二组不能说话，放在哑人岛；剩下的人跟我守在珍珠岛。

教练丢给我一张纸就走了，什么都没说。纸上写着：给你们一个鸡蛋，四根筷子，两张废纸，一些胶带，你们能不能做到——双手平举，把鸡蛋扔到地上却不碎？你们的核心任务是，把所有人集中到珍珠岛上来。

我们首先要解决鸡蛋的难题，于是大家就坐在地上商讨起来。

盲人岛上的人等得太久了，也不知道自己该做什么，哇哇乱叫。

（美兮疑惑地说："你们怎么不管他们呀？"我说："鸡蛋的问题还没解决呢！"）

这时，另一个队派来了一位美女，远远地朝我递眼色。我怜香惜玉，对她做了一个手势——111，然后，她就乐颠颠地跑开了。

终于，我们把鸡蛋固定好了，平举起来，扔到地上，果然没碎！我们做出胜利的手势——耶！

这时，几个哑人回过味来，跑过去把几个盲人拉到了珍珠岛上……

教练点评的时候，对我们说：你们的核心任务是救人，鸡蛋没什么用，而在活动进行到十三分钟的时候，你们的周队长根本不管几个盲人的呼救，还在那里苦思冥想怎么绑鸡蛋——这就是思维定势。

听到这里，我红着脸低下头去，几个盲人愤怒地看着我……

（美兮"咯咯"地笑起来。不过，我感觉她此时正躺在床上，用小脚丫捅妈妈。妈妈很恼怒，美兮一边使坏一边憋不住笑。我质问她："周美兮，你在干什么？"她掩饰说："爸爸，你讲得太有趣啦！哈哈哈哈！"我说："你少骗我！继续听！"）

最后，教练把所有人都集中在一起，让几个队长发言总结。

我站在大家前面，感慨地说——同志们啊，今天的活动，我们冲锋队之所以战胜了飞虎队和大熊队，取得了最后的胜利（下面一片不满的嘘声），并不是我这个领导一个人的功劳，是群众的集体智慧取得的。当然啦，领导的作用是关键。不过，我也有失误，比如个别时候智商低，在救人活动中，不管盲人，只想着鸡蛋。再比如，面对美女间谍，我一不留神当了叛徒……队长也是人啊，大家要理解嘛！总之，我的失误是小的，成绩是大的……在这里，我要感谢我的爹地和妈咪……还有我的女儿周美兮……最后，爸爸被哄下台来！

（估计我太 嗦了，美兮说："爸爸爸爸，我得起床吃饭啦！下午MSN聊！拜拜拜拜拜拜。"）

## 解 梦

小凯："昨晚我梦见家里的房子着火了。"美兮："梦见火好吗？"小凯："按照民间的说法，火是祸。"美兮："可是我梦见水了，好多的水！小鹿驮着我在天上飞，地上都是水，像大海一样！梦见水好吗？"小凯："好，梦见水就发财了。"美兮："我是小孩子，怎么会发财呢？"小凯："……那就是福气吧。"美兮："就是说我有福吗？"小凯："也可能是你的水来救妈妈的火了。"美兮（眼睛突然亮了）："这是真的吗？哦，妈妈，那可太好了！你想呀，我的水救了你的火，虽然我没有福了，可是妈妈也没有祸了。我只要和妈妈都平平安安的！"

## 又是成人话题

小凯的日记：
女儿叹口气，说："妈妈，我真可怜，我还没有情人呢！"
我故作镇静："你还太小呢。"
女儿："可是，我的同学都有情人了呀！有的还亲过嘴呢！"
我故作冷静："小时候被男孩子喜欢不算数，长大了才算数。"
女儿："不是没有男孩子喜欢我，是我没有喜欢的男孩子！"
我故作平静："为什么呢？"
女儿："我们学校的男孩子只会欺负女孩子，我才不喜欢不绅士的男孩子呢！"
我松了一口气："没错儿。你们的学校太小了，你们的年龄也太小了。等将来到了更大的人群里，等你的眼光成熟了，那时候，才能看出谁是真正有魅力的人呢。"
女儿："我想也是这样的。"

## 一个法国小男孩

美兮和妈妈从街上回来，两个人都提了很多东西。她们来到大门前，妈妈费力地在口袋里翻找钥匙。

一个法国小男孩，大约五六岁的样子，踩着滑鼠车，一阵风似的冲到了她们的前面——他的头发是浅褐色的，皮肤很白，一双勉强可以称为淡蓝色的眼睛，很陌生地看了美兮和妈妈一眼。

他竟然有大门的钥匙，看来他很得父母信任。

他迅速打开大门，然后用力顶着，一句话也不说，用那双淡蓝色的眼睛示意美兮和妈妈先走。

美兮说："谢谢，先生！"

男孩有些害羞，但显然很开心。美兮和妈妈走进大门之后，他还是不说话，又一阵风似的冲到前面去——再次帮她们打开了步行楼梯的门，用力顶着，等她们通过。

美兮笑着说："谢谢，先生，你真绅士！"

男孩转身跑进了电梯，小声说："再见，女士们！"

他终于说话了。

嘿嘿。


## 最快的邮递方法

我在电话中对美兮说："爸爸演了一个电影。"

美兮无奈地说："爸爸爸爸，你又说你那些破事儿了……"

我说："爸爸不出名不赚钱，拿什么给你买好吃的好玩的啊？"

美兮说："你不用跟我说你是怎么赚钱的，你直接给我买好吃的好玩的就行啦。"

我说："等这部电影出来，爸爸会把DVD给你寄去。算了，邮寄太麻烦，我像掷飞碟一样，朝着巴黎方向，使劲掷给你。你就像在家跟爸爸玩飞碟那样，跳起来一接就OK了。"

美兮听到这样的话题，马上高兴起来："没问题！"

我说："你看完要给爸爸掷回来啊，我在北京跳起来接住它。"

美兮说："好的好的！"

我担忧地说："可是，尔力气太小，扔到伊拉克肯定就掉下去了……"

美兮哈哈大笑："我使劲扔！"

我说："那可能会出现这样的情况——那张碟从北京上空刷刷刷就飞过去了……"

美兮说："哈哈，是不是劲儿太大，扔到日本去了？"

我大笑："没错！不过，爸爸肯定不去捡。"

## 唉，李白比我写得好

复活节的礼拜一。

美兮一大早就起来找蛋。她翻箱倒柜，终于在一只盒子里找到了妈妈藏好的巧克力蛋。之后，她一个上午都很开心。也许是且歌且舞累了，她坐到椅子上，自言自语："我要作诗了！嗯，题目就叫《静夜思》吧！"

胡诌了几句之后，她突然叹了口气，说："还是李白写得好！人家思故乡，我也思故乡，水平却差远了！唉，算了，不能再跟李白比了，不然我就要崩溃了！"

附周美兮歪诗一首：身在他乡明月下，故国家人把泪洒。不知何时有白发，生老病死没办法！

在爸爸看来，虽然你的诗不如李白，但是单从标题上看，你已经和李白达到同等高度了。

## 法国大选

下面是美兮的日记——

法国开始竞选总统了。

三个候选人分别是：Nicolas Sarkozy、Ségolène Royal、Jean-marie Le Pen。

我希望Ségolène Royal当选，因为她是左派的，不排斥移民，而且她和蔼可亲。

我不希望Nicolas Sarkozy当选，因为他是右派的，而且我认为他黑心、冷血！

本来呢，我应该最不喜欢Jean-marie Le Pen，因为他是极右派的，妈妈说他是个极端民族主义者，很排斥移民。可又一想呢，Jean-marie Le Pen都七十八岁了，还从来没当过总统呢，再不当就永远没有机会了，所以我又有点同情他，他如果当就当吧！

唉，如果他当了总统，我们就没好日子过了，真是矛盾啊！

我跟妈妈说了这件事，妈妈笑翻了！真奇怪！

## 孩子的梦

美兮在电话里对我说：

爸爸，我做了一个长梦一个短梦，短梦是——我回中国了，进门之后只见到了外婆，我最想见的人是你，就问外婆："爸爸呢？爸爸呢？"然后，你就出现了，笑着想把我抱起来，却抱不动了……

我做的那个长梦不太好——我梦见警察去咱家搜查，搜出了对你不利的东西，好像是毒品。他们要抓你走，我拦住他们说："那东西不是我爸爸的，是另外一个人放在我们家的，我爸爸并不知道！"然后，他们就没有抓你走……

第一个梦有悲情小说的味道。

第二个梦有侦探小说的味道。

## 企鹅和北极熊

我在电话中给美兮讲那个冷笑话：

一只企鹅，想去找北极熊玩儿。它走啊走啊，走到赤道，忽然想起家里的门忘锁了，又走啊走啊，回到南极，把门锁上，接着继续去北极。走啊走啊，走了很多很多很多年，终于来到了北极熊的家，它一边敲门一边说："北极熊北极熊，我要和你玩儿！"北极熊瓮声瓮气地说："我不跟你玩儿。"

美兮随口批注道："种族歧视。"

## 中国功夫

美兮刚到法国九个月，在学校背诵课文，得了A。

这一天，我们通电话的时候，她对我说："爸爸，我们班有个挺帅的男孩，他总爱撞人。一天，他来撞我，我正在看书，抬腿就给了他一脚，正好踢到他……你知道是哪里吧？"

我想了想说："知道。"

美兮继续说："他就捂着那里大叫——美兮，你会跆拳道？从那以后，班里的男孩都不敢跟我动手了，他们以为中国小孩都会跆拳道呢！"

## 人无完人

小凯日记：

不知道是从哪一个清晨开始，你发现了自己的不完美。

唉，妈妈，为什么我不像法国小孩那样，有一双大大的眼睛和卷卷的头发呢？

唉，妈妈，你知道吉姆·罗恩那双长长的腿比我好看吗？

你经常这样噘着小嘴儿不停地追问。

是的，我的宝贝，和所有人一样，你不完美，你不可能拥有所有的美。可是你知道吗？所有的人都和你一样，他们也不完美，他们也不可能拥有所有的美。

而且，正因为不完美，你才如此生动，如此与众不同。

你那双很中国的眼睛，使你看起来比你的那些法国同学少了几分张扬，多了几分精致；你柔软光滑的黑头发，也是你卷头发的小伙伴们一直赞叹的尤物。

那双长长的腿确实好看。可是你要知道，美各有不同，你健美匀称的身体，你灵敏丰富的乐感，始终为你保持着运动场和舞台上最热烈的喝彩……

你可以像妈妈一样，换个角度，为你其他那些问题给出一个答案吗？

你能看到别人的优点，多么好。这样你就会知道，比自己优秀的人还有很多；这样你长大以后，就不至于产生强烈的失落感。

但是，你不要因此而自卑。

你应该像欣赏别人一样，欣赏你自己。这样你才会是一个快乐、自信的女孩子。

当然，这很不容易。我小时候也和你一样，有时候自恋，有时候自卑。但是我听我妈妈的话，学会了从容地生活。

上面我对你说的这些话，就是小时候我妈妈说给我的。

所以，相信我吧，宝贝，你是独一无二的，因此你很美。


## 女儿眼里出"帅爸"

在电话中，我对美兮说：最近，爸爸借了韩浩月叔叔一件衣服穿，太帅啦！"五一"期间，爸爸都不敢出门，一出门行人就会发出一片尖叫声——"帅啊！"

美兮说：我不信，我不信所有人都会说出相同的话。

我说：嗯……确实没那么夸张。虽然大家没有喊出来，但是所有人的眼光都"刷刷刷"地投过来了，看爸爸。这回你信了吧？

美兮想了想，说：这个，我有点信……是所有人吗？

我说：嘿嘿，也不是所有人，是一部分。

美兮说：嗯，这我就信了。

## 小尺寸的家

记得丰子恺有一幅漫画，提醒人们：我们生活中的一切设施，都是按照成年人的尺寸制造的，从没有考虑过孩子，包括餐桌、椅子、马桶……如果按照同样的比例，让我们生活在一个大尺寸的环境中，我们会感到十分不方便，不舒服。

美兮要回国了！

我开始构想，能不能按照儿童的尺寸，重新把家里装扮一下呢？

桌椅要微型的，衣柜要微型的，床铺要微型的……

再给她买一条小狗，两只兔子，三只鸟，四只蝈蝈儿。

狗窝挂个牌子——"美兮路1号：小汪家"；兔窝挂个牌子——"美兮路2号：小白家"；鸟笼上挂个牌子——"美兮路3号：小翠家"；蝈蝈儿笼上挂个牌子——"美兮路4号：小郭家"。

我要把整个房子都变成一个儿童乐园，再购置一批适合九岁孩子的各种玩具。

我在电话里对美兮说了这些，她十分高兴："可是爸爸，你为我准备了这么多，我回去却没给你买什么礼物……"

我说："哈哈，你回来就是爸爸最好的礼物了。"

## 那只可爱的小脚

美兮在电话中对我说："爸爸，昨夜我哭了。"

我的心一抖："为什么？"

美兮说："我做了一个梦，梦见你站在一扇黑糊糊的门里，很悲伤地对我说，周美兮，爸爸不想活下去了，一边说一边关上门。我急了，伸出一只脚，拼命插在门缝里，不让你关门，大声对你说，不！爸爸！你不要关门！一定有办法的……"

她讲完之后，我说："周美兮，爸爸活得很好，爸爸永远不会自己抛弃自己，呵呵。不过，我还是要感谢，感谢你的那只小脚。"

宝贝，爸爸不希望你有一丝担忧和悲观。还记得你幼时那三只花鸽子吗？爸爸多么希望它们永远在你的梦中快乐地飞舞啊。难道是你走得太久，它们再也辨别不出你的模样了？难道是你走得太远，它们再也飞不进你的童年了？

## 美兮上法国报纸了

小凯短信对我说：美兮的照片上了报纸，她逢人便问："你知道我上报纸了吗？"

我问小凯：什么性质的报道？过了好半天，她才回短信：地方教育。

哈哈，我判断那不是美兮的"专访"，弄不好是几个孩子在学校嬉耍的场面，标题是《某某学校狠抓户外活动　祖国的花朵茁壮成长》。

## 旅　游

暑假期间，小凯打算带美兮去意大利旅游，免得她想家。可是遇到了点麻烦，美兮的出入证办不下来，只能在法国境内旅游。

小凯在短信中对我说：她不知情，现在正跟外婆通电话吹嘘她要去意大利呢。

## 当了一回体育老师

7月7日，我一个人在麦当劳吃午餐。

旁边来了一群孩子，大约是小学四五年级的学生，六个女孩，一个男孩。他们坐下之后，叽叽喳喳地商量买什么。这是一个小集体，没有"领导"，大家七嘴八舌，好不热闹。商量好之后，几个女孩去买餐，男孩负责往回搬运。他们像小蚂蚁一样，弄回来一桌食物。全部落座之后，一个女孩拿出一张明细单，上面用铅笔写着每个人的名字和食物的名称、数量，字体丑巴巴的，她在对数。核对完了，没什么差错，他们就吃起来，一边吃一边笑闹。

我转过头，严肃地喊道："李嘉伟同学！"

一个女孩马上举起了一只手："到……"

孩子们都转过头来看我。

我说："哦，自我介绍一下，我是你们新来的体育老师，周老师。后天，也就是星期一，就由我教你们体育课了。"

孩子们互相看了看，纷纷说："周老师好。"

238

其中一个小声问："可是，你怎么认识李嘉伟呢？"

我说："你们校长专门跟我介绍过她。"

另一个问："你教我们体育，那我们马老师去哪儿呀？"

我说："马老师啊，他调到西城去了。"接着，我说，"你们都叫什么名字？每个人向我介绍一下自己。"

于是，孩子们纷纷自报家门："我叫扈婉然，多多关照。"

"我叫洪孛孛，多多包涵。"

"我叫蒋骋驰，多多指教。"……

我说："我女儿叫周美爻，她跟你们差不多一样大。她出国读书之前，我天天跟她在一起，玩得天翻地覆，就跟孙悟空大闹天宫似的。以后，我给你们当老师，你们肯定很快乐！我保证！"

孩子们纷纷说："那太棒啦！"

"周老师"和孩子们聊了很长时间，离开之前，我终于对他们摊了牌——不然，星期一他们发现，教他们体育课的还是"马老师"，就会认为，在麦当劳遇到了一个叔叔，他在说谎。我说："孩子们，其实叔叔不是你们的体育老师，我是一个作家。"

孩子们拍打着胸脯，都松了一口气。

一个问："可是，你怎么知道李嘉伟呢？"

我说："刚才你们拿着明细单对数的时候，我听到了她的名字。"

另一个问："可是，你怎么知道我们的马老师呢？"

我说："马老师是你们说的啊！"

分手的时候，孩子们纷纷说："作家叔叔再见！"


## 第一首法文诗

美爻用法文创作了一首诗，题为《丛林》，翻译成中文如下：


一片从没有猎人的丛林，一片有很多动物的丛林，一片鲜花盛开的丛林，一片被太阳点燃的丛林，一片和月亮一起睡着了的丛林，一片被云锁住的丛林——这片丛林其实就是装饰地球外套的一片叶子。

——周美爻2007年9月7日于让·罗斯坦学校

## 败给女儿

我和美兮通电话。

美兮说："爸爸，我考你一个问题——两种颜色，白色和灰色，哪种是不干净的颜色？"

我多聪明啊，当即答道："白色！"

美兮似乎早有预料，她笑了，说："错。"

我不服气地说："为什么啊！既然你问这个问题，那么不干净的颜色肯定不会是灰色。我是反向思维啊！"

美兮坏坏地说："我就知道你会这么想，我用的是反向的反向思维。"

我当时差点就哭了。


## 美兮在法国考第一

美兮去法国一年多。

现在，她不但学会了一口流利的法语，而且成绩在学校里第一优秀。

一个法国家长对小凯说：你知道吗？美兮在班上是最好的学生。你把孩子教育得真好！小凯听了很欣慰。

我和美兮通电话的时候，她说圣诞节快到了，她给圣诞老人写了封长信，表明她想要什么礼物。

她有些不好意思地说："我总共要了十八样……"

我惊呼："太多了吧！"

她说："圣诞老人不一定都买，他可以挑选。另外，我现在学习成绩好，圣诞老人会奖励我呀。"

我说："你都要了什么呢？"

她用法语叨咕了很多东西，又用汉语给我翻译道："一根皮筋，一个弹球，一个大点的弹球，一个更大点的弹球，一个更更大点的弹球，一个更更更大点的弹球……"她特别提示我，那些弹球在法语里分别都有名称，用中文就只能这样表达了。

我说："圣诞节那天，大家肯定找不到圣诞老人，只会看到一个白胡子老人在快餐店门口拉客——他没钱给你买那么多礼物，只好先去打工了。"

圣诞节这天，圣诞老人果然驾着鹿拉的雪橇，从北方奔驰而来。

他第一个读到了美兮的信，忍不住哈哈大笑。

……清晨，美兮睁开眼睛，果然看见圣诞树上挂着一只袜子，她爬起来，从里面掏出了一张漂亮的卡片，上面写着：

　　礼物在下面——地球。
　　圣诞快乐！

# 鼠

**美兮回国啦**!

**美兮要回国了**!

从她2006年7月28日离开我，已经将近两年没有见到她了。578天，13872小时，832320分，49939200秒。

提前2592000秒，我就开始忙活了——

首先，我在家里放了几百只海洋球，房间一下就变成了童话世界。

接着，我买回了很多玩具和宠物。比如，巨大的加菲猫，永远趴着的毛绒狗，比猫还大的布老鼠，可以捡东西的机器人，十字绣，石膏，激光枪……

另外，我在新浪、搜狐、腾讯做访谈嘉宾，前后得到三件纪念品，一直给美兮留着——新浪的大眼睛，搜狐的小狐狸，腾讯的两只小企鹅。在玩偶世界里，小企鹅就是宠物，小狐狸就是美女，大眼睛就是恐怖故事。

2008年2月25日，美兮经过十个钟头的飞行，回家了！

## 已经不是过去那个小东西了

由于担心美兮太兴奋，睡不着觉，我没有去机场接她。她到家之后，先调整时差，然后我才回家。

在优美的夕阳中，我朝家走去，心跳得厉害。一切功名利禄都是不可靠的，真正属于我的只有——美兮。

我知道，这一次见面会给她留下深刻印象，如果是在黑糊糊的场景中见到父亲，日后回想起来，她会有些忧伤。我必须在太阳落山之前回到家。

走到小区门口，我先给她打了一个电话："周美兮，爸爸回来了。"

她迅速挂了电话，很快，我就看见她跑出来，敏捷地绕过草坪，笑着冲向我，一转眼就扑到了我的面前，跳到我的身上，紧紧抱住了我。

这个我牵了抱了背了扛了八年的小天使，已经重了许多……

那只被我和美兮"俘虏"过的麻雀认出了美兮，它飞到爸爸的树枝上，高兴地说："美兮踩着高跷回来啦！"

我们回到家，她把我拉进卧室，关上门，兴奋地拿出她带回的新玩意，一件件演示给我看。我偷偷观察她，脸蛋还是原来的模样，但是两条腿长了许多，已经不是过去那个小东西了。

第二天，我要带她回卫城那个家。睡觉的时候，她说："要是现在就是明天就好啦。"


慣　　性

小凯叮嘱过美兮，回到中国之后，讲话的时候不要不留意就冒出法语来，不礼貌。

听说，美兮走进家门，一激动就冒出了一句法语，她想起妈妈的话，急忙捂住嘴巴："巴荷动！"（法语：对不起！）

话刚出口，她马上意识到自己说的还是法语，赶紧再道歉："噢！巴荷动巴荷动！"

呵呵，一错二错连三错。


墙壁做画布

卫城的家里，每个房间的墙壁都是美兮巨大的画板，任她信笔涂鸦，乱写乱画。等到她离开之后，我会拍下照片，留个纪念，再重新粉刷。她下次回来，继续画。

哪个人的童年有这样的画板？

回到家，我给了她一盒彩笔，说："周美兮，画吧！"

她十分惊喜，拿起画笔，看了看雪白的墙壁，心里有些没底："爸爸，真的可以画吗？"

我笑道："当然可以啦。"

她就在客厅的墙上一笔笔画起来：一个小女孩，背后牵着一只气球，那气球升到了天棚上。够不着的地方，我就把她抱起来画。小女孩旁边是一个游乐场，上空有缭绕的云朵。整幅画五颜六色，漂亮极了。

我注视着这幅画，颇有感触：我们总是购买各种挂画，装饰家里的墙，大多不会容忍小孩在墙上乱写乱画。实际上，孩子画的画，绝不会让家里看起来乱七八糟，和那些工艺挂画比起来，它们更顺眼，更好看，更童趣，更家居。

第二天，美兮在门口的墙壁上，准备用两种颜色画一条狗。下笔之前，她还是不太放心，再次确认："爸爸，我可画了呀！"

我笑道："画！爸爸等着欣赏呢。"

这次她画的时间比较长，狗的两条前腿还像那么回事，一条后腿却画得像拐杖。她放下画笔，有点懊悔。

我一边笑一边说："这就像人生，没有橡皮可以改正，更无法重来，因此，做每一个决定之前都要慎重。如果犯了错，或者哪里不完美，那也没关系，不要为此烦恼，更不要被牵绊，下次你就有经验了。从画画的角度说，我倒觉得，越不像越接近大师。"

说是这么说，看到美兮对画错的地方耿耿于怀，我还是帮她给狗加了一片阴影，遮住了那根"拐杖"。美兮在下面用法文签了名。

第三天，美兮打算在卫生间旁边的墙壁上画一只单色的兔子。

这次，她下笔的时候踏实多了，没有犹豫，"哗哗哗"就画完了。

我说："周美兮，你……画完了？"

美兮得意地说："完了呀。"

我说："这是兔子？"

美兮看了看她的作品，说："当然是兔子。"

我嘟囔道："我还以为是一朵花……"

美兮笑了："你不是说越不像越接近大师吗！"


## 法语日记

回到卫城第一天，美兮就用法语认真地写起了日记：

2008年2月25日，我回到了中国，见到了想念的爸爸。他还很年轻，很帅，很幽默，很快乐。爸爸跟我在一起，玩狗狗不倒翁，玩赛车，玩机器人，在房间的墙壁上画画，用彩色塑料球（海洋球）打仗，玩电动越野车，玩超级大的水枪，做石膏相框，爸爸还教我弹吉他……

她一边给我念一边说："爸爸，如果你懂法文，就会知道这篇日记很有文采的。"

我说："周美兮，听说你现在都能纠正法国同学的语法了？"

美兮笑起来，说："一个法国女孩给我写信，说，亲爱的美兮，你是我最好的朋友。在我的心中，永远有一个位置，一个很大的位置给……后面就没了，她少了一个字——'你'。她又说，你呢，你是跟我一样？……她又落了两个字——不是。因此，这封信看起来乱七八糟的！我就把她叫过来，告诉她哪里错了。"

## 我们都是木头人

美兮给我讲了一件有趣的事：

她和同班的一个好朋友（法国女孩，名字长长的），经常玩"木头人"游戏——放学之后，两个孩子在马路边摆出两个造型，一动不动。行人误以为是两个逼真的雕塑，纷纷停下来观看。她们一直不动，甚至不眨一下眼睛。车辆也纷纷停下来，好奇地看。终于，大人们发现被骗了，于是纷纷笑着离去；驾车的人，竖起拇指摇一摇，也把车开走了。她们依然一动不动，继续注视着前方……

我们知道，想伪装成雕塑，而且让那么多人相信，那需要身体的技巧和长久的耐力。

多可爱的一幕。

## 世上有鬼吗？

一天，美兮对我说，她在法国有个朋友，四十多岁，十分善良，她说她见过幽灵。美兮强调，她信任这个朋友，绝不会撒谎。

我不想亵渎她的友谊，只是说：那一定是幻觉。

接着，我们又谈到了世上到底有没有鬼的问题。

我对她说，有些事情我们觉得解释不了，其实是巧合，或者是魔术。

后来，我给她讲了一个故事：

一个人接到H公司的电子邮件，预测明天的足球决赛，某队赢。第二天，果然某队赢了！

两个月之后，他又接到了H公司的电子邮件，预测明天的篮球决赛，某某队赢。第二天，果然某某队赢了。

四个月之后，他又接到了H公司的电子邮件，预测明天的排球决赛，某某某队赢。第二天，果然某某某队赢了。

半年之后，他又接到了H公司的电子邮件，预测明天的橄榄球决赛，某某某某队赢。第二天，果然某某某某队赢了……

这个人感到太神奇了！对H公司佩服得五体投地。

讲到这里，我问美兮：你知道这是怎么回事吗？

美兮摇摇头说：不知道。

我说：这就是我们的思维盲区。其实很简单——足球决赛的前一天，H公司给16万人发了电子邮件，一半预测甲方赢，一半预测乙方赢，必定有一半是对的；篮球决赛的前一天，H公司只给上次预测正确的8万人发电子邮件，一半预测甲方赢，一半预测乙方赢，必定有一半是对的；排球决赛的前一天，H公司只给上次预测正确的4万人发电子邮件，一半预测甲方赢，一半预测乙方赢，必定有一半是对的；橄榄球决赛的前一天，H公司只给上次预测正确的两万人发电子邮件，一半预测甲方赢，一半预测乙方赢，必定有一半是对的……现在，有一万人对H公司深信不疑，刚才讲的这个人就是其中之一。毫无疑问，这些人成了H公司的忠实客户，H公司将从他们身上骗取大量钱财。

（小凯说，美兮现在迷上了圣经，她总是钻进《新约全书》、《旧约全书》中，读得津津有味。）


## 最矮的代步车

一天，我和美兮去卫城大街，我带上了滑板，希望美兮像那些玩家一样，踩着滑板，越障碍，滑斜坡，在大街上飞来飞去。没想到，美兮笨拙地滑啊滑啊，很快就失去兴趣了。幸好我带了绳子，就让她坐在滑板上，我用绳子牵着，在大街上前行，引来很多人好奇的目光。滑板太矮了，几乎是贴着地面，坐在上面跟坐车的感觉截然不同，就像坐在地上差不多，却可以"哧溜哧溜"往前走，那感觉一定很爽。

"滑板车"从一只流浪的甲虫身上"轰隆隆"地驶过去，甲虫吓得缩成一团。等到"滑板车"远去之后，甲虫才一点点直起腰来，大声说："现在的轿车越来越小！人类的技术要是再发展发展，我们甲虫就可以坐了！"

它怀揣着美丽的梦想，爬进了一条地缝儿。

## 各有所爱

我总是按照自己的喜好给美兮买玩具，后来我发现，大人跟小孩的想法绝不可能完全相同。

一次，我带美兮逛商场，她远远看到一堆篮球，马上跑过去，拿起一只，爱不释手地拍起来。如果，我一个人逛商场，绝不会给她买这只篮球的。我们把这只篮球带回家后，她天天拍，最多一次连续拍了1136下。

另外，她喜欢文具，每次走到文具专柜前都流连忘返：各种款式和颜色的书包、文具盒、笔、橡皮、卷笔刀、本子……

有一家公司送给我一张购物卡，我打算全部给她买玩具。美兮兴冲冲地跟我来到了商场，冲进了玩具区。

遥控玩具、电动玩具、惯性玩具、军事玩具、体育玩具、拉线玩具、上链玩具、线控玩具、回力玩具、压力玩具、家庭用品玩具、力控玩具、声控玩具、魔术玩具、整人玩具、乐器玩具、益智玩具、组装玩具、棋牌玩具、毛绒玩具、充气玩具、变形玩具、燃油玩具、搪塑玩具、凝胶玩具、化学玩具、造型玩具、陶瓷玩具……

我暗中帮她选了一些，结果跟她自己选的没有一件重合。她选的是——纸面游戏"人生之旅"，搭配微型冰箱和各种食品模具的橡皮泥，还有一盒一百零八张的特种扑克……

一盒传统扑克很不理解美兮为什么选择那盒特种扑克，晚上，商场下班之后，它跳到柜台的最高处，对玩具们卖弄起它的文化含义来：

我的大王代表太阳，小王代表月亮；五十二张牌，代表一年五十二个星期；红桃、方块、梅花、黑桃四种花色，代表春夏秋冬；把大王小王算作一点或两点，我的总点数正好代表一年的天数！……哼！那个一百零八张的怪胎代表什么？

很多玩具轿车里的驾驶员都探出头来看热闹。

特种扑克的一个同伴大声反驳道：你太规矩了！别忘了，孩子们喜欢打破秩序。而且，演讲的时候请注意言辞，谢谢。

传统扑克吼叫起来：这个世界生来就是这样的！

特种扑克微笑着走过去，突然说：如果你丢了一张牌呢？

传统扑克一下就哑口无言了，众玩具也鸦雀无声。

特种扑克从传统扑克中抽出一张小王，嘿，天上的月亮就不见了，只剩下满天星辰；抽出全部的黑桃，冬天就消失了，外面的小草齐刷刷冒出头来……

众玩具愣了片刻，陡然爆发出欢呼声，在一个不再是五十二个星期、三百六十五天的奇异世界里，甩掉规则忘乎所以地玩起来。

## 把心举上天

那天晚上月朗星稀，我和美兮在草坪上坐着，聊起了一个很成人的话题：一个女孩如何变得高贵。

我说：一个男人要变得高贵，那是一件不容易的事，他要有成功的事业，尊贵的地位，足够的钱财，良好的学识和修养……一个女孩要变得高贵则十分简单——她不一定非要有公主的身份，豪门的背景，华丽的服饰，贵族的教育……她只需做一件事，那就是像花蕾一样把自己严严地包裹起来。

美兮有些不解：爸爸，什么意思呢？

这时候，我意识到跟她谈这个话题太早了。我想了想说：就是要和那些臭小子保持距离，永远尊重自己的身体和心灵。

美兮说：哈，我们班还有男生女生亲嘴呢！

这句话把我吓了一跳，马上又感到今天的聊天是必要的。

我说：绝不是爸爸的观念老旧，不管什么年代，不管是东方还是西方，对于两性来说，一个女孩只要凛然不可侵犯，她在男人心中一下就会高贵起来。这个跟什么年代没关系，跟什么地域没关系，所谓新潮的观念都是暂时的，爸爸说的是一个永恒的道理。

美兮立即表态说：爸爸，我从来不跟那些男生拉拉扯扯的，嘿嘿。

一个父亲对女儿的谈话肯定是诚挚的，庄重的，发自内心的。至少，说出这个看法的人，是男人之一，我很清楚男人对什么样的女性不敢轻视，甚至终生难忘。如今，女性的地位越来越高，很多女性认为和男人一样开放，去追寻和制造没有质量的性享乐，是男女平等的一种表现。实际上，这样恰恰是在降低自己，成为某种玩物。

一个人不应该追求美丽，而应该追求美好。一个高贵的女孩一定是美好的。尽管这个时代令人花了眼，却依然还能遇到这样的女孩，她们也许地位卑微，也许一贫如洗，没有高档时装，甚至没有漂亮的外表，但是她们把一颗心高高地举起来，放射出星光月华。我爱她们。

过去，美兮总问我：爸爸，我像不像一个小公主？

我是作家，不是国王，为此一直对女儿充满歉意，但是我希望通过我的建议，她在未来的日子里，能够活得心性高洁，那样的话，我相信她就拥有了公主的高贵，男人的仰视。

## 反对中性化

美兮小的时候，我们总给她理短发，那是为了发质好。她稍微大一点，小凯就给她留起了长发，担心别人总把她当成男孩，她受到心理暗示，长成一个"假小子"。

跟美兮在一起，我经常跟她强调这个问题：现在，很多人追求中性化，男人变得阴柔，女人变得阳刚，你千万不要学。

一个人存于世上，即使不是为了吸引异性，也必须是性感的。换句话说，男人必须像个男人，女人必须像个女人。我们审视一个人的时候，首先他是一个男人，或者她是一个女人，然后他或她才是一个白领，或是一个演员，再或是一个卖菜的；然后，他或她才是一个善良的人，或是一个坏心肠的人；是一个漂亮的人，或是一个丑陋的人。

我坚定地认为，性感乃是这个尘世的终极之美，而中性化风潮肯定是阶段的。就像在太阳将升或将落的一刻，天地临时混为一谈，可是，天终将是天，地终将是地，阴阳和谐，天地清明。

男人不该浓妆艳抹，嗲声嗲气。女人是花，男人不该跟女人争奇斗艳，应该无色无味，像风一样，风掠过花野，浩浩荡荡，这样的景况组成了一个美好的世界。这时候我们才明白，男人的素淡原是对女人的一种宽厚，一种退让，一种不自私。原是一半性别对另一半性别心甘情愿的陪衬。

女人不该宽肩窄臀，不该用同性的眼神看着我，那会让我不寒而栗。朋友问我喜欢什么样的女人，我说，除了不像女人的女人，都是可爱的。

我坚信，对一个男人和一个女人最高的赞美就是：瞧，他很男人；瞧，她很女人。

亲爱的读者，希望你的儿子很"男人"，我的女儿很"女人"，这样，未来才生气勃勃，气象万千。


## 一个好孩子的坏举动

一天，我在外面挖了一盆黄土，回来跟美兮和泥巴，然后捏造各种东西：小房子，色子，圆球……剩下的泥巴，我们做了几十颗"糖果"。

小时候，我经常在糖纸里包上泥巴，丢在路上，然后埋伏起来静静观察，直到有人把它捡起来，剥开，愣一愣，又尴尬地扔掉。

我和美兮把这些"糖果"放在阳台上晒干，用提前准备好的糖纸包好，再装进一个精致的塑料袋，封上口……我们干得极其认真，就像两个真正的糖果厂工人。

接下来，我们要把这袋"糖果"放到外面去。我让美兮去执行这个艰巨的任务。

美兮去了，我立即支好摄像机，把镜头藏在了窗帘的缝隙中。我不想看上当者的表情，只想看美兮的表情。

她十分紧张地来到五十米之外的人行道上，一边假装无所事事地溜达，一边偶尔四下看一看。我把镜头拉近，她的小脸蛋就近在眼前了，这应该是她生来第一次干坏事，看上去若无其事，我却听到了"怦怦怦怦"的激烈心跳。她不知道我在看着她。

终于，她趁四下无人，把那袋"糖果"掉在地上，慢慢朝家里走来，她的步伐越来越快，终于奔跑起来。

她回到家之后，我哈哈大笑，接着我们就一起趴在摄像机前观察。

几分钟之后，来了一个捡破烂的老太太，她弯下腰，把那袋"糖果"捡起来……

美兮抬起脑袋，紧张地说："爸爸，那个奶奶不会把它们当成巧克力糖吃掉吧？"

我说："谁那么笨！"

老太太拿着那袋"糖果"走开了。

一只多嘴的知了叫起来：假的假的假的！

一只蚂蚁爬出洞穴，气愤地说：那"糖果"是用我家屋顶做的！

一只蜜蜂说：我都知道造假窝点在哪里！他们晾晒的时候我亲口尝过，是苦的！


## 两个奇怪的乘客

我和美兮来到一个大市场，她看中了一黑一白两只小兔兔，我给她买了。还买下了一只宽大的铁笼子。

小黑小一些，很机敏，小白大一些，胖乎乎的，经专家（美兮）认定，小黑是男孩，小白是女孩。

两只小兔兔立即成了美兮的好朋友，她经常带着它们来到屋后的草地上，蹦蹦跳跳一起玩儿。

有一次，我们出去吃饭，美兮非要带上它们。在路上，她抱着两只小兔兔，一直在轻轻跟它们说话。到了嘈杂的大街上，小兔兔很害怕，分别钻进了美兮的两只袖口里，怎么拉都不出来，那样子可爱极了。

几天后，我和美兮去密云外婆家玩儿。小白没说什么，小黑却吵个不停："我也去我也去！"

美兮对我说："小黑也要去！"

我咬咬牙同意了。

美兮很高兴，把小黑和小白装进铁笼子，提在手上，很拉风地出了门。

我带美兮来到城铁站，刚要朝里走，却被工作人员挡住了，人家有规定，不允许带宠物上城铁。

我只好带美兮再去公交车站撞运气。没想到，我和美兮拎着兔子上车的时候，售票员不但没有阻止，还伸出手指逗了逗它们："真可爱！"

小黑小白一击掌："耶！"

我立即觉得这个售票员很亲切，很漂亮，而且应该涨工资。


## 到此一游

我和美兮登山去，带上了望远镜。

来到山顶，举目四望，小巧的密云城，蜿蜒的白河，尽收眼底。山上有个野仙塔，风铃在寂寞地响。

美兮跳到野仙塔的基座上，一圈圈奔跑。很多人在上面刻字：谁谁谁到此一游。美兮说："爸爸，这些游客真不文明！"

我说："没错儿。"

突然，她停住了："爸爸爸爸！你看这里——"

我凑过去一看，上面歪歪扭扭地写着：仇政到此一游。

仇政是谁呢？美兮的表弟。半年前，外公外婆带他来过野仙塔。

我咳嗽了一声："他才六岁……能写出自己的名字就不错啦……"


## 乱七八糟的游戏

白河两岸，红花绿草，还有各种各样的体育设施。

我和美兮坐在清澈的水边，玩一种她"独创"的游戏：

她在自己的身体上想一个穴位，然后，我用手在她身上摸索，她用笑容提示我的方向是否正确——我的手离那个穴位越近，她的笑容越大，反之，她的笑容越小。直到我摸到那个穴位，她就哈哈笑出声来。

她想的地方总是稀奇古怪，比如说脚后跟，鼻子眼，后脑勺。

这种游戏，大人会感到超级无聊，小孩却觉得超级好玩儿。

还有猜成语。

美兮伸出四根手指，提示我这个成语是四个字。接着，她又伸出一根手指，提示我现在她要表演第一个字了。只见她的身体扭来扭去，似乎在随风摇摆。

我说："扭？"她摇头。我说："飘？"她使劲摇头。我说："舞？"

她恨铁不成钢地想了想，换了一个动作，好像在摇辘轳，然后她好像提起一桶水，去浇灌什么，接着又开始扭来扭去。

我越看越傻眼，差点就猜是谷子。

我的愚笨把美兮惹怒了："爸爸！我想的是柳暗花明！我表演的是'柳'字！"

我哈哈大笑："周美兮，一个'柳'字，你竟然从春天的小树苗讲起！你怎么不从钻井讲起呢？"

美兮不好意思地辩解道："都怪你太笨，我必须针对你的智商给你表演呀！"

还有一种游戏：二十问。

我比较喜欢这种游戏，它需要技巧。

美兮心里想一个人，我可以问她问题，她只回答"是"与"否"。我要在二十问之内，说出她想的这个人是谁。

她说："爸爸，我想好了。"我问："是男人吗？"她答："否。"我问："还活着吗？"她答："否。"我问："是古代人吗？"她答："是。"我问："是宋朝、元朝、明朝、清朝的人吗？"她答："否。"我问："是五代、十国时期的人吗？"她答："否。"我问："是隋朝、唐朝的人吗？"她答："否。"我问："是南北朝的人吗？"她答："否。"我问："是晋朝人吗？她答："否。"我问："是三国时期的人吗？"她答："否。"我问："是秦朝、汉朝的人吗？"她答："否。"我问："是春秋战国时期的人吗？"她答："是。"我问："她的名字是两个字吗？"她答："是。"哈，春秋战国时期的著名女性没几个，我还有八问呢，肯定没问题。

我不再缩小范围，直接问："是西施吗？"她答："否。"我问："是跟西施一起被越王勾践献给吴王的郑旦吗？"她答："否。"我问："是孟子的妈妈孟母吗？"她答："否。"我问："是秦始皇的母亲赵姬吗？"她答："否。"我有点乱了阵脚："是跟王室有关系的人吗？"她答："否。"我问："是著名人物的家眷吗？"她答："否。"我问："是神话故事中的人吗？"她答："否。"我问："是大家都知道的人吗？"她答：

"是。"二十问我用完了。她笑嘻嘻地说："东施。"我大惊："东施？"她说："是呀，东施效颦，西施的邻居。"

还有一天，我、美兮、岳父、岳母，四个人在公园的凉亭里表演节目——数数。

岳母用英语数，岳父用俄语数，美兮用法语数，我用……汉语数。一个不惑之年的男子，立正，挺胸，抬头，大声喊道：1，2，3，4，5，6，7，8，9，10！

树上，麻雀儿子对麻雀爸爸说：他那么老了，还要学数数吗？

麻雀爸爸说：不，他在纠正另外三个人的发音呢。

## 重大话题

我和美兮从密云回北京，是"周德东探险万里行"活动的司机——郝师傅接的。

在车上，我和美兮一边看窗外的风景一边聊天。她把脸转向我，眼里射出一种成熟的光，一字一顿地说："爸爸，你是不是跟妈妈离婚了？"

这句话不啻当头一棒。我把骤然涌上心头的酸甜苦辣一下压制在心底，笑了一下，说："周美兮，结婚证只是一张纸，它确实被撕成了两半。不过，妈妈永远是爸爸唯一的爱人，一生一世都不会改变。"

我对她说："爸爸没有告诉你，是因为你太小，心灵还稚嫩；爸爸不想对公众说，是因为爸爸不希望被任何人追求和打扰。"

我对她说："我绝不会让你看到，你亲爱的爸爸跟另一个女人组成了新家庭，不管她是明星还是富婆。爸爸将永远单身，等妈妈回来，十年，二十年，三十年，不管什么时候，她只要回到爸爸身边，我们还是一家人。妈妈是个美好的女人，不过，她的原则性很强，她不会同意爸爸的想法，不过，她改变不了爸爸的想法。哪怕妈妈一辈子都不回来，爸爸就当她和我在一个陌生的地方走散了。爸爸会快乐地生活，勤奋地写作，努力地赚钱，全力为你们创造幸福。"

我对她说："周美兮，你不要为你的家庭自卑，我相信，爸爸对妈妈的等待，跟那些相守终生的爱情一样忠诚。"

美兮轻轻说了一句："爸爸，我知道了。"

我清楚，我很可能孑然一身地离开这个世界，不过我会很欣慰，至少，我一生的等待，会让美兮对爱情充满信心。这是对女儿最好的弥补。

## 我的父亲和母亲

美兮，爸爸给你讲一个悲凉的故事吧。

在你四岁的时候，我的母亲隋景云熬尽了生命最后一滴油。我回到那个偏远的故乡小镇看望她，家里冷冷清清，土炕上躺着两个人——我的父亲和母亲。

母亲只剩下了一把骨头。

父亲得了老年痴呆症，根本不认得我了，他的眼里充满了绝望、迷茫、无助。没有人顾得上关注他了，因为母亲正在生死线上挣扎。

半夜里，我听见半昏迷的母亲迷迷瞪瞪地喊了一声："妈……"

她的妈妈已经死去很多年了，我都不曾见过。在人生的最后时刻，我那牙齿已经掉光、头发已经枯萎的母亲，一下变成了一个婴儿，她回到了一个更老旧的年代，回到了隋家的襁褓里，闻到了她妈妈的奶香……

就在这天夜里，她离开了人世。

虽然母亲很瘦小，可是她被抬出去之后，那铺土炕却一下显得十分空旷。剩下父亲坐在上面，呆呆地望着出出进进的每一个人。他的老眼中蓄着浑浊的水，我不知道那是不是泪。这个植物一样的人，难道感觉到了跟他同床共枕几十载的女人已经先他而去，永远也不会再回来了？

终于，他把脑袋慢慢转向了母亲躺过的地方，泥塑般一动不动了。过了好半天，父亲竟然说话了！多年来，他已经彻底忘记了语言，现在他竟然说话了，而且说得清清楚楚："隋景云……"

从科学上讲，人类的大脑可以储存一百万条信息，在父亲的大脑中，九十九万九千九百九十九条都死掉了，只剩下了一条——"隋景云"。


## 人有悲欢离合

面对文坛的一些窝里斗，我写过一篇博文，其中有这样一段：

《门》是我写得最艰辛的一部书，期间，累得几次差点坍塌。

那段时间，编务莎莎除了保证我每天早餐的营养，下班离开时，还要给我买一些零食，比如巧克力和酸奶。我不喜欢零食，但是为了撑住，每天半夜都要吃一点，表情像咽药。

没人知道，在创作《门》的过程中，我的人生经历了一次重大变故。那是一个人活在世上最难承受的巨大刺激，钱和名，都显得不再重要了。

几乎在一夜间，我变得一无所有。

我欲哭无泪。

我东风无力。

过去，我经历了太多太多的大风大浪，都熬过来了，这一次的刺激最大。不过，我再次挺了过来，依旧天天写作。

从此我知道，已经没有什么能够打倒我了。

比起来，名利场上的某些失意，一些匿名的恶意攻击，都显得微不足道了。对方叫的时候，我在打瞌睡；对方跳的时候，我在打瞌睡；对方歇斯底里的时候，我在打瞌睡；对方拂袖而去的时候，我在打瞌睡。人世间白茫茫真干净。

有一句老歌词很好：无所谓，无所谓，原谅这世界所有的不对。

——我没有说明，实际上那个变故就是小凯跟我协议分手。不久，她就带美兮奔赴法国生活了。


## 宝贝不要哭

一天晚上，美兮在客厅玩电脑，我在另一个房间和她外公外婆说话。

她偶然看到了前不久我在北京电视台的访谈节目视频，就津津有味地看起来。

我在访谈中说到了我的父亲，他得了老年痴呆症，有一天，他走丢了，在刮着大风雪的旷野中奔走了几天几夜，一只棉鞋不知怎么掉了，脚掌上被苞米根扎出了一个大洞，堵满了沙土和石粒，一路血迹。

他走进了一个陌生的屯子，一群小孩掷土块打他，骂他："老疯子！老疯子！"

他极其惊恐，一边抵挡那些土块一边说："我不是老疯子！我的二儿子是作家！"

他的二儿子是作家，这是他这辈子唯一的炫耀，这是他对付这个梦魇世界的最后一件武器……

我谈到了我的女儿。

主持人问：你会不会对女儿表达你对她的思念？

我说：我从来不会在女儿面前表现出一点点伤感。我要让她感觉，她的父亲永远是坚强的，快乐的，战无不胜的。她在法国，我们一年才能见一面，说句悲观的话，我这辈子还能见到她几面？但是，每次我们通电话的时候，她的爸爸都像阳光一样灿烂。

主持人说：你的父母都去了另一个世界，你挚爱的美兮又去了法国，现在剩下你一个人在北京了，而你从小到大也没得到过什么爱，你也需要照顾需要关心啊！夜深人静的时候，你孤单了怎么办？

我说：你这是女人心态。男人不需要别人的关怀和怜悯，受伤了，就像老虎一样，躲在角落里，自己默默舔舐伤口，直到愈合……

我到客厅拿什么东西，发现小美兮一边看一边悄悄地流泪。

我走过去摸了摸她的头，说："周美兮，爸爸有千千万万的读者，生活得好好的，你哭什么！"

她一边抹眼泪一边看屏幕，什么都没说，眼泪还是哗哗往下淌。

她回法国之后，我又看了一遍这个节目，我只知道她是看到这一段哭的，却不知道具体是哪句话触动了她纯洁而稚嫩的情感。

我的宝贝。


## 杂　技

我和美兮在王府井逛街，买了二百块积木，纯木头，没有任何花样，我爱极了它们。

下午，我们在教堂的广场上摆积木，美兮撒开了图书，自己摆，创意非常好。

晚上，我带美兮来到天桥杂技剧场，看中国杂技团的演出。其中有2008年中央电视台春节联欢晚会的经典节目《激情爬杆》。

没有多少观众。我和美兮坐在第一排，后面几排坐的都是日本人或者韩国人。

平时，我们总是在电视上看杂技，而近在咫尺的感觉绝不相同。电视都改变了我们的思维方式。

和那些喧哗的演艺明星比起来，这些一言不发的杂技演员更让我尊敬和喜爱。他们用汗水苦练出来的真功夫，令人震撼，令人感动。

美兮大饱眼福。


## 撒　娇

我给美兮买了一架大飞机，乐颠颠地抱回家，安上电池，来到室外，"轰隆"一声飞上天，就挂在高高的杨树上了。我想方设法把它弄下来了，却摔得支离破碎。

又买了一架小飞机，跟大蜻蜓一样，在房间里"嗡嗡嗡嗡"贴着天棚飞，可爱极了。

这天晚上，美兮在家里摆积木，我却动员她玩小飞机，一边上蹿下跳地演示，一边不停地说："周美兮，你看你看，这飞机多好玩啊！"

美兮说："爸爸！我更喜欢安安静静地摆积木！"

我说："周美兮，飞机是在空中飞的，积木是在地上摆的，还是飞机好玩儿！"

美兮："爸爸，那是你的喜好，别影响我，好吗？"

我太固执了，继续说："周美兮，你看一眼，看一眼就会爱上这架飞机……"

话音刚落，我一脚踩在了美兮精心摆起来的积木上，"哗啦"一声塌了大半。她"噔噔噔"地跑进卧室，伤心地哭起来。我走到她的面前，小声向她道歉。她哭得越来越委屈，跑出去把没塌的积木也踢散了……

想一想，平时妈妈对她管理很严格，她是不敢这样放肆的。谁能永远不发一次脾气呢？她在爸爸身上发泄一下，也是一种平衡。这样想着，我就继续跟她说对不起。

她抽搭了一会儿，终于不哭了。

我如释重负，轻轻拍了拍她，然后就出门去倒垃圾了。回来时，我发现门口放着一本大大的图画本，上面用中法两种文字写着：爸爸，对不起！

我走过去一下抱住了她。

她不好意思地说："爸爸，我跟你哭闹，其实是在撒娇，想多要一点爱……"

我说："爸爸知道。"


## 没有好看的童话

为了美兮，我在国内看了大量的动画片，滤掉平庸的，选出精彩的，等美兮回来给她欣赏。

这个淘金工作就像是文学编辑。

好的电影，除了给她带来艺术的愉悦，还会提高她编故事的能力。比如《霍顿与无名氏》、《翡翠森林》、《小鸡快跑》、《怪兽电力公司》、《丛林大反攻》、《虫虫危机》、《马达加斯加》、网络上的《监狱兔》……

很多卡通片，在DVD机上一放出来，她就告诉我，她在法国已经看过了，只是中文翻译的名字不同而已。在法国小凯经常带她看电影，这让我很高兴。

不过，在文字上我就没有做好编辑工作。

给美兮买了一本中国的童话书，每天晚上我都要给她讲几个故事，她听着听着就入睡了。

我总是读着读着才发现，这是一篇很拙劣的故事，不过，为了完整，通常还要给她读下去，直到结束。就这样，让美兮吃了一些粗糙的精神食粮。后来我发现，这本书中几乎没有一篇好故事！我暗暗懊悔，自己太粗心了，做了十年杂志主编，却不知给我的宝贝提前做一些遴选。

白天，我跟美兮谈起夜里讲的故事，美兮表态了："爸爸，那些童话很没意思。不过这样也好，正因为没意思，我听着听着才能睡着，当是催眠了。呵呵。"

我说："国内缺少好童话。你们这一代孩子，仍然在看格林和安徒生的童话，它们虽然经典，毕竟太老了。如今已经进入网络时代，一个孩子除了温习经典，还需要一些新童话。而我们的童话故事，极度缺乏想象力，也缺乏时代感，最令人不能容忍的，是……"

美兮抢白："不幽默。"

我惊讶地看了看她，说："没错，不幽默！对一篇童话来说，不幽默，就像一个孩子没有表情。幽默太重要了，它可以让孩子变得快乐、宽容、友好、坚强。我们中国人总是充满了危机感、焦虑感、沉重感，并一代代遗传着。比如，你走在大街上，看看我们的表情，就不像西方人那样放松；比如，我们中国人的存款在世界上排第二；比如，法国人超过一半的人不买房，他们租，可能今年住海边，明年住小镇，后年住山脚。我们呢，农村人盖房，城里人买房，这是头等大事，最后人人画地为牢；比如……"

美兮说："比如，在中国，经常可以看到这样的告示牌——禁止停车！违者罚款！在西方，同样的警告，他们却表达得很幽默，他们可能这样说——如果您的四轮宝贝愿意在这里打盹儿，那么您就要为它支付巨额的住宿费。"

我说："瞧，这样就不那么冷硬了。"

美兮说："爸爸，你就是作家啊，为什么不写童话？"

我想了想说："现在，我真的想潜下心来，为孩子们写写童话。这牵扯到一代人的未来。"

我和美兮不在家的时候，小白和小黑聊起来。小白问小黑："你照过镜子吗？"小黑说："没有。"小白带着小黑来到卫生间旁边的墙壁前，指了指美兮画的那只"兔子"，说："你看看它就等于照镜子了。"

小黑愣愣地看了一会儿，眼圈就湿了，它转过头来，郑重地问小白："你……真的爱我吗？"

## 你写作业了吗

美兮要过生日了，提前一天，我和她回到了梅花观的家。

我刚刚打开家门，墩墩就背着很大的书包走进了楼道。我回头看到了他，几乎都不敢认了！这孩子长得又高又胖，估计体重都赶上我了！

美兮站在门里，朝墩墩笑了笑，很礼貌地说："墩墩，你好呀！"

墩墩站在美兮面前，挠着脑袋，只是傻笑，过了一会儿，他终于瓮声瓮气地说话了："你写作业了吗？"

这是墩墩将近两年之后见到美兮说的第一句话。

美兮依然笑盈盈地说："我没有作业，不过我在补习一些中文。"

墩墩撒腿就朝楼上跑去，一边跑一边说："我写作业去喽！"

我想抱他一下都没机会！

## 欢乐谷

我和小凯相约，一起带美兮来到欢乐谷。

进了大门，我要租一辆小巧的电瓶车，小凯觉得太累赘，不想让我租。我没听她的，到底跑去租来了，反复动员美兮驾驶。美兮不肯上，一边观察妈妈的脸色一边催促我还回去。我不肯，继续嬉皮笑脸地动员她驾驶，她就哭了。

我渐渐想明白了，美兮不是不喜欢电瓶车，只是怕爸爸妈妈为了这辆车，闹得不愉快。

欢乐谷很单调，都是人造的。

出来之前，美兮买了一串玻璃风铃，上上下下很多小蚂蚁，造型非常可爱。

美兮不在我身边的日子，这串风铃就在窗前寂寞地唱歌。

## 生日礼物

我和美兮来到京客隆超市，给她买生日礼物。

超市里都是生活用品：被褥床单枕巾，炒锅炒勺菜刀菜板，牙刷牙膏洗发水，大米猪肉酱油米醋……

美兮笑着问："爸爸，这就是你给我买礼物的地方吗？"

我摇头晃脑地说："在周美兮生日的前一天，爸爸带着她来到了京客隆，要给她买一个完美的礼物。爸爸说，孩子，这里的东西你随便选吧！周美兮就兴奋地选啊选啊，最后她扛着一把炒勺乐颠颠地回家了！"

美兮笑得直不起腰。

她接着说："在周美兮生日的前一天，爸爸带着她来到了京客隆，要给她买一个完美的礼物。爸爸说，孩子，这里的东西你随便选吧！周美兮就兴奋地选啊选啊，最后她扛着一袋玉米乐颠颠地回家了。第二天，周美兮把这些玉米种到了土里，从此以后，爸爸就不需要再给她买礼物了，每年玉米都会长出新玉米，周美兮的礼物就无穷无尽啦。"

我也笑得直不起腰。

出来之后，我们的故事愈演愈烈。

美兮说："在周美兮生日的前一天，爸爸笑吟吟地走进了她的卧室，举起两个牌子，一个上面写着'儿童电脑'，一个上面写着'PSP'，爸爸说，孩子，这就是爸爸明天准备给你的礼物，你选一个吧！周美兮高兴极了，选了儿童电脑。第二天，爸爸又笑吟吟地走进了周美兮的卧室，把那个写着'儿童电脑'的牌子郑重地交给她，说，周美兮，给，你的礼物！"

次日，我和小凯、美兮一起来到百盛商场，给美兮买了几套漂亮衣服。

她试了很多套，每次她从试衣间出来，我都给她录了像。

最后，我给她买了一台很精致的儿童电脑，那是第一代可以上网的儿童电脑。

生日晚餐结束之后，一大家人回家，我牵美兮走在最后。她累了，我把她抱起来。她大了，我在黑夜无人的街道上，重温了她小时候的那种亲昵。


## 爆　竹

过大年的时候，美兮还在欧洲。不过，我给她买了很多爆竹和烟花，存放起来，想等她回来放。

我知道鞭炮和烟花对小孩子的诱惑，尤其美兮回来的时候已经是二月份，那时候已经买不到这些东西了，显得更稀奇。

美兮回来之后，玩具太多了，我竟然忘了这些爆竹和烟花。直到3月14日，我才忽然想起它们来。天一黑，我就带美兮出了小区西门，来到一片空场，整整燃放了半个钟头。她太高兴了。

在漆黑的夜空中，烟花像美梦一般绽放，映出美兮幸福的笑脸。第二天就是美兮回法国的日子，这爆竹和烟花竟成了给美兮的送行。

## 知道不知道

2008年3月15日，美兮跟妈妈要回法国了，我去机场送她。

一路上，我都在给她讲幽默故事，我笑，她也笑。

到了机场之后，她终于变得缄默了。

娘俩进了安检口，我再不能往里送了，美兮的眼泪流下来，一边朝里走一边转过头来看我，流眼泪。

我教过美兮一首歌——《知道不知道》，刘若英唱的。我和她登野仙塔那天，她学会了。山顶有座庙，庙门前是一段长而陡的石阶，干干净净的，她坐下来给我唱：

那天的云是否都已意料到，所以脚步才轻巧，以免打扰到我们的时光，因为注定那么少。风吹着白云飘，你到哪里去了？想你的时候，抬头微笑，知道不知道……

这歌词成了我们父女的宿命。

## 蚂蚁出国

通电话的时候，我和美兮谈到了蚂蚁。

美兮问："爸爸，是人多还是蚂蚁多？"

我说："我不知道。只有一种办法可以搞清楚，那就是一人捉一只蚂蚁，如果地上还能找到蚂蚁，那就说明蚂蚁比人多；如果有人没拿到蚂蚁，那就说明人比蚂蚁多。"

美兮讽刺我："这个办法真高明啊！"

聊了一会儿，我对美兮说："爸爸经常一个人去郊外，在空天旷地之间散步。有一次，我在小区里捉到一只蚂蚁，装进火柴盒带出城，放进了田野中。它不用买车票，就去郊游了。"

美兮说："爸爸，你还应该在郊外捉一只农村的蚂蚁带回来，这样，它不用花路费就可以进城打工啦！"

我说："下次，你把一只中国蚂蚁装进口袋里，带到法国去，这样，它不用签证就可以出国了。"

美兮说："可是它想它爸爸妈妈怎么办？"

我说："打电话呗！"

其实，上次小凯带美兮回来，就有一只黄头发蓝眼睛的蚂蚁藏在了美兮的口袋里，免费来中国旅游了一趟。

它回到法国之后，大肆吹嘘它的传奇经历，把几个朋友撩拨得蠢蠢欲动，纷纷来到美兮的楼下，期望得到下一次机会，有蛐蛐儿、螳螂、松鼠、狐狸、棕熊、大象……

黄头发蓝眼睛的蚂蚁爬到大象身上，大声说："先生，我个人觉得，你钻进美兮的口袋有些难度！"

大象憨憨地说："那她妈妈的口袋呢？"


## Ａ型血和Ｏ型血

美兮在电话中说："妈妈的思维是直线的。比如，她专心致志做一件事的时候，我在旁边逗她，她好像没感觉，也不笑。"

我说："她跟我们的血型就不一样。"

美兮一边大笑一边重复："哈哈，她跟我们的血型就不一样……"

我说："我们是Ａ型，妈妈是Ｏ型。Ａ的字形是尖锐的，Ｏ的字形是圆润的，和这两个字母的形状正好相反，Ａ型血的人，很容易听从别人的意见，善于转弯。Ｏ型血的人，我行我素，很坚定，基本不被别人的意见左右。周美兮，你和我的性格有一个好处一个坏处，好处是——假如我们错了，因为听从了别人的意见，又变对了。坏处是——假如我们是对的，由于听从了别人的意见，又变错了；妈妈的性格也有一个好处一个坏处，好处是——假如妈妈是对的，她不听别人的意见，那就对到底了。坏处是——假如妈妈错了，又不听别人的意见，那就错到底了。"

说到这里，我拖着长长的腔调，夸张地说："问题是，我们的妈妈永远是正确的！"

美兮已经笑得上气不接下气："爸爸，一会儿我把咱俩这段对话讲给妈妈，妈妈肯定不会笑，你信吗？"

（我和小凯对美兮的爱一样深——都到底了。美兮对爸爸妈妈的爱也一样均衡，这是值得庆幸的事。在这本书里，我写的只是我和美兮的一半故事，还有小凯跟美兮的一半故事空白着，都储存在小凯的记忆中。美兮的教育、打扮、饮食、睡眠……都是小凯负责。尤其是她带美兮到了法国，那份辛苦可想而知。我对美兮说，爸爸带你玩一个周末，就累得直不起腰，在法国，妈妈日日夜夜全天候带你，没有任何人替换，有多累？美兮说，爸爸，我知道。）

## 勇敢宝贝

美兮在电话中问我："爸爸，你最近在干吗？"我说："爸爸搞了一个活动——周德东探险万里行。"美兮问："什么意思呢？"我说："就是去那些有恐怖传闻的地方体验生活。还要在当地选出一名热心读者，作为'勇敢宝贝'，跟我一起探险。"美兮说："就是说，当上'勇敢宝贝'的读者很幸运喽？"我说："当然。"美兮说："那我是最幸运的，不用选拔，就是你的宝贝！"我说："你在爸爸心里是全世界最宝贝的女孩！"美兮说："……可是我不勇敢。"我说："你是我的女儿，怎么能不勇敢！"美兮笑了："我只有在做坏事的时候是勇敢的。"

## 时间的计算方法

美兮回法国之前，很难过。

我对她说："周美兮，你每年都回来一次，跟爸爸在一起玩将近60天，1440小时。平均到365天里，等于爸爸每天陪你玩4个小时。你难过什么！"

她回到法国之后，有一次通电话，她委屈地说："爸爸，你没算夜里睡觉的时间！"

不知道她扳着手指头计算过多少个晚上，突然发现了这个漏洞。

## 我的单身生活

近期没工作了，回到家，处于休闲状态。

天天弹弹琴，唱唱歌，喝喝酒，聊聊天，看看电视，听听音乐。往来皆白丁。

大街上的车辆密匝匝的，拥堵不堪。周一了，周二了，周三了，周四了，周五了……大家都在奔忙，只有我一个人停顿。

虽然归田了，却没卸甲，我时刻能感觉到它的硬度和重量。

在冲出去之前，让我长长长长地伸个懒腰吧。

## 准 备

美兮暑假回国之前，我购买了一些小东西：

微型电冰箱，微型电饭锅，微型桌椅，微型衣柜，微型浴池，微型吸尘器，换了一只镶花的马桶……

　还买了一堆奇特玩具。

　有三样东西没买到，非常遗憾：电工爬杆用的脚扣，骨牌，可以推动的铁圈儿。

　脚扣——孩子天生爱爬树，对于美兮这个小淘气，诱惑多大可想而知。可是，面对一棵高高的树，她很难爬上去。有了一副脚扣，就可以梦想成真了。我转了很多商店，在网上搜索了很多网页，终于没买到这个宝贝东西。

　骨牌——商场卖的骨牌都是塑料的，质量很差。一直没买到牛骨或者象牙的。

　铁圈——吸引一代代孩子的，永远是那些最原始的玩具。小时候，我最喜欢玩铁圈：拿一根长杆，前面有个"V"形豁口，推动铁圈，刺啷啷满街跑。一次，我在公园里看到一个孩子玩这个东西，想问问他在哪里买的，可是我乘坐的游览车已经开过去了。我来到公园卖玩具的小摊前，挨家挨户地问，人家纷纷摇头。最后一家小贩给了我希望，他说他家里有这种货，可是没有带来。我说明天你带来，我专门来买。然后，我和他互相留了电话。晚上，我想跟他确认明天的交易，他却一直不肯接电话了……

## 美兮万里走单骑

　2008年7月6日中午，十岁的美兮一个人从巴黎飞到北京。

　我去机场接她，站在出口的栏杆外，等了半天也不见她的影子，瞪得眼睛都疼了。

　远远看见里面好像有个小女孩在哭，一个穿红制服的机场工作人员正对她说着什么。我急了，对保安说："我接我的女儿，她十岁，是托管的，我看见她在里面哭，您让我进去好吗？"

　保安朝里看了看，没表态。

　我又说："我担心她把托管单之类的东西弄丢了，请让我进去！"

　保安终于朝里挥了挥手。

　我立即冲了进去。

　我跑近之后才发现，那不是美兮，而是一个穿蓝制服的工作人员，她坐在桌子后，显得很矮，正在跟穿红制服的工作人员说话。

　我的心放下来，又提起来，急切地四下寻找，终于看到一个小女孩，穿着白T恤、牛仔裤、运动鞋，歪戴着一顶白色的长檐帽，正在找行李。

　我喊："周美兮！"

她回头看了我一眼，做了个鬼脸，然后抬头对护送她的工作人员说："他是我爸爸！"

我在一张单子上签了名，拉着美兮走出来，一边走一边聊。遇到几个胖乎乎的法国空姐，她们穿着制服，拉着箱子，去什么地方集合。美兮笑着用法语跟她们打招呼——在旅途中，她们成了朋友。

为了迎接美兮，北京万里无云。


## 魔法罩

在美兮回国之前，我在商场看到一顶蚊帐，蓝白色，像小公主的城堡。

我买下之后，没有立刻打开包装，我要等美兮回家，让她自己搭起来。其实，搭蚊帐是一件很好玩的事。

要问我最喜欢什么？我说水。

要问我最讨厌什么？我说蚊子。

它们飞得像梦一样，你很难打死它。天一黑，这世界就被它们霸占了，像一个个吸血鬼，落在你的指尖上、耳垂上、鼻头上，痒得你百爪挠心。

我不会让它们侵害到娇嫩的小美兮。

这顶蚊帐马上具有了伟大的意义。

电蚊香和草蚊香，都无法彻底消灭和抵御蚊子，而且我坚信它们对孩子有毒害。

想想，美兮在漂亮的蚊帐里安然入睡，那些无孔不入的蚊子，那些战无不胜的蚊子，那些残忍冷酷的蚊子，那些死皮赖脸的蚊子，它们在蚊帐之外"嘤嘤"飞舞，却碰不着美兮的一根汗毛，多幸福的事啊。一顶普通的蚊帐，却成了美兮的一个魔法罩。

后来，我很滑稽地调查这几个父母："你们给孩子买蚊帐了吗？"

十有三四说："我家熏药。"


## 女大第一变

晚上，美兮要睡了。

我拿着厚厚的《西游记》，站在卧室外，等她换睡衣，给她讲故事。

过了几分钟，我认为她肯定换完了，就轻轻推门走进去："周美兮？"

她坐在蚊帐里还在换，见我进来，一下把身子转了过去，轻声说："爸爸！人家还没换完呢！"

我马上退出来。

这是她生来第一次在身体上回避我。

这个从小一直由我给她洗澡、擦屁屁的小东西，一转眼就长大了。

## 筷子套儿

上次美兮回来，我带她在餐厅吃饭的时候，她突然说："爸爸，我给你玩个游戏——我发明的。"

我马上专注起来，想看看她的花样。

她要了一根长长的吸管，伸进一个塑料筷子套儿，看看前面没人，用小嘴使劲一吹，那软软的筷子套儿一下就射了出去，笔直地飞出大约五六米，一下软下来，掉在了地上。两个服务员看到了这一幕，愣住了；一些正在吃饭的顾客看到了这一幕，愣住了；收银台里的老板看到了这一幕，愣住了。

美兮瞟了瞟那些人，做了个鬼脸，不好意思地低下头去。

我惊奇地说："周美兮！这个游戏太好玩了！"

过了一会儿，美兮偷偷跑过去，把那个筷子套儿捡起来，扔进了垃圾筒，然后小声说："爸爸，我回法国之后，你多给我攒些筷子套儿，我回来给你吹。"

我说："好！"

我一个人，几乎天天在饭馆吃饭。从那天起，我天天收集筷子套儿，攒了很多很多。

美兮这次回来，我打开一个书包，对她说："周美兮，你看！"

美兮愣了愣："这些东西是干什么用的？"

我说："你个小东西！你嘱咐我的事，我牢牢地记着，你却忘了！你不是要吹它们吗！"

美兮一下想起来，不好意思地笑了："对对对！吸管呢？"

我挠了挠脑袋："子弹攒了几百发，却忘了枪……"

没关系，第二天我就从麦当劳拿回了一根。从这天起，筷子套儿就在家里满天飞了。

餐桌上，一只碗对一双筷子说："你投身航天事业了？"

筷子说："别逗了，我这两根腿站都站不起来！"

碗说："我明明看见你在天上飞了呀！"

筷子说："那是我的外套！"

## 爸爸的特点

超市的一个偏僻角落，有一个滚动电梯，没台阶，平平的，斜斜地伸到楼上去。

美丐非常喜欢，很快就发明了一种玩法：走到电梯的中间，不停朝下奔跑，那电梯就成了巨大的跑步机。

她兴奋地叫我跟她一起玩儿。

这东西平时是玩不到的，我想让她玩个够，于是，看看四周没人，也上去跟她一起朝下跑。半个钟头过后，美丐没什么，我却大汗淋漓。

两个顾客上了这个电梯，我对美丐说："有人用电梯，我们下去吧，不礼貌。"

美丐玩得正高兴，不肯下来："等他们过去后，我们接着跑！"

我累得实在不行了，硬把她拽了下来。

我们并排坐在长椅上休息，美丐不满地说："爸爸，你有一个特点，你知道是什么吗？"

我说："我知道。"

美丐很诧异："啊？"

我说："我很烦人。"

美丐夸张地瞪大了眼睛："你！你怎么知道？"

我看了看她，平静地说："因为，我只有这一个特点。"

美丐笑弯了腰。


## 瘪也是特点

我对美丐说："形容一个人毫无特点，有这样一句话——这个人就像一片田野里的一株高粱上的一颗高粱粒儿……平凡吗？"

美丐说："平凡。"

我说："还有呢——这个人就像一片田野里的一株高粱上的一颗高粱粒儿旁边的那颗高粱粒儿。"

美丐最喜欢这种胡搞的东西了，她马上添油加醋："这个人就像一片田野里的一株高粱上的一颗高粱粒儿旁边的那颗瘪高粱粒儿。"

我说："加上瘪字就不好玩了。"

美丐马上很聪明地说："对，瘪也是特点。"

## 美兮编的脑筋急转弯

美兮问："椅子是什么做的？"

我马上举起手："木头。"

美兮说："错。"

我说："那是什么做的？"

美兮笑道："椅子是屁股坐的。我编的，嘿嘿。"


## 服装设计师

我和美兮去书店，她看中了三本儿童换装小画册——里面有各种漂亮的衣服，背面有胶，可以揭下来，再分别给一个个女孩模特"穿"上，训练小读者如何巧妙地搭配服装。一本是华丽公主型，一本是时尚少女型，一本是另类叛逆型。

这种换装游戏的创造空间非常大，各种各样的帽子，各种各样的上装，各种各样的长裤，各种各样的裙子，各种各样的鞋子，各种各样的首饰，各种各样的挎包……每一种组合效果都大不相同。

回家之后，美兮就专心致志地搭配起来。

之后，我一页页地翻阅，憋不住笑——她的组配非常和谐，有的堪称完美，没有一种颜色的搭配违反美的原则，也没有一种款式的组合露怯。

在最后一页，我终于看到一身衣服有些俗气，正要说出来，她一下就把画册按下去，抢先说："爸爸，这个模特你不要评论……"

我问："为什么？"

美兮气愤地说："这个出错了，我想换一换却揭不下来了！"

通过这三本书上的广告，美兮发现，这套小画册总共有三十本，她试探地说："爸爸，我非常喜欢这套小画册，你能不能都给我买下来？"

我说："没问题。"

接下来，我开始逗她："周美兮，我觉得，你以后可能成为一个著名的形象设计师。那时候，你红遍全世界了，有一次，你站在领奖台上，下面镁光灯闪烁不停，有记者问你，周小姐，你在服装方面取得了如此巨大的成就，主要原因是什么？你嫣然一笑，答，我要感谢三本儿童换装小画册……"

美兮笑着打我。

## 知父莫若女

我和美兮走在路上。

我说："爸爸最爱两种人，一种是孩子……"

美兮说："另一种是女人。"

我一下就傻了。

## 职业选择

我说："周美兮，你十岁了，长大之后想干什么？"

她说："只要不是地下工作和夜班工作，我都喜欢。"

一只在夜晚活动的猫头鹰听见了，一只在地下活动的拉拉蛄听见了，它们异口同声地说：人各有志。

## 新奇玩物

诗人赵丽华在廊坊图书馆工作。一次，我去探望她，见到图书馆的湖中漂着几个大水球，小朋友可以钻进去，或爬或滚或走或跑，水球就在水面上滚动了。

我第一次见到这个东西，很兴奋，马上说："周美兮回国，我要专门带她来这里玩玩这种水球！"

赵丽华说："欢迎！"

后来，我在电视上看到，朝阳公园就有这种水球。

于是，选个周一，大家都上班了，我和美兮去了朝阳公园。我担心人多，进了公园就带美兮朝湖边跑，到了之后才发现，炎热的中午，根本没有游客，老板正在打盹儿。

买了票之后，美兮钻进了透明的大水球，在里面不停地摔跟斗。水下有一条眼神不济的鱼，它仰起头，看到了在水面上折腾的美兮，不禁嘀咕道：难道这个季节就结冰了？

几分钟之后，美兮挥手示意要出来。半个钟头的时间还没到呢，我打手势让她继续玩儿，她却坚持要出来，我只好同意了。

工作人员把水球拉到湖畔，美兮一出来就大汗淋漓地说："爸爸！热死我了！你进去试试！"

可不是，大水球跟温室似的。

## 学吉他

我经常给美兮弹琴唱歌。

她上厕所的时候，我也抱着吉他，在卫生间门口给她弹曲子。

美兮喜欢吉他，非要跟我学。我就教她C调的1234567，还教她最基础的几个和弦。美兮虽然手小，但是接受很快。

下次美兮再回来，我想给她买一把电吉他，配两只巨大的音箱。实际上，电吉他只适合在舞台上演奏，在生活中，木吉他更安静、更感人。不过美兮喜欢刺激，不妨让她见识一下电吉他的力量。

## 四轮自行车

这一天，我和美兮带上吊床和玩具，来到朝阳公园，在树林中乘凉。

下午，天微微有些凉爽了，我租来一辆四轮自行车，跟美兮一起兜风。

开始，美兮听说我带她去蹬车，并没有太大的热情，可是，她见到这辆自行车之后，一下就高兴起来——四个轮子，车就平稳；轮子很细，车就轻快；顶一个棚，就有了一块忠诚的阴凉；四根支柱，走起来就有了阵阵凉风；一个方向盘，就让美兮有了把握方向的快感；一只铃铛，就让这辆车有了可爱的招摇……

在生活中，我们不可能拥有一辆四轮自行车，在大街上慢悠悠地骑。于是，对于孩子来说，这辆车就变得珍奇了。

朝阳公园是北京面积最大的公园。美兮回国之前，我来踩过几次点了。我们从南门出发，一直朝北门驶去，走过了那些游乐设施，走过了拥挤的游客，只剩下了一条美丽的甬道，两旁是树林，山坡，花草，湖水……

美兮这个司机不太靠谱，总是兴奋地跟我谈论两旁的景色，却丢开了方向盘。没关系，这里没车没人，最多就是偏离甬道，闯进草地。一次，美兮撞到了一只蚂蚱，蚂蚱跳开之后，对美兮叫起来："你，你负全责！"

迎着凉爽的风，我和美兮慢慢蹬车。两旁的花草越来越茂盛，把路挤得窄窄的。它们没有经过修剪，完全是野花野草，寂寞生长，开得热热闹闹。

在黄昏的夕阳下，在傍晚的凉风中，我忽然发现，野性的花草如此令人感动。

美兮麻利地停了车，跑下去，选了一朵别致的花摘下来，插在了头发上。我跳到她的座位上，偷偷朝前骑。美兮发现了，立即在光洁的甬道上追上来，在后面抓住两根支柱，灵巧地跳上来，在行走的车体上一点点爬到了前面。

我说："请问，您买票了吗！"

她笑着说："我是售票员的女儿。"

一转眼，前面出现了一大片草坪，我和美兮停下来，甩掉鞋子，冲了进去。我从来没见过那么绿、那么平的草。

我们在草坪上扔布袋。你可以使出最大的力气，但是绝不可能把布袋扔出草坪去，草坪太宽阔了；你可以疯狂奔跑，即使摔倒了，也就像躺在了家里的床上，草坪太软了；你可以大喊大叫，就算是喊破了嗓子，也没人听得见……

离开草坪，我说："周美兮，你不要穿鞋了，光脚在路上走一走。"

一次，受一个山里女孩的鼓动，我在大街上脱掉了两只硬邦邦的皮鞋。当我的两只脚踩在凉丝丝、光溜溜的柏油路上时，一下就爱上了那种感觉，太舒服了。脱掉鞋子，这个动作很简单，我们每天晚上都要做一次，可就是没人敢在走出家门之后这样做。

我早就想，哪天要让美兮体验一次不穿鞋的感觉，让她的两只脚丫子跟大地亲近亲近。

美兮最喜欢这种事了，她赤足跑在光洁的甬道上，惊喜地大叫："爸爸爸爸！太爽了！"

我骑车走在前面，美兮光脚走在后面，终于，见到了稀稀拉拉的游客，美兮依然光着脚，引来大家奇怪的目光。

一个人骑着两轮自行车飞奔过来，远远就喊："先生，小姐！我们下班了，快回来吧！"

他是公园的工作人员。我和美兮太贪玩了，这时候，天已经快黑了！公园这么大，真不知道他是怎么找到我们的。赶紧跟人家道歉，然后让美兮上了车，快速朝南门骑去。

那个工作人员跟在后面，遇到上坡就跳下自行车帮我们推车，遇到岔路口就帮我们指路，等我们回到南门的时候，天已经黑透。

美兮意犹未尽地说："爸爸，我想光脚逛一次王府井大街！"

我说："还有巴黎香榭丽舍大街。"


## 心理游戏

我和美兮去索尼探梦。

过去，我经常带美兮去中国科技馆，相比之下，我更喜欢索尼探梦——

比如，一个发光的平台，上面有各种动物，按照提示，做出某种动物的手影，那个动物就会呼啦啦地飞舞起来，慢腾腾地爬动起来，轰隆隆地奔跑起来。美兮有一双灵巧小手，每次都成功。

比如，在一楼的扶手处喊一句话，这句话就变成了奇形怪状的电波，朝上缓缓移动。喊话人跟着登楼梯上去，到了二楼，这句话也到了，清晰地播放出来。

比如，美兮坐在一个小巧的观察孔前，我坐在她对面，她的旁边放一面镜子，美兮通过眼睛的余光看到我的脸，她用手在前面的空中一下下擦，就会擦掉我脸上的五官……

神奇的东西数不胜数。

美兮玩了全部的项目，正好人家下班了，美兮才恋恋不舍地走出来。

不远的草坪上，有三只空管子，红色，绿色，黄色，它们弯弯曲曲，七拐八绕。一个人对着某只管子的一端说话，另一个人在这只管子的另一端听，效果很奇特。

美兮发明了一种玩法——

她在心中默想一只管子，我来猜测她想的是哪只管子，然后走到这只管子的一端，把耳朵贴上去。美兮就在另一端告诉我，对或者错。每一轮游戏是三次，一种颜色她可以重复想两次，或者三次。

第一轮第一次。

美兮说："爸爸，我想好了。"我看了看三只管子，红色最突出，而且很端正，一般人应该首选它。我走到红管子前，把耳朵贴了上去。美兮激动地把小嘴贴在红管子的另一端，她的声音就千回百转地传过来："对了！"

第一轮第二次。

我看了看绿管子，又看了看黄管子。一般说来，红和绿是般配的，跟黄没什么关系。我走到绿管子前，把耳朵贴了上去。美兮很惊奇，在绿管子的另一端高兴地说："对了！"

第一轮第三次。

我看了看黄管子，突然问她："周美兮，你善良吗？"美兮心有灵犀，立即说："善良！"

我马上走到黄管子前，把耳朵贴了上去。美兮更高兴了，在黄管子的另一端激动地说："对了！"

第二轮第一次。

美兮说："爸爸，我想好了。"我故技重演："周美兮，你善良吗？"她笑了："不善良。"我也笑："很不善良吗？"

她还笑："很不善良。"

我走到绿管子前，把耳朵贴了上去。她在绿管子的另一端惊喜地说："爸爸，对了！"

她不可能第一次再选红管子。我问她善良不善良，她如果只承认自己不善良，那可能是黄管子，跟刚才的顺序相反。她说她很不善良，那就说明毫无规则可言，肯定是绿管子。

第二轮第二次。

我说："周美兮，你善良吗？"她想了想说："还算善良。"

我走到黄管子前，把耳朵贴了上去。按照第一次的顺序，绿下面是黄。她在黄管子的另一端高兴地说："爸爸，你又对了！"

第二轮第三次。

我问她："周美兮，你善良吗？"她说："不善良。"

哈哈，不是红管子。但是她也可能欺骗我，因为她说她不善良，我就不可能选红管子，而她想的偏偏就是红管子。不过，据我对她的了解，她为了保护她和我的这种默契，不应该骗我。

我又问："你很不善良吗？"

她笑嘻嘻地说："一般不善良。"

我立即走到绿管子前，把耳朵贴了上去。她在绿管子的另一端兴奋地说："爸爸，对了！"

如果她说她"很不善良"，那么她想的很可能还是黄管子，那太难了。她说她"一般不善良"，那就应该是绿管子。

第三轮第一次。

第一轮第一次她想的是红管子，第二轮第一次她想的是绿管子，这一轮呢？

美兮说："爸爸，我又想好了。"我眯着眼审视她的表情，然后问："周美兮，你善良吗？"她说："善良。"

我走到黄管子前，把耳朵贴了上去。她在黄管子的另一端笑吟吟地对我说："爸爸，你真棒！"

第三轮第二次。

我问："你善良吗？"她说："善良。"我走到绿管子前，把耳朵贴了上去。她在绿管子的另一端笑吟吟地对我说："爸爸，你又猜对了！"

第三轮第三次。

我说："你善良吗？"她坏笑："不善良！"我说："很不善良吗？"她说："很不善良！"

我走到绿管子前，把耳朵贴了上去。她在绿管子的另一端哈哈大笑：

"爸爸！你错啦！"

我不服气地站起来，说："不可能啊！"

她说："我就知道，我说我很不善良，你就会选绿管子，我故意骗你呢！"我说："那你想的是……"她说："这次我什么都没想！"

## 自然博物馆

这一天，我和美兮来到了自然博物馆。

自然博物馆不卖票，提前预约就行了。

美兮喜欢小东西，我们一直在昆虫馆转悠了。昆虫是最早出现在地球上的动物，现在，全世界已知昆虫有一百多万种。想一想，我们的见识太少了。

那些蝴蝶标本，大的如盘，小的如豆。颜色华丽、绚烂，搭配和谐、奇妙。

美兮表达了一个想法，整理出来是这样的——

爸爸，这些蝴蝶的花色太完美了！其实，服装设计师根本不用自己搭配颜色，随便挑一只蝴蝶模仿就行了，设计出来的衣裳肯定是这个世界上最漂亮的。

## 轻敲臭臭臭

在餐厅吃饭的时候，美兮给我讲了一个故事，内容大致是这样——

法国有一个巨人，爱上了一个姑娘。巨人向姑娘求婚，姑娘不同意，因为他太大了，无法一起生活。巨人为了得到爱情，必须变小。姑娘同意等他十年。有人指点巨人，你要去遥远的中国，那里有个巫师，他才能把你变小。巨人步行将近两年，终于来到中国，找到了这个巫师，巫师却对他说，你要去美国，那里有个巫师，他才能把你变小。巨人又步行将近两年，终于来到美国，找到了这个巫师，巫师却告诉他，你要去摩洛哥王国，那里有一个巫师，他才能把你变小。巨人又步行将近两年，终于来到摩洛哥，找到了这个巫师，巫师却告诉他，你要去澳大利亚，那里有个巫师，他才能把你变小。巨人又步行将近两年，终于来到澳大利亚，找到了这个巫师，巫师却对他说，你要去法国，那里有个巫师，他才能把你变小。巨人只好又步行将近两年，回到了法国。原来，法国这个巫师正是最早指点他去中国的人。巫师对他说：你为了爱情，奔走了十年，令人感动，现在我可以把你变小了。巨人变小之后，在十年期限的最后一天，和姑娘举行了婚礼。

这个故事里有个非常有趣的说法：

法国的巫师指点巨人去中国的时候，巨人瓮声瓮气地问："我不会说中国话怎么办呢？"

法国巫师说："其实，中国话非常简单，只有一句话——轻敲臭臭臭。音调不同，就表达不同的意思。"

接着，巫师就开始教巨人说"中国话"，比如——

"轻敲臭臭臭！"（你好！）"轻敲臭臭臭！"（你好！）"轻敲丑丑臭？"（你有什么事？）"轻敲愁愁臭！"（我想把自己变小！）"晴敲臭抽抽。"（这个我做不到。）"晴敲抽抽臭！"（请您帮帮我！）"请敲丑丑丑。"（你去美国找一个巫师吧。）"请敲愁愁愁？"（他住在哪里？）"请敲臭臭丑。"（一个叫又臭又丑的镇子。）"请敲抽抽抽？"（他的名字叫什么？）"请敲丑丑臭。"（他叫又丑又臭。）"庆敲臭愁愁！"（谢谢您！）"庆敲臭臭愁！"（客气啥！）

美兮讲这一段的时候，一边说一边憋不住笑。

那个法国巫师，把复杂的汉语简化成了一句话，这个情节很可爱。

作者这样编故事，他的想象很可爱。

美兮选择了这个故事，她的情趣很可爱。


## 可爱的街景

我让美兮给我讲讲在法国的见闻。

她说，有一次，她在大街上见到这样的情景：一个漂亮的女孩走过来，路边几个黑人小伙子立即尾随在她背后，边跳边唱。女孩一回头，他们就抬头望天，继续跳继续唱。这个队伍越来越长，还有一个不到十岁的小男孩也加入进去，追在女孩身后，边歌边舞……

美兮一边模仿黑人小伙子跳舞，一边用法语叨念一首RAP歌曲。真难为她了，能记住那么密集的歌词！


## 法文歌

美兮回国来，经常给我唱一首法语歌，旋律听起来浪漫而忧伤。

我想知道歌词是什么，她就告诉我，唱的是一个小男孩想跟随他的小纸船远走高飞。然后，她一句句翻译给我听——

蓝色的海浪一排（　　）一排，你在辽阔的大海上，越来越远，变成了一个小黑点。我在一只很老的作业本上，把你剪下来，画上一颗不安分的心，来到码头放进水中，你被时间和风推着前进。亲爱的小纸船，我想跟你一起去旅行，离这里越远越好，看一看别的国家，看一看新的土地以及所有稀罕的生物。让我们一起去寻找宝藏吧，不害怕大风暴，不需要指南针，只需要疯狂的想法！

在一排和一排之间，美兮用了一个绝妙的词。法语和中文不可能准确对应，这个词是美兮创造的，当时我说："周美兮，这个词太棒了！"

接着，我把这首歌词记在了手机里。一次，手机出故障，弄丢了。

美兮回法国之后，我跟她通电话，又一次谈到这首歌。她一边哼哼旋律一边补充说："还有一句歌词——南边在北边，所有人都比你先进。"

我愣了一下："南边在北边？"

她说："歌里就是这么唱的。"

我说："没了？"

她说："没了。"

我还是疑惑不解："南边怎么会在北边呢？"

这个笨拙的提问把美兮逗得哈哈大笑，她说："小纸船摇摇晃晃，没有方向，把南边当成北边，把北边当成南边，可能是这个意思吧？不过，这正是小男孩喜欢的，要不，他怎么说不需要指南针呢。"

我嘟囔了一句："我落伍了……"

接着，我赶紧问："周美兮，当时你在一排和一排之间用了一个让人意想不到的词，很经典，那个词是什么？"

她说："爸爸，我的脑瓜每天都要想无数的词，哪里记得住！"

一排牵扯一排？一排激发一排？一排镇压一排？一排更新一排？一排繁殖一排？一排哄抬一排？

都不是，差得远。

我苦思冥想，怎么都回忆不起来了。在这件事上，不论是作为一个父亲，还是作为一个作家，我都是失职的。

那就永远想不起来吧，残缺才完美。


## 讲价还价

京东有一个"淘宝城"，商品又丰富又便宜。

这天，我对美兮说："今天，爸爸给你50块钱，你去淘宝城，想买什么就买什么。"

平时，我从不把钱交到美兮手上，她想买什么，肯定要咨询我的意见，我同意了，才会为她付账。现在，她第一次有了自主权，高兴得跳起来："真的？我想买什么你都不管？"

我说："是的。不过我提醒你，不要忘了跟小贩侃价。如果你不砍价，50块钱可能只买来一件东西；如果你砍价，50块钱就可能买来三件东西，甚至更多。"

美兮说："没问题！"

我掏出50元钱递给她，她郑重地接过去，小心地装进了牛仔裤的口袋里，然后，就迫不及待地要出去了。

我带她来到淘宝城，她在前面左挑右选，看中了一个长颈鹿玩具，下面有根线，一拉，长颈鹿就松懈了，软塌塌地趴在地上。一松开，长颈鹿就挺立起来。标价：15元。

她不放心地看了看我，说："我想……买它……"

我说："爸爸说了，这50块钱归你支配。"

美兮立即潇洒地从口袋里掏出50元钞票，高高地举过去："阿姨，我买一个！"

售货员接过钱，找给她35块，美兮拿起长颈鹿，乐颠颠地跑开了。

我紧紧追随在她身后，说："周美兮，你砍价了吗？"

美兮一下停住脚，吐了下舌头，说："对不起，我忘了……我回去砍价吧？"

我笑道："已经晚了！据我分析，如果你对售货员说，能便宜一点吗？她百分之九十会说，14块吧！如果你说，12块钱卖吗？她百分之八十会说，最少13块。这时候，你已经节约了2块钱。如果你坚持出12块，成交率大约是百分之七十。如果你再狠一点，只出10块钱，成交率是百分之六十。"

美兮没怎么认真听，继续朝前走。我们来到一个钟表柜台，她让售货员拿出几块手表，在手腕上比来比去，终于选中了一块，大声问售货员："阿姨，这块手表多少钱？"

售货员说："20块。"

美兮递上20块钱，说："我买一块！"一边说一边把那块手表戴在了手腕上。

我在她背后说："周美兮，你又忘了讲价了。"

美兮回头看了我一眼，小声问售货员："能便宜点吗？"

售货员笑着摇摇头："你是个小孩，而且这么可爱，阿姨不可能宰你，20块钱已经不赚钱啦。"

美兮小心地看了看我，在咨询我的意见。我说："爸爸说过的，你自己做主。"

离开钟表柜台，我对美兮说："商人必须赚钱，这个售货员卖你这块手表，肯定是赚钱的。不过，她看你是个小孩，并没有赚你很多，这是可能的。不管怎么说，这块手表很漂亮。"

就这样，美兮买了两件东西，剩下15块钱没有再花，积攒起来了。

（平时，我不怎么买东西，偶尔买菜，从来不跟人家侃价。坐人力三轮车，人家要8块，下车肯定给10块。爸爸缺什么就想给女儿补什么。这是一个商业社会，她应该学会讲价还价。）


## 夏日的风

密云是生态县，环境美好。

小城幽幽静静，四周到处是绿油油的庄稼。太阳好极了，蓝天如洗，远方是一清二楚的山连山。

我和美兮买了一辆崭新的自行车，载着她来到环城路上。高大的自行车是交通工具，低矮的自行车就是超级大玩具。我们的玩具很轻便，很鲜艳，我能骑，美兮也能骑。又给美兮买了一顶遮阳帽，一瓶水（水是必不可少的，纯净而美好的水）。

宽阔的马路上画着白色和黄色的标志线，几乎不见一辆车。

两旁的庄稼一片碧绿，蝴蝶去做皮肤护理，蚂蚁去签一个运输合同，一只橘子去起诉另一只橘子侵犯了它的肖像权，甲虫的弟弟被逮了，去找蜘蛛"捞人"……

一个农妇在草地上放羊，十几只雪白的羊羔，其中最小那只脏兮兮的，一声声叫着妈妈，声音嫩得滴水。

我们停下来，支好自行车，坐在树荫下观看它们。

一个脸蛋又黑又红的小女孩，大约七八岁，应该是那个农妇的孙女，她拿着鞭子，站在太阳下，静静望着我们，一言不发。

农妇告诉我们，最小那只羊羔昨晚才落草。

美兮轻轻跟它说话，它就慢慢走过来，靠在美兮的膝盖上轻轻地蹭，说："你愿意做我的姐姐吗？"

离开羊羔之后，我们沿路一直朝前骑，不知不觉进入了一个村庄。村里人三五成群地坐在墙根下，好奇地注视着我们。

我问一个村民，去野仙塔那座山怎么走。村民告诉我，一直朝前走，出了村子朝右转。

出了村子，路上不见一个人，听到各种野虫在"吱吱"叫。终于看到了一条朝右转的柏油小路，弯弯曲曲朝山上伸去。拐弯处，两旁的树叶和高大的庄稼把小路挤得更窄了。这时候是午后三点钟左右，太阳依然热辣辣的，不过已微微有了些安详。我们顺着这条僻静的小路朝上走了几里路，看见有个老农民在一块巴掌大的田地里劳作，我停下车，问他野仙塔怎么走。老农民说，我们走错了，此路不通。

朝下骑的时候，美兮提出一个建议：她站在后座上。这样，她的头就高出了我的头。我觉得太危险，她却表示绝对没问题。于是，我坐在自行车上，一条腿支地，她小心地站起来，抓住我的肩膀，我缓缓把车骑动了。

下坡很快，凉风吹过来，掠过我和美兮汗津津的脸，爽极了。

我们索性不去野仙塔了，一次次回到山坡上，一次次冲下来，就为了制造那令人沉醉的凉风。美兮在运动的后座上站立，越来越熟练，越来越松弛，她兴奋地喊叫起来。在寂静的大山里，她的声音传出很远，草丛里不知道有多少昆虫都支棱起耳朵，静静聆听这罕见的声音……

这么热的季节，这么热的午后，大家都躲在房子里，很少有人这样干。此时，更多的孩子可能在父母凉爽的车里去一个什么地方，可能在冷丝丝的麦当劳吃快餐，可能在不冷不热的家里玩玩具，可能在小区炎热的太阳下踢足球……

而美兮在享受山野的风。

我们发现了这种快乐，并且贪恋这种快乐。

其实很简单，只需一辆自行车，一段人迹罕见的小山坡，一次次由上朝下冲刺。满世界的炎热都凝固了，我们却拥有了流动的凉风。那种享受独一无二，绝不是家里空调的那种凉，也不是电扇和蒲扇制造的那种风。

直到今天，我还怀念那个山坡，那个午后。我想，老了之后，我依然会想起。

从那天起，美兮就一直站在自行车后座上了，我们穿过大街、小巷、田野、桥梁，甚至有一次我们沿着清澈的白河，竟然从密云一路骑到了水库。

我说："周美兮，多神奇啊，一辆自行车就给我们带来这么大的快乐！实际上我们得到的仅仅是大自然的凉风，凉风似乎一文不值，不过，在炎热的暑期里它就变得无价了。"

美兮说："水也不值钱，可是在沙漠里就不一样了。"

## 特殊的体验

我和美兮来到了银行。

实际上，现金还没有花完，我只是想让美兮体验一下亲自从取款机里取钱的感觉。

过去，我的卡一直交给助手管理，结账也是她负责，我从来不带卡，也不会从ATM机里取钱。我跟美兮在一起，只能自己带卡了。第一次从ATM机里取出钱的时候，我都感觉很新鲜。对于小孩来说，肯定感觉更新鲜。

果然，美兮一听让她去取钱，十分高兴。

像助手教我一样，我教美兮如何把卡插进取款机，如何输入密码，如何取钱。

美兮一步步按我的引导做了，美好的人民币"哗啦啦"从机器里送出来，很谄媚的样子。

美兮十分惊奇："爸爸！这样钱就到手啦？太简单了！"

我说："幸福需要一点一点积攒，最后才能大获丰收。"

美兮说："周老师，又来了。"


## 石子山

我和美兮步行，离开密云城区，来到广阔郊区。

穿过一个村子，我们被河堤挡住了去路。沿着河堤走，遥遥无尽头，四周不见一个人。

美兮一边走一边玩儿，我却捡起了一块很大的石头抓在手里。

走啊走，终于看到一条通向城区的土路，两旁是荒山荒草。我们沿着土路朝前走，遇到一个工地，有几堆石头子，像小山一样，斜斜的坡，陡峭而齐整。那是建筑用的，全部如铜钱般大小，极其匀称。

这是平时很难遇到的巨大玩具，我对美兮说："你爬上去玩呗！"

美兮四下看了看，说："人家不让吧？"

我说："我去找负责人打个招呼。"

我朝前走了一段路，果然看见几个农民工在筛沙子。我走上前，指了指那几堆石头子，笑着说："师傅，能不能让我的孩子爬到那上面去玩玩？谢谢了！"

其中一个人挥挥手，意思是：去吧。

我高兴地跑回来，对美兮说："已经说好了，上！"

美兮撒腿就冲上去了，石头子在她脚下"哗哗"滚落，她费了好大劲儿才爬到顶端。我也跟着爬了上去。美兮最喜欢石头子了，她上去之后就高高兴兴地挑选起来。

我们在上面玩了好半天，突然传来了狗叫，我朝下面一看，天，是三条看工地的大狼狗！两瘦一胖，组合起来就是110，警犬哪！

它们发现了我们，迅速冲过来，一边跑一边大叫："有小偷！我们三面包抄！"

我小声对美兮说："立即撤退！"

美兮跟我一起缩下脑袋，从背面滑下来。

那些狗叫了一阵子，终于悻悻地离开了。

我和美兮这才偷偷地溜掉。


## 一根没人注意的树枝

我和美兮来到京都第一瀑——黑龙潭。

我带了一个捞鱼的网兜，有个长长的柄。

进入景区，美兮脱了鞋，跳进清清浅浅的水中，开始捞鱼。那些鱼很小，但是很机灵，都不上当。

美兮极有耐心，在网兜里放一点蛋糕渣，轻轻伸进水中，然后一动不动，静静等待。

毒辣辣的太阳晒着她，我站在她背后，用身体给她遮阴凉。

终于，一些小鱼钻进了网兜，美兮敏捷地一提，捞上了三条！我赶紧装进塑料瓶中。

就这样，美兮一路走一路捞，收获很大，捉了几十条小鱼。它们挤在集体宿舍里，非常不满，纷纷游到瓶口，要求补偿搬迁费。

在一座小桥下，美兮正在专心致志地捞鱼，突然水边出现了一只青蛙，美兮果断地用网兜去舀，把那只青蛙甩到了半空，它落在岩石上，滑下来，钻进水里又不见了。

天快黑了，美兮还在刚进山的潭边捞鱼，整整一天。

离开的时候，我们把那些可爱的小鱼都放回了水里。

出了景区，美兮说："爸爸，现在我一闭眼睛，都是小鱼在游动。"

路旁有一根枯树枝，美兮走过去捡起来，说："爸爸，你看，它多像一只鹰！"

那是一根非常普通的树枝，某一天被大风刮断，掉在了地上。除了美兮，不会有任何人注意它。可是，只要仔细看，稍微做点取舍，它不就是一只苍劲的鹰吗！不是形似，是神似。

（想起一句话：每块木头都可以是一尊佛，只要去掉多余的部分。）

## 父女俩第一次打乒乓球

外婆家楼下，有一家乒乓球馆。

我买了一对新球拍，带美兮去打。

记得2005年，《青年文摘·彩版》集体春游，带上了美兮。我们在一个度假村玩乒乓球，美兮也要打，我只好当陪练。她一点都不会，一打就把球打到天上去了。

现在，她虽然还是打不过我，不过我们终于可以来来往往打上几个回合了。发球时，她还偷偷加转呢，嘿嘿。

一颗比乒乓球大的球，在茫茫宇宙中旋转着飞过某一年，上面有一幢大楼，大楼里有个人正在接电话，一边听一边笑得合不拢嘴，电话里是一个脆生生的声音："喂！你是那个长着黑黑眉毛的人吗？你怎么没了呀？我很想你呢！"

## 这个故事实在不想写出来……

美兮在法国摔了一跤，右胳膊肘划了一个小口子，她回到北京后，只剩下几粒细小的痂，美兮嫌不好看，用左手一下下揪。

我说："周美兮，不许揪！小心落疤！"

美兮就不揪了。

一次，美兮提出了一个不靠谱的要求，跟我反复商量，见我还是不同意，灵机一动，举起右胳膊肘，用左手对准那些小痂，威胁说："爸爸，你再不同意我就揪！"

没办法，我只好妥协。

美兮用这个办法，逼迫我答应了她好几个非分要求。

有一天，我带她出去闲逛，助理季风陪着。坐车回来的路上，外面已是万家灯火，大家都很累。

季风刚刚在路边买了一本杂志，叫《都市主妇》，里面有一篇对我的采访文章。美兮对这类文章不感兴趣，她从杂志中抽出一份"读者调查表"，字很小，密密麻麻一大张，让季风给她念。

季风念了一遍，嗓子都干了。她又让季风念第二遍，季风不愿意，她就反复纠缠。季风苦着脸念了第二遍，她又笑嘻嘻地让季风念第三遍……

她并不是想听，就是胡闹。她和季风的关系非常好。

季风坚决不念了。美兮没办法，就对我说："爸爸，你赶快对你的助理下令，让她给我念。"

我说："周美兮，适可而止！"

她举起右胳膊肘，伸出左手，说："我揪！"

我只好说："季风，再委屈你一次吧。"

季风说："我摊上了一个不靠谱的老大，又来了一个不靠谱的女儿！列祖列宗啊，你们快点把我带走吧！"

看到季风夸张的表情，美兮笑得更欢了。

季风念完这一遍，美兮又笑嘻嘻地让她再念一遍。季风板着脸说："美兮，说什么我都不会答应你了！"

美兮说："爸爸！"

我说："叫爸爸也不行！"

美兮说："我揪！"

我仔细看了看她的右胳膊肘，一下激动起来："哈！周美兮！那些小痂已经掉光了！"

美兮低头看了看，一下就泄了气，小声说："完了，没武器了。"


创　意

我带美兮来到一个小公园。

我带上了滑板，系着一根蓝色的尼龙绳，又打算把滑板当车，拉着美兮走。

在公园里，我们坐在草丛上晒太阳，美兮把那根尼龙绳解下来，在光脚上缠来绕去。不一会儿，就做成了两只绳鞋，看上去，款式简单而时尚。

"爸爸，你看，漂不漂亮？"

"很漂亮！"

美兮四五岁的时候，有一次，她在地板上用多米诺骨牌摆出各种造型：太阳，高山，楼亭，飞鸟……材料越细小，摆出的东西越细腻。而骨牌太大，美兮必须寥寥几笔就完成那些图形——她做得很好，那些图形看起来十分艺术。

现在，她层出不穷的创意又在绳鞋上体现出来，她坐在那里，用尼龙绳不停地编啊编，一连在小脚上做出了几十种绳鞋的款式，除了三四种显得挺平常，其他种种款式都让我赞叹——有的用料奢侈，看上去繁复华丽；有的用料节约，看上去素雅大方；有的细心算计，看上去精致可爱；有的大胆设计，看上去与众不同……

不要挑剔那三四种平常的设计了，能变化出这么多花样就足见她的想象力了。

回到家之后，那根尼龙绳没有回到杂物箱里，而是傲气十足地跳到了鞋架上。


## 刺激的游戏

我和美兮又来到了北京游乐园。

游乐项目太多了！美兮先坐"大观览车"。它像一架大型彩色风车，高62米，被称为"亚洲第一摩天巨轮"。美兮坐在27号"包厢"，缓缓转了一圈，把北京看了个够。

又玩"伯爵号皇家双层木马"，这东西她百玩不厌。又玩"旋转秋千"，一圈圈飞转，风就大了。又玩"吃惊房屋"，天旋了地转了，其实那只是房子在转，椅子只是恶作剧地颠一颠而已。又玩"大海贼"，如同在大海上漂泊。又玩"空中自行车"，在半空中浪漫行走。又玩"浪卷珍珠"，公转又自转。又玩"战斗机"，可以控制高低，我升起来，美兮就降下去；我降下去，美兮就升起来……

我最怕"大荡船"，硬着头皮只陪美兮玩了一次。大船时而冲上浪尖，时而坠落谷底，摆幅越来越大，直至90度。我感觉完全失重了，只能紧紧闭上眼，等待噩梦过去。四周的惊叫声震得耳膜疼。美兮下来之后，又去排队……一直玩了几十次！

又玩"惊涛骇浪"——那是一艘仿木船，提升高度为15米，水道全长196米。我和美兮坐上去，从高高的滑道上快速俯冲下来，激起数十米高的巨浪，我们瞬间被水吞没，很快又来到风平浪静的水面上。

……黄昏时，美兮在游乐园一角发现了"神鸟魔盘"，上面立着玛雅传说中的蜥人雕塑，她非要玩儿，我就让她上去了。她和那些大人一起被固定在椅子上，神鸟开始左右大幅度悠荡，同时魔盘开始转动。我在下面看得头昏眼花，死死盯着高空中美兮的嘴，她在一片惊叫声中，紧紧闭着眼睛，没有叫一声。只要我看到她喊叫，立即会冲进操作间，让工作人员停止机器。

美兮下来之后，我长长松了一口气，没想到她却说："爸爸，我还要玩一次！"

我没让美兮玩"疯狂老鼠"、"摇滚金刚"、"风暴骑士"、"神剑魔轮"，担心她受到惊吓。

美兮编过一个蚂蚁晕车的故事。这一天，故事中那只倒霉的蚂蚁爬到了北京游乐园，它望着在高空中旋转的美兮，嘀咕道："人类太奇怪了，为什么自己把自己粘在电风扇上呢？"

## 爸爸的肖像

美兮上次回家，在墙上画了一些画，没看出什么特殊才能，只是透出了十足的童稚气。记得那一次，她在图画本上画了一只兔子，很潦草，很一般，不过速度快，大约十秒钟就完成了。

我从来没想过，美兮在画画上有什么造诣，只把这件事当成了她的娱乐项目。

这次美兮回家，有一天我正在弹吉他，她拿起画笔，郑重其事地说："爸爸，我给你画一幅肖像吧！"

我一边唱歌一边点点头。

她就一边看我一边认真地画起来。

几分钟之后，她说："爸爸，画完了。"

我放下吉他，拿过来一看，呆住了：她画得很简单，却几笔就把我的体貌特征勾勒出来——寸头，瘦脸，眉毛粗重，眼角耷拉，高鼻梁，厚嘴唇。更难得的是，她画出了我的神韵，看上去挺硬朗，深层却藏着忧伤。

她观察着我的神态，说："爸爸，你评价一下。"

我放下图画本，说："周美兮，我真的没想到你画得这么好！有几个漫画家给爸爸画过肖像，其中一个美术编辑画得最像，那幅作品发表在十年前的《新青年》杂志上。你画的仅次于他，排第二。"

"真的？"

"真的。"

美兮受到鼓励，又"哗哗哗"画了一个女孩头像，颜色单纯，笔法大气。我看了之后，又一次被震撼："周美兮，爸爸做《青年文摘·彩版》主编的时候，总为找不到好的插图犯愁。如果当时我看到你的这幅画，一定采用它。"

那本发黄的《新青年》杂志和美兮的图画本放在同一个抽屉里。

四十岁的周德东和三十岁的周德东在对话。

三十岁："你怎么突然老了？"

四十岁："我还是我，这一点没有变，只不过我把我的十年分割出去了，化成了另一个新生命。"


## 猴哥猴哥，你真了不得！

美兮从小最喜欢电视剧《西游记》里的孙悟空了。

她回到中国之后，我先带她到天桥剧场，在包厢里看了美仑美奂的舞剧《丝路花雨》，又去花果山剧场看了大型奇幻剧《美猴王》。

据宣传，这个剧投资六百万元，堪称舞台奇观。它荟萃了木偶、魔术、杂技、歌舞、曲艺、变脸、武术等等各类艺术精华；综合运用声、光、电等高科技手段和特效，营造出魔幻的视听氛围。

演出开始之后，水帘洞的水都溅到了我和美兮身上，凉凉的；天庭的烟雾湮没了观众席，观众如同身临其境；孙悟空神出鬼没，在天上飞来飞去，甚至都飞到了我们的头上……

回家的时候，我跟美兮聊起《西游记》，一致喜欢孙悟空取经之前的故事。取经的故事服从了一种世俗的秩序，不爽了。而《美猴王》这一段，讲述的是孙悟空少年立志，我行我素，勇于担当，快乐成长。

最后，我对美兮说：我知道你还有个梦想——见见孙悟空的扮演者六小龄童。等你下次回北京的时候，爸爸争取促成这件事。


## 蒙不住的孩子

某公司拍了一部动画片，全国公映的时候，请我去观摩。

美兮在家，我拒绝了所有的社交活动。不过，因为这次是动画片，我想可以带美兮去，就答应了。

电影院在王府井东方新天地商场里。开演之前，我接受了不知道哪家电视台的简短采访，然后进入电影院。

散场之后，我和美兮出来，都没有说什么。

过了一会儿，我问她，你觉得这部电影好看吗？

美兮说，不好看。

我以为我不喜欢是因为自己老了，没想到十岁的美兮也不喜欢！我一下找到了知音，又问她，你觉得怎么不好看？

美兮表达了一个复杂的意思，整理出来就是——好看的东西可以让你说出很多条喜欢的理由，不好看的东西却让你说不出一条不喜欢的理由。

作为第一部国产大片，一定要有本土的特色和自己的风格，但是这部电影完全是在模仿日本动画。科技可以学，文化不能学。不管学得多像，都是没出息。

跟其他中国孩子一样，美兮从小就看日本动漫，日军充斥了我们的电视屏幕。他们的动画基本都是打斗和杀戮，这些暴力动画哺育了这一代孩子，想想真可怕。

我比较喜欢美国的动画，大人孩子都可以看，很智慧，很可爱，全世界的经典。猫和老鼠本来是天敌，却互逗互玩，斗智斗勇，跟一对朋友似的，谁也离不开谁。天敌都能成为朋友，同类还有什么恩怨化解不了？


## 小燕子之歌

美兮经常唱一首幼儿歌曲《小燕子》：

小燕子，穿花衣，年年春天来这里。我问燕子你为啥来？燕子说：这里的春天最美丽！

第一段还是原意，第二段她就改了歌词：

小燕子，告诉你，今年这里不再美丽，我们盖起了大工厂，再没有新鲜空气，快走吧，保护你自己！


## 小鸡蛋

下面是小凯的日记（2007年3月24日）：

女儿时常捧着自己的小脸蛋发呆，琢磨一些稀奇古怪的事情。她望着窗外，眼神有些迷离，好像在看什么，又好像什么也没看。窗外已经春色怡人，老人在花园里晒太阳，而小狗就在他们身边撒欢儿。

女儿问：妈妈，十八岁以前我有没有人权呢？我有些不懂，反问她：比如说什么样的人权呢？女儿：比如，我可不可以决定……养条狗呢？

我在猜女儿的心思——她一定很想养条狗，可是，她知道我怕狗，因此很为难。我想了想，小心地回答她：按理说，你十八岁以前，所有的决定都需要我同意才行。不过你知道，我真的不是想拒绝你，只是……如果你很想要，我可以试试，但是我肯定每天都会很紧张了……我一边说一边可怜兮兮地看着她。

女儿心软了，说：好吧，妈妈，还是等我十八岁再说吧……唉，我可真羡慕十八岁呀！那时候我要养好多好多条狗，因为我有人权了！

通电话的时候，美兮对我说，她最大的梦想就是养一条小狗。

我一直不喜欢养狗。从健康上来说，担心传染什么病；从精力上讲，要做的事情那么多，养狗太耗费时间；从爱心上讲，全部的感情投到最爱的人身上都不够，哪里还有剩余给一条狗呢！

经常看到有人牵着狗在小区里走过，老头子老太太，年轻女子，还有大男人，那些狗有的大有的小，有的毛长有的毛短，主人满口"宝贝"、"心肝"、"儿子"、"闺女"……我很不理解。

小区的草坪里，经常见到狗便便，这更让我受不了。好好的人的环境，让狗给破坏了。

还有，一些狗的主人不懂事，有老人或孩子经过，狗上蹿下跳地扑过去，主人却不管，好像没事一样，把老人和孩子吓得连声尖叫……

美兮却要养一条狗。

认真想想，给美兮买过很智能的机器狗，很精妙的电子狗，很可爱的毛绒狗……但是，她从来没说过那些是她的梦想。因为，那些东西是死的，而狗是活的，是一条鲜活的生命，这是任何东西都代替不了的，狗有它的喜悦、忧伤、愤怒、恐惧、感动……

我该怎么办？

看了上面的日记，我知道她妈妈是顶不上去了，这时候需要老爸上了！

2008年7月15日，最讨厌养狗的我对美兮说："走，我们买狗去！"

美兮的眼睛顿时闪过惊喜的光："真的？爸爸我爱你！"

来到狗市，大狗小狗叫成一团。美兮一家挨一家地看，看哪条都喜欢。

最后，她停在一条小狗跟前，说："爸爸，我要它，它是拉布拉多！"

小狗立即兴奋地叫起来："汪汪汪汪！"（谢谢谢谢！）

我打量了一下它，对美兮说："你决定了？"

她说："爸爸，你看过《导盲犬小Q》吧？小Q就是拉布拉多！"

小狗赶紧说："汪汪！汪汪汪汪汪！"（对对！它是我表叔！）

我不了解狗的种类，就说："好吧，听你的。"

由于美兮的开场白，害得我跟老板砍了半天价，还是以很高的价钱把这条小狗买下来了。接着，我们给它买狗粮，买项圈，买磨牙的假骨头，买柳条编的窝……这时候我才知道，养狗实在是太麻烦了。

回来的路上，美兮一直抱着小狗，兴奋至极。看着她的样子，我的心里也装满了幸福——我为她圆了一个梦。

这条小狗两个月大，黄色。

美兮给她取了一个荒诞又与众不同的名字——小鸡蛋。

我说："别的小狗都叫欢欢、童童、贝贝之类，只有小鸡蛋这个名字不一样，通俗不易懂，牛。"

从这天起，小鸡蛋就成了我家的重要一员。7月15日，我把这一天定为它的生日。


## 顽强的生命力

拉布拉多这个品种的小狗精力旺盛，太活跃了，简直让人受不了。看小鸡蛋吃饭，一定能治愈厌食症：一盘子狗粮，它扑上去，"呼呼呼"几下就吞进去，一粒不剩，差点就把盘子吃进去。

最让我头疼的是——它到处便便，我只能不停给它擦。从小鸡蛋回到家的那天起，我就拿着卫生纸，到处给它处理"后事"。正像美兮一边扭动身体一边模仿花儿乐队唱的那样："爸爸，洗刷刷洗刷刷！洗刷刷洗刷刷！"

带小鸡蛋出去遛弯儿的时候，我渐渐发现，养狗者是一个圈子，不管认得不认得，亲近不得了。从来不养狗的周德东也加入了这个圈子，跟那些狗狗的"爸爸妈妈"聊狗事儿。

通过别人的口，我们知道小鸡蛋可能不是纯种的拉布拉多，而是串种。不过这已经不重要，不管它是什么品种，它是小鸡蛋就可以了。就像美兮小时候问我："爸爸，假如我不是你的女儿，在医院里抱错了，你怎么办？"我说："你永远是爸爸唯一的女儿。不过，我会找到我亲生的那个孩子，尽一个父亲的义务。"

几天之后，我带美兮去密云，助理季风帮我养着小鸡蛋。有一天，她打电话对我说："小鸡蛋病了，我带它去兽医站，大夫说，它染上了狗瘟，活下去的可能性比较小，给它安乐死吧！"

我的脑袋一下就大了。老实讲，我对小鸡蛋没什么感情，但是美兮肯定很悲伤。我一字一顿地对季风说："一定不要放弃，给它治！"

中间，我回来接受北京人民广播电台的采访，顺便看望小鸡蛋。几天不见，它已经瘦得不像样子，平时吃食那样疯狂，现在见了食物却无精打采。两条腿像竹竿，颤巍巍的，几乎支撑不起身子来。

回到密云，我没有对美兮说这件事。美兮还在兴奋地回忆小鸡蛋的每一个故事，她对我说："爸爸，我想小鸡蛋了！"

我说："过几天我们就见到它了……"

季风没有放弃，她在网上查了很多相关资料，坚持给它吃各种药。我们的小鸡蛋，竟然战胜了狗瘟，活过来了！

它再次回到美兮身边的时候，又变得生龙活虎了。

从那天起，我爱上了它。它用顽强的生命力征服了我。

一次，我和美兮吃烤翅，给小鸡蛋带回两块鸡骨头。

扔给它一根，它扑过去，一甩脑袋，"呼"的一声，骨头没了。哪去了？又试着给了它一根，它扑过去，一甩脑袋，"呼"的一声，又没了。

急忙上网查了查，原来幼犬是不能吃鸡骨头的，它往往一口咬断就吞进去，鸡骨头会扎破它的肠胃。小狗如果吞了鸡骨头，只能看它的造化了。

我和美兮担忧极了，却无计可施，只能盼望小鸡蛋出现奇迹。

没想到，第二天小鸡蛋把那几块尖利的鸡骨头排泄出来了！

它打不倒、砸不碎、捣不烂——又一次震撼了我。

还有一天，我和美兮吃烤羊排，回家给小鸡蛋带回了一根羊骨头，半尺长，小指粗，想让小鸡蛋知道这个世界另有美味。羊骨头它肯定吞不下去，只能啃。

回到家，我刚把羊骨头扔在地上，小鸡蛋一下就扑上去，"呼"的一声，一甩脑袋，骨头又不见了！它才两个月大，羊骨头那么长、那么硬，它不可能嚼断。而它的食管那么细，胃那么小，不可能吞下去……

实际上，它就是把那根羊骨头吞了进去，我摸它的肚子摸到了——硬硬的，长长的。

这下我傻了，严密观察它。

一夜过去，它没事，我暗暗以为它把骨头给消化了。

第二天中午，小鸡蛋吐了，那根半尺长的骨头原封不动地吐了出来，骨头光溜溜的，上面的筋肉都被消化掉了。

它没死。

它虽然小，却一次次跳过死神的阻拦，威风凛凛地站在我的面前。


## 三个敏感话题

每次出去遛狗，我都会带着卫生纸，小鸡蛋拉便便之后，美兮立即大叫，我就跑过去，继续"洗刷刷洗刷刷，洗刷刷洗刷刷"。

小区里的狗都比小鸡蛋大，不过它不谙世事，见了大狗也扑上去玩儿。

有一次，小鸡蛋见到一条贵宾犬，它又扑又嗅，很快就跑开了；又见到一条大黑贝，它又扑又嗅，很快又跑开了；走着走着，又见到一条雪白的银狐狗，它又扑又嗅，再一次跑开了。

我感到很奇怪。

美兮开始编故事了："爸爸，小狗互相嗅气味，那就是它们的交流方式。你知道那条贵宾犬在跟小鸡蛋聊什么话题吗？它问小鸡蛋，你是什么品种呀？小鸡蛋说，我还有事，先走了。"

我哈哈大笑。

美兮继续编："那条大黑贝问小鸡蛋，你今年多大了呀？小鸡蛋说，我还有事，先走了。"

我笑得更厉害了。

美兮还在编："那条银狐狗问小鸡蛋，你叫什么名字呀？小鸡蛋说，我还有事，先走了。"

肯定嘛，它疑似小串种，年龄六十天，姓名小鸡蛋，都是令人家羞于启齿的，肯定"有事先走了"。


## 它是一个孩子

美兮耐心地教小鸡蛋学会了"跳"，"坐下"，"伸爪"，"跨栏"，在小区里炫耀的时候，大家都惊叹，因为小鸡蛋训练太早了。

由于小鸡蛋随地便便，我对它大吼大叫，它吓坏了。我命令它自己走进卫生间，关禁闭，它才两个多月大，听不懂我说什么，胆怯地望着我，一次次坐下，因为每次它坐下之后，我都会说它乖。我还在吼叫，它避开我的眼睛，伸爪挠脑袋，或者假装打个哈欠。我继续吼叫，它终于如履薄冰地走过来，一直走进了卫生间。我不让它出来，尽管门开着，它还是坐在里面看着我不敢出来。

这天，我在看电视，它睡着了，眼睛半睁着，突然抽泣起来，肯定是做噩梦了。我怀疑它梦见我正在对它凶神恶煞。我的心一下软下来，推了推它，它一下惊醒了，愣愣地看看我，这才安静地继续睡了。

自从我凶过它之后，它先后做过三次噩梦。

后来，我外出一整天，回来时发现它没有拉没有尿。它不知道我为什么发怒，以为拉和尿是不对的，就死死地憋着。我吓坏了，怎么哄它，它死活就是不肯拉、尿。

我再也不敢对它吼叫了。

很多日子之后，它才慢慢恢复常态，我开始耐心教导。

其实，它不是一只动物，它是一个孩子。


## 宝贝的宝贝

有这样一段话：

买一条小狗之前，你要好好想想，你做好准备了吗？除了精力，还有爱心。对于你的生活来说，小狗只是你的十分之一，或者百分之一；但是对于小狗来说，你，它的主人，却是它的全部。

这段话让人心疼。是的，你是它的全部，你对它发怒，它就会害怕，就会绝望，在心里留下阴影，做噩梦；你跟它玩儿，它就会感到满世界的幸福；你不管它，它就没吃没喝；你给它毒药，它也会信任地吞下去……

从此，我给小鸡蛋注射各种疫苗，给它定期驱虫，给它补钙，给它吃维生素，给它洗澡，给它买玩具驱逐寂寞……每天忙得不亦乐乎。

因为城里不适合养狗，我甚至想搬到农村去，租一个四合院，让小鸡蛋有个撒欢儿的大天地。

美兮，小鸡蛋是你的宝贝，爸爸就不会亏待它。


## 阿姨，您能轻点吗？我怕疼！

小鸡蛋刚买回来还不叫小鸡蛋的时候，美兮从沙发上跳下来朝卧室跑，它追上去跟她玩儿，尖尖的小牙齿磕在了美兮的腿上，她叫了一声。我马上跑过去查看，有一个小牙印，挤一挤，渗出血丝来。我很生气，狠狠踢了小狗一脚，然后对美兮说："走，我们去打狂犬疫苗！"

像所有的孩子一样，美兮最不喜欢打针了，她的眼圈红了，委屈地说："爸爸，可以不去吗？"

我坚定地说："不行。估计没什么事，但是我们要防备万一！"

我牵着不情愿的美兮，连夜来到小景医院，挂号、诊断、开药、交费、取药、打针。

来到注射室，美兮很害怕，紧张兮兮地对护士说："阿姨，您能轻点吗？我怕疼。"

护士没有说话，她的脸挡在口罩后，看上去冷冰冰的。

我笑道："周美兮，你一周岁的时候，我抱你去打针，满医院的小孩都在哭，只有你不哭。现在你倒怕了！"

美兮还是很害怕，根本听不进我的话，一直在恳求护士："阿姨，拜托，您轻点啊……"

我忽然想起，我小时候不爱打针，父亲曾经给我编过一首童谣，马上转给了美兮："打针不算疼，就像蚊子叮。身体不许动，慢推才成功。"

终于打完了。

不过，总共有五针呢。美兮毕竟是孩子，她过了这一关，情绪很快就好了，回家的时候，跟我在傍晚的大街上一边走一边玩儿，要各种零食。

医生还给她开了口服消炎药，她也不愿意吃，我又拿出了父亲给我编的童谣："吃药不费劲儿，到嘴不尝味儿。猛喝一口水，咽时一股劲儿。"

每次到了该打针的日子，快乐的美兮就会撅起小嘴儿，变得很委屈。每次走进注射室，她都显得很害怕，不停地对护士说："阿姨，您能轻点吗？我怕疼！"

每次我都笑她。我说："周美兮，这算什么！换了爸爸，哪怕像手指那么粗的针头，我都面不改色心不跳！"

终于，美兮的五针都打完了。这天，我专门带她去吃进口牛排，庆祝了一下。

扑人是小狗跟人类亲昵的表示，如果人类总是惊惶地躲避它、呵斥它，它的性格就会越来越孤僻，认为自己是一种令人厌恶的东西。为了小鸡蛋快乐成长，我经常带它在小区草坪上玩耍。

美兮回法国半个月之后，这天下午，小鸡蛋在扑我的时候，由于太兴奋，一下把我的牛仔裤咬了一个小口子，我把裤子卷上去，发现了一个小牙印，挤一挤，也渗出了血丝。

没办法，我只好再去小景医院，打狂犬疫苗。

到了注射室，我的心提到了嗓子眼，点头哈腰地对护士说："您能轻点吗？我怕疼！"


## 与海豚共舞

我和美兮去北京海洋馆，见到了各种罕见的鱼，有的形体精致，颜色奇妙；有的个头巨大，令人震撼。下午四点观看海豚表演，太有趣了。

出来之后，我才知道海洋馆可以体验潜水，马上带美兮跑过去。人家却说，教练有限，今天满员了，想潜水只能预约。

回家后，我牢牢记挂着这件事，马上给海洋馆打电话预约。

美兮对潜水非常好奇，更何况还可以跟海豚一起在水中嬉戏，她早就跃跃欲试了。

8月22日，我和美兮又一次来到海洋馆，观看海里生物，那些干净的生命百看不厌。我给美兮买了很多鱼食，让她投喂。又大又红的鲤鱼纷纷游过来，把嘴巴举出水面吞吃，可爱的口腔看得清清楚楚。

到了潜水时间，我把美兮交给了海洋馆工作人员。她被人家带走的时候，远远地朝我笑了笑。这种笑忽然让我有一种担忧。潜水跟游泳是两码事，毕竟有生命危险。美兮的外公外婆一直不同意美兮去潜水，只有我一意孤行。那一刻，我真想叫住工作人员，取消这次潜水……

只有三个孩子潜水。海豚表演结束之后，工作人员清场，所有游客都离开了，只有我和另外两个家长留下来，坐在看台上等待。

终于，美兮和另外两个孩子出现了，她们穿上了潜水服，背上了氧气瓶，像模像样。每个孩子旁边都有一个教练。

我和美兮远远地互相打了个"V"字手势，然后美兮就开始进行潜水前的准备了。我紧张地观望着每一个细节。

这时，海洋馆的一位负责人走过来，身后追随着一位母亲，在向他央求什么。我回想起来，一个钟头之前，我把美兮交给海洋馆的工作人员时，这位母亲就在跟这位负责人争论，现在，她又追到了潜水现场，两个人坐在离我不远的地方，继续谈。原来，母亲的儿子十二三岁，是个智障儿童。她在网上看到，让智障儿童跟海豚接触，有可能被治愈。尽管这种说法很缥缈，母亲却一定要试试。负责人坚决不同意，让一个智障儿童潜水，确实太危险了。母亲不甘心，反复强调自己的儿子没问题，让负责人破一次例。

那个智障儿童在保姆的带领下，站在我旁边看海豚，兴奋得手舞足蹈，"呜呜哇哇"乱叫。保姆轻轻呵斥着他。

这时候，美兮已经下水了，她在教练的帮扶下，潜进了水中。海豚在水里穿梭。

我紧紧盯着水面，不知不觉半个钟头过去了，美兮成功地回到了岸上，我这才长长松了一口气。

那位母亲愤怒地站了起来，开始大喊大叫，那位负责人还在努力解释。过了一会儿，那位母亲又一次坐下，流泪请求。她的儿子什么都不懂，依然对着海豚大笑。

对于美兮，潜水只要花钱就OK了；对于一个智障儿童，想跟海豚接触一次，却比登天还难。

可怜天下父母心。

我带美兮从海洋馆出来的时候，已经闭馆，那位负责人也出来了，准备回家。那位母亲却依然追在他身后，一边打手势一边交涉着……

## 未知的未来

晚上，美兮躺在蚊帐里，舒服地翻来翻去。我给她讲完马克·吐温的《汤姆·索亚历险记》，对她说："周美兮，假如以后你过上了高贵的生活，一定要有一种凡人的心态；假如你过上了凡人的生活，一定要有一种高贵的心态。"

鞋架上，一只鞋子傻乎乎地问："这句话是什么意思？"

尼龙绳斜了它一眼："就是说，我要学习你的凡人心态，你要学习我的高贵心态。"

## 给小鸡蛋的一封信

一天，我和美兮从城里回来，天已经黑透了。美兮精力旺盛，在车上又开始胡搞：

爸爸，假如我们离开卫城，把小鸡蛋遗弃了，让它自己活下去，我会给它写这样一封信——

亲爱的小鸡蛋呀，我们要永远离开你了，你一定要好好照顾自己，勇敢地面对各种难题，顽强地生活下去！

首先，你要按时吃饭。狗粮在厨房的第二个柜子里，自己去取。

吃光之后，你要出去买，钱在电视下的抽屉里，不要讲出去，以防被小偷听到。千万不要吃它们，它们是钱，很脏的。买狗粮的时候，一定要讲价还价。不选贵的，只选对的。还要记住，不可暴饮暴食，早上吃饱，中午吃好，晚上吃少。

夜里不要睡地板，太凉，一定要睡进狗窝里。

电视不要看太久，小心近视。你见过一条戴眼镜的狗狗跑来跑去吗？

记着定期洗澡，把你的毛毛洗得干干净净，才能人见人爱。刷牙的时候，不要再吞吃牙膏了。

不要犯老毛病，乱咬东西，牙齿痒痒了，你就去买一块假骨头。

哦，对了，千万不要忘了打疫苗，你还剩下两针了。出门要打正规出租车。从小区出来到了十字路口左转，见到路口再右转，那是正规的兽医站。尽量不要去私人的宠物医院。下车记得索要发票。打完疫苗，不要急着离开医生，要观察十分钟，没异常反应再回家。

以后你独自生活了，每次过马路的时候，一定要看红绿灯，一定要遵守交通规则。

在外面，不要跟陌生人说话。

一年之后你就成熟了，选男朋友的时候，你要选一条好狗狗。小区里帅哥狗狗很多，一定要留意对方的品行和脾气，不可感情用事。A栋那条棕色小公狗虽然一直跟你套近乎，但是我建议你放弃它吧，它太小了，跟个花卷似的。

在工作方面，你最适合做导盲犬或者缉毒犬，很不适合做厨师、迎宾小姐、幼儿园老师，更不适合当画家，因为你是色盲。

另外，当你长成一条威风凛凛的拉布拉多时，小鸡蛋啊，你要记得给自己换个名字……

听到这里，连司机都笑出声来。


## 灵性的钟表

我对美兮说，我准备给少年写一个探险的故事：

一个男孩和一个女孩，在高三时离家出走，他们来到一个奇幻的地域，见识了社会的险恶，人心的叵测；体验了野外生存，魔窟逃脱；经过了智勇训练，道德考验……三个月不寻常的经历，远远超越了大学能给予他们的那些课本知识。

"爸爸，那个地方应该有一只神奇的表，我们快乐的时候，它就慢了；我们难过的时候，它就快了。我要是有那样一只表，现在我会挡住它的表针！不是有一句成语叫度日如年吗？我跟你在一起正好是度年如日！"

"你跟爸爸在一起两个月，那就是四个钟头喽？"然后我看了看表，说，"天，咱俩这次聊天就用去了四分之一！"


## 菜 包

回想东北老家，我只觉得两种食物令我难忘。

一种是玉米成熟时，在田地里掰几只下来，在路旁用火烤。肉不管是炒是炖是炸，都比不上烤的香，粮食也一样，尤其是刚刚成熟的，那味道绝对是大自然的秘方。

还有一种就是菜包。做法是：蒸点二米饭（大米和小米），炸点鸡蛋酱，把茄子和土豆炖得黏黏糊糊的，再洗一些白菜、小葱、香菜、青椒……

吃的时候，把白菜叶铺开，抹一层鸡蛋酱，撒一层二米饭，放一层茄子和土豆，加一些小葱、香菜、青椒……一层层堆放，最后用白菜叶把这些东西包起来，双手抱在手里，张大嘴，一口咬下去……

菜包的吃法不是很文雅，嘴巴四周肯定脏兮兮的，不过特别好吃。

美兮在法国吃惯了面包牛排蜗牛汤，我想让她尝尝东北的菜包。于是，这天傍晚，我给她做了，她吃得肚子滚圆，一晚上都在说："爸爸，我还要一个……"

我的宝贝啊，这米这菜，是从爸爸的故乡给你端来的，是从爸爸的童年给你端来的，你尝出千里之外的黑土的味道了吗？你尝出多年以前的阳光的味道了吗？

## 儿童不易

过去，电视上一出现男女亲吻的场面，我就会让美兮回避。她挺自觉，很快就养成了习惯，一遇到这种情况，马上用两只小手捂住眼睛。不过"儿童不宜"的镜头太多了，真是儿童不易。

美兮十岁了，依然保持着这个"良好习惯"。不过，她不再捂眼睛，而是把头别过去不看。由于大家无所事事，亲吻的时间就比较长。有一次，美兮把头转过来，电视上的口水战还在继续，我赶紧大声说："周美兮！转过头去！"

美兮反抗了，嗓门跟我一样大："爸爸！在法国到处都有人亲嘴，你让我怎么躲啊！"

我愣住了。

## 当小燕子变得无聊的时候

美兮在法国的时候，打电话对我说："爸爸，我在法国看不到《还珠格格》第二部，回国以后，你能不能给我买一套？"

我说："没问题。"

这一天，我把美兮放在家里，四处去搜寻《还珠格格》第二部。这个剧太老了，没有人卖了。我跑了三四家商场，在一家正规的商场看到了，不过那是盗版的，我没买。继续寻找，终于在一家书店看到了正版的《还珠格格》第一部。我激动地走过去，掀开它，后面藏着第二部！

我立即给美兮打电话："周美兮！爸爸买到啦！"

美兮在电话那头一下跳起来："爸爸，你真伟大！"

回到家，我在电视上调频道，准备用DVD机播放，赫然看到，湖南台正在播出《还珠格格》第二部第一集！

我苦笑着说："我们还是看电视吧。就算是正版的DVD，也比不上电视清晰。"

实际上，我不太喜欢这个剧，却还是天天陪美兮一起看，一边看还一边热心地议论。

平时，我很少对美兮说"NO"，假如红是错的，我会指着绿对她说"YES"。

不过，有些事必须说"NO"——《还珠格格》第二部播完之后，接着又播第三部，老太太的裹脚布又臭又长。如果说，第一部是橘子，还有些滋味，第三部完全是渣滓了，商业要榨干最后一滴价值。这样的剧既降低孩子的欣赏水准，又浪费孩子的宝贵时间。

我制止了美兮。她虽然恋恋不舍，还是舍弃了它。

我鼓动美兮多读书："古人说开卷有益，没人说打开电视有益。"


## 无烟区

我和美兮到卫城"迪欧咖啡"吃牛排。

美兮问侍应生："叔叔，有无烟区吗？"

侍应生抱歉地摇了摇头："没有。"

我们就捡个靠窗的地方坐了，一边吃一边聊天。美兮说，法国人吃饭最悠闲，有时候吃一顿饭要花几个钟头。

结账时，侍应生递上了意见单，美兮接过来，兴致勃勃地填写起来——她最喜欢干这种事了。她是这样写的：贵店的食物很不错，我只是希望你们能设置一个无烟区！

我在一旁说："没用。"

美兮说："提个建议呗。"

果然，半个月之后，我和美兮再去这家店，已经有了无烟区。

美兮的建议产生了大作用呢。


## 局部战争

美兮回来，我给她捉过各种昆虫。

每次，我们跟这些昆虫玩够之后，都会把它们放回草坪去。

有一天，我捉到了一只枯叶色的螳螂，一只黑褐色的蟋蟀，一只土红色的甲虫，把它们放进了一只罐子里，盖上了盖。

第二天，我问美兮："你猜谁吃了谁？"美兮说："螳螂把蟋蟀和甲虫都吃了？"我说："不是。"美兮说："蟋蟀把螳螂和甲虫都吃了？"我说："不是。"她说："难道是甲虫把螳螂和蟋蟀都吃了？"我说："也不是。"美兮迷惑了。

我说："螳螂把蟋蟀吃了，甲虫虽小，却安然无恙。"美兮说："估计螳螂咬不动它。"

第三天，罐子里只剩下螳螂了。我说："饿极了，螳螂的牙齿就无坚不摧了。"

后来，我们把这只王者放回了草坪。

美兮小的时候，我尽量跟她玩成熟的游戏，为开发智力；她大了之后，我尽量跟她玩小时候的游戏，为延长童年。


## "骨　牌"

一天上午，我用二百块积木给美兮摆骨牌。

它们没有涂任何颜色，木纹各异，香气自然，让人爱不释手。不过，木头轻，而且形状细长，不容易立起来。

我小心翼翼地摆着，十几分钟之后，好不容易摆了几米长，手一抖，一块倒了，"啪啪啪啪啪啪——"一排都倒了。

美兮正在看电视，她问我："爸爸，你在干什么？"

我说："给你摆多米诺骨牌。"

我又摆了几米长，不小心又碰倒了一块，"啪啪啪啪啪啪——"一个压一个，全倒了。

美兮摇摇头说："爸爸，别摆了。"

我说："让我再试试！"

这次，我干了半个钟头，摆了很长，一块木头没站稳，又倒了，"啪啪啪啪啪啪——"再一次前功尽弃。

我傻傻地坐在凉凉的地面上，半晌没有回过神来。美兮笑着观察了一下我沮丧的神情，懂事地说："爸爸，算了吧。"

"没关系，反正爸爸没事干。"我爬起来，继续摆。

这次我有了经验，摆一米长，就断开一块木头，接着再摆一米长，再断开一块木头……一段段摆好之后，我再连接中间的空当儿。

眼看就成功了，又一块不争气的木头倒下了，"啪啪啪啪啪啪——"全部倒下去。

美兮不笑了，说："爸爸，别摆了，你太累了！"

我把那些木头一块块扶起来，说："爸爸会成功的。"

几个钟头过去了，我终于摆好了所有的木头，它们从客厅一直伸到了卧室。我万分小心地站起来，叫道："周美兮，快过来，推倒它！"

美兮走过来，蹲下身，紧张地看了看我。我努努嘴，用眼神鼓励她。她终于伸出小手，轻轻碰了碰第一块木头，它立刻高兴地扑向了同伴："美兮抚摸我啦！"一传十十传百，一转眼二百块木头都知道了这个消息："啪啪啪啪啪啪啪啪啪啪……"

这种快感是无法代替的。

爸爸用一上午的努力，只为了给你一弹指的快乐。


## 套圈发烧友

我带美兮去吃陕西风味的肉夹馍。

附近有个西海子公园，我们自然要去，那里有一个套圈的摊子，美兮见了，立即兴奋地说："爸爸，我喜欢套圈！"

我探头看了看，奖品都是一些廉价的塑料玩具，就说："套圈很好玩儿，可是那些东西档次太低了，就算你套中了，你愿意拿回家吗？"

美兮懂事，尽管她很想，但还是听从了我的建议，恋恋不舍地离开了，跟我去坐电动船。

不过，从此我开始四处寻找套圈的摊子。

终于，这天晚上我带美兮去卫城奥运广场玩的时候，看到了一个套圈的摊子，奖品都是陶瓷小物件，形状和颜色酷酷的，十分讨人喜欢。

我立即带美兮跑了过去。

在我买圈的时候，美兮已经兴奋得跃跃欲试了。

她的运气太好了（当然，其中也有技术含量），十个圈竟然套中了六件奇形怪状的陶瓷器皿！

我带她去吃饭的时候，老板笑着对美兮说："如果都像你一样，我可亏大了！"

我说："老板，你放心，我们一会儿肯定还回来。我们找你很久了！"

我和美兮走进广场旁的一家台湾饭馆，美兮简单吃了一点，就按捺不住了，摩拳擦掌地说："爸爸，我们快去吧！"

我笑着说："不急不急。"

她担忧地说："要是别人把奖品都套走了怎么办？"

我说："人家做这个生意，还能没有货？再说，像我们这样疯狂想套圈的人，毕竟不多。"

我也赶快吃完了饭，带美兮又回到了套圈处。果然，只有几个人在看，并没有人参与。老板一看到我们就高兴了，乐颠颠地跑过来打招呼。

美兮套圈的时候全神贯注。我在一旁观察她的神情——没套中，她或者流露出沮丧的表情，或者朝我做个遗憾的鬼脸；差点套中时，她紧张至极，瞪大双眼，最后捶胸顿足；套中时，她一下就跳起来，大喊大叫……那表情太丰富了，可爱至极。

套了几百个圈，我们收获了几十件奖品。有个老太太凑过来，惊讶地问："都是这个小女孩套的啊？"

我得意地点了点头。

老太太说："套多少钱的了？"

我说："好像二百多块了。"

老太太心疼地说："太不值了！这种陶器，二百多块钱能买一车！"

美兮抬头笑着说："奶奶，这种快乐可买不来哟！"

这时候，已经围了很多人，在美兮的带动下，少数人套十个二十个圈，玩玩就收手了；多数人不套，只看美兮，或为她惋惜，或为她加油。我们离去之后，大家也渐渐散了。

回到家，我们把那些战利品摆在地上，分类，然后分别起名。我非常喜欢那些小东西，既漂亮又实用。

从此，我们就经常光顾那个原本默默无闻的摊子了，吃完晚饭，马上出发。美兮一出现，那个老板总是先送她一件小东西，作为见面礼。每次，我们都吸引来很多看客，给老板增加了很多人气。

套了几十件瓶瓶罐罐之后，美兮的技术似乎越来越低了，套中率不高。这时候，家里满地都是可爱的小陶器了，完全可以在小区里摆摊子了。这天，美兮突然坏笑着说："爸爸，你给我做个圈呗，我在家练习练习，再去肯定百发百中！"

我哈哈大笑："好主意！"

我到外面撅了一根柳条，用胶布捆成一个圈，跟摊子上的圈轻重大小基本相同。然后，我们的美兮小姐就开始了勤奋的演练。

一天之后，我们又去套圈。美兮兴奋地说："那个老板要是知道我们在家练了一天，肯定吓得不敢出来了。"

在路上突然下起了雨，我说："这是老天爷给他一个台阶。"

美兮很担心老板不摆摊，我说："等一下雨也许会停吧。"

到了奥运广场，雨果然停了，但是那些游戏摊子都没有摆出来。美兮很失望。

我不甘心，看到附近有个彩色的帐篷，里面亮着灯，就对美兮说："别急，我去打探一下。"

几个游戏老板在帐篷里打牌，我问："那个套圈的人呢？"

一个人头也不抬地说："今天下雨，他不来了。"

我说："他有电话吗？"

那个人不耐烦地说："我们不知道他的号码。"

我朝外看了看，美兮正焦急地朝这里张望，我又说："师傅，我专门带孩子来套圈的，你们能不能想个办法找到他？"

其中一个年龄大点的人看了看我，对另一个说："你去他家找找！"

另一个不太想动，我马上说："谢谢您。我帮你打牌，输了算我，赢了归你！"

那个人不好意思了，站起身就跑了出去。我对美兮喊道："周美兮，你先在那里玩一下，套圈的老板马上就到！"

身怀绝技的美兮一下就跳起来。

我在帐篷里跟几个乡下人打牌，大约十几分钟之后，那个人果然把套圈的老板叫来了。他睡眼惺忪，想必已经睡下了。

我谢过帮忙的好心人，又对套圈的老板说了对不起，马上跑过去把美兮拽过来。套圈的老板开始为美兮一个人拉电线、铺地毯、摆奖品。

美兮这次的水平还不如平常，几百个圈扔出去，只套中了几件小奖品。套不中就套不中吧，否则，我就该做陶瓷品批发商了。

不过，一只七星瓢虫的肚子里赠送了一只七星瓢虫。前者是个瓷器，后者是个昆虫。它和它不是母子关系。


## 三个好朋友

我和美兮回到了梅花观的家。

在小区里，我一直留意寻找美兮小时候的伙伴和同学——送给孩子多贵重的礼物，都抵不上让他们跟同龄的孩子在一起玩儿，不论他们的游戏多么古怪可笑——这一天，我们终于看到了邻居雪雪。

雪雪小时候是个很高傲的女孩，我在小区里跟她打过一百六十八次招呼，她一次都没理过我。

现在雪雪也十岁了，出落得落落大方。她见到美兮特别高兴，两个人坐下来，讲述各自的近况。美兮一年的假期超过了半年，课程也五花八门，十分有趣，比如有一门"诗歌误"，这让雪雪十分羡慕。雪雪说起作业的繁重，很是无奈。

教育部门的负责人真应该听听这两个孩子的聊天，那比他们开多少工作会议都重要。

孩子毕竟是孩子，聊了一会儿学校的事，就冲进小树林玩去了。

美兮选了一棵树：一米高的树干上，分成了三个大树杈，像个巢穴的骨干。美兮坐在上面，用藤条在树杈上绕了几圈，声称那是她的公主宝殿。更高的树给她投下阴凉。

雪雪也选了一棵树，如法炮制。

后来，两个孩子爬到了一棵树上，上面是美兮的家，下面是雪雪的家。

树下的土壤里，一只小田鼠正在挖洞，奇迹般地挖进了一个好朋友的家中，于是，两家变成一家，它们从此生活在了一起，天天玩不够。

树上的孩子正好聊到这个话题，美兮说："雪雪，要是把你家和我家之间的墙打通了，我们就变成一家了，天天能见面。"

我家和雪雪家只隔一堵墙。雪雪要是想跟王粤粤变成一家人，那工程就比较大了，因为王粤粤家在雪雪家楼上……

从这天起，美兮和雪雪天天相约。我只是一个仆人，负责她们的后勤工作，比如背水。

有一天，我和美兮坐车刚刚进入小区，一眼就看到了王粤粤！她坐在一个大人的自行车后座上，拐了弯。

我说："王粤粤！"

美兮惊喜地问："是她吗？"

我肯定地说："是！"

然后，我们乘车来到家门口，下了车在那里等候。不一会儿，王粤粤家的保姆就骑着自行车走过来了。

两个小朋友终于接上了头。

王粤粤很漂亮，虽然只有十岁，身上已有一股大女孩的味道。她一见美兮就问来问去，美兮应接不暇。她又从小挎包里拿出手机，记下了美兮的MSN，还有法国的电话号码。

第二天，雪雪骑车摔了一跤，头破了，美兮就天天跟王粤粤一起玩了。

一天，我要带美兮去公园，王粤粤也要去，我们就带了她。

我们在公园玩了很多游戏，最刺激的是打炮。虽然是玩具，炮的个头却大，劲也大。我给她们每人买了100发炮弹，两个小女孩就比试起来。美兮从小射击就准，没想到，眼睛有些近视的王粤粤跟她的成绩不差多少。

接着，两个孩子又来到草地上一架废弃的运动器材前，爬上爬下。王粤粤的手表可以计时，我就成了裁判，两个小女孩在那个奇形怪状的铁架子上一遍遍攀登，比试谁更快。越看越好玩儿，周裁判后来也放下计时表，参与其中了。

旁边的石头上，两只蜗牛也在比赛，不过它们是在比谁更慢，两个选手都发出了呼噜声。

从公园出来，我们去了书店。在两个孩子选图书的时候，看到了我的小说，美兮笑着说："爸爸，这本我们就不买了吧？"

我说："爸爸的电脑里有原稿，呵呵。"

王粤粤不解，拿起那本书看了看，恍然大悟："叔叔，这是您写的呀？"

我说："是啊，叔叔是个作家。"

王粤粤伸出手指捻了捻："那您写一本书能得到多少MONEY呀？"

我四下看了看，小声说："无可奉告。"


## 两个小淑女的聊天

王粤粤骑着一辆漂亮的自行车，来找美兮玩儿。

我们在小区里玩了一阵子，两个孩子提出要去公园，我只好骑着王粤粤的自行车，让她们挤在后座上，摇摇晃晃去了公园。

她们冲到蹦蹦床上，玩了几个钟头都不出来。

我不停地买水送给她们。

傍晚时分，天空一点点阴下来，要下雨了——前两天，我专门为美兮买了一件明黄色的小雨衣。现在大家都举伞了，其实，穿雨衣走在雨中的感觉十分奇妙，我想让美兮体验一下——可惜，出来的时候天晴晴的，我没把那件小雨衣带出来。

我到小商亭买来一把大雨伞，带着两个孩子走出了公园。

路边有一家冰淇淋店，她们一致要去吃。天上已经雷声滚滚，我不想去，可是，我除了管后勤，还负责结账，不去好像我舍不得花钱似的，只好同意。

两个孩子走进冰淇淋店，先要了一对老鼠造型的巧克力，一黑一白，然后很熟练地点了两份冰淇淋，坐在靠窗的位子上，斯文地吃起来。

外面下起了瓢泼大雨，整个世界水淋淋的，大街上几乎没人了，只有五颜六色的霓虹灯。

店里响着幽雅的音乐，两个小女孩的坐姿很淑女，吃相很淑女，交谈很淑女，完全像两个大女孩。离得远，还以为她们聊的是："你经常去什么店买衣服啊？""你的皮肤怎么保养的啊？"

只有冰淇淋听得清她们的谈话内容：

"美兮，你的牙换完了吗？"

"还没呢。你换完了？"

"我还剩两颗。"

## 羡 慕

见过王粤粤之后，美兮说："爸爸，你还记得吗？小时候王粤粤对我说，她很羡慕我有你这样一个爸爸。"

没想到，美兮一直记着这句话！

森林里，小狗熊对小袋鼠说："我真羡慕你有这样的妈妈！"

袋鼠妈妈笑着说："天下的父母都爱自己的孩子，这一点没区别，只是表达方式不一样。"

## 那时候我就不再是小孩儿了！

美兮离开的前一天晚上，她坐在电脑前玩游戏。

我站在她身旁，每隔几分钟就让她停下来，做一阵眼保健操。

雪雪和王粤粤跑来了，送给美兮两件小礼物。这个举动提醒了美兮——明天她就走了。（我相信，她心里一直记挂着这件事，只是没有被触发。）

两个小朋友离开之后，美兮不玩游戏了，她轻轻靠在我的身上，眼圈湿了，说："爸爸，我不想离开你……"

我说："你回中国，有爱你的爸爸，天天带你玩儿；你回法国，有爱你的妈妈，精心浇灌你成长——你多幸福啊！走，爸爸带你出去再玩一圈！"

天已经黑透了，小区里的路灯幽幽地亮着。我看不太清美兮的脸，但是我知道她哭了。

明天，十岁的美兮就要一个人乘坐飞机，回到万里之外的异国他乡了。我的心里当然难受，却一直假装没事地说着话，她则一声不吭，看着别处。

最后，我笑呵呵地说："周美兮，虽然现在你每年回来一次，但是等你长大之后，很可能做一个女大使，来北京工作；或者，爸爸去法国写作。那时候，我们就天天在一起了啊！"

美兮终于哭出声来："爸爸！可是那时候我就不再是小孩儿了！"

我的喉咙一哽，马上装作大咧咧地说："你多大都是爸爸的宝贝！"

接着，我蹲下去拉起了美兮的手，郑重地说："爸爸相信，你从小就经历这样的离离合合，聚聚分分，日后你会拥有别人没有的坚强！"

小美兮仰起头，擦干了眼泪。


## 相见时难别亦难

第二天，我送美兮去机场。

我找到了几本《格言》杂志，在车上给她讲幽默故事。

她一直笑着听，过了很久，她突然说："爸爸，别讲了，我有点晕车……"

实际上，她现在已经不晕车了，我知道，她是心里难受，实在没心情听下去。

我就不讲了，跟她谈下次回来的一些游戏计划。我从来不说"你明年回来的时候"，只说"十个月之后你回来的时候"。

到了机场，我塞给美兮几张人民币，想着她离开我之后，暂时登不了机，可以买点食物、图书或者玩具。幸好，机场工作人员听说美兮是托管，同意家长跟进去。负责把美兮送上飞机的工作人员是个女孩，她不懂法文，是美兮填写的表格。之后，这个工作人员跟我们一起等待登机。美兮拿出了四只弹球，我就跟她在一条长凳上玩起来。我选了两只花瓣弹球，美兮就要了两只单色弹球。长凳是金属的，有无数小圆孔，弹球在上面颠颠簸簸地滚动，互相撞击，叮当作响。美兮玩得很高兴，那个工作人员一直笑吟吟地看美兮。

12点50分登机，我一直陪美兮玩到12点，那个工作人员接到电话，还有一个托管的小孩等在登机口，也就是说，她必须带美兮进入关卡了。

我对美兮说："周美兮，跟阿姨去吧！"

美兮说："好的，爸爸。"然后她迅速挑出那两只花瓣弹球，塞给了我，"爸爸，这两只弹球留给你做纪念吧。"

我不知道该不该拒绝，最后还是接了过来："好的，宝贝。"

美兮就背上小挎包，跟那个工作人员一起走进了关卡。我一直站在外面看着她。安检过后，她回头朝我勉强笑了笑，然后就转过身去，拐个弯，看不见了。

不过，我没有离开，一直站在那里观望。我担心她突然跑回来。

半个钟头之后，我接到了那个工作人员的电话，她说她把美分交给了法国航空公司的工作人员，现在美分已经登机了。

我放下心来，却依然没有离开，一直盯着机场的电子告示牌。上面说，美分的那趟航班已经关闭入口，等待起飞。

12点50分之后，飞机正常起飞。我一下就跌坐在机场的椅子上，心里一片空荡荡。

回家的路上，我一直在前思后想：这次没有帮美分实现的愿望是什么？

1. 电视游戏WII。

2. 寻宝游戏。（美分小时候最喜欢的游戏——我在一叠纸条上，分别写上各种玩具和食物的名称，再把这些纸条藏在家里的不同角落，比如沙发下、吊灯上、抽屉里的某个笔帽中、衣柜里的某个口袋里、罐子里的糖果下……美分在规定的时间内，找到哪张纸条就会得到那张纸条上的东西。）

3. 海边。（美分想去海边，我带她玩得太疯狂了，想安排去海边的时候，天已经不那么热了。明年，爸爸一定带你住到海边去。）

## 十个钟头

美分到达巴黎之后，小凯告诉我，美分离开我的时候没有哭，那是在极力掩饰，她一上飞机就哭起来。十个钟头之后，到了戴高乐机场，她的眼睛都肿了。半夜时，她从梦中醒来，又哭，喃喃地说："我不想离开爸爸。我不想离开爸爸。我不想离开爸爸。"

通电话的时候，美分对我说："爸爸，我登机之后，心里想，现在还可以跑下去，回到爸爸身边……这样一想就不怎么难过了；飞机开动之后，我想，现在跑去跟飞行员说说，他还可以把飞机停下来，让我回到爸爸身边；飞机起飞之后，我想，要是找机长说说，也许还可以让飞机降落下来，放我回到爸爸身边；一直到了法国，我还在想，坐下一趟航班还可以回到北京，回到爸爸身边……"

（美分在梦中奔向爸爸，那天夜里，爸爸也在梦中寻找美分。可是，我们无法相约，这么大的一个梦世界，不可能碰上头。你走到了一片海岸上，我走进了一座深山中，像两个迷途的孩子，在各自的世界里失声痛哭。）

## 一个学生，三份学费

在电话中，我和美兮聊起了语言问题：平时，你和妈妈在家里讲汉语还是讲法语？

美兮说：汉语。

我说：是不是简单的对话用法语，复杂的对话用汉语？

美兮说：我跟妈妈讲复杂的法语，她根本听不懂。

我说：周美兮，我有个主意——你一天天长大了，在你经济独立的时候，开个法语培训班，只收妈妈一个学生，让她给你交学费。

美兮说：早晨，我来到教室，嗓音洪亮地说——大家好！噢，对不起，你好……因为只有妈妈一个学生！

我哈哈大笑。

美兮继续说：我先开一个初级班，只教"你好"、"再见"、"谢谢"之类，妈妈会说，这些太简单啦！我就说，那好吧，我把你升到高级班。初级班的学费可不退哟！妈妈交了高级班的学费之后，我就教她最难的课程，让她一句都听不懂，她会说，这些太复杂啦！我就说，那好吧，我把你降到中级班。高级班的学费可不退哟。——教一个学生，我赚三个人的学费！

我说：周美兮，我知道什么叫商业社会了……


## 改善中法关系的重任

法国总统萨科齐与达赖喇嘛会晤，造成中法关系紧张。

这天，美兮和妈妈聊到了这个问题。

小凯说："周美兮，你应该给总统写封信，表达你的看法，劝他少做一些损害中国人感情的事。如果你观点新颖、表达有力，总统说不定会给你回信，甚至，中法关系也因为这封信得到了改善——你能做到吗？"

十岁的美兮望着妈妈，半晌才说话："这件事太大了，来得太突然了，我无法立刻答复你，容我缓一缓……"

次日，美兮就用法文给萨科齐总统写了一封信，郑重地投进了邮筒中。

这天，一只花鸽子衔着一封蓝色的信，在天空上飞过。

花鸽子左边有二十只鹰护卫，右边有二十只鹰护卫。鹰的头顶，闪烁着红蓝警灯。花鸽子的身后，尾随着一百只麻雀，横十竖十队列。麻雀的身后，尾随着四百只蜻蜓，横二十竖二十队列。蜻蜓的身后，尾随着九百只蚊子，横三十竖三十队列。

花鸽子下方的地面上，奔跑着整整一百条拉布拉多警犬。

警犬身后，尾随着一些不同品种的狗，高高低低，大大小小……当然，那都是看热闹的群众。

巴黎人没见过这样的阵势，大街上所有的人都傻眼了。

这支队伍浩浩荡荡直奔美兮家。

那只花鸽子把信放在美兮的阳台上，只说了一句：总统来信！然后就昏厥过去了。

它是一只普通的鸽子，平时只管送送平信，甚至没碰过一封挂号信，那属于它爷爷的工作。第一次担负如此重任，它太激动了。

美兮赶紧抱起花鸽子，下楼朝医院跑去。

微风徐徐，那封蓝色的信在阳台上一下下舞动着。


## 小鸡蛋的零散日记

如今小鸡蛋长大了。

它只要想便便，就会"噜噜噜"地跑进卫生间去，舒服地解决完，再大摇大摆地走出来。它半夜便便的时候，尽管睡得迷迷糊糊，也会爬起来，摇摇晃晃地摸黑走进卫生间，完了之后回来继续睡觉。

小鸡蛋见了食物依然像饿虎扑食，给狗粮吃狗粮，给白菜吃白菜，给药片吃药片。不过，只要我离家的时候指指茶几上的水果说："NO！"不管我走多长时间，它独自在家里转来转去，绝对不会碰那些水果。

我在书房写美兮的故事时，小鸡蛋不甘寂寞，想进来跟我玩儿。拉布拉多特别热情、活跃、精力充沛，跟它的小主人周美兮太像了。我对它大声喝道："不许进来！"它就在门口趴下了，静静地看着我。人家没有进来，我不好再说什么。过了几分钟，我转头看它一眼，它依然趴在那里看我，一双小眼睛黑亮黑亮的。不过，只要仔细察看就会发现，它偷偷朝前移动了一点，处于里外屋之间了。不过，人家不算进来，我还是不好说什么。又过了几分钟，我再转头看它，它依然趴在那里看我，又偷偷朝前移动了一点，尾巴在外屋，身体已经进来了。我忍不住笑了，挥挥手，它立即爬起来，跑过来幸福地依偎在我的脚上。

小鸡蛋有一只绿色的球，我远远地把球掷出去，它立即会冲过去，叼着球，很拉风地跑回来。有一次，小鸡蛋把球弄丢了，那一带都是平整的土地，只有一片草，我搜寻了半个钟头，就是不见那只球。没办法，我只能跟小鸡蛋玩石子了。我捡起一颗乒乓球大的花石子，掷出去几十米，它自信地冲过去，却叼回了另一颗黄豆大小的脏兮兮的黑煤块，放在我的脚下，抬头望着我，急切地等待表扬。

后来，我给小鸡蛋买回了一只红色的球，远远地掷出去，它奋起直追，却神奇地叼回了那只丢失一个月之久的绿色的球！

一天刮大风，我带小鸡蛋出去玩儿，我的帽子被大风刮掉了，我追了几步没追上，这时候小鸡蛋闪电般地冲了过去，一下用爪子按住了帽子，叼在嘴里，跑过来递给了我。

美兮不在身边，我和小鸡蛋相依为命。我写作，它就把一只软垫子叼过来，停在我的脚下，期待我跟它踢着玩儿。再不就扒在窗上朝外看，偶尔委屈地"呜咿呜咿"叫几声，请求我带它出去。我实在不忍心，就说："走，小鸡蛋，我们玩去！"它马上兴奋地跳起来，一下下扑到我的身上。每次出门我都带它走很远的路，让它尽情地玩耍——奔跑、刨土、东闻闻西嗅嗅……到了路口，它就坐下来等待，哪怕我走了，它也纹丝不动。直到我挥挥手，它才像箭一样射过来。

一次，小鸡蛋在草丛中跑着跑着，突然停住了，似乎不敢迈步了。我赶紧跑过去，拿起它的爪子，摘下了几棵蒺藜刺。后来，我专门到狗市给它买了四只小皮鞋。回到家，我把皮鞋给它穿上，它愣愣地望着我，一动不敢动，似乎遍地都是地雷。我叫了它很多声，它扬起左前爪，放下，扬起右后爪，放下，扬起右前爪，放下，扬起左后爪——不会走路了！我带它出门的时候，它走的姿势跟马跑的姿势一样——两条前腿同时抬起来，"咔嗒"落下；两条后腿再同时抬起来，"咔嗒"落下——你想想，那是什么样子。

这一天，我带小鸡蛋在公园玩的时候，遇到了一对夫妻，他们带了六条小狗，都像皮球一样大。小鸡蛋已经六个多月了，跟那些小狗比起来，简直是庞然大物。小鸡蛋很善良，见到小偷也会亲热地冲过去舔来舔去，表达它的友好，见了小狗更是热情，冲过去拼命地摇尾巴："你们跟我好吧！你们跟我好吧！你们跟我好吧！"那六条小狗人多势众，对着小鸡蛋"汪汪汪汪"一齐叫起来。小鸡蛋不会打架，吓傻了，转身就跑，那六条小狗撒腿就追。我怀疑这些小家伙是黑社会性质的团伙，并且受过专门训练，它们追赶小鸡蛋的时候甚至列出了各种队形——左三右三，左二右二后二……那么大一条拉布拉多，被一群小皮球追得抱头鼠窜，那情景滑稽极了。

这一天我站在梯子上换灯管，掉下一颗螺丝，小鸡蛋吓得转身就跑，正像美兮小时候听到油烟机的声音一样，它跑到另一个房间里，半天才露出一只黑溜溜的眼珠，小心翼翼地查看情况。

一次，小鸡蛋犯了错误，我拿起软垫子打了它一下，它卧在角落里一言不发，我逗它，它也不看我，眼角湿湿的，看来是真的伤心了，我只好拿起那只软垫子，说："小鸡蛋，对不起……"它这才跳起来，继续跟我玩了。

我是汗脚，美兮是小汗脚。有一次我拿起小鸡蛋的爪子，闻到了一股熟悉的气味……我遗传给了美兮，美兮遗传给了小鸡蛋？挂不上钩啊。

我训练小鸡蛋："去！"它不知道什么是"去"，只知道什么是"来"。我反复下达命令，它还是不知所措，只是愣愣地看着我。我只好说："滚！"它立刻就跑开了。从此，我干脆用"滚"代替"去"。每次我想让小鸡蛋朝远处冲刺，就会蹲下来拍拍它，温和地说："小鸡蛋，滚吧！"它立即抖擞精神，撒腿就朝远处冲去。

圣诞节，美兮在电话中叮嘱我给小鸡蛋喂点好吃的，让它知道这是过节了。我跑到超市给它买了一块里脊肉，给我和它买了两块蛋糕。晚上，我点上蜡烛，让小鸡蛋坐在餐桌的另一端，它一块蛋糕，我一块蛋糕，静静地度过了这个平安夜。

有一天早晨我醒来，感觉面前热乎乎的，睁眼一看，小鸡蛋的嘴巴对着我的脸，呼呼睡得正香。我没有骂它。从此，不管我躺在大床上、小床上还是沙发上，小鸡蛋一定会凑过来躺在我的旁边。它是一条生命，同样怕寂寞。它伸出两只爪子紧紧抱住我的一条胳膊，那感觉挺幸福的。

有一天晚上，卫城下起了大雪。小鸡蛋来到这个世界，还不曾见过雪。虽然很晚了，我还是穿戴整齐，带着它跑了出去。它高兴极了，饱饱地吃了一顿冰淇淋，接着就在厚厚的雪地上跑啊跑啊，留下了第一行可爱的脚印。当时，天也无声，地也无声，只有漫天的鹅毛大雪，还有一人一狗。

要回家的时候，小鸡蛋还在远处撒欢儿奔跑，我大声喊它："周美兮！……"

刚刚喊出口就意识到错了，心里竟然一酸。


## 圣诞老人

小凯告诉我，今年圣诞节，美兮得到的礼物是一台真正的笔记本电脑。接着，小凯幸福地叹了口气："唉，可惜她感谢的是圣诞老人。"

（人生四个阶段——你相信圣诞老人；你不相信圣诞老人；你是圣诞老人；你看起来像圣诞老人。）

## 爱的圣经

我在MSN上跟美兮聊天。我：爸爸把你的成长故事写成了一本书，送给你十岁的生日做礼物，也献给天下的父母和孩子。美兮：我见过一个黄皮的日记本，是那里面的内容吗？我：是的。美兮：哈哈，妈妈都对我说了——那里面记的都是我吃喝拉撒睡什么的，只有爸爸把它当成至宝……我说：你是爸爸的宗教。虽然那个日记本很破旧了，虽然那里面记载的都是你的生活琐事，可是对爸爸来说，它就是一本爱的圣经。

## 小骑士

美兮两三岁的时候，我带她去北京动物园，看到几匹供游客拍照的马。我没心思给美兮拍什么照，只想让她骑骑马。于是，我给老板交了钱，把美兮抱到了马背上。美兮虽然有点紧张，不过很喜欢。

后来，我很想带美兮去一趟坝上，让她体验一下在草原上骑马奔腾的感觉，一直没机会。

没想到，小凯在法国给美兮报了马术训练班。

通电话的时候，美兮对我说了这件事，我很高兴，说："周美兮，妈妈一直关注你的功课，她竟然想到送你去骑马玩儿，这值得表扬啊！"

不严肃的爸爸竟然胆敢"表扬"严肃的妈妈，这让美兮哈哈大笑。

## 白驹过隙

这天夜里，我做了一个阳光明媚的短梦。用文学语言描述出来，情节是这样的：

我坐在一间屋子里，目光穿过半开的门，朝外张望。

天很蓝，云很白，美兮穿着漂亮的赛马服——红衣、红裤、红头盔、红马靴，骑着一匹雪白的马，在草原上奔跑。

美兮从法国回来了！

我赶紧站起身追出去，却发现不是美兮。一个妙龄女郎跳下马，朝我笑吟吟地跑过来。

我在太阳下眯眼望着她。

那张美丽的脸非常熟悉，就像哪个轮回中走散的另一个我；又无比陌生，就像哪个轮回中与我素不相识的小凯……

她来到我面前的时候，我说："姑娘，你是谁？"

她说："傻爸爸，我是你的美兮呀！"

这个梦给我演示了那句成语——白驹过隙。

一转眼，美兮就长大了。

图书在版编目（CIP）数据

美兮美兮/周德东著. - 北京:作家出版社，2009. 5
ISBN 978 - 7 - 5063 - 4689 - 4

Ⅰ.美… Ⅱ. 周… Ⅲ.家庭教育  Ⅳ. G78

中国版本图书馆 CIP 数据核字（2009）第 050459 号

## 美兮美兮

作    者：周德东
责任编辑：王宝生  罗静文
装帧设计：刘  微
出版发行：作家出版社
社    址：北京农展馆南里 10 号    邮码：100125
电话传真：86 - 10 - 65930756（出版发行部）
            86 - 10 - 65004079（总编室）
            86 - 10 - 65015116（邮购部）
E - mail：zuojia@ zuojia. net. cn
http：//www. zuojia. net. cn
印刷：北京京北印装有限公司
成品尺寸：152 × 230
字数：180 千
印张：20                          插页：1
印数：001 - 20000
版次：2009 年 5 月第 1 版
印次：2009 年 5 月第 1 次印刷
ISBN  978 - 7 - 5063 - 4689 - 4
定价：29.00 元